CARL SARGENT & MARC GASCOIGNE

BLUTIGE STRASSEN

Achter Band
des
SHADOWRUN® ZYKLUS

Deutsche Erstausgabe

WILHELM HEYNE VERLAG
MÜNCHEN

HEYNE SCIENCE FICTION & FANTASY
Band 06/5087

Titel der amerikanischen Originalausgabe
STREETS OF BLOOD
Deutsche Übersetzung von Christian Jentzsch
Das Umschlagbild malte Steve Venters
Die Innenillustrationen sind von Larry MacDougall
Die Karten auf Seite 5 und 6 zeichnete Mirjam Wehner

Redaktion: Rainer Michael Rahn

Printed in Germany 1993
Umschlaggestaltung: Atelier Ingrid Schütz, München
Technische Betreuung: Manfred Spinola
Satz: Schaber Satz- und Datentechnik, Wels
Druck und Bindung: Elsnerdruck, Berlin

ISBN 3-453-07251-0

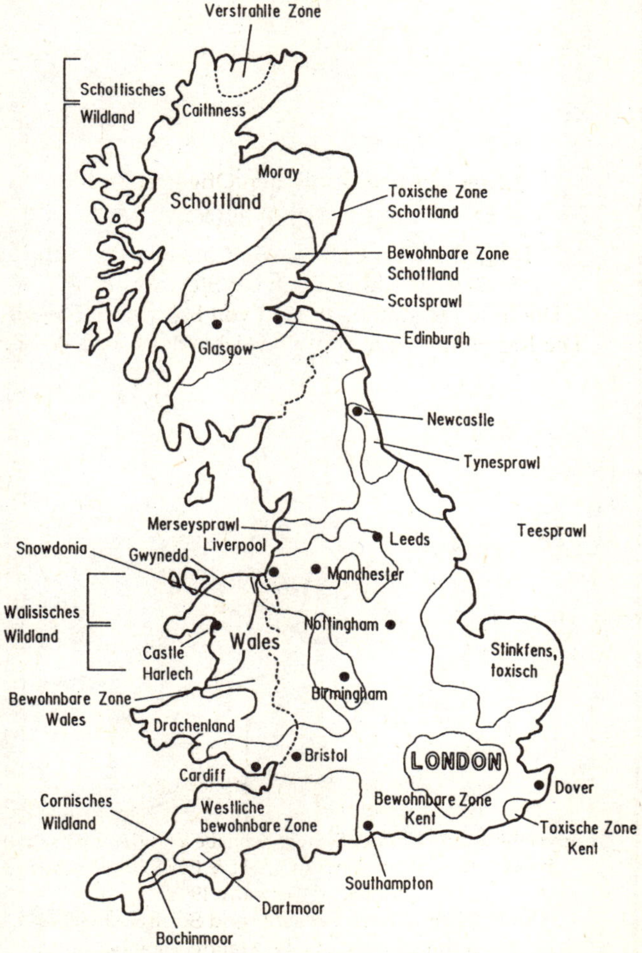

GROßBRITANNIEN 2051

LONDONER INNENSTADT

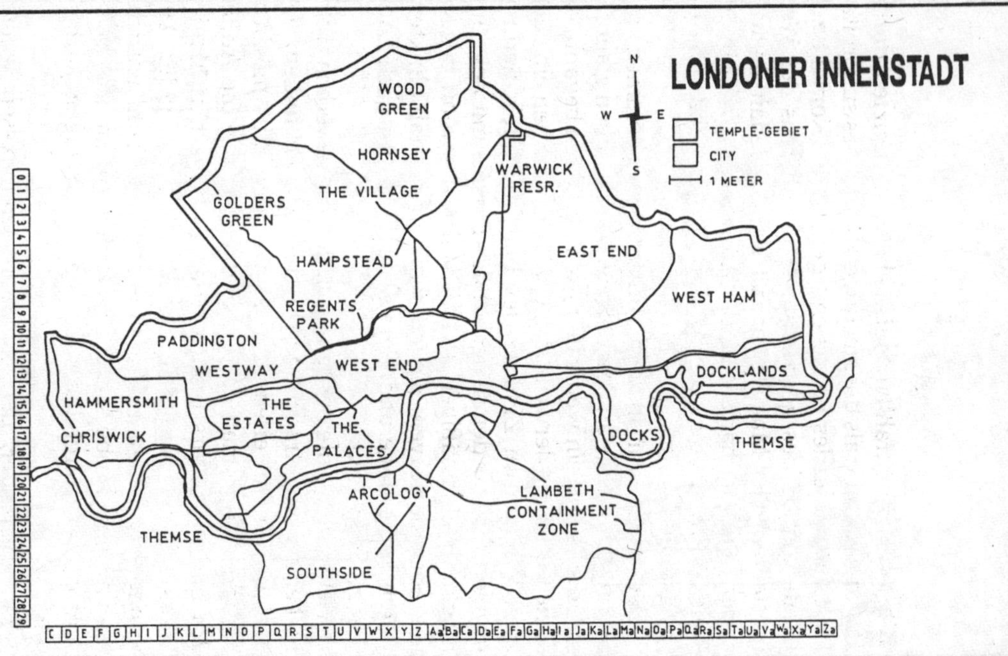

1

Die ersten Strahlen blutroten Lichts tanzten durch die Kabine, als die mächtigen Reifen des suborbitalen Ghost-Shuttles kreischend den ersten Kontakt zur Landebahn 11 des geschäftigsten Flughafens der Welt herstellten. Der Magier war mit seinen Gedanken woanders, und der harte Ruck des Aufsetzens riß ihn in die Welt von Heathrows blendenden Lichtern und Abfertigungshallen zurück.

Der Anruf war in dem Augenblick gekommen, als Serrin sich gerade an Seattle gewöhnt zu haben glaubte, sich dort sogar ein wenig heimisch zu fühlen begann, da seine Koffer mittlerweile länger als die üblichen ein oder zwei Wochen im Zimmer des billigen Hotels herumstanden. Er war dem Angebot des Pinkels mit dem unmöglich gleichmäßigen Tonfall voller Argwohn begegnet, aber die Nuyen, die auf seinem Kredstab blinkten, waren keine Lüge und Geld genug, um ihn nach London zu locken.

Vielleicht konnte der Konzern, der ihn anwerben wollte, keinen eingetragenen britischen Magier finden, der den Job für ihn erledigte. Das war durchaus möglich, berücksichtigte man die Art und Weise, wie die Ämter des Lordprotektors praktisch jedem britischen Magier bürokratische Hürden in den Weg stellten. Jeder Anwender von Magie mußte eine saftige Gebühr entrichten und eine Probe seiner DNS abliefern, um sich beim Amt des Lordprotektors als Magier eintragen zu lassen.

Ein Ausländer, der sich registrieren lassen wollte, konnte Wochen oder sogar Monate warten, bis er seine Zulassung in der Hand hielt. Serrin hatte die üblichen Schwierigkeiten und Verzögerungen — und die mögliche Ablehnung seines Zulassungsantrags — umgangen, weil ihm der mächtige Renraku-Konzern noch den einen oder anderen Gefallen schuldig war. Daher befand sich jetzt Serrins sorgfältig codierte DNS-Probe vorschriftsgemäß in einem der riesigen unterirdischen Komplexe des Tempelbezirks. Beiläufig, ohne es offen zuzugeben, hatte man ihn an die richtigen Leute verwiesen, das mindeste an Wiedergutmachung für sein Bein, das im Zuge eines Auftrags, den er für den Konzern erledigt hatte, zu Hackfleisch verarbeitet worden war.

»Wir möchten Sie jedoch bitten, diese Verzichtserklärung hinsichtlich jeglicher Schadenersatzansprüche zu unterschreiben«, hatte der nervöse Angestellte gemurmelt, wobei er geflissentlich Serrins Blick mied. »Damit wir die Akte, äh, ordnungsgemäß schließen können. Eine reine Formalität.« Vielleicht war ein Bein, das zu Hackfleisch verarbeitet worden war, tatsächlich nur eine Formalität.

Der Verschluß des magnetischen Sicherheitsgurtes löste sich, und Serrin erhob sich langsam, um das Gepäckfach zu öffnen. Er zog seine Schweinsledertasche heraus und preßte sie instinktiv gegen die Brust, als wolle er einen intimen Körperteil schützen. Er quetschte sich durch den Mittelgang, vor sich ein rotznäsiges Kind, das halblaut vor sich hin quengelte, während es von einer fleckengesichtigen Frau in Richtung Zollabfertigung gezerrt wurde. Für einen Sekundenbruchteil kam dem Elf die ganze Szenerie völlig absurd vor, irreal, als befinde er sich außerhalb seines Körpers. Wie auf der Suche nach Unterstützung tastete er nach den Papieren in der Innentasche seiner schäbigen Jacke. Mit einem Kopfschütteln konzentrierte er sich auf Paß, Visum, medizinische Dokumente, Zulassungen und Lizenzen. Zum Teufel mit der britischen Bürokratieverliebtheit! Durch die Londoner Zoll- und Einreiseabfertigung zu kommen, war so, als müsse man seiner beinahe tauben, halb senilen Großtante, die in ihren seltenen klaren Momenten nur zu bereitwillig Nichtverstehen heuchelte, sehr langsam einen sehr langen Brief vorlesen.

Als er vor der Gangway stand, die auf britischen Boden führte, erschauerte Serrin. Es war Viertel nach eins in der Nacht, Anfang November, die Temperatur schwankte um null Grad Celsius, und ein trostloser, schmieriger Nieselregen bedeckte seine Haut mit dem Schmutz des Londoner Himmels. Soviel zum Jahr 2054 und der sagenhaften Wetterkontrollkuppel der Stadt!

Er stieg langsam und unter leichten Schmerzen die Stufen herab, wobei aus dem üblichen leichten Beben seines Körpers ein ausgewachsenes Zittern wurde. In seine geballte Faust hustend, strebte er der Wärme des Zubringerbusses entgegen, der darauf wartete, ihn dem britischen Amtsschimmel auszuliefern. Ich hasse London, dachte er, aber zumindest bekommt man hier einen anständigen Malt Whiskey. Sich mit dieser Aussicht tröstend, zog er den Kopf ein, um den Bus zu besteigen, und fand sich einen Augenblick später neben einem Haufen zollfreier Waren und einem weiteren schniefenden Kind wieder. Der hochgewachsene, schlaksige Elf warf dem Jungen einen finsteren Blick zu, woraufhin dieser sichtlich beunruhigt zurückschreckte. Gut, dachte Serrin müde, das sollte ihm eine Zeitlang das Maul stopfen.

In dem Augenblick, in dem Serrin die Augen schloß, um ein wenig zu schlafen, tropfte irgendwo im Londoner East End Blut auf die Fußbodendielen eines nichtssagenden Apartments in der als Whitechapel bekannten Gegend. Das Messer hatte sein Werk vollendet, und jetzt war es an der Zeit für größere Präzision.

In Chelsea, einem anderen Londoner Stadtteil, wandte ein Adeliger den Blick von einem flackernden Computerschirm zu einer fein geriffelten Flasche, die in einem silbernen, mit einem Monogramm verzierten Eiskübel ruhte. Geraint zog die Flasche heraus, wickelte ein Leinentuch um den Korken und zog diesen so vor-

sichtig heraus, daß das Zischen der entweichenden Kohlensäure kaum hörbar war. Sie hatte es nicht gehört. Mittlerweile würde sie tief und fest schlafen. Dom Ruisse Jahrgang '38 wäre an das Mädchen — einer von Geraints äußerst seltenen Geschmacksverirrungen — verschwendet gewesen.

Er drückte den Verschluß auf die Flasche und klappte die silbernen Flügel zusammen, um den gekühlten Champagner frisch zu halten. Er schmeckte ausgezeichnet, und Geraint betrachtete das perlende Getränk nachdenklich, während er es genoß. Dann wanderte sein Blick fast unfreiwillig über die Reihe von Finanzjahrbüchern und Nachschlagewerken neben seinem Arbeitsplatz zu dem Mahagonikästchen mit den eingravierten Drachenbildern. Er zögerte nur einen winzigen Augenblick, dann öffnete er den goldenen Verschluß und zog das schwarze Seidentuch heraus, das seine Tarotkarten enthielt. Er räumte einen Teil der kühlen weißen Tischplatte frei, schob das Glas zur Seite und mischte dann die unhandlichen Karten geschickt mehrmals durch. Ein paar Augenblicke, in denen er sich mental auf das Tarot einstellte, blieb er ganz ruhig sitzen. Als die Verbindung hergestellt war, zündete er sich eine Zigarette an und legte sie dann in einem Marmoraschenbecher ab, so daß sich eine blaue Rauchfahne zur Decke kräuselte.

Dann griff er jäh nach dem Kartenstapel, um mit einer einzigen entschlossenen Handbewegung abzuheben. Er drehte die oberste Karte um.

Der Magier.

Geraint war verblüfft, da er damit nach so vielen Jahren nicht mehr gerechnet hatte. Die Botschaft dieser Karte der Großen Arkana war unzweideutig: Serrin!

Der Magier ist hier, dachte er. Die Karten verrieten es ihm, und er spürte es auch in seinen Eingeweiden. Er zupfte mit den Fingern an den Lippen und vergaß alles um sich herum, während er sich ausschließlich auf das außergewöhnliche Bild des von Schlangen gekrönten Jongleurs konzentrierte, der ihn anlächelte. Die Künstlerin hatte dem Magier auf der Karte vor mehr als einem Jahrhundert die auffällig spitzen Ohren eines Elfs verliehen. Was hatten sie und derjenige, welcher das Thoth-Tarot entworfen hatte, über das kommende Sechste Zeitalter der Welt gewußt? Hatten sie die Geburt der Elfen und der anderen neuen Rassen der Metamenschheit vorausgesehen?

Doch diese Gedanken lenkten ihn nur ab. Zeigt mir, warum er herkommt, bat Geraint schweigend die Karten. Mit langen, schlanken Fingern zog er eine weitere Karte, die er mit der Bildseite nach oben über die erste legte. Er sah das unverwechselbare Bild und erschauerte unwillkürlich.

Die Schwert-Neun. Grausamkeit. Von den schartigen Klingen auf dem Bild tropfte Blut. Der Waliser empfand Furcht, Furcht um Serrin, Furcht vor dem, was da kommen würde. Dann glitt eine dritte Karte vom Stapel, ohne daß er sie überhaupt berührt hatte, als habe seine Furcht sie herbeigerufen, um den Schrecken der Neun zu verdecken.

Einen Steinwurf entfernt erteilte Francesca Young einem ungeschickten Annäherungsversuch ihres Begleiters eine schroffe Abfuhr, während sie ihre sonnengebräunten Beine in die wartende Limousine zog. Beim Anblick des Trolls im Chauffeurssitz rümpfte sie kaum merklich die Nase, aber er war höflich, und Forbes Security hatte offenbar Geld in die Ausbildung ihrer Angestellten gesteckt und sie Sprachstunden nehmen lassen. Gnädigerweise beschränkte er sich auf ein ›Sehr gut, Mylady‹, während er den kraftvollen Wagen über die Kensington High Street fuhr. Francesca war zu verstimmt, um sich mit einem Fahrer abzufinden, der glaubte, seinen Fahrgästen sei um zwei Uhr in der Früh an einem bedeutungslosen Geplauder über Londons Wetter gelegen. Der erste Anblick, der sich ihren Augen bot, als sie aus dem Fenster sah, war der von zwei jungen Schwachköpfen im Smoking, die sich gerade noch vor einem heranbrausenden Wagen in Sicherheit bringen konnten, während die beiden Mitglieder einer Mädchengang, die in dem Wagen saßen, vor Vergnügen aufkreischten. Sie fühlte sich müde und abgespannt, hatte die Nase voll von Männern, die Lachs bestellten, nachdem sie hörten, daß sie an der Pazifikküste Nordamerikas aufgewachsen war, und dann als Ausgleich für ein Routinemenü sexuelle Gefälligkeiten von ihr erwarteten.

Ihre Gedanken kehrten zu ihrer Arbeit zurück. Den ganzen Nachmittag hatte sie über ihrem Cyberdeck, einem Fuchi 6, gehockt und das Smartframe installiert, das als semiunabhängige Intelligenz operieren würde, um Programme auszuführen, die sie schützen sollten, während sie sich im Cyberspace der Matrix befand. Mit dem neuen koreanischen Schleicherprogramm würde sie an Intrusion Countermeasures vorbeikommen, vor denen sie bislang zurückgeschreckt war. Sie vergaß die ärgerliche Verabredung und streckte sich auf dem Rücksitz aus. Männer waren viel weniger sensibel als ein heißes Programm.

Sie war kurz vor dem Einschlafen, als die Limousine vor ihrer Haustür anhielt. Sechs Minuten später lag ihr Kopf auf dem Kissen in ihrem Schlafzimmer. Der schildpattfarbene Kater miaute vergeblich nach seinem Futter. Daddys kleines reiches Mädchen schlief, aber das bedeutete nicht, daß der Kater lange hungern mußte. Nicht viel Zeit verging, bevor Francesca wieder wach war und vor Entsetzen schrie. Es war immer derselbe Alptraum, und sie erwachte immer an derselben Stelle, wenn das letzte Skalpell gesäubert und wieder in der Tasche verstaut war.

Die Kaiserin. Sittsam in ihrem Gemach sitzend, Blumen in der Hand, in Purpur und Grün gekleidet, überschaut die erhabene Gestalt zufrieden ihr Reich. Ihre Kurven sind sinnlich und stark, und sie wird vom Himmel über ihrem Thron gekrönt.

Geraint hätte fast vor Erleichterung aufgestöhnt. Francesca. Nun, jedenfalls kennen wir uns, wir drei. Die Andeutung eines Gefühls stahl sich an seinen Kontrollbarrieren vorbei, eine vorübergehende Traurigkeit, die Erinnerung an eine goldene Gelegenheit, die sich ihm nie mehr wieder bieten würde, aber der Eindruck verblaßte rasch.

Seine Augen wurden gegen seinen Willen von einem Detail in der unteren linken Ecke der Karte angezogen: Unter dem Thron der Frau, und für sie nicht zu sehen, saß ein Pelikan und fütterte seine Jungen. Man sagte, daß der Vogel seine Jungen mit seinem eigenen Blut ernährt, und tatsächlich pickten die Jungen nach der Brust ihrer Mutter. Geraint sah Blut — Blut vor seinem geistigen Auge und nicht auf der Karte —, und sein Körper zuckte fast. Das Dreieck buschiger Haare in seinem Nacken stellte sich auf, und er spürte, wie es ihm kalt den Rücken herunterlief. Der Champagner war längst schal geworden und jetzt nur noch schlechter, dünner Wein. Zeigt mir Hilfe, flehte er die Karten an, zeigt mir etwas, woran ich mich festhalten kann. Gibt es da noch jemanden?

Rani war ein wenig außer Atem, als sie das Fünfer-Klopfzeichen gab. Ihr Bruder Imran zog die Riegel an der verstärkten Tür zurück, sah ihr Gesicht im spärlichen Licht der Straßenlampen und öffnete rasch die Kette. Er zog sie in die Arme und herein, legte Riegel und Kette wieder vor, um die rauhe Nacht auszusperren. Er strich ihr das Haar aus der Stirn, musterte sorgfältig ihr Gesicht. Als er sich vergewissert hatte, daß sie unverletzt war, wollte er wissen, was geschehen war.

»Es war nichts. Nur zwei Scheißtypen in 'ner Gasse in Shoreditch, oben bei Dens Laden, der diesen schrottigen Fisch verkauft, weißt du?« Sie redete zu schnell, innerlich aufgewühlt. »Einer griff mich von hinten an, und ich hab ihm 'n Tritt verpaßt. Ich glaub nicht, daß er noch irgendwelche Kinder haben wird. Der andere wollte sich trotzdem nicht sofort verziehen. Das Schwein hatte 'n abgeschliffenen Fleischhaken. Schätze, er wollte sich 'n bißchen im Rasieren üben.« Sie lachte ein wenig zu laut, und Tränen traten in ihre großen braunen Augen. »Egal. Passiert andauernd.«

Imran drückte sie noch einmal fest an sich und tröstete sie, indem er ihr immer wieder über den Nacken strich. Dann führte er sie in das Wohnzimmer mit seinen vergitterten Fenstern, abblätternden Goldtapeten und ausgefransten Teppichen. Sie sah Sanjay mit seinem Thermometer und den Reagenzgläsern in der Küche dahinter, und der ätzende Gestank nach Azeton und Isopropyl lag in der Luft. Sie starrte Imran niedergedrückt an, dann zuckte ihr Blick zur Küche zurück, während sich jetzt fast Verzweiflung in ihrer Miene widerspiegelte.

»Das ist für 'n Haufen weißer Scheißer, die es für 'n Mordsspaß halten, sich zu bedröhnen«, seufzte ihr Bruder in dem Versuch, eine Szene zu vermeiden. »Wen kümmert schon weißer Norm-Müll? Sanjay wird schon kein Rattengift druntermischen. Versprochen.« Sein schiefes Grinsen bat um Verständnis, aber sie hatte sich jetzt wieder im Griff und sich von Imran gelöst; ihre breiten Schultern bebten ein wenig, als sie das Schluchzen unterdrückte. Ihr Bruder beging nicht den Fehler, sie zu berühren oder sich ihr zu nähern, sondern ließ Rani Zeit, die überwältigenden Gefühle aus eigener Kraft zu meistern. Dies war nicht der Augenblick für die üblichen Vorwürfe hinsichtlich ihrer Abwesenheit von zu Hause. Zum erstenmal fehlten ihm die Worte.

Sie atmete tief durch und wischte sich die Tränenspuren vom Gesicht. »Vielleicht wollten sie mich umbringen, weil ich nicht weiß bin. Vielleicht wollten sie mich umbringen, weil ich ein Ork bin. Ich hab nur getan, was ich tun mußte, weil sie mit Messern und Hämmern auf mich losgegangen sind. Aber vor nicht mal zwanzig Minuten hab ich einen umgebracht, und ich fühl mich deswegen nicht so besonders. Und jetzt komm ich nach Hause und muß feststellen, daß meine Brüder Drogen zusammenbrauen, um dem Affen von einem Haufen Trancern Zucker zu geben.« Sie seufzte schwer, sank müde und resigniert in einen Sessel. »Drek. Ich bin siebzehn Jahre alt, und im Moment hab ich die Schnauze gestrichen voll von der ganzen Welt. Oder zumindest vom verdammten Londoner East End.«

Zu verzweifelt, um zu reden, ging Rani die Treppe zu ihrem Zimmer herauf. Sie schleuderte ihre schweren Kampfstiefel von den Füßen, zog sich die Wollsocken aus und betrachtete ihre Handflächen mit den flexiblen Polstern unter der Haut. Nicht viele ihrer Art konnten sich solch eine Verschmelzung von Biologie und Technik leisten. Das einundzwanzigste Jahrhundert hatte es möglich gemacht, doch es war nicht billig. Imran hatte einen Haufen Geld bezahlt, um sich zu schützen.

Das ist einer der Vorteile, indischer Abstammung zu sein, machte sie sich klar. Bei einem Bleichgesicht ist eine Smartgun-Verbindung leichter zu sehen als bei mir. Dadurch bin ich viel schwerer umzubringen als die meisten meiner Brüder und Schwestern. Diejenigen, die noch leben, wissen das. Die anderen haben es zu spät herausgefunden. Sie zog sich die wattierte Jacke über Kopf und Schultern, wobei sie sich einen geistigen Vermerk machte, den Riß an der rechten Schulter gleich am nächsten Morgen zu flicken. Der Fleischhaken hatte einen äußerst präzisen Schnitt verursacht, aber ein paar Minuten mit dem Monofilament-Tucker, und die Jacke war so gut wie neu. Sie streifte die ausgebeulte, gerippte Hose ab, kletterte ins Bett und war ein paar Minuten später eingeschlafen. Rani war zu erschöpft, um sich von den gelegentlichen Geräuschen der Schüsse und

Feuergefechte stören zu lassen, die von draußen durch die gesprungenen Fensterscheiben in ihr Zimmer drangen. Außerdem war sie daran gewöhnt.

Kraft.

Der ruhige Blick der Frau, die den Löwenrachen offenhielt, starrte Geraint von der Karte entgegen. Er wußte nicht, wer sie war, aber nach den früheren Bildern des Schreckens und der Furcht empfand er eine Mischung aus Gelassenheit und Erregung, ein Gefühl der Beruhigung und Unsicherheit zugleich. Nun, starke Lady, ich hoffe, wir begegnen uns eher früher als später. Nach den weichen Geschöpfen der letzten paar Wochen solltest du ganz interessant werden.

Geraint grinste, schlug die Karten wieder in das Seidentuch, legte sie in das Kästchen zurück und schenkte sich dann ein frisches Glas Champagner ein. Neuigkeiten aus Tokio und Hongkong kamen herein: Jemand drängte auf den pharmazeutischen Markt, oder wenigstens sah es so aus. Er griff nach dem Datenkabel und stöpselte es in die Buchse hinter seinem linken Ohr ein, um das elektronische Geschnatter des Cyberdecks auf diese Weise seinem Bewußtsein näherzubringen.

Geraint war jetzt in der Matrix, und er kam sich wie ein Raubtier vor. Im gleichen Augenblick zeigte sein Persona-Icon den Ort in der Matrix an, dem seine Aufmerksamkeit galt. Das Icon besaß unter den Chips, den Datenkanälen und der Computerarchitektur, die Matrix genannt wurde, keine objektive Realität, doch ein anderer User in diesem Teil des Systems würde Geraints ›Persona‹ als keltischen Ritter mit einem Langschwert in der Hand wahrnehmen, das im Cyberspace ein mächtiges Angriffsprogramm repräsentierte. Neben ihm hatten seine Sensor-Utilities die Gestalt eines Rudels irischer Wolfshunde angenommen, die emsig herumschnüffelten, während sie neben ihm hertrabten.

Dann wollen wir mal das Nachtleben im Teesprawl

testen, dachte er mit einem Lächeln. Irgendwas sagt mir, daß Zeta-ImpChem interessante Daten darüber haben könnte. Also los, Leute, es wird Zeit, Geld zu verdienen.

Wir schreiben die Mitte des einundzwanzigsten Jahrhunderts, aber der Novembernebel Londons unterscheidet sich nicht sehr von dem des neunzehnten Jahrhunderts. Die Milchsuppe ist vielleicht nicht ganz so dick, aber sie bringt einen kräftigeren Cocktail aus pathogenen Giften mit sich. Der berühmte Nebel bietet außerdem immer noch jenen Deckung, die unerkannt in die Schatten schlüpfen wollen, insbesondere in der Nähe der Themse, wo der größte Teil der Straßenbeleuchtung zerstört ist.

Um drei Uhr zehn in der Nacht schwankt die Temperatur immer noch um den Gefrierpunkt. Blut sickert langsam durch die Bodendielen eines Zimmers in Whitechapel, und bald wird es sich an der Decke des darunterliegenden Zimmers zeigen. Das wird das Mädchen, das darin schläft, nicht weiter beunruhigen. Sie ist ein Trancer. Die Drogen werden von ihrem Körper noch nicht abgebaut, als ein Polizeiarzt eintrifft, nachdem ein paar Polizisten die Tür aufgebrochen haben. Ein junger Polizist, der erste, der einen Blick in das Zimmer oben wirft, wird sich draußen auf der Straße unkontrolliert übergeben. Der Polizeifotograf wird sehr, sehr froh sein, daß er zum Frühstück niemals mehr als eine Tasse Kaffee zu sich nimmt.

So nimmt alles seinen Anfang.

2

Serrin erwachte schlagartig.

Sieben Uhr dreißig. Die vertraute und unveränderliche Stimme der BBC, seit Generationen anonym, verlas die prosaische Katastrophenlitanei, die sich Weltnachrichten nannte. Das einzig Gute, dachte der Elf groggy, ist, daß die BBC nicht ganz so hinterwäldlerisch ist wie die amerikanischen Sender, die er gewöhnt war. Man hörte tatsächlich Weltnachrichten und nicht nur das, was in den vergangenen vierundzwanzig Stunden in der jeweiligen Stadt, im Stammesgebiet oder im Staat passiert war.

Er gähnte und reckte sich, bis ihn der Schmerz an seiner Achillessehne zusammenzucken ließ und daran erinnerte, es nicht zu übertreiben. Dieser Gedanke hatte ihn vom ersten Teil dessen abgelenkt, was die BBC-Stimme über fünf Morde gesagt hatte, die letzte Nacht in London stattgefunden hatten, eine Quote, die offenbar über dem Durchschnitt lag. Bei dem, was er mitbekam, ging es um einen besonders häßlichen Mord an einer Prostituierten im East End und abgebrühten Polizisten, die weiß oder grün geworden waren oder ähnlich unglaubwürdige Farbschattierungen angenommen hatten.

Serrin griff nach der Fernbedienung, um auf Trideo umzuschalten. Das Bild flackerte auf und stabilisierte sich augenblicklich — nicht schlecht für eine durchschnittliche Hotelglotze —, nur um irgendeinen Schwachkopf zu zeigen, der vor einer Wetterkarte herumhüpfte, die vermuten ließ, daß Britannien in den nächsten Monaten sowohl zu Regen als auch zu schlechter Frühstückstrideounterhaltung verurteilt war. Er glitt aus dem Bett und erhob sich.

»Eine Nachricht für Sie, Mr. Shamandar«, knisterte das Telekom mit einer Fröhlichkeit, die für diese Morgenstunde völlig unangemessen war.

»Danke, fahren Sie fort«, schnaufte Serrin, seinen rauhen, frühmorgendlichen Husten unterdrückend.

»Mr. Smith und Mr. Jones laden Sie herzlich zu einem Geschäftsfrühstück um neun Uhr in der Chippendale-Suite ein. Sie bitten höflichst um pünktliches Erscheinen. Vielen Dank für den Empfang dieser Nachricht.« Das Quaken verstummte.

Serrin ging ins Badezimmer auf der anderen Seite des Bettes und drehte den Heißwasserhahn der Wanne auf. Eines der wenigen Dinge, die er an Britannien zu schätzen wußte, war die ambivalente Güte der Hotelbäder: Haufenweise Handtücher, hervorragende, raffiniert parfümierte Seifen, aber entsetzliche Leitungssysteme und kalte Badezimmer. Die Kälte garantierte, daß man schon allein aus Überlebensgründen im heißen Badewasser bleiben wollte. Das Leitungssystem garantierte jedoch, daß jedes Bad ein Abenteuer war: Bekam man genug heißes Wasser, um die große Wanne zu füllen, bevor es lauwarm wurde?

Francesca hatte ihm erklärt, daß sich die Briten aus Prinzip weigerten, anständige Chiptechnik in ihren Heißwassersystemen zu benutzen. Bäder, so schienen sie zu glauben, sollten nicht zu sehr genossen werden. Das beleidigte ihre puritanische Askese. Damals hatte er angenommen, daß es mehr mit der guten, alten britischen Inkompetenz zu tun hatte. Seltsam, daß ihm jetzt Gedanken an Francesca in den Sinn kamen. Ihre letzte Begegnung lag fünf Jahre zurück.

Mit einem Ziehen in der Brust, das er lange Zeit nicht mehr empfunden hatte, erinnerte sich der Elf daran, wie er eine völlig verstörte junge Frau vor einem Restaurant voller Leichen in San Francisco in den Armen gehalten hatte. Die Augen schließend, ließ er sich in die einladende Wärme des Wassers gleiten, während ein Erinnerungsschub den süßen Duft ihres frisch gewaschenen Haars an seinem Gesicht zurückbrachte. Serrin dachte selten an Frauen, noch verweilte er jetzt länger bei diesem Thema. Er machte es sich in der großen Wanne bequem und konzentrierte sich auf das Geschäft und auf die Tatsache, daß die Unterbringung, welche die Pinkel für ihn ausgesucht hatten, nicht viel über sie verriet.

Das Crescent Hotel war weder wirklich erstklassig noch ein Schuppen für die Art Amerikaner und Japaner mit mehr Geld als echtem Urteilsvermögen. Es war einfach eine einigermaßen vernünftige Absteige. Er ging davon aus, daß das Pärchen auch während des Geschäftsfrühstücks nicht allzuviel preisgeben würde und dieser Job wahrscheinlich etwas von einem Katz-und-Maus-Spiel an sich hatte. Darüber mache ich mir später Gedanken, dachte er. Jetzt wird es erst mal Zeit, diese alten Knochen einzuweichen und sich an die Zeitverschiebung zu gewöhnen.

»Vielen Dank für Ihr pünktliches Erscheinen, Mr. Shamandar.« Die dickliche Hand ergriff die seine mit routiniertem Konzerndruck: Nicht stark, nicht schwach, nur eine nichtssagende Geste.

In der Chippendale Suite hätten bequem zwanzig Personen Platz gefunden, also machten sich die Hintermänner der Herren Smith und Jones keine Gedanken um ihre Kredstäbe. Der Servierwagen ächzte unter der Last eines sehr traditionellen britischen Frühstücks: Gebratener Schinken, Bohnen, geräucherter Hering in Butter, Rührei in einer Silberschüssel, pochierte Eier auf Tabletts, haufenweise Toast, der so kalt sein würde wie der graue Morgen, gelbe Butter auf weißen Tellern, dikke und bedrückend dunkle Marmelade, eingekochtes Obst, Tee in der Farbe von Stiefelwichse und Silberkännchen mit kolumbianischem Kaffee, genug, um eine ganze Armee der Bälger zu füttern, die die Straßen des Squeeze, des Elendsviertels im Süden von London, unsicher machten. Infolge des Gamma-Cholesterins, das ihnen daraufhin die Arterien verstopft hätte, wären sie jung gestorben, aber andererseits hatten diese Bälger ohnehin eine sehr geringe Lebenserwartung.

Serrin konzentrierte sich wieder auf das Nächstliegende, häufte Rührei und Schinken auf den Wedgwood-Teller, wobei er hoffte, die gelb gefärbten Eier würden das Versprechen des von ihnen aufsteigenden Dampfes nach ein wenig Restwärme halten. Die Pinkel entschieden sich für Kaffee, Toast und, laut Etikett auf dem Glas, schottischer Himbeermarmelade. Der Magier erinnerte sich vage an eine Mehltauplage, welche vor einigen Jahren den gesamten schottischen Obstanbau ausgelöscht hatte, aber vielleicht hatten die Druiden der Wilden Länder in den Grampians das Land kürzlich wieder fruchtbar gemacht.

Der schlankere Pinkel, Jones, dunkel und mit einer fast wie poliert wirkenden Haut, unterbrach Serrins ziellos umherstreifende Gedanken. »Wir benötigen einen geschickten Fachmann, um einen risikolosen Überwachungsauftrag auszuführen, Sir.«

Die Eröffnung entsprach Serrins Erwartungen: Nett und vage. Serrin nickte wortlos. Sollten sie zur Sache kommen.

»Unser Klient hat ein Interesse an einem bestimmten Forschungsgebiet, einem Schlüsselgebiet«, fuhr Jones fort. »Und diese Forschungsarbeiten werden in Anlagen in einer Stadt nicht weit von London durchgeführt. Natürlich hält unser Klient diese Einrichtungen unter Beobachtung, während er auf eine multimodalitäre Überwachung hinarbeitet.«

Serrin stöhnte innerlich in der Hoffnung, daß sich seine Gefühle nicht auf seinem Gesicht widerspiegelten. Wo lernten diese Leute, so zu reden? Er nickte noch einmal, dankbar, daß die Eier gerade noch heiß genug waren, um den Toast anzuwärmen.

»Es wäre unaufrichtig, Ihnen zu verschweigen, daß unser Klient Beobachtungen in der Cybersphäre initiiert hat.«

Cybersphäre? Kommt schon, Chummer, schenkt euch das Geschwafel. Ich weiß, was computerisiertes Schnüffeln ist, und ich bin sicher, ihr habt einen guten Decker angeheuert. Aber was wollt ihr von mir?

Der andere Mann, Smith, sponn den Faden weiter. Als er zu reden begann, nahm Serrin verblüfft den kleinen Rubin zur Kenntnis, der in einen Zahn des Mannes eingesetzt war. Nicht gerade Standard für ein gesichtsloses britisches Konzernsprachrohr.

»Unser Klient ist darauf bedacht, daß diese Beobachtungen durch magische Überwachung ergänzt werden«, sagte Smith. »Unser Klient ist sich Ihrer Reputation in solchen Dingen bewußt. Aus gutunterrichteten Kreisen weiß er, daß Sie mit Beobachtern umgehen können, mit jenen Geistern also, die in der ätherischen Ebene des Astralraumes existieren, wenn ich es so ausdrücken darf. Zumindest ist das meiner Ansicht nach das, was die Philosophen über diese Dinge zu sagen haben.«

Smith und Jones wechselten ein falsches Lächeln, um sich dann wieder Serrin zuzuwenden. Sie beherrschen das Theater aus dem Effeff, dachte der Magier. Sie sollten besser Scherze mit Barry Dando in irgendeinem lahmen britischen Äquivalent einer Abendtalkshow austauschen und sich diesen Quatsch schenken. Wen glaubten sie, mit Beobachtern zum Narren halten zu können? Jeder, der ernsthafte Forschungen betrieb, hatte Hermetiker, Magier auf der Konzerngehaltsliste, die dafür sorgten, daß nichts derart Simples ungestört in wirklich wichtigen Dingen herumstöbern konnte.

»Selbstverständlich«, fuhr Jones rasch fort, während Smith eine verirrte Haarsträhne auf seinem kahl werdenden Kopf glattstrich, »werden jene Konzernbereiche, die Forschungen betreiben, an denen unser Klient in erster Linie interessiert ist, hinsichtlich der Möglichkeit eines Einsatzes von Beobachtern besonders wachsam sein. Unser Klient würde eine derartige erhöhte Wachsamkeit als positives Zeichen dafür betrachten, daß jene Konzerne tatsächlich Forschungen betreiben, an denen unser Klient interessiert ist. Kurzum, wir wollen, daß Sie Beobachter als Köder einsetzen, um die Schutzvorkehrungen gewisser Konzerne zu testen.«

Jones lehnte sich zurück, um dann unvermutet wieder nach vorn zu schießen und sich auf die Kaffeekanne zu stürzen. Der Geste haftete eine nervöse Hektik an, die Serrin verriet, daß Kaffee nicht der einzige kolumbianische Exportartikel war, den Jones heute morgen genossen hatte. Sein letzter Besuch in diesem Land lag schon so lange zurück, daß er fast vergessen hatte, daß die Leute hier immer noch mehr auf Drogen als auf Chips abfuhren. Es verblüffte ihn, daß die Leute so bereitwillig ihren Körper und ihren Geist zerstörten.

Smith setzte die Unterhaltung in einem öligen, schmeichlerischen Tonfall fort. »Dies ist keine besonders anspruchsvolle Aufgabe, Mr. Shamandar. Sie dürfen jedoch nicht übersehen: Die unglückseligen offiziellen Beschränkungen, unter denen wir hier in Britannien zu leben haben, machen es erforderlich, daß wir uns jenseits der Grenzen unserer Insel nach fähigen Fachkräften zur Erfüllung der Aufgaben umsehen, welche von Klienten wie dem unseren erbeten werden.«

Serrin wurde von Minute zu Minute wütender. Hatten sie ihn den weiten Weg machen lassen, nur um auf den Busch zu klopfen und um den heißen Brei herumzureden? Er bemerkte, daß er Marmelade auf den Rest seines Rühreis gekleckert hatte, und beschloß, es gut sein zu lassen. Es schmeckte nicht besonders.

»Unser Klient bietet eintausend Nuyen pro Tag plus Spesen.« Der Fette lehnte sich selbstgefällig zurück. Der winzige Edelstein glitzerte in seinem Mund und verlieh seinem Haifischlächeln falschen Glanz.

»Fünfzehnhundert«, sagte Serrin kurz angebunden. »Die Arbeit sieht vielleicht einfach aus, aber Experten sind nicht billig.« Vielleicht ging er zu weit, aber er wollte die Reaktionen dieser unerschütterlichen Pinkel testen. Zu seiner Überraschung war Smith sofort einverstanden.

»Also gut. Sie sind ein zäher Verhandlungspartner, Sir. Fünfzehnhundert ist das Limit unseres Klienten. Sie beginnen morgen mit der Arbeit. Bis heute nachmittag fünf Uhr erhalten sie von uns eine Liste der Anlagen, die Sie überwachen sollen. Sie werden die Überwachung über einen anfänglichen Zeitraum von einer Woche durchführen und uns dann heute in neun Tagen sowohl mündlich als auch schriftlich Bericht erstatten. Wir sind befugt, Ihnen das hier zu geben.« Smith reichte Serrin einen rosaroten Hartplastikstab, den er aus den Tiefen seines untadeligen Saville-Row-Anzugs geholt hatte. »Dieser Kredstab ist gut für zwölftausend Nuyen Honorar plus dreitausend für Reisekosten und andere Spesen. Sie brauchen keine Rechnungen vorzulegen, es sei denn, sie überschreiten diese Summe und möchten die Ausgaben von unserem Klienten ersetzt haben. Ihre Hotelrechnung wird von unserem Klienten beglichen, der wünscht, daß sie nachts hier anstatt in Cambridge übernachten, wo Sie Ihren Auftrag ausführen werden. Durch diese Maßnahme wird die Entdeckung ihrer Arbeit erschwert. Sie können die Summe, auf die der Kredstab ausgestellt ist, im Kredprüfer in der Hotelhalle bestätigen lassen, wenn Sie das wünschen.«

Die Pinkel erhoben sich jetzt, und Smith wischte ein paar Toastkrümel von der Weste, die sich über seinem üppigen Bauch spannte. Jones schüttelte Serrins Hand mit exakt demselben Kraftaufwand wie zuvor Smith. »Noch einen schönen Tag. Wir würden uns freuen, Sie demnächst wiederzusehen.« Und damit verließen die beiden Männer die Suite.

Serrin leerte die Kaffeekanne in seine Tasse, wobei er nur einen winzigen Schuß der leicht gelblichen Sahne aus dem Kännchen hinzufügte, von dem jedesmal, wenn es benutzt wurde, etwas auf das gestärkte Leinentischtuch tropfte.

Die Geschichte war zu leicht. Der Schieber hatte die fünfzigprozentige Erhöhung zu bereitwillig akzeptiert. Der Kredstab war bereits auf dieser Basis vorbereitet worden. Sie kannten ihn, sie wußten, daß Beobachter seine Spezialität waren. Serrin hatte irgendwie das Gefühl, daß er benutzt wurde. Aber mit fünfzehnhundert Nuyen pro Tag für einen Job, bei dem kaum mit Gefahren zu rechnen war, konnte er sich nicht vorstellen, daß er reingelegt worden war.

Oder doch?

Jones rieb sich das Kinn, während er sich auf dem Beifahrersitz des Toyota Elite zurücklehnte. Er betrachtete den Fetten, der mit fliegenden Fingern den Zerhackercode in das tragbare Kom eintippte, während er den Daumen auf den Scanner preßte, da sein Daumenabdruck überprüft wurde. Smith stöpselte die Elektroden des Funkgeräts ein, so daß es die Hirnwellenüberprüfung vornehmen konnte, und gab dann den Telekomcode ein. Der Schirm flackerte und bestätigte die Codeeingabe.

Mit einem Grunzen schaltete Smith das Kom ab und ließ den Wagen an. Als der Motor sanft zu schnurren begann, griff Jones in die Innentasche seiner Jacke und zog ein kleines Plastiketui heraus.

»Sie haben die Bestätigung, also sind wir für heute mit der Arbeit fertig. 'ne kleine Aufmunterung?«

»Hab nichts dagegen«, grinste Smith, während ihm eine Schweißperle die bleiche Stirn herunterlief. Seine Knollennase zuckte erwartungsvoll, was die winzigen roten Äderchen betonte. Er nahm den angebotenen Chip gierig, drehte ihn ein paarmal zwischen den Fingern. »Morpheus' Gütesiegel. Das gefällt mir, ein wenig Klasse.«

Im Hotel wickelte sich Serrin einen Schal um den Hals und knöpfte den abgetragenen Wollmantel zu, den er immer mit nach London brachte, auch in der Jahreszeit, welche die Briten lächerlicherweise Sommer nannten. Nachdem er die Hotellobby durchquert hatte, hielt er eines der voluminösen Trolltaxis an und riß die Beifahrertür auf, kaum daß der grinsende Fahrer mit quietschenden Reifen zum Stehen gekommen war.

»Serena's, und machen Sie schnell«, schnappte Serrin, als sich das Taxi in Bewegung setzte. In der Manteltasche hielt er zum Trost den Kredstab umklammert. Wenn er schon in London war, würde er die Gelegenheit nutzen und einen anständigen Taliskrämer aufsuchen. Der Bahnhof Liverpool Street und die Fahrkarte nach Cambridge konnten warten.

3

»Die Grünen brauchen für das Erneuerungsgesetz im Oberhaus alle Stimmen, die sie kriegen können?« Geraints Stimme war rauh vor Überraschung und von zu vielen, in den frühen Morgenstunden gerauchten Zigaretten.

»Wir werden Sie brauchen, Llanfrechfa.« Wenn ihn der Earl of Manchester mit seinem offiziellen Titel anredete, bedeutete das, die Angelegenheit war ernst. »Ich fürchte, es handelt sich um die Elfenfraktion. Sie ist darauf aus, Ärger zu machen, weil Wales ihrer Meinung nach einen zu kleinen Anteil von den staatlichen Geldern bekommt, die gierigen Bastarde. Zum Teufel, da unten haben wir weniger Umweltverschmutzung und Giftmüll als irgendwo sonst im Land. Worüber jammern die? Wahrscheinlich Glendowers Werk, das verfluchte Weib.« Die Abneigung des Earl of Manchester gegenüber Frauen im allgemeinen und der Countess of Harlech im besonderen war legendär. »Wir müssen ihre Ergänzungsanträge niederstimmen.«

»Wie knapp ist es?«

»Wir könnten verlieren. Winstanley wird zweifellos genau registrieren, wer uns in diesen schweren Zeiten unterstützt.« Wenn der Earl damit auf ein Interesse des Premierministers anspielte, war dies gleichbedeutend mit dem Versprechen einer Gefälligkeit irgendwann in der Zukunft. Gelegenheiten für das Hamstern von Gefälligkeiten waren Geraints Spezialität. »Ich weiß, Sie sind selbst Waliser, Geraint, mein Alter, aber Sie können sicher sein, daß keiner Ihre Unterstützung vergessen wird.«

»Selbstverständlich«, sagte Geraint. »Ich komme um punkt zwei Uhr ins Oberhaus. Vielleicht können wir uns nach dem Lunch in den Raucherzimmern auf einen Brandy treffen, Sir.« Geraint versuchte genau das richtige Quantum Bereitwilligkeit mit einer abschließenden

Prise Unterwürfigkeit bei dem ›Sir‹ in seinen Tonfall zu legen. Er grinste innerlich.

»Guter Mann. Zeigen wir dem Weib, wer das Sagen hat!« Das faltige Gesicht des Earl wich einem statischen Flimmern, als Geraint die Telekomverbindung unterbrach.

Geraint lag nicht besonders viel an den politischen Intrigen, die beim britischen Adel so beliebt waren. Eine Partei zu unterstützen, bedeutete unausweichlich, daß irgendeine andere kleine Clique einen Groll gegen einen hegte, und so versuchte er es zu vermeiden, Partei zu ergreifen. Wenn es sich nicht vermeiden ließ, folgte er der Mehrheit und bekämpfte niemals die wahrhaft Mächtigen. Er konnte nur hoffen, daß Rhiannon Glendower sich nicht ihn aus der parlamentarischen Lobby herauspicken würde, welche die Regierung für diese Abstimmung aufbringen mußte. Sie war die letzte Person, die er sich zum Feind machen wollte.

Fast verträumt drehte er sich um und spielte mit den winzigen chinesischen Drachenkugeln. Die Kugeln klimperten und klingelten in seinen Fingern, und bald hatte er ihr sanftes Geläut synchronisiert. Erst, als seine Sinne ein paar Minuten später plötzlich wieder auf die wirkliche Welt umschalteten, fiel ihm auf, wie weit weg er gewesen war, versunken in einer Fugue, einem Erbe seiner Mutter, die das Zweite Gesicht in viel stärkerem Ausmaß als Geraint besessen hatte. Er konnte sich an nichts aus der Zeit erinnern, die er nicht in dieser Welt verbracht hatte; geblieben waren lediglich eine vage Vorahnung und Unsicherheit. Fast widerwillig griff er nach dem Tarot und zog eine einzelne Karte.

Die Stab-Fünf. *Streit.*

Er war unsicher hinsichtlich der Karte, und trotz seiner intimen Vertrautheit mit den Bildern zog er ein zerlesenes altes Buch aus einem unordentlichen Haufen, der auf einem kleinen Bücherschrank neben seinem Schreibtisch lag. »Eine heikle und schwierige Zeit«, las er den

Eintrag für die Karte. »Die Fünf der Stäbe deutet darauf hin, daß man auf Opposition stößt, die nur durch Schlauheit und Einfallsreichtum überwunden werden kann. Diese Opposition kann die Gestalt von konkurrierenden Interessen, einer begabten Person oder mächtigen Personengruppe annehmen, welche die eigenen Pläne, Ziele und Einstellungen nicht teilt und möglicherweise sogar Ränke gegen einen schmiedet ...«

Das paßte auf die Machenschaften des Adels, aber Geraint hatte das Gefühl, als deute die Karte auf etwas anderes hin, auf etwas Schattenhafteres als die Abstimmung über eine Gesetzesvorlage der Regierung. Da sich das Gefühl des Unbehagens in ihm verstärkte, versuchte er es zu verdrängen, während er sich auf seine Besprechung mit Manchester vorbereitete. Er ließ sich ein Bad einlaufen, während er den schwarzgrauen italienischen Anzug ausbürstete, der genau den richtigen Anflug von Konservativismus und Unauffälligkeit für das Oberhaus aufwies. Mit dem Dampf des Badewassers stiegen die Düfte von Ylang-Ylang, Orangenblüten und Sandelholz auf. Geraint rieb sich die Müdigkeit aus den Augen und begann mit einer Massage seiner Gesichtsmuskeln. Heute morgen spürte er seinen dreißigsten Geburtstag unheilvoll schnell herannahen. Vielleicht war dies die Zeit im Leben, wenn die Gedanken eines Mannes zu Collagen-Implantaten wanderten.

»Gut. Das wäre also geregelt.« Manchester war in leutseliger Stimmung, zum Teil wegen seiner Zuversicht, daß die Regierungstruppen, die er mobilisiert hatte, die Abstimmungsschlacht gewinnen würden, aber hauptsächlich dank eines dritten ausgezeichneten Armagnacs, der soeben den ersten beiden in seine ungeheuerliche Leibesfülle gefolgt war. »Ach, übrigens, alter Junge, haben Sie eine Einladung für den Budenzauber an diesem Wochenende in Cambridge erhalten?«

Geraint spitzte die Ohren. Wenn sich der Earl damit

auf irgendeine Festivität bezog, die von der Duchess of Cambridge ausgerichtet wurde, wollte er definitiv eine Einladung. Francesca Hamilton war eine äußerst attraktive Frau, erst kürzlich verwitwet und, was das Wichtigste war, die reichste Frau in ganz Britannien.

»Sie meinen Francescas Fest?« Er ließ es so klingen, als habe er die ganze Zeit davon gewußt. Ein Fehler. Manchester runzelte ein wenig die Stirn, aber er war von dem Armagnac schon zu benebelt, um Geraints übermäßige Vertraulichkeit zu registrieren. »Davon weiß ich nichts. Das verdammte Weib gibt nicht viele Partys, von denen ich etwas höre. Ist sowieso nie genug zu trinken da. Nein, mein Junge, am Wochenende findet ein hochkarätiges Treffen adeliger Geschäftsleute im University Arms statt. Beginn Freitag morgen. Seminare und der ganze Quatsch. Steckt natürlich ein ganzer Haufen Konzernknilche dahinter, wie üblich. Ich kann mich selbst nicht damit abgeben. Wenn Sie wollen, können Sie meine Einladung nehmen, und ich sage den Pinkeln dann, daß Sie mich vertreten. Ich gehe mit dem alten Hamish auf Rebhuhnjagd.«

»Das ist außerordentlich großzügig von Ihnen, Sir. Ich wäre Ihnen sehr verbunden.« Geraint war neugierig hinsichtlich der Veranstaltung und amüsiert bei dem Gedanken, wie sein wohlbeleibter Lunchgefährte mit antiken Feuerwaffen auf einen Haufen unglücklicher Wildvögel schoß, begleitet von dem spindeldürren und berüchtigtermaßen schlechtgelaunten Earl of Dundee. Die Veranstaltung in Cambridge war von Interesse, weil Geraint möglicherweise ein paar nützliche Kontakte knüpfen konnte. Seine Nachforschungen im Zeta-Imp-Chem-Konzernsystem hatten zu nichts geführt: Die Schutzvorkehrungen waren so heftig und derart gegen Decker gesichert, die in ihrem unmöglichen Matrixsystem herumschnüffeln wollten, daß ihm das Wagnis zu groß erschienen war. Vielleicht gab es leichtere Wege herauszufinden, was auf dem pharmazeutischen Markt vorging.

Die Redseligkeit eines Konzernpinkels zu fördern, indem man ihn mit Alkohol abfüllte, war allemal leichter, als sich an tödlichen Intrusion Countermeasures vorbeizuhacken. Menschliche Schwächen waren immer noch berechenbarer als jede Technologie. Cambridge konnte eine gute Gelegenheit sein.

Geraint stellte sein Glas in dem Augenblick auf den polierten Mahagonitisch, als das erste Glockenzeichen ertönte, das die Adeligen in den Rednersaal rief.

Mit einem Grunzen kam der Earl auf die Beine, begleitet von einem donnernden Furz, den Geraint nachdrücklich ignorierte. »Kommen Sie, alter Junge, wir wollen diesen verdammten Feen eine Lektion über die Macht der Abstimmung erteilen. Das ist schließlich das Wesen der Demokratie.«

Francesca kauerte über ihrem Fuchi Cyber-6. Das Dekken wirkte sich so verheerend auf ihre Schultermuskeln aus, daß sie danach immer eine Massage brauchte, aber die Freude darauf gehörte mit zum Vergnügen. Sie reiste mit leichtem Gepäck in der Matrix, da sie nur ein Maskenprogramm zur Tarnung ihrer Operationen, je ein Analyse- und Schmökerprogramm für das rasche Abtasten von Datenspeichern und ein besonders leistungsfähiges Schleicherprogramm für das Umgehen unterwegs anfallender ID-Überprüfungen geladen hatte. Wie gewöhnlich hatte sie auch ein Reparaturprogramm bereit, um eventuelle Schäden beseitigen zu können, die dem MPCP, dem Masterpersona-Kontrollprogramm, welches das Herzstück aller Programme ihres Decks war, zugefügt wurden. Sie hatte eine Drittelmillion Nuyen für das Cyberdeck bezahlt und war nicht gewillt, seine Zerstörung zu riskieren. Als zusätzliche Sicherung hinterließ ein Alarmvirus hinter ihr Monitore, die sie über jede Verfolgung informieren würden, während sie die Datenkanäle entlanghuschte.

Sie hielt inne, um sich rasch zu orientieren. Die Daten

leuchteten und wirbelten um das schwer zu beschreibende Kind, das ihre Persona in der Matrix war. Dies war nicht mehr als ein Routinejob, echt nicht. Der Check der Datenspeicher einer ziemlich unbedeutenden Forschungsgruppe in Kent würde nicht länger als eine halbe Stunde dauern, nach der sie alles Interessante nach Belieben kopieren und entschlüsseln konnte. Der Job rechtfertigte eigentlich nicht das hohe Honorar, aber man bezahlte sie für ihren Ruf. Außerdem mußte sie etwas von dem Geld für Rutger abzweigen, den Barmann im Lounging Lizard, wo sie oft ihre Geschäftsbesprechungen abhielt. Die Tatsache, daß sie ihm ein gesalzenes Honorar zahlte, schmierte die Räder ihres persönlichen Stils, und die Verhandlungen liefen im allgemeinen rascher und professioneller ab. Und das half wiederum dabei, Nachfolgejobs zu gewährleisten. Schließlich handelte es sich hierbei nur um einen vorbereitenden Schnüffeljob.

Als sie den System Access Node des Howarth Associates' System betrat, versuchte ein schwaches Zugangskontrollprogramm ihre Identität zu überprüfen. Das Schleicherprogramm ließ sie dieses Hindernis so mühelos überwinden, daß sie sich tatsächlich auf eine größere Herausforderung weiter im Herzen des Systems freute. In der Zwischenzeit benutzte sie das Analyse-Programm, um die Subprozessor-Einheit vor ihr zu untersuchen. Das Programm identifizierte sie als SPU, die den Datenfluß zu den anderen SPUs im System kontrollierte. Super! Also war es unnötig, zur CPU vorzudringen, wo sie gewiß ernsteren Sicherheitsvorkehrungen begegnen würde. Sie konnte von hier aus arbeiten.

Die SPU hatte eine ganz nette Abwehrmaßnahme aufzuweisen: ein Teerbaby-Fallenprogramm, das ihr Schleicherprogramm ohne große Umschweife zum Absturz gebracht und sie damit hinausgeworfen hätte, wäre ihr Schleicher nicht in der Lage gewesen, es zum Narren zu halten. Es sah so aus, als sei der Schleicher jeden Nuyen wert, den sie dafür bezahlt hatte, weil das Teerbaby sie problemlos passieren ließ. Während sie weiter durch die SPUs und Datenspeicher raste, ließ sie ihr Analyse- und Schmökerprogramm laufen, während sie gleichzeitig immer wieder die Monitore ihres Alarmvirus überprüfte. Keine Reaktion vom System, kein Alarm. Es war, als stehle sie einem schlafenden Kind die Bonbons.

Kurz bevor sie das System verlassen wollte, trieb ein mikrosekundenlanges Zerren an ihrem Bewußtsein ihren Puls auf über hundert. Das Analyse-Programm lieferte ihr nur Schrott über das Vorgefallene, doch ihr war klar, daß die Störung von einer anderen Präsenz im System verursacht worden war, die sie und die Daten, welche sie soeben in ihr Deck kopiert hatte, beschnüffelte. Ihre Alarmmonitore hatten den Eindringling nicht entdeckt, also war er wahrscheinlich gut getarnt. Sie sprang vom SAN direkt in das Gitter dahinter.

Ihre Kindpersona fuhr herum und sah eine schwarze Gestalt mit einer Ledertasche davoneilen. Sie verfolgte die Gestalt, hielt mit ihr Schritt, lediglich darauf bedacht, einen besseren Blick auf sie zu werfen, bis die Gestalt schließlich einen SAN erreichte, der geradezu nach schwarzem Ice, den tödlichen Intrusion Countermeasures, schrie.

Die Gestalt betrat den SAN und wandte sich dann zu ihr um. Sie war absolut gesichtslos. Wo sich das Gesicht hätte befinden müssen, klaffte ein düsteres Nichts, ein Strudel aus wirbelnder Leere.

Vor Furcht halb betäubt, flog Francesca plötzlich aus ihrem Sessel, die Stecker wurden aus ihren Datenbuchsen gerissen, und die dazugehörigen Kabel fielen auf den Arbeitstisch vor ihr.

Sie war verblüfft. Bei einer raschen Überprüfung ihres Decks fand sie keinen Schaden. Die Daten waren kopiert und bereit, entschlüsselt und analysiert zu werden. Doch dies war das erste Mal, daß sie der simple Blick einer anderen Decker-Persona aus der Matrix geworfen hatte. Doch trotz der offensichtlichen Macht des gesichtslosen Dings hatten weder sie noch ihr Deck irgendeinen Schaden erlitten. Sie hatte damit gerechnet, daß es schwarzes Ice auf sie loslassen würde, doch das hatte es nicht getan. Was, zum Teufel, ging da vor?

»Also gut, du häßlicher Bastard, wer du auch sein magst«, sagte sie zu den Wänden ihres Apartments, »ich komme zurück, aber diesmal mit Angriffs- und Abwehrprogrammen, die dich ins Grübeln bringen werden.« Doch als sie sich wieder einstöpselte und behutsam zum SAN vortastete, in dem die Gestalt verschwunden war, zog sich ihre Kind-Persona plötzlich zurück. Es handelte sich um den Eingang zum Transys Neuronet-System. Auf keinen Fall! Ihre Entschlossenheit verpuffte ebenso rasch, wie sie sich gebildet hatte. Sie hatte nicht die Absicht, sich kopfüber in das System des verrücktesten und gefährlichsten Cyber-Forschungskonzerns von ganz Britannien zu stürzen.

Francesca kehrte einem ungelösten Rätsel nur ungern den Rücken, aber sie wußte, wann sie ein wenig Hilfe brauchte. Rüstungs- und Schildprogramme, die von einem unabhängigen Frame ausgeführt wurden, konnten nur ein Anfang sein, aber zuerst würde sie sich mit ein paar Kontakten außerhalb der Matrix kurzschließen müssen. Sie ignorierte ihre schmerzenden Schultern und tippte die Telekomnummer ein. Er war nicht zu Hause, aber das überraschte sie nicht. Sie hinterließ eine Nachricht.

»Geraint, du gerissener Halunke, ich hab da 'ne ziemlich wilde Geschichte. Dinner im Savoy Grill um acht? Und trink nicht zuviel — ich brauche deinen Verstand intakt. Antwort erbeten, walisischer Bengel.«

Die Regierung gewann mit einer Mehrheit von einundzwanzig Stimmen, die Veranstaltung in Cambridge machte einen vielversprechenden Eindruck, und als Geraint zu Hause eintraf, stellte er fest, daß die Kaiserin angerufen hatte. Er hatte halb und halb damit gerechnet, von ihr zu hören, doch als er eine Karte schrieb, die er per Eilboten abschickte, verschob er das Datum ihres Dinners im Savoy Hotel um zwei Tage. Er war nicht sicher, was ihn zu dieser Verzögerung veranlaßte. Irgendeine hartnäckige Unsicherheit in ihm war noch nicht bereit, die Dinge so rasch ihren Lauf nehmen zu lassen.

Der Mörder ist jetzt gesättigt, aber er lernt immer noch, was getan werden muß. Was von Polly Nichols übrig ist, liegt im Leichenschauhaus, ohne daß jemand da wäre, sie zu betrauern. Es hat begonnen, doch niemand hat es bemerkt. Bisher.

4

»Mir gefällt die Art, wie du das machst.« Francesca grinste, als sie sich an den Tisch setzte, auf dem Silber und Kristall funkelten. »Vielen Dank, Sir!«

»Hmm?« Geraint blinzelte sie an, während er eine makellose Leinenserviette aus dem glitzernden Serviettenring zog und entfaltete. Ihr Lächeln wurde angesichts seiner verblüfften, geistesabwesenden Miene noch breiter.

»Ach, nichts. Aber in L.A. würden mir die Männer nicht den Stuhl zurechtrücken. Ihr Briten seid vielleicht bankrott, aber Manieren habt ihr.«

»So bankrott nun auch wieder nicht, Francesca. HKBs letzte Ausgabe des globalen Wirtschaftsjahrbuchs zeigt, daß wir siebzehn Prozent unseres häuslichen Bruttosozialprodukts besitzen. Tatsächlich beinahe so viel wie die Japaner. Aber du bist sicher nicht hier, um über Hildebrandt-Kleinfort-Bernal zu reden«, sagte er, während er sich vorbeugte, um ihr Feuer für ihre Zigarette zu geben. »Die Seezunge ist zu empfehlen, aber ich nehme an, du willst dein übliches Stück totes Säugetier mit Steroiden und Antibiotika?«

»Ja, bitte«, sagte sie. »Und blutig. Und vergiß nicht die Wachstumshormonzusätze!« Francesca stieß den Rauch ihrer Zigarette aus, während sie tief in ihrer Handtasche herumwühlte. Wie bringen Frauen nur so viel in einer Handtasche von der Größe einer Geldbörse unter? wunderte sich Geraint. Scharen von Kredstäben, Puderdosen und Adreßbüchern legten Zeugnis für die ständige Verletzung der physikalischen Gesetze in den Handtaschen der Frauen ab. In die Tiefen der Tasche starrend, fand sie schließlich, wonach sie gesucht hatte, und zog den dünnen, handtellergroßen Bildschirm heraus. »Sieh dir das mal an.«

Sie tippte einen Code ein und reichte ihm den Schirm. Augenblicklich fasziniert von den holografischen Bildern, die vor seinen Augen abrollten, sog Geraint beim Anblick der gesichtslosen Persona scharf die Luft ein. Mit einer Art Schaudern stellte er den Schirm auf den Tisch. Ein paar Augenblicke sagte er nichts, während er seine Fingerspitzen abwesend über Kinn und Lippen wandern ließ, um dann schlicht zu fragen: »Wann war das?«

»Vorgestern abend. Hast du so etwas schon mal gesehen?«

Er schüttelte den Kopf. »Wahrscheinlich hätte ich es überhaupt nicht geglaubt, wenn du es mir nicht gezeigt hättest. Aber ich bin kein Decker, Fran. Warum kommst du damit zu mir?«

Sie stützte die Ellbogen auf den Tisch, beugte sich vor, und ihr Duft löschte den Geruch nach Essen und Zigarrenrauch aus. »Ich bin nicht sicher. Vielleicht, weil du über alles mögliche Bescheid weißt, alle möglichen Leute kennst. In deinem Sammelsurium, das du Verstand nennst, könnte eine Information stecken ... Und, nun ja, ich denke, es hängt auch damit zusammen, daß ich dich mal wieder sehen wollte. Es ist ziemlich lange her.« In ihrem Tonfall lag eine winzige Spur von Vorwurf. Sie musterte ihn durchdringend, nur eine Haaresbreite davon entfernt, ihr Sherryglas umzustoßen. Er lächelte und rückte das Glas ein kleines Stück von ihrem Ellbogen ab.

»Ich weiß, und es tut mir leid. Es war ziemlich hektisch.« Er war froh, daß der Kellner ausgerechnet diesen Augenblick wählte, um ihnen ihren Wein zu bringen, eine willkommene Ablenkung, während der er seine Gedanken ordnen konnte. Als er Francesca eingehender musterte, stellte er fest, daß sie einen etwas abgespannten Eindruck machte. Um ihre Augen zeigten sich winzige Krähenfüße, aber die blauen Augen selbst strahlten wie immer. Er schloß die Hand um ihre und verließ sich auf seine Intuition.

»Du hast geträumt.« Ihre Blicke trafen sich, und sie

seufzte, während sie ein wenig in sich zusammenzufallen schien. Sie sah kurz weg, um dann seinem Blick stetig und stark zu begegnen.

»Nur einmal. Vielleicht ist es nichts ... wenn es bei diesem einen Mal bleibt.« Doch ihr Tonfall verriet, daß sie es besser wußte.

Geraint versuchte seinen Schauder bei dem Gedanken an ihr letztes Beisammensein zu verbergen, als sie mit ihrem alten Alptraum aufgewacht war. Er hatte noch nie zuvor jemanden so schreien gehört. Damals hatten sie ein Verhältnis gehabt und waren zusammen im Bett gelegen. Obwohl ihm selbst das Herz vor Schreck im Hals pochte, hatte er sie in die Arme genommen und sie zu beruhigen und zu trösten versucht. Jetzt lächelte er so beruhigend, wie er konnte. Sie wollte das, und sie steckte den Hologrammschirm wieder in ihre Tasche zurück.

»Es gibt noch einen Grund.« Sie schaute jetzt ein wenig schelmisch. »Was weißt du über Sir Jonathan Ambrose?«

Geraint spitzte die Lippen, als ein Gefühl der Erleichterung durch seinen Körper strömte und die Spannung nachließ, die sich in ihm aufgebaut hatte. Dies war vertrautes Gelände. »Er ist ein absoluter Fiesling, meine Liebe. Alte adelige Abstammung, Geld ohne Ende, Abschluß in Oxford und absolut kein Rückgrat. Im Bett wäre er ungefähr so nützlich wie ein Fuchi Sensation ohne Batterien. Warum hast du in bezug auf Männer nur so einen schrecklichen Geschmack?«

Francesca bemühte sich, schockiert auszusehen, während er das eintreffende Steak und den Fisch mit einem höflichen Lächeln an den entsprechenden Platz dirigierte. Als der Kellner die Shrimps und die Sahnesauce auf seine Seezunge gehäuft hatte, blinzelte Geraint ihr zu und hob die Gabel. Sie bedachte ihn mit jenem altbekannten Blick. Der Schatten war vorübergezogen.

»Hör mal, laß mir den Holoschirm, dann mache ich

mir eine Kopie und denke mal darüber nach. Aber es wäre am besten, wenn du es erst mal für dich behältst. Erzähl es keinem, bis wir etwas mehr darüber wissen. Hast du Arbeit?«

»Mag sein, mag sein«, bemerkte sie langsam und aufreizend. »Ich treffe mich morgen mit Jonathan im Lounging Lizard, und zwar nicht nur zum Lunch. Wir werden sehen, was mir die Glücksfee bei diesem Mr. Johnson beschert. Und da wir gerade von der Glücksfee reden: Was haben denn deine Karten in diesen Tagen zu sagen?«

Das war eine Frage, die Geraint nicht beantworten wollte. Er schwieg gerade lange genug, um sie wissen zu lassen, daß er nicht über die Karten reden wollte, aber sie kannte ihn gut genug, um über seine Anfälle von Vorsicht und Verschwiegenheit hinwegzusehen. Seine nichtssagende Antwort ging im Strom der leichten Unterhaltung und in der Freude über die elegante Umgebung unter.

Die Reisetasche fest umklammernd, schlenderte Serrin auf dem Weg vom Bahnhof Cambridge zum University Arms die Regent Street entlang, vorbei am Stuffer Shack. Drei Tage sinnloser Zeitverschwendung hatten in einer Besprechung geendet, zu der Smith und Jones gar nicht erst erschienen waren. Beim Dinner hatte ihn lediglich eine Karte erwartet, die ihren überschwenglichen Entschuldigungen Ausdruck verlieh, begleitet von einem Kredstab, um ihn zu überreden, einen zusätzlichen Auftrag anzunehmen. Ein paar unbedeutende Adelige, die bedeutende Aktionäre von Optical Neotech PLC, einem seiner Überwachungsziele, waren, würden an diesem Wochenende an einem Seminar in Cambridges bestem Hotel teilnehmen. Ob er nicht bitte einen oder zwei Beobachter auf ihre Räume ansetzen könne?

Gott weiß, was ich hier eigentlich mache, dachte der Magier mit einem Seufzer. Es ist fünfzehn Minuten vor

Mitternacht, und das hätte auch bis morgen warten können. Alle von mir überprüften Konzerne haben ihre Laboratorien mit hermetischen Zirkeln und Schlägern abgesichert, und keinem meiner kleinen Spione ist es gelungen, sie aus der Reserve zu locken. Alles ganz normale Sicherheit, gewöhnliche Vorsichtsmaßnahmen, der übliche Drill. Wer auch immer hinter Smith und Jones stand, hätte das leicht herausfinden können, ohne mir Tausende von Nuyen zu zahlen.

Während er das seltsame Nebeneinander des Cambridger Universitätsgeländes und der billigen Burger-Läden passierte, die heimlich von der Universität betrieben wurden, um die Einkünfte aus ihrem Grundbesitz und gewissen Hinterlassenschaften zu ergänzen, erlebte Serrin plötzlich einen Augenblick markerschütternder Klarheit. In seiner Jugend hatte er diese Augenblikke öfter erlebt, diese Entpersonalisierung, dieses Gefühl, außerhalb seines Körpers zu stehen, während er durch die Welt zog. Selbstverständlich war er als Magier daran gewöhnt, astral wahrzunehmen und zu reisen, die Welt als eine Mischung aus Emotionen und Impulsen und den Schatten von Seelen zu sehen, doch was er in dieser unendlich langen Sekunde erlebte, war etwas ganz anderes. In solchen Augenblicken fühlte er sich, als sei er auf alle Metaebenen und darüber hinaus verteilt, zugleich unwirklich und absolut klar. Die Zeit kam zum Stillstand, während seine Beine über den Bürgersteig stapften. Er bemerkte nicht einmal den Polizeiwagen mit den scharfäugigen Trollen darin, der langsam an ihm vorbeifuhr. Noch registrierten seine launischen Sinne den feinen Nieselregen, der seinen Mantel befeuchtete.

Ich habe mir das angesehen, was ist, sann er. *Aber was ist mit dem, was nicht ist?*

Minuten später saß er auf dem klobigen Bett seines Hotelzimmers. Aus purer Gewohnheit war das Trideo eingeschaltet, aber die Inspiration war verschwunden.

Wie ein lebhafter Traum, an den man sich nur noch bruchstückhaft erinnern kann und dessen Botschaft den wachen Verstand verwirrt, weigerte sich das Negativ hartnäckig, sich in ein Positiv zu verwandeln. Er kaute auf dem trockenen Sandwich herum — alles, was der Zimmerservice um diese Nachtzeit noch organisieren konnte.

Also gut, dachte er, während er das Bild der beiden Pinkel beim Frühstück vor ein paar Tagen vor seinem inneren Auge heraufbeschwor, ich spiele euer Spiel. Ich liefere euch einen Bericht, der so vollständig ist, daß er euch zu Tode langweilen und demonstrieren wird, daß ich ein sehr gewissenhafter Trottel bin. Ich nehme alle Nuyen, die ihr austeilt. Und ich werde mir die Zeit nehmen und herausfinden, was hier wirklich abläuft. Und vielleicht findet ihr heraus, daß ich ein sturer Bock bin, der ganz gern die Wahrheit erfährt.

Francesca leerte das bauchige Glas und leckte sich die Lippen, als sie es abstellte, eine simple Geste, die symbolisch das Ende des Dinners markierte. »Guter Wein. Er hat mir wirklich geschmeckt.«

»Tja, bei den Tairngire-Abfüllungen weiß man wenigstens, daß die Trauben auf einem Boden wachsen, der nicht vollständig vergiftet ist. Nicht schlecht. Er hätte jedoch etwas mehr von einem Cabernet Franc haben können.« Der Kellner stellte das silberne Kaffeeservice auf den Tisch, und Geraint sagte:

»Einen großen Calvados für mich und einen — Cointreau?«

Francesca lächelte. »Du hast ein Gedächtnis für Einzelheiten, nicht wahr?«

Die Andeutung eines Grinsens spielte um seine Mundwinkel, als Pianomusik durch den langsam leerer werdenden Raum schwebte. Er war sich kaum bewußt, was er tat, während er müßig einen Lord aus dem Norden betrachtete, der sich am gegenüberliegenden Tisch mit einer stark geschminkten Asiatin lächerlich machte. Francesca bemerkte es jedoch, und sie hielt seine linke Hand fest, mit der er sich unentwegt die Schläfe massiert hatte.

»Geraint.« Ihre Stimme hatte nur einen leicht eindringlichen Unterton. »Ich habe das schon mal gesehen.«

Er entzog sich ihr, war sich plötzlich seiner Handlung bewußt und sehr nervös und wollte nicht hören, was sie zweifellos sagen würde.

»Was ist los? Was ist es?« Sie wußte von seinen seltenen Momenten des Zweiten Gesichts. Er hatte ihr von seinen Vorfahren und Verwandten erzählt, von den Cousins mit den epileptischen Anfällen, dem Familienfluch. Also wußte sie, was das dumpfe Pochen auf der linken Seite seines Hirns zu bedeuten haben mochte, und sie hatte ihre eigenen Alpträume. Er hatte den Abend nicht so ausklingen lassen wollen, und so tat er ihre Frage ab.

»Ach, es ist nichts. Bin zu oft bis spät in die Nacht in den verräucherten Zimmern des Oberhauses gesessen.« Er lenkte ihre Aufmerksamkeit mit Anekdoten über die Skandale und das schlechte Benehmen der Lordschaften ab. Der Trottel mit dem gelangweilten Mädchen am gegenüberliegenden Tisch war ein guter Ausgangspunkt. Unbewußt einigten sie sich stillschweigend darauf, sich auf dem harmlosen Feld des Lachens über Belanglosigkeiten zu treffen.

Geraint wies seinen Chauffeur an, Francesca vor ihrer Haustür abzusetzen, wobei er ihr Angebot ablehnte, noch einen gemeinsamen Schlummertrunk zu nehmen. Seine Kopfschmerzen waren jetzt ziemlich stark, was diesmal nicht auf Alkohol oder Tabak zurückzuführen war. Er sehnte sich einfach nach der Sicherheit und Geborgenheit seiner eigenen vier Wände, wo er Medikamente nehmen konnte, um die scharfen Kanten zu glätten. Das Gefühl des Unwohlseins war immer noch nur eine Vorwarnung. Es war noch kein eindeutiges Zeichen. Das würde noch kommen.

Als er die Haustür hinter sich geschlossen hatte, warf er seinen Kaschmirmantel, der vom schmierigen Londoner Regen glitschig war, über einen Armsessel und bückte sich dann, um das mit Wachs versiegelte Päckchen aufzuheben, das auf dem Boden lag. Das Siegel war das des Earl of Manchester. Im Innern des Päckchens fand er eine ziemlich protzige Broschüre — »Der Adel in der Wirtschaft: Strategien zum Erfolg« —, in der mehr Konzernsponsoren aufgelistet waren, als es ehrliche Polizisten in London gab. Begleitet wurde die Broschüre von einer persönlichen Einladung an den Earl of Llanfrechfa von Charles Nakatomi, Fuchi Industrial Electronics, und keinem geringeren. Das Päckchen achtlos auf den Tisch in der Halle werfend, rieb sich Geraint die Stirn und versuchte das wellenartige Pochen über seinem Nasenrücken abzuzwacken, um den dumpfen Schmerz in seinem Kopf einzudämmen. Er entkleidete sich in dem luxuriösen Badezimmer, legte seinen seidenen Drachenkimono an und tastete nach den Enzephalinen in der obersten Schublade des Badezimmerschränkchens. Obendrein warf er noch eine Ibuprofenverbindung ein, der jeden Muskel in Gelee verwandelte, während er auf dem Bett zusammenbrach. Besser leben durch die Chemie. Um das Wochenende und die Nachwirkungen machen wir uns morgen Gedanken. Cambridge, ich komme.

5

Imran verspätete sich bei seiner Rückkehr aus Shoreditch, und Rani wartete geladen, nachdem sie auch noch Brühe des Hühnercurrys auf den Küchenboden und den Saum ihres Sari verschüttet hatte. Infolge des Angriffs waren ihre Nerven immer noch ziemlich angespannt, nicht zuletzt deshalb, weil sie sicher war, nicht zum letztenmal von den Typen gehört zu haben. Den ganzen Tag lang hatte das vordere Zimmer, das ehrenwerten Besuchern vorbehalten war, eine Prozession von Verwandten und Freunden erlebt, die plötzlich alle ein beachtliches Talent im Erfinden von Vorwänden für einen Besuch entwickelten, gewöhnlich kurz nachdem Imran das Telekom benutzte. Sie wußte, daß er die Geschichte wahrscheinlich herumerzählte. Zumindest heute ging er ihr nicht auf die Nerven, da er unterwegs war und irgendwelche italienischen BTL-Chips und zwielichtige Cyberware verscherbelte. Normalerweise tauschte er seinen Kram gegen Naturalien, schacherte und feilschte um Waren, die er dann wiederum tauschen konnte, wog jeden Deal mit der Finesse eines Uhrmachers ab. Das Spiel gefiel ihm, er ergötzte sich geradezu am Handeln mit anderen Händlern und Kunden und bunkerte Gefälligkeiten, auf die jeder Ork angewiesen war, um in der Welt zurechtzukommen. Es erhöhte die Überlebenschancen ungemein, wenn die Rassisten wußten, daß man bei Bedarf im Nu auf Hilfe zählen konnte.

Sanjay war ebenfalls zufrieden. Der größte Teil der Nuyen, die er für die hausgemachten Drogen bekommen sollte, war umgehend angerollt, und so hatte er genug Geld, um sich ›zu frisieren‹, wie er es ausdrückte. Im Augenblick war er noch vom Opium bedröhnt, aber in Kürze würde er zu Mohsin gehen und sich die Talentsofts und Straßencyberware ansehen. Rani lächelte eingedenk des Tages, als Sanjay, wund und steif, mit seinem Muskelersatz nach Hause gekommen war. Wenngleich mit schmerzverzerrtem Gesicht hatte er sie aufgehoben und herumgewirbelt, was ihm seit dem entsetzlichen Tag und der Nacht der Qualen, als sie sich verwandelt hatte, nicht mehr gelungen war. Der neue Bizeps glänzte unter seiner eingeölten Haut, und sie konnte die vergrößerten Brustmuskeln unter seinem schweißnassen Hemd arbeiten sehen. Mohsin war entfernte Verwandtschaft. Ausrüstung von der Straße war weitaus sicherer, wenn das Skalpell vom eigenen Fleisch und Blut geschwungen wurde.

Ihre Träumerei wurde von Imrans Klopfsignal an der Tür unterbrochen. Sie öffnete Ketten und Riegel, begierig, ihn zu sehen. Er quetschte sich grob an ihr vorbei, einen schweren Aluminiumkoffer in der Hand.

»War 'n guter Tag, Schwester!« Er grinste, gönnte ihr jedoch kaum einen Blick, da er an den schweren Schnappriegeln und dem Magnetschloß des Koffers herumfummelte.

»Was hast du da, Imran? 'ne Leiche?« Sie war nervös, und richtete ihre Aufmerksamkeit abwechselnd auf den Koffer und die Küche, jeden Augenblick mit dem Geruch nach angebranntem Hühnercurry rechnend.

»Viel besser. Ich hab an diesem Wochenende Arbeit für die Familie, und diese kleine Schönheit ist die Eintrittskarte dafür.«

Rani verzog das Gesicht, da sie genau wußte, was Arbeit für die Familie bedeutete.

»Das einzig Wahre, weißt du?« Er streichelte den schlanken Stahllauf der schweren Pistole, behandelte sie so liebevoll, als sei sie ein Neugeborenes. »Der Ares Predator II mit perfekter Smartgun-Verbindung«, strahlte er, während er ihr den Kolben entgegenstreckte, um ihr das Interface zu zeigen. »Und ein Fünfzehner-Magazin mit panzerbrechender Munition! Aus UCAS-Beständen, keine von diesen billigen osteuropäischen Imitationen.« Er schwenkte das Magazin mit einem Anflug von Triumph. »Damit könntest du 'n Nashorn über den Hau-

DOOG '92
FOOD
JAZZ

fen schießen.« Er lachte humorlos. »Jedenfalls, wenn's noch 'n Zoo mit 'nem Nashorn gäb, weißt du? Jedenfalls bin ich dieses Wochenende beschäftigt, also wirst du hier hinter Schloß und Riegel bleiben und auf deinen Bruder warten, daß er echte Kohle nach Hause bringt!«

Rani gab keine Antwort. In dem Augenblick, als er von seiner kostbaren Hardware zu ihr aufsah, verrieten ihm ihre über der Brust gekreuzten Arme und das entschlossen vorgereckte Kinn, daß sie bereit war, es auszufechten. Er beschloß, es zunächst mit Vernunft zu versuchen, später dann mit Beharrlichkeit.

»Wir können beim Essen darüber reden. Du solltest deinen Bruder dafür ehren, daß er seine Arbeit tut. Wo ist mein Essen, Weib?« Er versuchte witzig zu sein, und Rani fügte sich mit dem Anschein eines echten Lächelns, doch nur für einen flüchtigen Augenblick. Imran wußte, daß Sanjay in seinem gegenwärtigen Zustand keine große Hilfe war, also eilte er zum Telekom, während sie in die Küche ging, um ihm sein Essen aufzutischen. Er hatte gerade Aqibs Telekomnummer eingetippt, als Rani auf den Löschen-Knopf drückte.

»Nein, Bruder. Das bereden wir allein.«

Er hatte es mit den üblichen Appellen und Taktiken versucht, ihre Kochkünste über jedes auch noch im entferntesten glaubhafte Maß gelobt, ihr erzählt, der hübsche Ravi wolle sie an diesem Wochenende anrufen, und dann schließlich seine Trumpfkarte der Tradition ausgespielt. »Wir überleben als Familie«, hatte er geltend gemacht. »Unsere Traditionen, unsere Sitten und Gebräuche, halten uns zusammen. Du machst mir Ehre, wenn du dich um unseren Haushalt kümmerst, der dein Arbeitsplatz ist. Aber die Welt ist meine Domäne. Ich bin ein Mann, und das ist mein Platz. Wir überleben, weil wir an dem festhalten, was etabliert ist, sicher — real. Unser Vater hätte es nicht anders gewollt.«

Das war unklug gewesen, und Imran bereute es sofort. Sich auf die Autorität ihres toten Vaters zu berufen, war ein Tiefschlag. Bei der bloßen Erwähnung schossen Rani Tränen in die Augen, aber sie würde nicht nachgeben.

»Imran, Bruder, wenn ich nur 'ne nette, kleine, saritragende Gopi wäre und in der Küche stände, wäre ich seit zwei Tagen tot. Ich wäre über die Straße gegangen, um Huhn und Fisch zu kaufen, und sie hätten mich in Stücke gerissen. Ich lebe noch, weil ich nicht so bin.«

»Wärst du geblieben, wo du hingehörst, wärst du nachts überhaupt nicht auf der Straße gewesen! Vielleicht war das die Sorte Männer, die die Sorte schmutziger Frauen angreift, die das tut. Eine von denen ist in derselben Nacht ermordet worden, wußtest du das?« Seine Mißbilligung war stark, aber sie hatte eine vernichtende Antwort.

»Meinst du mich? Mich sollen sie mit einem Straßenmädchen verwechseln? Wer wollte *mich* schon haben? Ich bin ein Ork. Wer würde für meinen Körper zahlen?« Als sie sich vor Entrüstung und Betroffenheit schüttelte, verpufften seine Argumente augenblicklich. Sie hatten sich gemeinsam verwandelt, Bruder und Schwester, und dieses Band war zu stark für ihn, als daß er ihren Schmerz nicht registriert hätte. Er erhob sich und nahm sie sanft in die Arme, drückte sie sachte an sich, doch er spürte die Kraft in Rani, die es ihr gestattete, Gefühle auszudrücken, denen er sich nie hätte stellen können.

»Ich will mitkommen«, sagte sie leise. »Ich will dir helfen.«

»Rani. Schwester. Ich hab Angst um dich, das weißt du. Wenn du mitkommst, mach ich mir so viele Sorgen um dich, daß ich mich nicht mehr auf meinen Job konzentrieren kann. Bitte, bleib bei Sanjay. Hier bist du sicher.« Es würde nicht klappen, und er wußte es.

»Nein, ich komme mit. Ich kann mit Kanonen genausogut umgehen wie du. Ich halt mich aus allem raus, aber ich will dabeisein. Wem könntest du mehr vertrauen?«

Er fügte sich mit Anstand in die Niederlage. »Ist sowieso 'ne Familienangelegenheit. Aqib, Wasim und Sachin, vielleicht noch Rajiv, wenn er von seiner Frau wegkommt.« Das löste die Spannung, und sie lachten zusammen bei dem Gedanken an den armen Rajiv und seiner gewaltigen, dominanten Frau, die das Haus so tyrannisch regierte wie ein Konzern-CEO.

»Also gut«, sagte Imran schließlich. »Der Job ist für morgen angesetzt. 'n fahrbaren Untersatz kriegen wir von 'nem Freund Mohsins, weil der fragliche Ort ungefähr sechzig Meilen weiter im Norden liegt. Wir brauchen nur 'n paar Schüsse auf 'n Pinkel abzugeben, der 'n Laborbesuch macht. Wir brauchen ihn nicht mal zu treffen, um abzukassieren. Ich schätze, sie wollen ihm bloß 'n ordentlichen Schrecken einjagen.«

Rani wollte mehr darüber erfahren. »Warum du? Warum haben sie nicht 'n paar harte Burschen aus dem Squeeze angeworben? Das wäre doch eigentlich das Offensichtliche gewesen.«

»Ich schätze, das liegt daran, daß die Leute, die die Nuyen scheffeln, was Besseres zu tun haben als das Offensichtliche. Die sind gerissen. Ich glaube, es gefällt mir, für gerissene Leute zu arbeiten, jedenfalls nach dem Umfang des Kredstabs zu urteilen. Und wir haben Vorschuß und die Hardware bekommen. Rani, besuch morgen die alte Chenka. Bitte um ihren Segen und noch etwas mehr, du weißt schon, hm?«

Anstelle einer Antwort lächelte seine Schwester nur kläglich. Chenka, alt und zahnlos, wußte immer, wenn die Familie in einen Run verwickelt war, weil sie vorher immer zu ihr kamen, um sich ihren Segen und eine ihrer in Papier eingewickelten Kräutermischungen zu holen. Wie immer würden sie schweigend dasitzen und dampfenden grünen Tee trinken, während die alte Frau ganz leicht auf ihrem Stuhl schaukelte und sie aus blinzelnden, halbgeschlossenen Augen eindringlich fixierte. Augen, die wahrscheinlich alles sahen.

Imran hatte Rani nicht das genaue Ziel des Runs verraten. Er war der Ansicht, sie brauchte es erst zu erfahren, wenn sie aus London heraus waren, was sicherer war, weil sie bei Nacht fahren würden. Ansonsten stellte sie wahrscheinlich zu viele Fragen, und er wußte nicht, ob er genügend Antworten hatte.

6

Geraint schob den Perlenvorhang beiseite, ging durch das Ladenlokal und nahm gegenüber der kleinen Elfin Platz. Skita, der schwarzweiße Langhaarkater, kam zu ihm, den prächtigen Schwanz stolz in die Höhe gereckt, und legte sich auf Geraints Schoß. Der Waliser lächelte, kraulte den Kater hinter den Ohren und unter dem Kinn, woraufhin dieser die Augen schloß und behaglich schnurrte. Serena erwiderte sein Lächeln. Sie hatte die Hände im Schoß gefalten, und auf dem Tisch zwischen ihnen stand der Spruchfokus.

Wie immer hatte sie ihn so liebevoll gestaltet, daß er ein Gegenstand von echter Schönheit war. Sie hatte Kristall gewählt, Rosenquarz, und ihn in eine silberne Drachenklaue eingesetzt. Er hatte auch eine Schließe, so daß er ihn an einer silbernen Kette oder als Brosche tragen konnte. Serena achtete immer auf solche Feinheiten, sowohl bei ihrer Arbeit wie ihrem Äußeren. Heute trug sie eine fließende Seidenbluse und einen Baumwollrock in dunkelblauen und elfenbeinfarbenen Tönen; der Schnitt war von klassischer Eleganz. Sie trug außerdem ihre azurfarbenen Spinellohrringe. Das tiefe Blau der Steine paßte zu ihren wunderschönen Augen, und darin blitzten winzige Punkte aus magischem goldenem Licht. Serenas Kopf war ein wenig nach links geneigt, während sie ihn musterte, und er fragte sich, ob sie ihre magischen Fähigkeiten benutzte, um seinen Verstand zu sondieren.

»Sie sehen müde aus, Mylord.« Sie benutzte den förmlichen Ausdruck ohne jeden Spott, wenn sie ihn anredete. »Sie haben graue Schatten unter den Augen. Sie verbringen all Ihre Zeit in der Welt der falschen Macht. Davon werden Sie ablassen müssen, oder Sie werden leiden.«

Sie reichte ihm ein Glas mit einer sprudelnden eiskalten Flüssigkeit, eine Mischung aus trübem Apfelsaft und reinem Quellwasser, wunderbar kalt und erfrischend. Er nahm einen tiefen Schluck und ließ sich in die Polster zurücksinken. Skita rührte sich ebenfalls. Er streckte ein Vorderbein aus und leckte sich die Seite einer Pfote, um sich hinter den Ohren zu waschen. Das Tier schien besonderes Vergnügen an seiner Wäsche zu haben, wenn Geraint einen dunklen Anzug trug, offenbar ein wunderbarer Platz, um weiße Bauchhaare zu hinterlassen. Der Kater schnurrte jetzt in einer tieferen Tonlage, schien sich dann aber doch noch nicht dazu durchringen zu können, sich auf den Rücken zu drehen, um sich den Bauch kraulen zu lassen. Skita zog es vor, seine Würde zu bewahren, bis er vollkommen entpannt war.

»Das liegt an der Jahreszeit, Serena. Ein Haufen Konzerne schließen gerade die Bilanzen und Berichte für das dritte Quartal ab, und im Oberhaus geht es ziemlich hektisch zu. Aber das müßten Sie eigentlich wissen.« Mehr als nur ein paar Elfenadelige betrachteten Serena als gute Freundin, und es war höchstwahrscheinlich auf ihren Einfluß zurückzuführen, daß sie außerhalb der strengen gesetzlichen Vorschriften des Lordprotektoramts operieren konnte. Sie brauchte den Papierkram nicht immer in vierfacher Ausfertigung abzuliefern oder sich sämtliche Genehmigungen zu beschaffen, welche die meisten eingetragenen Taliskrämer in Britanniens hochgradig reglementierter Gesellschaft benötigten.

Serena tat seine Worte mit einem unmerklichen, vogelartigen Kopfschütteln ab. »Man kann immer eine rationale Erklärung finden, Geraint. Es gibt immer den Druck der Arbeit, wenn Sie so wollen. Aber ich sehe, daß Sie sich unwohl fühlen. In Ihrer Aura ist eine Blokkade. Ihre linke Seite« — sie berührte ihre linke Schläfe mit dem Zeigefinger — »flackert sehr stark. Sie wollen es nicht akzeptieren oder sich nicht eingestehen, und Sie sagen sich vielleicht, daß Sie einfach zu beschäftigt sind. Aber Sie haben dort eine Blockade, und Ihre Energien fließen nicht richtig. Sie erzeugen Spannungen in

Ihnen, und Sie haben versucht, sie mit Giften zu beruhigen.«

Ihre Miene war fast streng, fast so wie die seiner Mutter. Wenn es ihm gestattet gewesen wäre, hätte er sich eine Zigarette angezündet, um seine Gereiztheit zu beschwichtigen und seinen rastlosen Fingern etwas zu tun zu geben, nun, da Skita auf dem Höhepunkt seiner Wäsche ganz eindeutig nicht gestört werden wollte. Serena würde nicht einmal das Mitbringen von Tabak in ihren Laden erlauben, ganz zu schweigen davon, ihn hier zu rauchen.

»Serena, ich bin geschäftlich hier. Es war eine glückliche Fügung, daß ich seinerzeit um die Maske gebeten habe, weil an diesem Wochenende eine wichtige Geschäftsbesprechung stattfindet, und ich bin sicher, daß sich dort der übliche Haufen Konzernmagier und opportunistischer Freischaffender herumtreibt und versucht, hier und da den einen oder anderen Verstand zu sondieren.«

Die Bemerkung war zugleich als Warnung an sie gedacht, nicht weiter in seinem Verstand herumzustöbern. Geraint griff in seine Jackentasche und zog den Kredstab mit dem Monogramm auf der silbernen Spitze heraus. Das war ein kleiner Scherz zwischen ihnen, eine Protzerei, die weit über die Grenzen seiner normalen Eitelkeit hinausging, doch eine, die ihr gefiel und sie amüsierte. Er gab ihn ihr und streckte die andere Hand aus, um den Quarzfokus im Tausch dafür entgegenzunehmen. Sie nahm den Kredstab und schob den Fokus in seine Richtung, wollte von ihrer Befragung jedoch nicht ablassen.

»Und sie werden so wie ich wissen, daß Sie ein Adept sind. Sie wären ein besserer, wenn Sie Ihre Seele nicht verunreinigt hätten.« Serena mißbilligte sehr stark die Cyberware, die sich Geraint hatte implantieren lassen: Seine Datenbuchse, die Headware Memory und die Kanüle über dem ersten Rückenwirbel zur raschen Verarbeitung von Psychoaktiva. Gifte nannte Serena sie, und sie wollte von dieser Interpretation keinen Millimeter abrücken. »Das ist keine gewöhnliche Gabe, die Zukunft zu sehen.«

Das zumindest gab ihm Gelegenheit zu versuchen, die Richtung zu ändern, die das Gespräch nahm. »Es handelt sich nicht um echte Präkognition, würde meine Mutter sagen. Die Zukunft vorauszusagen, heißt nur, die Gegenwart zu extrapolieren. Es ist lediglich eine Art Hellsichtigkeit vermischt mit intuitiver Raterei, die sich hin und wieder als stimmig erweist.« Es bereitete ihm ein fast perverses Vergnügen, sein Talent zu verunglimpfen, ein sorgfältig eingeworfenes ›Lediglich‹ ließ es zahmer und weniger als Eindringen in ein wohlgeordnetes Leben erscheinen.

»Nennen Sie es, wie Sie wollen, Geraint. Es ist jedenfalls nichts, was Sie aufhalten, kontrollieren oder unterwerfen können. Wenn Sie die Gabe nicht akzeptieren, bricht sie auf eine Weise durch, die Sie bestürzen und erschrecken wird.« Sie schwieg einen Augenblick, dann drehte sie sich um und legte den Kredstab beiseite. »Nun, das wäre erledigt«, sagte sie. »Soll ich Ihnen die Karten legen?«

»Nein. Danke.« Das erste Wort kam zu rasch, die Pause zwischen dem ersten und dem zweiten war zu lang. Seine Antwort hatte einen fast panischen Unterton, und sie wußten es beide. Geraint überspielte seine Verlegenheit, indem er den sich beschwerenden Skita aufhob und ihn auf dem warmen Polster absetzte, das er räumte, um sich dann mit übertriebenen Gesten die Haare des Katers abzuwischen. Wie üblich, wenn er ging, hatte Serena noch eine Abschlußbemerkung für ihn.

»Dann haben sie bereits zu Ihnen gesprochen. Hören Sie ihnen zu, Geraint. Hören Sie ihnen zu! Wenn Sie das nicht tun, werden sie Sie zum Zuhören zwingen. Nehmen Sie sich in acht.«

Aus irgendeinem unerklärlichen Grund schaffte es

Geraint, beim Hinausgehen ein kleines Schmuckstück von der Ladentheke zu fegen, was die Wirkung ihrer Worte irgendwie abschwächte. Er hob den Armreif rasch auf und legte ihn wieder in das geflochtene Kästchen auf der polierten Glastheke zurück. Serena stand mit verschränkten Armen daneben und beobachtete ihn halb ernst, halb amüsiert.

»Ein Bekannter von Ihnen war vorgestern hier«, sagte sie.

»Hmm? Einer der Elfenadeligen? Ich habe schon seit ...«

»Nein, ein Elf von der anderen Seite des großen Teichs. Serrin Shamandar. Natürlich werde ich Ihnen nicht sagen, was er wollte, aber es ist doch ein interessanter kleiner Zufall.« Sie wußten beide, daß keiner von ihnen an Zufälle glaubte. Geraint zuckte die Achseln, wischte ihre fragend gehobenen Augenbrauen mit einem Lächeln fort und fädelte sich dann in den Strom der Gesichtslosen auf der Frith Street ein.

Seine Koffer waren bereits gepackt, als er den Fokus in Händen hielt. Es würde ein paar Stunden dauern, um die Magie des Gegenstands auf sich zu übertragen. Natürlich hatte er ihn bereits bei seiner Herstellung in der Hand gehalten und über ihn meditiert, und jetzt benötigte er mit dem fertigen Gegenstand nur noch wenig Zeit. Es war halb vier nachmittags; in vier Stunden würde er wieder in Cambridge sein, fünf oder zehn Minuten von seiner alten Universität entfernt, und den Reichen, Fetten und Adeligen die Hand schütteln. Er lachte, seine Lebensgeister kehrten zurück, und er konzentrierte sich auf den Fokus.

Nach wenigen Minuten hatte er die Welt vergessen und registrierte nicht einmal Francescas Anruf. Außerdem rief sie nur an, um ihm ein erfolgreiches Wochenende zu wünschen.

Serrin runzelte die Stirn, als er das gemietete Motorrad in der unterirdischen Hotelgarage parkte. Es war seiner Stimmung gewiß nicht zuträglich, daß ihm von den Wänden Sodium-Molybdän-Lampen unheilvoll zublinzelten, während flankierende weiße Pfeile auf den Fahrstuhl zeigten.

Wie üblich war der Morgen langweilig gewesen. In Grantchester, ein paar Meilen weiter südlich, hatten ihm seine auf die Renraku-Labors angesetzten Beobachter Bericht erstattet. Die von den hermetischen Magiern geschaffene Barriere war so dick wie die Haut eines Trollsamurais, doch das war auch nicht anders zu erwarten gewesen. Die Beobachter des Konzerns nahmen seine eigenen Observationen ohne ungebührliche Sorge zur Kenntnis. Die kleinen Stinker haben sich wahrscheinlich verzogen, um sich zu amüsieren, kaum daß ich verschwunden war, dachte er.

Es war die übliche Routine gewesen: sich auf seine magische Maskierung und Tarnung konzentrieren, aus sicherer Entfernung astral wahrnehmen, um die nahtlosen magischen Barrieren herumschleichen, vorsichtig nach ungewöhnlichen Reaktionen oder Aktivitäten Ausschau halten. Doch es ergab sich nie etwas Ungewöhnliches. Keine Kampfmagier, welche auf die astrale Überwachung reagierten, keine körpergepanzerten Schläger, die in gepanzerten Mannschaftswagen ausrückten. Auf der anderen Seite war das hier England, nicht zu vergleichen mit dem, was er von zu Hause her kannte.

Aus reinem Spaß an der Freude beschloß er, das Tempolimit auf der flachen geraden Straße zurück ins Herz des Sprawls zu überschreiten. Als er am Flußufer entlangdröhnte, erschreckte er ein paar Studenten, die in flachbödigen Kähnen auf dem Cam herumstakten, doch keiner fiel in die stinkende Brühe. In einem Reiseführer hatte Serrin gelesen, daß der Genuß eines Schluckes Flußwassers in einem von zehn Fällen zum Tode führte, während manchmal auch eine Handvoll Studenten von einem der Paralebewesen verschluckt wurde, die stromabwärts von den Stinkfens nach Osten wanderten. Aber die Studenten ruderten weiter, als könne die schlichte Tradition dieser Beschäftigung die Realität einer verwüsteten Erde leugnen. Die Menschen machten einfach weiter: Sie ruderten auf verschmutzten Flüssen, kauften unausgegorene Technik, die sie viel öfter umbrachte, als daß sie tatsächlich funktionierte, gingen zu irgendwelchen Klempnern, um sich in Straßenkliniken fragwürdige Cyberware implantieren zu lassen, und glaubten auch dem nächsten grünen Guru mit einem Lächeln auf dem Gesicht und einem Konzernkredstab, den man ihm hinten reingeschoben hatte.

Serrin hatte sich an diesem Nachmittag nicht besonders gut gefühlt, aber die Tatsache, daß er mit der Überschreitung des Tempolimits davongekommen war, hatte seine Lebensgeister ein wenig geweckt. Als er in das Hotelfoyer wanderte, entschieden schmutziger und ungepflegter als der größte der Teil seiner Klientel, mußte er unwillkürlich grinsen. Vielleicht war es Zeit für einen verspäteten Lunch und einen anständigen Happen Proteine.

Während er auf den Maitre des Restaurants mit Ausblick auf Parker's Piece zuging, dem einzigen Fleckchen Parkland, daß es in der Innenstadt von Cambridge noch gab, sah Serrin die ersten der Pinkel und Schläger für das Wochenendseminar eintreffen. Kredstäbe blitzen an der Rezeption auf, und die Trollchauffeure sahen in ihren hellgrauen Uniformen und Schirmmützen bis zur Perfektion stereotypisiert aus. Jede Ausbuchtung befand sich an der richtigen Stelle, vom Bizeps bis zu den lizensierten Pistolen, die an Hüften und in Armbeugen versteckt waren.

Zwei Elfen, deren Spruchfetische ganz offen zu sehen waren, gingen die Treppe zur Churchill Suite herauf. Die Sicherheitsvorkehrungen waren offensichtlich und streng. Serrin konnte verstehen, warum ihn seine Auftraggeber gebeten hatten, ein paar Überwachungen außerhalb der Stadt durchzuführen, wenn er ein paar von den Seminarteilnehmern überprüfen sollte. Von einem rein logischen Standpunkt aus hatte er nie daran gezweifelt, daß dies der eigentliche Zweck seiner teuren Spritztour auf Kosten seines anonymen Auftraggebers war. Doch das unbekannte Etwas, das jenseits der Logik schlummerte, wollte ihm keine Ruhe lassen.

Von einer inneren Rastlosigkeit gepackt, stocherte er in seinem Essen herum. Er haßte es, einen eindeutigen Auftrag erfüllen und dann darauf warten zu müssen, ihn erfüllen zu können. Er hielt sich mit verrückten Ideen bei Laune, wie er sich in eines der Labors durchbluffte, indem er behauptete, ein Konzernexec oder irgendein Wissenschaftsgenie von der Universität zu sein, oder wie er sich eine falsche Identität besorgte und nur zum Spaß etwas Unerhörtes tat. Nicht, daß er je solche Dinge tat, aber das Phantasieren darüber vertrieb ihm die Zeit.

Er starrte trübsinnig in die Halle, wobei er mit den Resten einer Creme Brulée herumtändelte, die es mühelos geschafft hatte, ihm den Appetit zu verderben, als er plötzlich ein Gesicht im Aufzug verschwinden sah. Sein Herz setzte für einen Schlag aus, wahrscheinlich sogar für eine ganze Sekunde, und er mußte erst einmal schwer schlucken, um sich nicht gleich hier, mitten im Restaurant, zu übergeben.

Mit aller Nonchalance, die er in seinem erschütterten Zustand noch aufbringen konnte, schlenderte Serrin zur Rezeption. Da er sich zum Lunch umgezogen hatte und respektabler aussah als sonst, glaubte er, vielleicht damit durchzukommen. Außerdem hatte er für das gesamte Wochenende gebucht, also gehörte er wirklich dazu, ob er so aussah oder nicht.

»Entschuldigen Sie bitte. Der Herr, der gerade eingetroffen ist«, hauchte er der Empfangsdame zu, »ist ein alter Freund von mir. Welche Suite hat er?« Er ging einfach davon aus, daß Kuranita kein gewöhnliches Zimmer genommen haben würde. Die Empfangsdame ließ sich vielleicht durch diese Einzelheit täuschen und verriet es ihm.

Sie war jedoch viel zu cool und tat es nicht. »Es tut mir leid, Sir. Ohne die ausdrückliche Zustimmung der betreffenden Gäste dürfen wir keine Zimmernummern nennen.«

»Selbstverständlich, ich verstehe. Ich treffe ihn bestimmt später.« Er lächelte höflich, aber er hatte alles gesehen, was er wollte. Der Eintrag flimmerte immer noch auf dem Bildschirm. James Kuruyama, Communication Management Associates, Chiltern Suite. Also war es eine falsche Identität, wenngleich die Gesellschaft ziemlich plausibel wirkte. Serrin erinnerte sich vage, daß CMA eine Tochtergesellschaft des großen Megakonzerns war, bei dem Kuranita dieser Tage beschäftigt war.

Aber was, zum Teufel, wollte Paul Kuranita, der stellvertretende Leiter der Aktiven Sicherheit von Fuchi Schweiz, hier unter einem falschen Namen?

Wieder in seinem Zimmer, gab es für Serrin eine Menge nachzudenken, während er seine Fetische und Fokusse aus ihren Seidentüchern wickelte. Als nächstes öffnete er die Außenverkleidung seines Diplomatenkoffers, holte die Einzelteile der Ingram heraus und setzte sie zusammen. Als er fertig war, wog er sie ein paar Augenblicke abschätzend in der Hand, bevor er einen Munitionsclip einlegte und diesem einen leichten Schlag versetzte, so daß er mit einem angenehmen Klicken einrastete.

In all den Jahren seit der Ermordung seiner Eltern, als die Rakete den Renraku-Kopter mit unfehlbarer Genauigkeit getroffen hatte, war es Serrin nie gelungen, mehr als einen einzigen Namen zu bekommen.

Paul Kuranita.

Der Mann war unberührbar gewesen, ein brillianter

freischaffender Samurai, dessen Schritte sich nicht verfolgen ließen, bis ihn der Troll in Johannesburg so schlimm zugerichtet hatte, daß sämtliche chirurgischen Maßnahmen und Cyberersatzteile, die seine Millionen kaufen konnten, nicht in der Lage gewesen waren, ihn vollständig wiederherzustellen. Sechs Jahre lang hatte sich Kuranita die Leiter der Fuchi-Organisation heraufgearbeitet. Stellvertretender Leiter der Aktiven Sicherheit für die Schweiz klang wie ein Witz, wenn man nicht wußte, daß der Leiter hoffnungslos senil und nicht mehr als eine Gallionsfigur war. Der Witz war noch weniger lustig, wenn man bedachte, daß die Schweizer Filiale alle europäischen Aktivitäten des Fuchi-Konzerns koordinierte und daher über eine gewaltige Macht verfügte.

Serrin war niemals hundertprozentig sicher gewesen, was die Mittäterschaft Kuranitas am Tod seiner Eltern betraf. Bei den Beweisen handelte es sich lediglich um Indizien, aber andererseits würde es bei jemandem wie Kuranita auch niemals stärkeres Belastungsmaterial geben. Doch jetzt hatte das Schicksal den Mörder zu Serrin geführt, und er würde die Chance nicht verpassen.

Er begann sorgfältig zu planen. Eine sofortige magische Überwachung wäre natürlich ein Fehler gewesen, aber vielleicht war es für den Anfang nicht schlecht, den Parkhauswächter zu schmieren, um ein paar Informationen über Kuranitas Wagen zu bekommen.

Als der Plan des Magiers stand, war die Dunkelheit über die Welt jenseits seines Zimmers hereingebrochen. Als er durch die Lobby und die Nottreppe zum Parkhaus herunterging, bemerkte er den Adeligen nicht, der ihm vom Empfang aus fast fassungslos nachstarrte.

Geraint hatte keine Zeit, hinter dem Elf herzulaufen, da er sofort von einem erleichterten Earl of Smethwick angesprochen wurde. Der Earl war hocherfreut, ihn wiederzusehen, und ganz versessen darauf, ihn einer ganz eindeutig angeheiterten jungen Frau von OzNet vorzustellen, die Recherchen für eine Trideosendung über das Seminar anstellte. Der Druck von Smethwicks Hand, die seinen Unterarm umklammerte, übermittelte die Botschaft: »Schaffen Sie mir diese dämliche Schnepfe vom Hals, und ich schulde Ihnen einen großen Gefallen, mein Freund«, und das mit außerordentlicher Dringlichkeit.

Mit einem unmerklichen Seufzer beschloß Geraint, Smethwick gefällig zu sein, und wandte sich an die Frau, die einen schlampigen Eindruck machte und es offenbar vorzog, ihr Make-up mit einer Maurerkelle aufzutragen. Geraints erster vorsichtiger Einsatz unaufrichtigen keltischen Charmes schien eine fast andächtige Aufnahme zu finden. Wahrscheinlich hatte ihr heute abend schon so ziemlich jeder hier die kalte Schulter gezeigt, und ihre Erleichterung, endlich jemanden gefunden zu haben, der mit ihr zu reden bereit war, hatte schon fast etwas Rührendes an sich. Himmel, vielleicht stand sogar ihr Job auf dem Spiel. Sie war offensichtlich kein hohes Tier. Zumindest kann ich sie zum Dinner einladen, dachte Geraint, und darauf achten, daß mir nichts herausrutscht.

Er nahm ihren Arm und steuerte das Restaurant an.

»Es ist nicht wirklich berechenbar. Ich halte das nicht für einen so gut durchdachten Schritt.«

»Paß auf, er kann nicht an den Mann heran. Es besteht nicht die geringste Möglichkeit, daß dort irgendwas Ernsthaftes passiert. Das Wichtigste ist, ihm den Namen in den Kopf zu setzen. Er hat tagelang in der Luft gehangen, und jetzt hat er was, in das er sich verbeißen kann. Er kommt nicht an Kuranita heran, aber er wird Nachforschungen anstellen. Er wird den Waliser treffen, und die beiden werden ein paar Fragen stellen. Es wird einige Zeit dauern, bis sie herausfinden können, was in den Jahren zuvor abgelaufen ist, aber wenn sie auf die Antwort stoßen, wird das Timing mehr oder weniger stimmen. Schließlich ist das ein Schritt, den wir kontrollieren können. Sicher, die ganze Sache hat etwas von einem Joker an sich, aber du kennst ja Calcrafts Theorem von der kumulativen Ungenauigkeit. Bei einer ausreichenden Anzahl von Jokern läuft es am Ende des Tages auf eine höchstwahrscheinliche Kartenhand hinaus.«

Der Dünne kratzte an seinen gelblichen Zähnen und entfernte die letzten Reste der Shrimps aus den Zahnzwischenräumen. Ein paar Augenblicke sah er so aus, als wäge er das empfindliche Gleichgewicht der ganzen Angelegenheit mit jedem Gramm seines Intellekts ab, das er aufbringen konnte. Schließlich lehnte er sich zurück und klopfte eine Zigarette auf der Mahagonilehne seines Armsessels.

»Charles, das ist völliger Quatsch!« Sie brachen beide in lautes Gelächter aus, um sich dann zufrieden anzugrinsen. »Okay, dann laß uns mal die Konditionierung prüfen. Ich denke, er müßte jetzt eigentlich fertig sein. Kümmern wir uns um die Logistik.«

Räder drehen sich.

Annie Chapman hat weniger als drei Tage zu leben.

So setzt es sich fort.

7

Serrin schlich sich leise hinter den friedlich dasitzenden Geraint, der zur unaussprechlich frühen Stunde von sieben Uhr dreißig morgens im Frühstücksraum saß und seine *Financial Times* las. Die Seminare sollten um neun Uhr beginnen, doch so früh am Morgen war von den meisten ehrenwerten Damen und Herren Hotelgästen noch nichts zu sehen.

Der Waliser war zu vertieft in die Schlagzeilen, um Serrins leise Schritte zu bemerken.

»Eines Tages wirst du dir irgendeine unangenehme Krankheit holen, Geraint. Was dagegen, wenn ich mich zu dir setze?« Serrin wartete die Antwort gar nicht erst ab, sondern nahm auf dem Stuhl gegenüber von Geraint Platz und bediente sich mit Grapefruitstücken aus der Silberschale.

»Ich hätte nicht gedacht, daß du mich bemerkt hast, Alter«, sagte Geraint, indem er von einem weiteren, scharf formulierten Leitartikel aufsah, der gegen den Zustand der britischen Wirtschaft wetterte. »Bei meinem Eintreffen schienst du ziemlich in Eile zu sein. Willkommen zwischen den verträumten Kirchtürmen von Cambridge.« Er streckte ihm die Hand zur Begrüßung entgegen.

Serrin tat die Formalitäten mit einer flüchtigen Handbewegung ab. »Ich mußte ein paar Leute bestechen. Ich habe dich gesehen, als ich zurückgekommen bin. Kurz vor Mitternacht in dem Café mit einer äußerst anrüchig aussehenden jungen Frau. Wie ich schon sagte, Chummer, du mußt aufpassen, daß du dir nichts einfängst.«

»Ich bin gegen das meiste geimpft, was hier draußen grassiert, und außerdem war sie sehr betrunken. Also, du alter Taugenichts, was hast du in den letzten sieben Jahren gemacht — und was führt dich nach England?«

Sie ergingen sich in Reminiszenzen an die inzwischen

vergangene Zeit, während sich der Frühstücksraum langsam füllte. Serrin erzählte von Jahren in Hotelzimmern, Orbitalen und Shuttles sowie ein paar Einzelheiten über ein oder zwei seiner zahlreichen Runs. Geraint fiel das Fehlen jeglicher persönlichen Enthüllung auf. Der Elf versteckte sich immer hinter Aufzählungen: Zahlen, Städte, Daten und Orte. Serrin erwähnte weder L.A. noch die Gegend um die Bucht. Aber das war auch lange her, und sie waren noch sehr jung und unwissend gewesen.

Serrin war schlanker geworden, registrierte Geraint, als er das Gesicht des anderen musterte. Er bemerkte außerdem, daß die Hände des Elfs jetzt ein wenig zitterten. Obwohl Serrin nicht lange, bevor er und Geraint sich zum erstenmal begegnet waren, zusammengeschossen worden war, hatte der Elf damals eine Energie besessen, die sich jetzt gegen ihn gewandt zu haben schien. Hinter seiner Anstrengung, erfreut über das Wiedersehen mit seinem Freund auszusehen, empfand Geraint ein wenig Trauer.

»Ja, das ist es so ungefähr. Amsterdam, Paris, Seattle und jetzt die Freuden des guten alten London für den Rest des Jahres. Aber hör mal! Was ist mit dir? Irgendwann im letzten Jahr hab ich mal ein Profil über dich in einem wirtschaftlich orientierten BTX-System der UCAS gelesen. Sie haben dich als einen der fünfzig kommenden europäischen Finanzspekulanten bezeichnet. Wenn du ein Rennpferd wärst, hätte ich auf deinen Sieg beim Derby gewettet!«

Geraints Gesicht verzog sich zu einem breiten Grinsen, während er ein neues Päckchen öffnete, um die erste Zigarette des Tages zu rauchen. Serrin griff über den Tisch und bediente sich ebenfalls, wonach er das silberne Feuerzeug ablehnte und statt dessen ein altmodisches Streichholz anriß, um ihnen beiden Feuer zu geben. Während er einen imaginären Regenmantel fester zuzog, um sich vor nicht existierendem Regen zu schützen, flüsterte er mit einer Stimme aus einem alten amerikanischen Detektivfilm: »Ich war hocherfreut, daß mein bescheidenes Streichholz ebenso hell brannte wie das protzige Zippo des Lackaffen.«

Geraint lehnte sich zurück und musterte Serrin eindringlich. »Du konntest mich immer zum Lachen bringen, alter Freund. Weißt du, ich habe nach dir gesucht, als alles vorbei war. Ich habe damals gehofft, daß mir jemand aus Tir Tairngire einen Hinweis geben kann, aber du warst untergetaucht, und deine Leute waren sehr verschwiegen. Sehr höflich, aber sehr verschwiegen. Ich hatte dich nicht vergessen.« Ihre Finger bewegten sich über den Tisch aufeinander zu, und ein paar Sekunden lang drückten sie sich die Hand.

»Ich weiß.« Die Stimme des Elfs war leise und seine Miene umwölkt. »Geraint, es war damals zuviel für mich. Ich war älter als du, aber ich glaube, ich hatte das Gefühl, mich niemals an jemanden halten zu können, an dem mir etwas lag. Nicht nach den Vorfällen dort. Ich glaube, das habe ich seitdem nie gekonnt, nicht seit dem Tod meiner Eltern. Ich schätze, ich bin einfach immer weitergelaufen. Wenn ich in Bewegung bin, und ich mache immer irgendwas, dann fühle ich mich immer lebendig. Wenn ich stehenbleibe, sehe ich, daß meine Hände zittern, und mein Bein tut mir weh. So sieht es aus, wenn ...«

Seine Stimme verlor sich, und er nahm einen tiefen Zug von der Zigarette, wobei er leicht hustete, als er sie halb geraucht in dem Kristallaschenbecher auf dem Tisch ausdrückte. Dann veränderte sich sein Gesichtsausdruck, und er beugte sich vor.

»Geraint, hier geht irgendwas vor, das ich nicht begreife. Paul Kuranita ist hier, und zwar unter einem falschen Namen. Er hat sich als James Kuruyama eingetragen.« Geraint wirkte verblüfft und schien nicht recht zu wissen, was er sagen sollte. »Du weißt, was das für mich bedeutet.«

»Um Himmels willen, bist du sicher?« zischte der Waliser.

»Absolut. Ich hab zwei Jahre damit verbracht, aus den Aufzeichnungen über seine Unternehmungen ein Profil von ihm zu erstellen. Es hat mich 'ne halbe Million gekostet, allem nachzugehen, aber es gibt gar keinen Zweifel. Was, zum Teufel, macht er hier?«

»Sei nicht zu voreilig. Die Seminare und Vorlesungen gehen noch bis morgen abend sieben Uhr weiter. Mach keinen Fehler. Laß uns versuchen, irgendwas über die Sache herauszufinden. Weißt du, welches Zimmer er hat?«

»Laut Eintrag im Gästeverzeichnis wohnt er in der Chiltern Suite.« Serrin wirkte grimmig.

»Laß mir ein paar Stunden Zeit. Um zehn bin ich für einen Drei-Stunden-Marathon über Drogenmärkte und virale Degenerationssysteme gebucht, echter Mist. Im wesentlichen läuft es darauf hinaus, wie viele Milliarden Nuyen die Drogengesellschaften aus den armen Schweinen herauspressen können, bevor sie neunzehn werden. Ich muß dort ein paar Leute treffen und von ein paar anderen dabei gesehen werden, wie ich bei ihren Reden begeistert nicke, das heißt, wenn ich genug Kaffee runterbringe, um wach zu bleiben. Ich werde ein paar diskrete Nachforschungen über — Kuruyama? — anstellen.«

Geraint blätterte durch seine massive Broschürensammlung. »Ich hab so das Gefühl, daß er als Teleteilnehmer hier ist: Er besucht keine Seminare, sondern verfolgt sie nur aus seinem Hotelzimmer. Das tun die Paranoiden, wenn sie nicht den ganzen Tag von einem Haufen Trollen mit automatischen Waffen umgeben sein wollen. Aber ich halte es durchaus für möglich, daß er sich irgendwann im Laufe des Tages mit irgend jemandem bei einem Drink von Angesicht zu Angesicht unterhalten will. Ich werde dem nachgehen und zu dir zurückkommen. Laß mir — nein, nicht ein paar Stunden. Wir treffen uns hier zum Lunch.«

Geraint beugte sich vor und fixierte den Amerikaner mit seinem stählernen Blick. »Stell in der Zwischenzeit nichts Verrrücktes an. Wenn es tatsächlich Kuranita ist, kommst du sowieso nicht an ihn heran, es sei denn, du hast zufällig einen Granatwerfer bei dir. Und selbst der reicht möglicherweise nicht aus. Er hat vielleicht die Chiltern Suite gebucht, aber wahrscheinlich hat er sich auf die andere Seite des Gebäudes verzogen.«

Serrin nickte zustimmend. »Ja, das vermute ich auch. Außerdem wird jedes Zimmer hier von einer magischen Barriere geschützt. Gestern nacht habe ich nur ein ganz klein wenig herumgeschnüffelt, und fünf Minuten später sind zwei Magier von der Sicherheit aufgelaufen, um mich höflich vor weiteren Versuchen dieser Art zu warnen. Ich denke, ich lasse mir einfach vom Zimmerservice die Hose bügeln oder so.«

»Beinkleider, Junge. Beinkleider! Du bist hier nicht bei dir zu Hause. Sprich gefälligst englisch.« Sie lachten, als sich Geraint von den Überresten seines Bücklings erhob und seine Jackenärmel so weit herunterzog, daß sie genau bis zur Hälfte der Hemdmanschetten reichten. Serrin lächelte angesichts dieser Geste, so unbefangen sie auch sein mochte. Geraint war immer so cool und elegant, nur dieses eine Mal vor vielen Jahren nicht.

»Hast du irgendwas von Francesca gehört?« fragte Serrin, wobei er sich bemühte, beiläufig zu klingen. Geraint hatte diese Frage schon die ganze Zeit erwartet.

»Sie ist vor achtzehn Monaten nach London gezogen. Fliegt ziemlich oft nach Jersey, weil ihr die Strände dort gefallen. Einer der wenigen Orte, die es noch gibt, wo du spazierengehen kannst, ohne bei jedem Schritt gleich über andere Leute zu stolpern. Es geht ihr prächtig. Vor ein paar Tagen war ich mit ihr zum Dinner. Besuch sie mal, sie würde sich freuen.«

Geraint zog einen glänzenden Füllfederhalter aus der Innentasche seiner Jacke und kritzelte ihre Telekomnummer auf eine Papierserviette. Er zog es vor, auf diese Weise weiteren Fragen zuvorzukommen, da er nicht anregen wollte, sich zu dritt in London zu treffen. Das würde vielleicht ein wenig zu peinlich werden.

Serrin ging auf sein Zimmer und tippte seinen Bericht in den Laptop. Er zog sein Notizbuch zu Rate und fügte alle Orte und die entsprechenden Zeiten ein, an denen er dort gewesen war, um seine Auftraggeber auf diese Weise wissen zu lassen, daß sie einen Gegenwert für ihr Geld bekamen. Er wußte, daß er irgendwann noch die Burschen von Optical Neotech überprüfen mußte, aber das konnte warten. Einstweilen.

Wenn Rutger Johnsons Drink mit Alkohol versetzt hatte, zeigte der Mann jedenfalls keine nennenswerte Wirkung. Er war ein New Yorker, ein harter Bursche aus dem Rotten Apple, und er instruierte sie rasch und präzise, wobei er auf jede Frage, die Francesca einfiel, eine Antwort parat hatte. Doch während ihrer fünfzigminütigen Sitzung hatte er sich einen möglichen Ausrutscher geleistet, der sie neugierig gemacht hatte.

»Ich muß betonen, daß das Interesse meines Klienten in dieser Angelegenheit auf das Infizieren des Zielsystems mit dem Virus beschränkt ist. Es ist durchaus möglich, daß sie unfreundlich gesinnten Deckern begegnen, wenn Sie einmal in das System eingedrungen sind. Unter diesen Umständen gestattet es ihnen Ihr Kontrakt, sich von allen Feindseligkeiten zurückzuziehen, wenn Sie sich in Gefahr befinden, und wir stellen darüber hinaus die Bedingung, daß Sie auf gar keinen Fall in ein anderes System eindringen dürfen.«

Darüber hatte sie am nächsten Morgen, einem Samstag, beim Frühstück nachgedacht. Der Job wurde gut bezahlt, wie es sich für diese Aufgabe ziemte. Ihre Tarnung einer freischaffenden Beraterin für Sicherheitsfragen war durchaus diskret. Für jene, die sich im Geschäft auskannten, besagte das, sie konnte Systeme ebenso testen wie knacken.

Dieses System sollte geknackt werden. Jemand wollte das Computersystem einer Fuchi-Tochtergesellschaft mit einem häßlichen Virus infizieren. Der Virus war auf einem auf Selbstzerstörung programmierten Chip geladen. Jeder Versuch, etwas anderes damit anzustellen, als ihn in sein vorherbestimmtes Ziel einzuspeichern, würde das Cyberdeck zerschmelzen, in dem sich der Chip befand. Sie hatte nicht das Geld für ein Cyber-6 ausgegeben, um es sich von einem durchschmelzenden Chip ruinieren zu lassen, und sie würde sich das Ding nicht allzu gründlich ansehen. Außerdem waren fünfunddreißigtausend Nuyen ein verdammt guter Grund, nicht herumzupfuschen.

Mach diese Sache richtig, Francesca, und der Auftraggeber könnte sich als Goldesel erweisen. Diese Geschichte konnte Urlaub in Sri Lanka bedeuten, bis sie alt und grau war.

»Aber ich frage mich, warum er das gesagt hat, Annie.« Francesca hatte wie üblich ihre Freundin gebeten, in der Nähe zu bleiben, falls die ICs bösartig wurden und sie jemanden brauchte, der sich um sie kümmerte, nachdem sie ausgeworfen wurde oder noch Schlimmeres geschah. Das war schon vorgekommen, nur einmal, als sie idiotischerweise über das schwarze Ice des Edinburgher Systems gestolpert war. Bei dieser Gelegenheit hatte ihr Annie das Leben gerettet.

»Wer weiß? Erledige einfach den Job, Schätzchen.« Annie räkelte ihre ein Meter achtzig auf dem Ledersofa und streckte die Beine — und sie hatte fabelhafte Beine, lang und schlank und muskulös. Wenn alles klappte, würden sie das anschließend wahrscheinlich mit einem Stadtbummel feiern, Francesca, die Blonde in Schwarz, und Annie, die Brünette, die sich in irgend etwas Weißes, Enges und dem Anlaß völlig Unangemessenes warf. Sie stellten sich gegenseitig nicht zu viele Fragen über das Leben der anderen und unterhielten sich über ihre Beziehungen mit einer Schnodderigkeit, die eher bei

Männergesprächen über Frauen üblich ist, aber es klappte auf dieser Ebene. Sie redeten auch nicht viel über ihre Arbeit. Francesca mußte zwangsläufig über das, was sie tat, den Mund halten, während sich Annie als Modell bezeichnete. Francesca wußte jedoch, was das bedeutete. Wenn sie ihre innere Härte nicht verriet, dann jedenfalls die hohe Miete, die sie für ihre Bude um die Ecke zahlte. Aber sie empfanden so etwas wie einen vorsichtigen gegenseitigen Respekt und ein unausgesprochenes Vertrauen füreinander. Jede wußte, die andere war jemand, den man sich als Begleiter wünschte, wenn man zuviel getrunken hatte. Und das wollte einiges heißen.

Francescas Gedanken wanderten wieder zu dem bevorstehenden Run. Die Prioritäten für diesen Job waren anders als bei ihrem letzten. Hier waren keine Feinheiten gefragt, sondern die gute alte Holzhammermethode und das bösartigste Angriffsprogramm, das sie auftreiben konnte. Sie war nicht so zufrieden mit dem Angriffskram, wie sie hätte sein können. Sie hatte das Angriffsprogramm auf breite Streuung anstatt Punktwirkung mit maximaler Durchschlagskraft abgestellt, da sie nicht wußte, was die Burschen von Fuchi in das System eingebaut hatten und sich der Schrotflinteneffekt in diesem Fall ihrer Ansicht nach am besten eignete. Und das Filipino-Abwehrprogramm, das sie in Paris geklaut hatte, sah so aus, als sei es gut genug, ihr die zusätzliche Zeit zu verschaffen, die sie brauchte, wenn echt harte ICs aufkreuzten. Sie hatte außerdem ein zuverlässiges Medic-Programm, um das MPCP in Gang zu halten, wenn der Drek wirklich am dampfen war. Diese altehrwürdige Utility leistete ihr seit vielen Jahren treue Dienste.

Entscheidend war jedoch die Programmierung des Smartframes. Sie würde es lieber als Lockvogel denn als Rückendeckung benutzen. Das bedeutete, sie mußte es mit Anweisungen programmieren, die darauf abzielten, zu verwirren, abzulenken, zu verzögern und ganz allgemein allem und jedem Steine in den Weg zu legen, was ihr begegnen konnte, während sie den Virus im Fuchi-System ablud. Sie hatte erwogen, das System im Sensor-Modus zu erforschen, um so viele Informationen wie möglich zu bekommen, die ihr bei der Programmierung des Frames helfen würden, sich dann jedoch eines Besseren besonnen. Ein Fehler konnte das System in Alarmzustand versetzen, und sie hatte nicht die Absicht, mit Vorwarnungen um sich zu werfen.

Auf ihrer Unterlippe herumkauend, tippte Francesca die Anweisungen ein. Im Zweifelsfall konnte die Parole nur lauten: Zur Hölle mit den Bastarden, und erledige alles, was sich bewegt. Direkt durch bis zur CPU und zum Teufel mit allem anderen.

Das Adrenalin kreiste jetzt in ihren Adern. Sie verließ sich auf ihre Erfahrung und ihr Geschick, um sich Fuchis Abwehrstrategien vorzustellen und sich zu überlegen, was sie dort vorfinden würde. Schließlich reservierte sie einen kleinen Teil der Smartframe-Kapazität für eine eventuelle Notfallprogrammierung. Sie schwang sich zu ungeahnten Höhen auf, und gegen drei Uhr am Nachmittag war das Cyberdeck bereit. Francesca stöpselte sich in ihr Deck ein und tauchte in die Matrix.

Optical Neotech, ich komme. Vielleicht wißt ihr es noch nicht, aber es geht euch an den Kragen.

Der Widerstand war genau das, was sie erwartet hatte. Sie war durch die ICs gerauscht, wobei das Frame den entscheidenden Angriff auf sich gezogen hatte, und dann lud sie den Virus einfach in die CPU. Sie dachte noch, daß dies wahrscheinlich am sichersten war, als das Ding plötzlich als reptilienhafter Wurm mit dem Kopf eines Aals in der leuchtenden Welt des Cyberspace auftauchte, eine echt bösartig aussehende Bestie. Es fauchte sie an, spie seinen Haß heraus und begann damit, sich Subsysteme einzuverleiben. Die ICs in ihrer Umgebung wurden schwächer, verblaßten, lösten sich in einzelne Pixel und dann in Nichts auf.

Natürlich war auch der Konzerndecker da, eine vielarmige Kali, die mit Kurzschwertern herumwirbelte, deren Klingen vor Gift trieften. Eindrucksvoll, aber durchaus bezeichnend für einen Lohnsklaven, der eher auf Einschüchterung bedacht war, als eine echte Bedrohung darzustellen. Zugegebenermaßen hatte sie sich ebenfalls dazu entschlossen, Eindruck zu schinden, und ihre Laserstrahlen verschießende Kettensäge ließ in der Ferne blaue Lichtbögen entstehen, wodurch der Decker geblendet und der Angriff abgewehrt wurde.

Francesca war bereits auf dem Rückweg, als sie jene geisterhafte Gestalt auf den SAN zuschweben sah, die ihr auf ihrem letzten Run begegnet war. Die mit einem Mantel bekleidete Gestalt trug eine Tasche; Puls und Adrenalin schossen bei ihr in den Himmel, als sie die Tasche bemerkte. Was hast du darin, Gesichtslos? Willst du darum kämpfen?

Sie jagte durch einen Nebel aus abstraktem Raum auf ihn zu, wobei sie das System verließ und einem anderen SAN folgte. Ihr war egal, welches System sie betrat. Sie schaltete auf Angriffsmodus um, zu überzeugt von sich selbst, um die Gefahr zu registrieren, die von der Gestalt ausging.

Der Gesichtslose blieb stehen und fuhr herum, um sich ihrem Angriff zu stellen. Gleichzeitig öffnete er seine Tasche. Darin befanden sich chirurgische Instrumente: Bösartig aussehende Zangen, Klingen, Sägen und ein langes Skalpell mit Elfenbeingriff. Er packte dieses letzte Instrument mit seiner klauenbewehrten Hand und hieb damit nach ihr.

Francesca geriet in Panik, versuchte verzweifelt in den SAN abzutauchen und dem Wahnsinnigen zu entkommen. Sie war paralysiert, und er wußte es. Diesmal hatte er ein Gesicht. Eine schreckliche, fleischige, verzerrte Grimasse, die von Wahnsinn und Haß durchdrungen war. Seine Visage verzog sich zu einem widerlichen Grinsen, während er das Skalpell zwecks späteren Ge-

DOBG '92

brauchs wieder in der Tasche verstaute und die Hände nach ihrem Hals ausstreckte.

Hure!

Sie spürte, wie das Wort von seiner Persona abgestrahlt wurde, eine Beleidigung, die aus den tiefsten Tiefen des wie immer gearteten elementaren Wahnsinns, von dem das Ding besessen war, an die Oberfläche gespült und ihr wie Gift entgegengeschleudert wurde. Sie spürte, wie sich warme Hände um ihren Hals schlossen, spürte ihre Glieder krampfhaft zucken, als er das Leben in ihr erstickte, spürte seinen heißen, tierhaften Atem auf ihrem Gesicht, während sich seine Augen in ihre Seele bohrten. Sie würgte, ihr Herz schlug wie rasend, ihre Hände krallten wirkungslos nach seiner widerlichen Fratze, und ihre Schreie verhallten lautlos, als ihr die Luftröhre eingedrückt wurde und die Welt vor ihren Augen schwarz wurde.

Es dauerte eine Stunde, bis Annie sie wieder zu sich bringen konnte, und dann riefen ihre entsetzten Schreie die Gebäudesicherheit auf den Plan. Sie zitterte unkontrolliert, als Annie ihr ein Beruhigungspflaster verpaßte und sie ins Bett steckte.

An diesem Abend würde es für Francesca ebensowenig eine Feier geben wie an vielen darauffolgenden Abenden.

8

»Was hast du erfahren?« Serrin drückte die letzte einer ganzen Reihe von Zigaretten aus, die ein deutliches Zeugnis seiner Ungeduld ablegten.

Geraint runzelte die Stirn, knallte einen Stapel Papier auf den Tisch und strich sich sein dunkles Haar zurück. Er fummelte an dem goldenen Füllfederhalter in seiner Tasche herum und seufzte frustriert. Es war kein guter Morgen gewesen, und um allem noch die Krone aufzusetzen, hatte er bei seiner Rückkehr ein Schreiben vorgefunden, das entschieden unwillkommen war. Der persönliche Sekretär des Earl of Manchester bedauerte, daß Lord Powys nicht in der Lage war, an der Komiteesitzung zur Beratung der Gesetzesvorlage hinsichtlich der Frage der Gwynedder Grenzziehung teilzunehmen, und da ein vertrauenswürdiger und zuverlässiger Waliser benötigt würde ...

Wunderbar. Jetzt konnte er sich darauf freuen, sich bei einer von aggressiven Elfen aus Gwynedd geführten Debatte über Kleinigkeiten zu Tode zu langweilen, während er gleichzeitig versuchte, irgendeinem Regierungslord unter dem Tisch einen dezenten Tritt zu versetzen, um ihn wachzuhalten. Zumindest hatte er etwas für Serrin, obwohl er nicht so sicher war, wie es der Elf aufnehmen würde. Geraint beschloß, die Sache zunächst herunterzuspielen.

»So gut wie nichts, mein Freund. Die Leute von Communication Management sind offenbar einzig und allein zu dem Zweck hier, das Nachmittagsseminar über biomolekulare Technologie in Komsystemen zu verfolgen. Sie reden mit niemandem, und der Schriftsatz, den sie vorgelegt haben, ist im Programm abgedruckt. Nicht besonders vielsagend, soweit ich das beurteilen kann. Aber ein kleines Vögelchen hat mir etwas ins Ohr gezwitschert.«

Serrin beugte sich vor. »Was für ein Vögelchen? Solange es kein Drache war, höre ich mir gern an, was es zu sagen hatte.«

»Es war einer von Nakatomis Jungens von Fuchi Industrial UK. Um zehn Uhr morgens besoffen wie ein Stinktier.« Geraints Gesicht verzog sich ein wenig vor Mißbilligung. »Der Bursche stank jedenfalls nach Wein und Weib, und das um diese Tageszeit. Schändlich.«

»Erspar mir das Drumherum«, sagte Serrin mit einem Schulterzucken. »Ich kenne ein paar Gegenden in Seattle, in denen niemand glaubt, daß du irgendwas bringst, wenn du *nicht* so riechst, verstehst du, was ich meine? Was hast du erfahren?«

»Nur das: Kuranita soll heute abend angeblich den Fuchi-Labors draußen in Longstanton einen Besuch abstatten. CMS ist eine Fuchi-Tochter, also würde es nicht komisch aussehen. Wenn ich meinen Kontakt richtig verstanden habe, ist das der eigentliche Grund für Kuranitas Anwesenheit hier. Das Seminar ist nur ein bequemer Deckmantel.«

Serrin war zufrieden. Es war unmöglich, innerhalb des Hotels an Kuranita heranzukommen, und wenn er es noch einmal mit Magie versuchte, würde nicht nur die Hotelsicherheit höflich an seine Zimmertür klopfen. Beim nächstenmal würde sie einen Beamten vom Verwaltungsbüro des Lordprotektoramts mitbringen. Wenn nicht alle Papiere Serrins absolut in Ordnung waren, würden sie ihn augenblicklich ausweisen und seine kostbare magische Ausrüstung konfiszieren. Und selbst wenn alle seine Papiere tadellos waren, fanden sie wahrscheinlich trotzdem irgendwas im Kleingedruckten. Und wenn sie erst die Ingram fanden ...

Also würde er warten. Er war schon in Longstanton nördlich vom Stadtsprawl gewesen, und es war leicht, sich dort draußen zu verstecken. Die Labors lagen nicht weit von den Stinkfens, dem verseuchten Marschland und den rettungslos verschmutzten Gewässern, die den größten Teil des ehemaligen East Anglia in Mitleidenschaft gezogen hatten, so daß er sich wegen einer eventuell hohen Bevölkerungsdichte jedenfalls keine Sorgen zu machen brauchte.

Serrin sah sich in dem Raum um, registrierte die fremdländischen Gesichter, darunter viele Asiaten. »Ich dachte, hier ginge es um den Adel im Geschäftsleben, Geraint. Du kannst mir nicht erzählen, daß diese Chummer alle Abkömmlinge von Britanniens blaublütiger Aristokratie sind.«

»Du mißverstehst das gründlich, mein Lieber. Ein Ereignis wie dieses bringt zwei Gruppen von Menschen zusammen, die einander brauchen. Auf der einen Seite einige Mitglieder der britischen Oberschicht, die etwas knapp an Bargeld sind, jedoch verzweifelt glauben wollen, daß sie sich im Geschäftsleben durchsetzen können. Die meisten von ihnen haben natürlich keine Chance, weil sie von Haien umgeben sind. Auf der anderen Seite hast du gierige Ausländer, die in Geld und Macht schwimmen, sich aber zumindest eines nicht kaufen können, nämlich Stil. Also kaufen sie sich die Gesellschaft von Adeligen in der Hoffnung, daß etwas davon auf sie abfärbt. Offensichtlich wartet auf beide Gruppen eine Enttäuschung. Die Adeligen haben in der Regel soviel Geschäftssinn wie ein lobotomisierter Troll, und die gierigen Geldsäcke würden Stil noch nicht einmal erkennen, wenn er ihnen ins Gesicht spränge. Immerhin bekommen die Burschen, die hinterher die Rechnung bezahlen, den traditionellen britischen Zimmerservice mit ständig gegenwärtigen Zimmermädchen und Dienstboten und einem sorgfältig ausgetüftelten Prozentsatz von Locken, die in die Stirn fallen, und ›bei Gott, Sir, sind Sie aber ein Witzbold‹. Tatsächlich redet in Britannien natürlich kein Mensch mehr so, aber alle Ausländer scheinen zu glauben, daß wir es tun, also wahren wir den Schein, um die reichen Touristen glücklich zu machen. Bentinck, der Minister für Tourismus, ist ein absoluter Meister darin. Wahrscheinlich hat er

Dickens' gesammelte Werke in einer Headware-Memory und eine Talentsoft für fortgeschrittenes Arschkriechen. Aber es nützt der Wirtschaft. Ende der Vorlesung.«

Geraint winkte die sich nähernde Bedrohung des Hors d' œuvre-Wägelchens weiter. »Ich glaube, ich halte mich besser an irgendwas Grünes und Sicheres. Zuviel Gamma-Cholesterin in den Schinkenstreifen heute morgen. Sie müssen das Zuchtschwein mit dem falschen Zeug gemästet haben.«

»Aber, Geraint, was ist mit den Konservativen?« sagte Serrin. »Mir kommen sie eigentlich genau wie die traditionellen alten Briten vor. Und was du da über Klasse und Stil erzählst, ist auch sehr britisch. Ich glaube, die Leutchen bei mir zu Hause wissen, daß sie Klasse nicht kaufen können, wieviel sie auch für Implantate oder Cyberaugen oder genetisches Facelifting oder andere kosmetische Tricks der Moderne zahlen. Aber wir erkennen eure Klasse an. Das ist real.«

»Zugegeben. Aber du übersiehst etwas.« Geraint gestikulierte mit seiner Gabel.

»Und was?«

»Humor. Wir nehmen das alles nicht übermäßig ernst. Ganz tief drinnen wissen die Briten, daß der kitschige Film des Lebens etwas ist, das man mit einer gewissen dezenten Losgelöstheit hinter sich bringen muß. Paß auf, ich habe heute morgen Stunden damit verbracht, mir die Ausführungen irgendeiner Schweizer Konzerndrone über die Rolle spekulativer Finanzen bei der Entwicklung viraler Wirkstoffe gegen Alterskrankheiten anzuhören. Medizin? Nein, es ging ausschließlich um Geld. Die Argumente liefen auf folgendes hinaus: Schenkt euch die armen Länder, weil ihr Pro-Kopf-Einkommen viel zu gering ist, um die Medikamente bezahlen zu können, und ohnehin niemand lange genug lebt, um etwas damit anfangen zu können. Ignoriert die reichsten Länder, weil dort das Geld in Klontech und

Gewebeersatzbänke investiert wird. In Zukunft altern die besonders Reichen sowieso nicht mehr. Seine Auffassung ist — und an dieser Stelle hat er sich ein paar Minuten lang richtig erregt —, daß sich wirklich clevere Investoren auf die Mittelgruppe konzentrieren werden. Diese Gruppe kann sich nicht das Beste vom Besten leisten, hat jedoch genug Geld und genug potentielle Kunden, um ein solider Markt für die billigeren viralen Wirkstoffe zu werden. Worauf die Medizin hinausläuft, ist also die Frage, wo ist der beste Markt? Und nicht einmal der beste Markt jetzt. Das reicht nicht. Wir brauchen wagemutige Kapitalisten mit der Voraussicht zu wissen, wer es sich in künftigen Jahrzehnten leisten kann, den Tod auf die richtige Art und Weise hinauszuzögern.

Ach, und dann war da noch so ein netter kleiner Gag in der nächsten Präsentation. Manche Leute glauben vielleicht, daß die Entwicklung einer Klontechnologie — und zwar einer, die wirklich funktioniert — für die Reichen und eine anschließende langsame Ausweitung auf den Rest allen nützen würde. Die Produzenten profitieren durch umfangreiche Einsparungen, die Konsumenten bekommen, was sie brauchen. Es stellt sich jedoch heraus, daß man die neuen Produkte nicht in großen Mengen auf den Markt werfen kann, weil die Konzerne dann keine ausreichenden Produktionskapazitäten mehr für ihre einfacheren, billigeren Produkte hätten. Die langfristigen Profite würden sinken und damit die weiteren Forschungen beeinträchtigen.

Natürlich hat das alles nicht nur ökonomische, sondern auch politische Gründe: Wir können die Leute mit weniger Geld nicht in den Genuß der Vorteile der Reichen kommen lassen. Um Gottes willen, nein. Können wir es uns leisten, daß Milliarden kleiner Inder und Chinesen mit überlanger Lebenserwartung herumlaufen? Denkt nur an die negativen Auswirkungen der Überbevölkerung, an die Umweltverschmutzung. Und all das von Menschen, die in den am meisten zerstörten und verschmutzten Ländern der Welt leben.«

Geraint gestikulierte mit den Händen. »Das ist der Grund, warum die Adeligen und die Geldsäcke hier sind. Sie schützen gegenseitig ihr unveräußerliches Recht, dem Rest der Welt den Hals umzudrehen. Oder was sollte Freiheit, Demokratie und die anglo-amerikanische Lebensweise sonst bedeuten? Nicht zu vergessen die Schweizer und Japaner. Tatsächlich sind sie darin gegenwärtig sogar besser als wir.«

Nach dieser Tirade herrschte lange Zeit Schweigen. Serrin hatte von Geraint nichts dergleichen gehört, als er noch ein junger Student in Kalifornien gewesen war.

»Junge, du hörst dich an wie einer von diesen gottverdammten Kommies.« Serrin machte einen kraftlosen Versuch, witzig zu sein. Er wußte nicht, was er von dem Ausbruch seines Freundes halten sollte.

»Serrin, du kennst die andere Seite der Medaille. Zwischen diesen Leuten herrscht wenig mehr Anstand, als sie dem Rest der Welt entgegenbringen.« Geraint hielt inne, die Lippen verkniffen. »Darum willst du auch die Person jagen, die deine Eltern umgebracht hat.«

Der Hieb saß. Die Hände des Elfs ballten sich zu Fäusten, und sein Gesicht verzerrte sich vor Anspannung. Ein bedrückendes Schweigen breitete sich zwischen den beiden Männern aus.

»Was wirst du tun, alter Freund?« Geraints Stimme klang fast zärtlich.

»Ich weiß nicht. Ich war schon mal in Longstanton. Ich werde den Ort wohl näher auskundschaften und eine gute Gelegenheit abwarten.«

Geraint hatte gewußt, daß Serrin das versuchen würde, und sich seine Antwort gut überlegt. »Du kannst nicht wissen, wohin genau Kuranita will. Der Fuchi-Komplex ist nicht Longstanton, aber er ist drei Quadratmeilen groß, und das heißt, es gibt einen Haufen Eingänge, die du unter Beobachtung halten mußt.«

»Es gibt nur zwei Haupttore, und er wird gewiß den Sicherheitskomplex ansteuern.« Der Elf wandte die Augen ab und wich Geraints forschendem Blick aus.

»Serrin, du hast nicht die Waffen, um den Kerl fertigzumachen. Du brauchst einen erfahrenen Scharfschützen mit einem MA 2100 und jeden Kniff, den du einbauen kannst. Du brauchst Infrarot und panzerbrechende Munition, um die ballistische Panzerung zu durchschlagen, und du brauchst Rauchbomben, Leuchtkugeln und Gott weiß was, um auch nur die Chance eines Schneeballs in der Hölle zu haben, lebendig aus der Sache rauszukommen. Und selbst wenn dir das egal wäre und du Glück hättest und den Hundert-zu-eins-Treffer landen würdest, weißt du so gut wie ich, daß ein Mann wie Kuranita ein paar Doubles als zusätzliche Versicherung herumlaufen läßt. Klar, er wird den Sicherheitskomplex ansteuern — vermutlich über eine indirekte Route, während ein Doppelgänger die offensichtliche nimmt. Natürlich nur, wenn er es nicht mit einem Doppelbluff versucht.

Woher willst du wissen, was jemand wie er plant? Du bist kein Straßensamurai; mein Freund. Du würdest mit dem, was du hast, nicht mal in seine Nähe kommen. Du weißt, daß die Konzernmagier den Astralraum im Umkreis von mehreren Meilen unter Bewachung halten. Du würdest nicht mal in Reichweite kommen, bevor sie dich grillen.«

Serrin schüttelte den Kopf. »Dagegen habe ich Vorkehrungen getroffen. Vergiß nicht, ich habe meine Nuyen damit verdient, die ganze Woche hier herumzustöbern. Ich kann auf Hilfe von der Tarnungsfront rechnen.«

»Das hast du also von Serena«, platzte es aus Geraint heraus.

Der Magier wirkte verblüfft. »Du hast in meinem Verstand herumgeschnüffelt, du Bastard?« Er war wütend und fühlte sich durch die Möglichkeit bedroht. Geraint wischte seinen Zorn mit einem Lächeln fort.

»Du müßtest eigentlich wissen, daß ich in dieser Hinsicht kein Talent habe. Nein, viel simpler: Ich habe mir von ihr gestern im wesentlichen dasselbe geholt. Sie sagte, du wärst dagewesen. Und, nein, sie hat nicht gesagt, was du bei ihr gekauft hast. Sie sagte nur, es sei ein interessanter Zufall, daß du kurz vor mir bei ihr gewesen bist. Mehr steckt nicht dahinter.«

Serrin entspannte sich langsam, blieb jedoch ein wenig auf der Hut. Geraint vertiefte seine Unsicherheit mit einer letzten Warnung.

»Schön, also bist du getarnt, und du schaffst es, nicht von den — fünf, sechs? — Magiern dort entdeckt zu werden. Meiner Ansicht nach gibt es auch noch Magier in der Sicherheitsabteilung, sagen wir zwei weitere für die Absicherung der näheren Umgebung, und in Kuranitas Gefolge befinden sich mindestens noch zwei. Belassen wir es bei den vieren. Glaubst du wirklich, sie beschützen ihn nicht mit genügend Zaubern und Sprüchen, die für einen Schweizer Banksatelliten ausreichen würden? Komm schon, sei kein Narr. Gib einen Schuß ab, und wir sitzen hier morgen nicht mehr zum Frühstück zusammen. Laß es sein. Du kannst diesem Mann nichts anhaben. Nicht hier, nicht jetzt.«

Das war die Wahrheit, und Serrin wußte es. »Aber ich muß gehen.«

Geraint nickte traurig. Er hatte gewußt, daß er Serrin in dieser Sache nicht mit Vernunft beikommen konnte, es jedoch wenigstens versuchen müssen. Jetzt blieb ihm nur noch eines.

»Natürlich mußt du, du dämlicher Hund. Aber du kannst nicht allein gehen, und ich will nicht, daß du uns beide umbringst, indem du irgendwas Verrücktes tust.«

Die Augen des Elfs strahlten, als er seinen Freund betrachtete. Als er antwortete, lag eine fast kindliche Verwunderung in seiner Stimme. »Du willst mir helfen?«

»Wozu hat man schließlich Freunde? Ich bin mittlerweile ein wenig geschickter.« Mit den Fingern der linken

Hand zog Geraint die Haut auf der Innenfläche seiner rechten straff. Das Implantat darunter war gut verborgen und selbst jetzt kaum zu sehen. Es war eine wunderbare Arbeit, und Serrin bewunderte die fast perfekte Tarnung der Smartgun-Verbindung.

»Ich hielt es nach dem, was geschehen ist, für notwendig. Wäre ich in all den Jahren ein besserer Schütze gewesen, wären nicht nur deine Eltern noch am Leben.«

»Es war nicht deine Schuld. Es war dunkel, und es hat geregnet. Sie hätte nie dorthin rennen ...«

»Ich gebe mir auch nicht die Schuld. Jedenfalls jetzt nicht mehr. Aber ich dachte, ein paar persönliche Verstärkungen in dieser Hinsicht könnten nicht schaden. Ich habe mir auch eine Talentsoft besorgt. Ich bin gar nicht schlecht. Ich habe zwar noch nie in der Realität mit einem Präzisionsgewehr geschossen, aber auf achtzig Meter setze ich neun- von zehnmal einen sauberen Kopfschuß. Ich glaube zwar nicht, daß wir so nah herankommen, aber ich bin auf jeden Fall der bessere Schütze, also solltest du dich darauf beschränken, mir den Rücken freizuhalten. Und ich hoffe, dein Motorrad ist schnell.«

Geraint trommelte mit den Fingern auf dem Tisch, plante das weitere Vorgehen. »Hör mal, ich muß zurück nach London. Wir brauchen mehr Hilfsmittel, als wir hier haben, und ich steh nicht besonders darauf, mir meinen Zweitausend-Nuyen-Anzug von Gieves durch Marschland-Schlamm zu ruinieren. Vor vier Uhr kann ich hier nicht weg, aber das Express-Shuttle geht um vier Uhr zwölf, und ich kann bis sieben wieder zurücksein. Ich werde alles mitbringen, was mir unter die Finger kommt. Ein Raketenwerfer wäre ideal, aber dafür reicht wahrscheinlich die Zeit nicht.«

Dem Magier klappten die Kinnladen herunter. Geraint zwinkerte ihm zu. »War nur 'n Witz. Wir müßten schon ein Arsenal von Integrated Weapons Systems überfallen, um uns einen Raketenwerfer zu besorgen, oder vielleicht das Verteidigungsministerium. Wir haben einfach nicht genug Zeit.« Er kicherte, während er im Geiste die Kontakte durchging, an die er sich wenden konnte. Er hoffte, daß zumindest Haughtree zu Hause sein würde. Haughtree war der einzige, dem er in so einer Situation wirklich vertrauen konnte. Dreißigtausend Nuyen für die Krebsoperation in Zürich hatten aus Haughtree einen äußerst vertrauenswürdigen Freund gemacht.

»In der Zwischenzeit kannst du die Burschen von Optical Neotech genauer unter die Lupe nehmen, Serrin. In dieser Hinsicht habe ich noch etwas für dich: Der Seniorchef, Peter McCumber, steckt in ziemlichen Geldschwierigkeiten. Schreib einen Bericht, in dem du angibst, deine Quellen hätten dich davon in Kenntnis gesetzt, er würde Bestechungsgelder von einer Tochter von British Industrial annehmen. Sag deinem Auftraggeber, er soll einmal die Transaktionen bei der Chartered Imperial Bank überprüfen. Das sollte dir einen hübschen Bonus einbringen. Du kannst mich irgendwann einmal im Carlton zum Essen einladen.«

Geraint traf Anstalten zu gehen, doch Serrin hielt ihn am Arm fest und sah ihm durchdringend in die Augen. »Warum tust du das?« In seiner Stimme lag kein Mißtrauen, lediglich ein Unterton von Verwunderung.

Geraint entschloß sich, der Frage mit Albernheit zu begegnen. »Weil ich gelangweilt und dekadent bin, ein kleiner Adeliger auf der Suche nach ein wenig Aufregung in einem öden Leben, alter Freund.«

Serrin sah immer noch verblüfft aus. Geraint lachte leise und schlug dem Elf auf die Schulter. »Bis später«, sagte er.

9

Wasim brütete über der Karte, während der uralte British Industrial Midlander über die Autobahn ratterte. Er saß gekrümmt auf der Rückbank, eingepfercht zwischen Sachin mit den Kanonen und Aqib mit einem zylindrischen Stahlrohr und einer Kiste Granaten. »Zehn Meilen, dann zur nördlichen Zone und an der Bar Hill-Siedlung vorbei. Es liegt auf der rechten Seite.«

Der Wagen holperte über einen der allgegenwärtigen Beweise für den jämmerlichen Zustand der britischen Straßen. Es gab einen dumpfen Knall, als ein Kopf gegen das Wagendach schlug. »Was 'n Schrotthaufen!« beschwerte sich Sachin, während er sich kläglich den Kopf rieb. »Ich dachte, sie hätten vor zehn Jahren aufgehört, diese Mühlen zu bauen, als sie die Fabrik in Birmingham dichtgemacht haben. Wenn ihr mich fragt, haben sie den Laden zu spät dichtgemacht.«

»Was Besseres konnte Mohsin nicht besorgen.« Imrans Lächeln blitzte im grünen Licht des Armaturenbretts. »Hey, Rani, hast du Chenkas Muntermacher da?« Neben ihm nahm seine Schwester einen versiegelten Plastikbeutel, der mit kleinen Päckchen gefüllt war. Sie brach das Siegel und verteilte die Papiersäckchen mit dem braunen Staub.

»Was sollen wir mit dem Zeug machen? Schlucken oder durch die Nase ziehen?« fragte Sachin.

»Wahrscheinlich Tee kochen«, murmelte Aqib, und alle lachten beim Gedanken an die alte Frau und ihre berüchtigten Tees. Rani hatte den ganzen Tag Bauchschmerzen gehabt, nachdem sie Chenkas schmuddelige Bude in dem Haus hoch über der Stepney-Siedlung und den Rattensilos verlassen hatte. Der Gestank nach Urin und Ammoniak war schlimmer denn je gewesen.

»Schluckt es«, sagte Rani. »Und ich hab noch 'n paar Energiespender, mit denen das Zeug besser rutscht.« Sie verteilte die in Reispapier verpackten Zucker- und

Kokosnußstückchen, die durch die Lebensmittelfarbe grellgelb aussahen. Aber sie waren sirupartig und feucht, und sie halfen, das staubtrockene Zeug herunterzuschlucken.

Sie waren bereits in Cambridge, als die Kräuter ihre Wirkung entfalteten. Selbst Aqibs braune Cyberaugen, ein echtes Statussymbol in ihren Kreisen, schienen jetzt ein wenig heller zu strahlen.

»Mein Mund ist völlig ausgedörrt«, beschwerte sich Imran, mit den Zähnen knirschend. »Haben wir was zu trinken? Ich würde sogar grünen Tee nehmen.«

Dieses Problem hatte Rani vorhergesehen. Sie öffnete den Verschluß eines Guavengetränks, ein teurer Luxus, der sie finanziell ziemlich zurückgeworfen hatte, weil das Getränk echte Fruchtanteile enthielt und nicht nur die üblichen künstlichen Aromastoffe. Vielleicht enthielt es die auch, kam ihr ein überraschender Gedanke, während sie ein paar Schlucke von der warmen, aber köstlichen Flüssigkeit trank. Die Männer forderten lautstark ihren Anteil, also reichte sie die Flasche an Sachin weiter. Dann schlossen sich ihre Hände wieder um den Kolben dessen, was angeblich eine Bond and Carrington-Pistole war. Wahrscheinlich war sie so echt wie das Lächeln einer Trideoansagerin, aber der Lauf war glatt und sauber, und der Abzugsmechanismus hatte reibungslos funktioniert, als sie damit geübt hatte. Jetzt war sie jedoch mit echter Munition geladen, und damit hatte sie nicht geübt.

Hoffentlich klappt die Sache, dachte sie grimmig. Sie betrieben einen ziemlichen Aufwand, nur um jemandem einen tüchtigen Schreck einzujagen, indem sie ein paar ungezielte Schüsse auf ihn abgaben, und dann eiligst wieder nach Hause zu hecheln.

Sie bekam langsam ein ganz schlechtes Gefühl, was diese Geschichte betraf.

Geraint hatte Serrin von der Bahnstation angerufen und ein Treffen in einer Kneipe auf der Nordseite der Stadt mit ihm vereinbart. Serrin traf dort Punkt halb acht ein, erkannte Geraint jedoch nicht sofort. Der Adelige sah in der nichtssagenden, ausgebeulten Kleidung, die er jetzt anstelle des üblichen Designeranzugs trug, ganz anders aus, aber er fiel nicht weiter auf, wie er dort saß und sein Pint Ale trank wie jeder andere Einheimische.

»Woher kennst du einen Laden wie diesen?« fragte der Magier.

Geraint wirkte leicht beleidigt. »Ich habe drei Jahre in Cambridge studiert, alter Freund, und einen Teil meiner Jugend an einigermaßen verrufenen Orten verbracht. Es ist nur schade, daß der alte Laser-Flipper nicht mehr da ist. Ich hätte nicht übel Lust gehabt, um der alten Zeiten willen ein paar Spiele zu machen.«

Geraint lachte leise, und sein Gesicht nahm einen Ausdruck an, aus dem Serrin nicht ganz schlau wurde. »Hier habe ich meine erste und einzige Erfahrung als jugendlicher Liebhaber einer reiferen Frau gemacht«, sagte der Adelige. »Ich war zwanzig und sie einunddreißig, und ich habe sie immer von dem Fish-und-Chips-Laden gegenüber nach Hause gebracht. Den gibt es natürlich auch nicht mehr. Dreimal darfst du raten, was an seine Stelle getreten ist — eine Burger-Bude. Ich nehme an, das liegt daran, weil die paar Fische, die es noch in der Nordsee gibt, so mit Chemikalien und Klärschlamm verseucht sind, daß anständiger Kabeljau unerschwinglich ist.«

Serrin sah Geraint fragend an. »Ich kann mir dich nicht mit jemandem aus einem Fish-und-Chips-Laden vorstellen.«

»Sie ist immer am Wochenende nach der Arbeit hierher gekommen. Damals lief irgendein Lustmörder hier in der Gegend frei herum, und die meisten von uns waren mit Begleitschutzaufgaben betraut. Einmal hat sie beschlossen, in meiner Bude zu übernachten, die nur ein

Stück weiter die Straße entlang war. Sie war mit irgendeinem Burschen von der Luftwaffe verlobt, eigentlich nur um der Kinder aus erster Ehe willen. Sicherheit für später, vermute ich. Er war überall im ganzen Land stationiert, aber eines Tages tauchte er plötzlich auf, und sie heirateten auf der Stelle. Ich frage mich manchmal, was aus ihr geworden ist. Du weißt, wie das so geht.«

Geraint saß in Gedanken versunken da und stützte das Kinn auf die Hände. Serrin gestattete ihm ein paar Augenblicke, dann lenkte er das Gespräch wieder auf dringendere Angelegenheiten. »Was hast du bekommen?« Er hatte die abgewetzte Reisetasche aus Stoff bereits zur Kenntnis genommen, der es höchst wirkungsvoll gelang, die Formen ihres Inhalts zu verhüllen.

»Laß uns ein Stück fahren. Ich kann mir zwar nicht vorstellen, daß die Wände Ohren haben, aber wir gehen besser kein Risiko ein.«

Sie tranken ihre Gläser aus und bedeuteten der Ork-Kellnerin, die Serrin mit nicht sonderlich freundlichen Blicken bedachte, daß sie zahlen wollten. Der Magier vermutete, daß Elfen mit einer vornehmeren Abstammung als seiner und ihrer Vornehmtuerei in einer Kneipe wie dieser wahrscheinlich nicht unbedingt beliebt waren. In ihren Augen war er offenbar um keinen Deut besser. Wenn er sich als Amerikaner zu erkennen gab, machte er es wahrscheinlich nur noch schlimmer, also nickte er nur, als Geraint sich höflich bei ihr bedankte. An der Tür machten Serrin und Geraint vorsichtig Platz für eine Gruppe einheimischer Orks, die sich lärmend in die Kneipe drängten.

Sie entfernten sich ein ganzes Stück von der Nebenstraße, bevor sie das alte Farmgelände erreichten, um das sie einen weiten Bogen machten. Das Land hier war durch die Ausläufer der Stinkfens zu verseucht, um offiziell als bewohnbar eingestuft zu werden, aber in der Gegend tummelten sich mit Sicherheit zahlreiche Obdachlose. Serrin wich zuerst nach Süden und dann nach Osten aus, bevor er wieder in Richtung Autobahn fuhr. Der Lärm eines Motorrads mochte durchaus ein paar Penner aus ihren Löchern treiben. Ein Motorrad war unter Menschen, die derart arm waren, eine ganze Menge wert. Es war nicht sehr wahrscheinlich, daß sie waffentechnisch gut bestückt waren, vielleicht nur mit Messern und Steinen, aber es war durchaus möglich, daß jemand eine alte Schrotflinte besaß. Serrin schaltete den Scheinwerfer aus und ließ das Motorrad über die durchweichten, unfruchtbaren Felder rollen. Er fuhr so dicht an die Stinkfens heran, wie er es wagte, dann wandte er sich wieder westwärts. Nachdem er die Straße überquert hatte, parkte er das Motorrad neben einem abgestorbenen Baumstumpf, indem er es flach auf den Boden legte.

»Unser Ziel ist die Anhöhe da vorne«, sagte der Magier, auf eine sanfte Erhebung ein Stück weit entfernt zeigend.

»Zieh dir die Panzerweste über. Hast du deine Ingram? Ich habe panzerbrechende Munition für sie aufgetrieben.« Geraint reichte Serrin den Clip und eine kleine Phiole.

»Hier ist was Nützliches aus dem Chemiebaukasten. Zerbrich die Phiole, wenn du das Feuer eröffnen mußt. Inhalier das Zeug. Aber tu es nicht erst, wenn der erste Troll schon fünf Meter vor dir steht, weil es dir das Hirn aus den Ohren pustet und du ein paar Sekunden nichts sehen wirst. Tu es, wenn der Troll noch zweihundert Meter weit weg ist. Mit dem Zeug zittern dir die Hände nicht, wenn du schießen mußt. Und wenn du rennen mußt, läßt es dich schneller laufen als ein Gepard, dem man ein Klistier mit rotem Chili verpaßt hat. Sogar mit deinem Bein. Und wenn ich dir sage, du sollst rennen, dann rennst du besser. Und schieß erst, wenn wir verschwinden. Setz all deine Magie ein, kurz bevor ich zu schießen anfange. Ich sage dir, wann. Alles begriffen?«

Serrin war von der Autorität in Geraints Stimme beeindruckt. Dies war ein ganz anderer Mann als der Junge, der auf den Straßen San Franciscos in Panik geraten war. Der Elf steckte die Phiole in die Tasche, wobei er sich sagte, daß dies nicht der richtige Augenblick war, Geraint wegen seines Drogenkonsums Vorhaltungen zu machen.

»Gut.« Der Waliser wartete die Antwort nicht ab. »Nächster Punkt. Nimm das.« Er reichte Serrin einen lackierten Kanister mit einem Ringzug auf dem Deckel. »Benutz das, wenn wir uns absetzen. Drei Sekunden, nachdem du den Ring gezogen hast, sind wir durch einen Rauchvorhang geschützt, der Infrarot wirkungslos macht. Schmeiß das Ding einfach hinter uns auf den Boden.« Während er sprach, schraubte er den Lauf auf den zusammenlegbaren Schaft eines Scharfschützengewehrs. Serrin entdeckte eine gewisse Ähnlichkeit mit dem MA 2100, aber das Ding glitzerte nur so vor Extras. Er war schon schwerer bewaffnet zu Runs aufgebrochen, aber dieser Waliser weckte in ihm langsam den Eindruck, als sei er das einzig Wahre.

Geraint musterte ihn im Mondlicht, während er seine Arbeit beendete. »Dir ist doch klar, daß dies ein verdammter Wahnsinn ist, oder? Zwei Leute hier draußen gegen Dutzende von ihnen dort drin. Ich muß verrückt sein, dabei mitzumachen. Du mußt uns mit deiner Magie verdammt gut absichern. Ich hoffe, du hast was, das uns davor bewahrt, zu früh von den Konzernmagiern entdeckt zu werden, sonst sitzen wir nämlich auf dem Präsentierteller. Bis zu der Anhöhe sind es zu Fuß vielleicht zwei Minuten, fünfzehn Sekunden, wenn wir unter dem Einfluß der Droge rennen, zwanzig, wenn wir zu langsam sind. Ohne Deckung ist das zu lange. Wie sieht dein Plan aus?«

Serrin war ebenfalls beschäftigt. Er zog eine Reihe bizarrer Steine auf eine Lederschnur und legte sich die Schnur schließlich um Schulter und Hüfte. »Ich hielt es für besser, die Priorität auf Schutz und Tarnung zu legen. Ich muß es ihnen so schwer wie nur möglich machen, uns zu bemerken, und das bedeutet, ich muß an alles denken — magische Entdeckung, Infrarotsucher, Ultraschall —, aber ich glaube nicht, daß Cyberhunde ein Problem sind. Wir sollten über alle Berge sein, bevor die Hunde das Fabrikgelände verlassen. Dieses neckische Teil«, fügte er hinzu, indem er auf die Schnur um seinen Körper zeigte, »verleiht mir zusätzliche Kräfte. Ich will dich nicht mit Einzelheiten langweilen. Im wesentlichen bewirkt es chaotische Veränderungen. Wie gut kennst du dich mit Magie aus?«

»Ich dachte, Chaoszauber würden die Sinne des Magiers verwirren, der davon getroffen wird.«

»Dasselbe Prinzip, aber eine andere Anwendung. Ich habe ein Jahr damit verbracht, eine Version auszutüfteln, bei der sich die Wirkung um den anwendenden Magier zentriert. Sie stört die meisten Formen der Entdeckung in einem sich ständig verändernden Bereich, der um mich anstatt um ein Ziel zentriert ist. Ich glaube nicht, daß sie die Zeit haben, die Werte in den Computer einzugeben, um den Algorithmus der Veränderung zu berechnen. Außerdem ist sie auf Magnetfeldschwankungen abgestimmt. Ich habe immer gewußt, daß diese komische kleine Ablagerung magnetisch empfindlichen Eisenknochens über meinen Nebenhöhlen für irgendwas gut ist. Damit werden sie nicht fertig. Außerdem ist es auch ein ziemlich weiter Bereich. Die Barrieren, die ich errichte, haben nicht ganz dieses Kaliber, aber wir brauchen uns wegen nichts unterhalb einer Batterie von Raketenwerfern oder automatischer Waffen Sorgen zu machen.«

Geraint schlug ihm auf die Schulter. »Ich kenn mich mit diesen Dingen zwar nicht aus, aber es klingt ganz gut.«

»Wenn du allein arbeitest, ist es immer ganz gut, etwas an der Hand zu haben, das dich nicht zwingt, dich auf jemand anders zu verlassen. Aber es funktioniert genausogut, wenn man mit einer anderen Person zusammenarbeitet. Das einzige Problem ist, daß es einen völlig erschöpft. Ich werde danach für 'ne Weile ziemlich fertig sein. Sorg nur dafür, daß dein erster Schuß trifft.«

Sie marschierten zu der Erhebung, wobei ihre Stiefel in dem verseuchten Wasser auf dem Feld herumpatschten, bis sie die Anhöhe erreicht hatten. Sie krochen bäuchlings zum Kamm und sahen auf das Fuchi-Gelände dreihundert Meter weiter westlich herunter. Nachdem sie eine halbe Stunde gefroren hatten, kroch das Scheinwerferlicht des ersten Konvois über die Straße und auf die Fabriktore zu.

Geraint streifte die Wollhandschuhe ab und hauchte gegen seine Hände, um sie warmzuhalten. Er brachte das Gewehr in Anschlag und kniff das linke Auge zusammen, während er das Infrarot-Zielfernrohr justierte, wobei er die Fahrzeuge ignorierte und auf einen Punkt innerhalb des Fuchi-Geländes zielte. Als die Wagen näher kamen, zog er sich zurück und wandte sich von den blendenden Scheinwerferlichtern ab.

Serrin beobachtete die Szenerie mit einem Feldstecher, wobei er auf Infrarot und Lichtverstärker schaltete. Seinen Spruch so leise wie möglich vor sich hinmurmelnd, sondierte er ganz kurz, als die Fahrzeuge innerhalb der Tore ihren menschlichen Inhalt ausspien.

»Geraint, ich glaube nicht, daß er dabei ist.« Obwohl er sehr leise sprach, war die Dringlichkeit in seiner Stimme nicht zu überhören. »Schieß noch nicht.«

»Hast du die Nummernschilder überprüft?«

»Ja, es ist der richtige Wagen, aber der Mann ist nicht Kuranita. Er ist ein verdammt gutes Double, aber nicht gut genug. Irgendwas stimmt hier nicht. Ich kann ganz deutlich spüren, daß sich ihre Aufmerksamkeit nicht so sehr auf diese Seite des Geländes konzentriert. Sie ist nach Süden gerichtet.«

Geraint sah immer noch durch das Zielfernrohr, aber die kleinste Bewegung reichte aus, um ihn erkennen zu lassen, daß die Sicherheitsposten alle nach Süden schauten. »Natürlich ist sie das. Sie konzentrieren sich auf die geöffneten Tore.«

»Nein, dahinter steckt noch etwas anderes. Ich traue mich nicht, noch tiefer zu bohren, sonst verrate ich uns. Aber ich — Augenblick mal. Im Norden, sieh dir das an!« zischte er.

Geraint hob den Kopf, weg vom Zielfernrohr, und starrte angestrengt in Richtung des weiter entfernten Tores. Zwei schattenhafte Fahrzeuge waren dorthin unterwegs und glitten lautlos durch die Felder. Sie hielten direkt auf das kleinere Tor im Norden auf der dem Sicherheitskomplex gegenüberliegenden Seite des Geländes zu. »Wir hatten recht. Der Lockvogel kommt von Süden. Und da kommt der echte Kuranita.« Geraint änderte seine Stellung und den Anschlag des Gewehrs, so daß es jetzt auf das weiter entfernte Tor zielte. Dann justierte er das Zielfernrohr neu. »Zwei Fahrzeuge, sagen wir zehn Männer. Ich kann vier von ihnen erledigen, bevor sie merken, was los ist. Bete, daß einer von ihnen unser Mann ist.«

Geraint konzentrierte sich auf seinen ersten Schuß, den er jedoch nie abgab.

Woher das Geräusch auch kam, es bewirkte, daß sie beide instinktiv und völlig verblüfft den Kopf einzogen. Dann hörten sie das Dröhnen eines Hubschraubers, der im Tiefflug von Westen hereinkam. Es mußte einer von den IWS-lizensierten supergeräuschlosen sein, weil das Ding schon fast über der Fabrikmauer war, bevor sie es hörten. Serrin fing an, seine Zaubersprüche vor sich hin zu murmeln, während Geraint verzweifelt versuchte, seinen Aktionsplan den veränderten Umständen anzupassen, indem er darauf wartete, daß der Kopter landete, denn er war sicher, daß *das* ihr Mann war. Das plötzliche Aufflammen einer Leuchtkugel traf ihn völlig unvorbereitet und blendete ihn, so daß er nicht mehr zielen konnte.

Dann setzte das Gewehrfeuer ein.

Beim ersten Schuß funktionierte Aqibs improvisierter Werfer ausgezeichnet. Die Leuchtkugel flammte mitten über dem Lager auf und tauchte eine große Gruppe Orks und Trolle mit schwarzen Schirmmützen in gleißendes Licht, die gerade den Hubschrauber herunterwinkte. Die Tore öffneten sich bereits, als Sachins Ceska zu knattern anfing. Er und Wasim johlten fast, als ihre Kanonen Feuer spuckten, und Imran hatte seinen geliebten Predator entsichert und gab ebenfalls ein paar sorgfältig gezielte Schüsse ab.

Rani war die erste, die bemerkte, daß irgend etwas ganz und gar nicht stimmte. »Paßt auf! Sie wissen Bescheid!«

Die Sicherheitsleute stürmten bereits durch die Tore, und ein paar Granatwerfer auf dem Sicherheitsturm jagten Raketen in ihre Richtung. Zur Hölle mit Chenkas Pülverchen, schrie Rani innerlich. Die Männer sind zu aufgeputscht, sie schnallen's nicht.

Es geschah rasch und blutig. Beim zweiten Schuß löste sich Aqibs Werfer in seine Bestandteile auf, und der junge Samurai wurde zurückgeschleudert, die Arme in Flammen gehüllt. Links von ihr wurde Wasim von einer weiteren Explosion erfaßt und in blutige Fetzen zerrissen. Den anderen blieb keine Zeit, den schrecklichen Anblick in sich aufzunehmen, da hinter ihnen brüllend eine große Flammensäule Gestalt annahm und dann mit rasender Geschwindigkeit über das strahlend hell erleuchtete Gelände auf sie zuglitt.

In der Ferne keuchte Serrin entsetzt auf. »Jesus, ein verdammter Feuerelementar. Die Burschen sind so gut wie tot.«

Geraint blieb nicht stehen. Er hatte seine Phiole bereits zerbrochen und rief Serrin zu, er solle dasselbe tun.

Der Waliser ließ das Gewehr fallen, fuhr herum und zog eine Bond and Carrington-Pistole aus seiner gefütterten Jacke. Dann rannte er durch den Dreck und Schlamm die Anhöhe hinunter auf ihr Motorrad zu.

Serrin sah keinen Sinn darin, mit Geraint zu streiten. Worüber sie auch gestolpert waren, es bestand nicht die geringste Aussicht, Kuranita in diesem Wahnsinn zu finden. Er konnte nur hoffen, daß sein Zauber ihren Abgang decken würde. Zweifellos kam ihnen der Umstand zugute, daß die Sicherheit sonstwohin sah.

Sein Bein ließ ihn im Stich. Ein tiefes Grollen aus der Gegend der Fabrik ließ den Boden unter ihm erbeben, und der Elf stolperte und fiel. Den Mund voller Schlamm und dem bitteren Geschmack nach Salz und Säure, rappelte sich Serrin auf; sein Puls raste wie verrückt. Rechts von ihm rannten zwei Gestalten verzweifelt die Straße entlang. Der gleißende Feuerelementar war ihnen dicht auf den Fersen. Eine Abteilung der Sicherheit verfolgte sie ebenfalls mit knatternden Maschinenpistolen.

Serrin wußte nicht, warum er es tat. Es war verrückt und dumm. Unter den gegebenen Umständen war es geradezu absurd, seine Schutzvorrichtungen fallenzulassen, doch irgend etwas sagte ihm, daß niemand hinter ihm her war, niemand ihn entdeckt hatte. Er stimmte einen leisen Singsang an. Und hatte Glück. Der Elementar war kein besonders zäher Bursche, seine Kraft ziemlich bescheiden, und der Elfenmagier benötigte kaum fünfzehn Sekunden, um ihn zu bannen. Der Spruch erschöpfte die Kräfte der Kreatur; ihre Flammen flackerten und erstarben. Die anderen brauchten jetzt nur noch einem Trupp schwer gepanzerter und vor Cyberware starrender Trolle mit automatischen Waffen zu entkommen.

Nun, zumindest habe ich ihnen eine Chance eröffnet, dachte Serrin grimmig, als er sich umdrehte und losrannte. In seiner Hast hörte er nicht den aufheulenden Motor in der Ferne. Er erfuhr nie, daß sie sein Gesicht im Widerschein eines zufälligen Lichtblitzes gesehen hatte, war sich nicht bewußt, daß sie sich ihr ganzes Leben lang daran erinnern würde.

Ein paar Soldaten waren jetzt dazu übergegangen, die ganze Gegend nach der Person abzusuchen, die einen Elementar ausschalten konnte. Serrins Bein pochte schmerzhaft, während er in die Richtung rannte, in der er das Motorrad vermutete. Das Bein fühlte sich an, als sei es von einem Fleischhaken durchtrennt worden. Aus weiter Ferne hörte er Geraint verzweifelt nach ihm rufen, doch die Belastung forderte allmählich ihren Tribut, und er konnte nicht mehr tun, als halb rennend, halb hinkend eine Uferböschung hinaufzustolpern, die eigentlich gar nicht hätte dort sein dürfen. Er schaffte es gerade noch darüber hinweg, wobei er inständig hoffte, irgendeine Deckung zu finden, wo er sich verstecken konnte. Ein übler Gestank stieg ihm in die Nase, und sein Atem kam in abgehackten Stößen. Er stolperte erneut und landete bis zum Hals in Wasser und Schilf.

Das letzte, was Serrin sah, bevor er das Bewußtsein verlor, war die Wasserschlange. Das Ding war vielleicht zehn Meter lang. Über ihm aufragend, öffnete die Bestie ihre muskulösen Kiefer, um eine Reihe nadelscharfer Zähne in einem Maul zu enthüllen, das so schwarz war wie das Tor zur Hölle.

10

Geraint hatte noch genug Selbstbeherrschung, um nicht das Tempolimit zu überschreiten, als er auf dem Weg zurück nach Cambridge durch Bar Hills trostlose Häuserreihen fuhr. Seine Gedanken überschlugen sich jedoch.

Serrin war in die Nacht verschwunden. Währenddessen waren Geraint Horden schwerbewaffneter Fuchi-Sicherheitssoldaten auf den Fersen gewesen und hatten ihn gezwungen, mit dem Motorrad des Elfs zu fliehen. Er hatte gebetet, daß nicht auch noch Hubschrauber hinter ihm her waren. Schlimm genug, daß Serrin verschwunden war. Jetzt kam noch die unerwartete Ankunft einer weiteren Gruppe bei den Labors hinzu, die ihn bestürzte und verwirrte.

Im Geiste ging Geraint die Vorgänge immer wieder durch und versuchte sich zu erinnern, was er und Serrin wann und wo gesagt hatten. Waren sie abgehört worden?

Doch so oft er die Szenen geistig noch einmal durchspielte, er wurde nicht schlau aus den Vorgängen.

Als er die Ausläufer des eigentlichen Sprawls nördlich von Cambridge erreichte, wurde Geraint klar, daß er nicht ins Hotel zurückkehren konnte. Mit zerrissener und schlammbedeckter Kleidung konnte er kaum durch den Haupteingang spazieren. Selbst seine berühmte Kaltblütigkeit würde ihn nicht retten, wenn er auf dem Teppich vergnügt eine Schlammspur hinterließ. Die Hotelsicherheit würde der Polizei eine diskrete Mitteilung machen, und ein paar Polizisten waren gewiß spezielle Freunde des Fuchi-Konzerns. Danach konnten die Dinge einen überaus häßlichen Verlauf nehmen. Aus demselben Grund war es unmöglich, das Motorrad in der Hotelgarage abzustellen und direkt zum Fahrstuhl zu marschieren. Der Parkwächter konnte ihn sehen, und außerdem würden dort Videokameras installiert sein.

Drek, er würde nach London zurückfahren müssen, und das bedeutete: keine Autobahn, jedenfalls nicht auf einem Motorrad. Vierzig Meilen Nebenstraßen bis zum Außenring. Wunderbar, dachte er. Ich hoffe, seit meiner Studentenzeit hat sich nicht viel verändert. Ich bin hier seit zehn Jahren nicht mehr gefahren.

Die Straßen vermittelten Geraint den Eindruck, daß sie in den letzten zehn Jahren zumindest nicht repariert worden waren. Kurz hinter Royston war er so klug, von der Hauptstraße abzubiegen und die verrottenden Vororte des Sprawls zu umfahren. Er sah die Barrikade und die lauernde Gang von Straßenräubern gerade noch rechtzeitig. Wäre er geradeaus weitergefahren, wäre er bereits tot und begraben.

Sein Pech verfluchend, fand sich Geraint jetzt in einem Irrgarten von Seiten- und Nebenstraßen wieder. Er fuhr langsamer, während er herauszufinden versuchte, wo er sich befand und wohin er fuhr. Die Straßenlaternen waren schon vor langer Zeit zerschossen worden, und er hatte lediglich das blasse Mondlicht und seinen eigenen abgeblendeten Scheinwerfer. Als ihm klar wurde, daß er vollständig die Orientierung verloren und keine Ahnung hatte, wie er hier wieder herauskommen sollte, sträubten sich ihm die Nackenhaare. Eines war jedoch klar: Er mußte in Bewegung bleiben. Irgendwann beschloß er umzukehren, und er wendete langsam das Motorrad, als er plötzlich eine zerlumpte Bande vor sich sah, die aus den Schatten schlich und ihm den Weg versperrte.

»Nette Karre, Chummer«, rief eine rauhe Stimme. »Ich mach dir 'n Angebot!«

Über den Lärm des im Leerlauf drehenden Motorrads war ein Kichern zu hören. Der Punk, der die Bande offenbar anführte, schwang ein Stück Holz, das wie eine Eisenbahnschwelle aussah. Ein paar von denen, die weiter hinten standen, trugen Steine, wahrscheinlich eher Plastibetonbrocken.

Geraint begann zu schwitzen. Wie komme ich hier nur wieder raus? fragte er sich verzweifelt. Ein einziger Schlag fegt mich vom Motorrad herunter. Und einmal unten, bin ich schon so gut wie tot. Mir bleibt wohl keine Wahl.

Als die Punks ausschwärmten, zog er seine Pistole in der Hoffnung, daß sie im Licht seines Schwinwerfers für alle zu sehen war. Ihre Reaktion besagte, daß sie sie sahen, aber so arm waren, daß sie nichts mehr zu verlieren hatten. Zweifellos verloren sie bei Bandenkämpfen jede Woche ein oder zwei Mitglieder, also würde die Aussicht, ein paar mehr zu verlieren, sie wahrscheinlich nicht besonders schrecken. Nicht, wenn als Beute ein Motorrad und eine Pistole winkten.

»Spart euch den Drek, ihr Wichser!« Geraint ließ seine Stimme härter klingen, als er sich in dieser Situation fühlen konnte. »Bond and Carrington MC-40, panzerbrechende Kugeln mit Schnellader. Sechs von euch sterben, vielleicht acht. Ich hab 'ne Smartgunverbindung, also könnt ihr sogar mit zehn rechnen, wenn ihr Pech habt.«

Das schien den Punks nicht zu behagen, aber sie wichen keinen Schritt zurück. Sackgasse. Dann hatte Geraint plötzlich einen Geistesblitz.

»In ungefähr acht Minuten müßte der Penner hier vorbeikommen, der mir auf den Fersen ist. Fährt 'ne nette Toyota. 'n echter Hammer. Warum wartet ihr nicht einfach auf den? Bereitet 'n kleinen Hinterhalt vor. Auf die Art geht nicht die Hälfte von euch drauf. Und weil ihr mir damit 'n Gefallen tut«, fügte er hinzu, während er am Gas drehte, um einen Schnellstart hinzulegen, »ist wohl 'ne kleine Belohnung ganz in Ordnung.«

Er zog einen Packen Banknoten aus seiner Jackentasche. Der Bank von England sei Dank für ihre sture Weigerung, sich damit abzufinden, daß Kredstäbe heutzutage die einzige Möglichkeit waren, Geschäfte abzuwickeln. Er schleuderte das Papier in die Luft und sah dann zu, wie die Scheine als Konfettiregen aus Fünfzigern und Hundertern zu Boden flatterten. Im nächsten Augenblick gab er Gas und jagte mit quietschenden Reifen davon, während sich die Punks auf die Scheine stürzten, wobei ein paar in ihrer Gier, sich Banknoten in die Taschen zu stopfen, sogar ihre improvisierten Waffen fallen ließen.

Geraint duckte sich tief über den Lenker und betete zu einem obskuren walisischen Heiligen, daß niemand aus reinem Spaß an der Freude einen Stein nach ihm warf.

Er hatte Glück. Bevor eine Stunde vergangen war, stand er im Lastenaufzug seines Apartmenthauses und hoffte, daß ihn niemand auf seiner Penthouse-Etage aussteigen sah. Er zog sich Hose und Jacke aus, stopfte sie in seine Reisetasche und markierte beim Aussteigen aus dem Fahrstuhl das Torkeln eines Betrunkenen. Schlammverschmierte Adelige in Panzerwesten mochten der Sicherheit zu denken geben. Halbnackte Adelige, die im Zustand vorübergehender Trunkenheit nach Hause schwankten, mit Sicherheit nicht. Schwer atmend steckte er den Magnetschlüssel ins Schloß und stürzte, die Tür hinter sich zuschlagend, in seinen Wohnungsflur.

Zeit für ein Bad, Kaffee und einen guten Schuß von GABAs interaktivem Nervenmodulator, versprach sich Geraint, und dabei war ihm die Reihenfolge ziemlich egal.

Imran war immer noch im Schockzustand. Er saß auf dem abgewetzten Sofa und starrte mit leerem Blick an die Decke. Als er und Rani nach Hause gekommen waren, hatten sie den schwer angetörnten Sanjay wecken müssen, damit er ihnen die Tür öffnete. Die Wohnung war ein einziger Schweinestall, weil Sanjay irgendein elendes Straßenmädchen abgeschleppt hatte, wahrscheinlich mit dem Versprechen, ihm den Opiumhimmel zu zeigen. Rani schmiß das Mächen raus, wobei sie ihm kaum Zeit ließ, den hageren, mit Ekzemen verunstalteten Körper zu bedecken. Sanjay begegnete Ranis Abscheubekundungen mit einem bloßen Achselzucken und einem leeren Blick aus seinen unglaublich geweiteten Pupillen. Aber die Unordnung gab ihr etwas, ein Ventil, an dem sie ihren Schmerz und ihre Frustration auslassen konnte, und nachdem sie Tee gekocht und sich einen Schluck von dem starken, gepfefferten Schnaps gegönnt hatte, der für den Notfall im Haus war, fühlte sie sich ein wenig ruhiger.

Imran war halb katatonisch, und es war niemand da, mit dem es sich zu reden gelohnt hätte, aber Rani versuchte es trotzdem.

»Es war ein abgekartetes Spiel, Imran. Sie wußten, daß wir kamen. Sie kannten unseren genauen Standort. Und jetzt, du ... du ... du dämlicher Kerl ..., wirst du mir alles erzählen, was du weißt: Wer dich für den Job angeheuert hat, wo du dich mit ihnen getroffen hast, wie sie ausgesehen haben, wer dir den Kontakt vermittelt hat. Alles!«

Eine Schweißperle lief Imrans Stirn hinunter. Er hörte nicht zu. Statt dessen plapperte er irgendwas über die Familien, die sie anrufen mußten und in deren Wohnzimmern die Frauen die Toten betrauern und beweinen würden, und wer es sonst noch erfahren mußte. Er leierte eine Litanei von Vettern herunter und war überhaupt so nutzlos wie ein nervöser Katholik, der an den Perlen eines Rosenkranzes herumfummelt.

Rani schlug ihn hart in der Hoffnung, ihn damit in die Realität zurückzubringen. Er starrte sie völlig verständnislos an, dann lief er vor Wut rot an, sprang auf und schlug sie mit aller Kraft ins Gesicht — nicht nur eine Ohrfeige, sondern ein harter Faustschlag —, so daß sie durch das Zimmer flog. Dann verpuffte seine Wut ebenso schnell, wie sie gekommen war. Er fiel auf die Knie und fing an zu weinen.

Rani war entsetzt, aber auch verletzt, ihre Ohren rauschten von dem Schlag. In diesem Augenblick zerbrach etwas zwischen ihnen. Sie betrachtete Imran, und obwohl es ihr erst später klar wurde, war dies der Moment, in dem Rani den Respekt vor ihrem Bruder verlor. Sie umarmte und tröstete ihn, aber sie überlegte bereits, was als nächstes zu tun war. Jetzt würde es nicht mehr ihr Bruder sein, der auf der Straße die Fragen stellte.

Geraint kam zu dem Schluß, daß es ungefährlich war, gegen fünf Uhr zu packen und auszuziehen. Er war nach dem Bad gleich eingeschlafen und hätte fast das Wecksignal überhört und den Frühzug verpaßt, der ihn wieder ins Hotel gebracht hatte. Wahrscheinlich war es nicht ungewöhnlich für einen Adeligen, die Nacht nicht im Hotel zu verbringen. Ein paar von ihnen hatten sogar Privathubschrauber benutzt, um sich nach Hause fliegen zu lassen, also würde man ihn nicht vermißt haben.

»Gehen Sie heute morgen zum ATT-Seminar?«

Geraint sah von seinem Kaffee auf — mehr brachte er an diesem Morgen zum Frühstück nicht herunter — und in das aufgeblasene rote Gesicht des Marquis of Scunthorpe. Er versuchte seine Bestürzung zu verbergen.

»Äh, hört sich interessant an, ja, ja, ich denke, ich werde hingehen. Wie geht es der bezaubernden Tamsin?« Dem aufgedunsenen, rotgesichtigen Mann aus Yorkshire gefiel es immer, wenn ihm adelige Bekannte Komplimente hinsichtlich seiner feurigen und wunderschönen Frau machten. Du armes Schwein, dachte Geraint wie immer. Sie hat dich nur des Geldes und des Titels wegen geheiratet, und du merkst nicht mal, daß die Hälfte deiner männlichen Dienerschaft mit einem permanenten Grinsen auf dem Gesicht herumläuft.

»Sie ist putzmunter, alter Junge, quietschvergnügt!« Der Marquis parkte sein birnenförmiges, nadelgestreiftes Hinterteil mit einem Grunzen auf einem Armsessel und zwirbelte seinen gewaltigen Schnurrbart. »Tja, ich hatte vor, auf ein Nickerchen bei der British Industrial-Veranstaltung vorbeizuschauen. Dieses ganze mathematische Zeug ist ziemlich starker Tobak für die grauen Zellen. Statt dessen wollte ich mich zum Lunch auf ein Schwätzchen mit Walter treffen. Hätten Sie Lust, sich uns anzuschließen?«

Geraint konnte sich keine schrecklichere Aussicht für den Lunch vorstellen, als an einer Unterhaltung mit den beiden Männern aus Yorkshire teilzunehmen. Walter Crowther, Leiter der berüchtigten Unterabteilung Nahrungsmittel von British Industrial, war für seine Schwärmereien berühmt. Während ihm der Appetit immer mehr verging, würde sich Geraint endlose Einzelheiten darüber anhören müssen, wie man Zuchtvieh mit synthetischen Hormonen und Wachstumsbeschleunigern vollstopfen konnte. Crowther hatte einen gräßlichen Ehrgeiz, und seine Monologe darüber wurden immer mit der Floskel eingeleitet: »Habe ich Ihnen schon erzählt ...?« Dies war das Signal für eine einstudierte Rede darüber, wie er hoffte, Kaninchen von der Größe und Form eines Telekommasten zu züchten, so daß sie fein säuberlich in eine endlose Reihe von Scheiben für Karnickelburger zerlegt werden konnten. »Ich wäre auch schon mit der Größe eines Kricketschlägers zufrieden«, pflegte er dann zu sagen, ein Stichwort, um mit einer Begutachtung von Englands Kricketmannschaft für den Zeitraum der letzten sechzig Jahre zu beginnen. Geraint konnte es einfach nicht ertragen, aber der Anblick eines Zimmermädchens, das einen Wagen mit frischen Handtüchern in den Aufzug schob, gab ihm eine Idee.

»Ich bin schon verabredet, alter Junge. Aber ich will Ihnen was sagen: Ich gebe Ihnen nach dem Lunch einen Brandy in der Marlborough Bar aus. Ich würde gern Ihre und Crowthers Meinung darüber hören, daß Sutcliffe jetzt an Nummer sechs schlägt.« Das fette Gesicht des Marquis strahlte vor Vergnügen.

Da habe ich mich ganz anständig aus der Affäre gezogen, dachte Geraint, als er im fünften Stock aus dem Fahrstuhl stieg. Und jetzt brauchen wir nur noch das Zimmermädchen zu finden. Er griff in die Innentasche seiner Jacke, in die mit dem Fibersiegel direkt unter dem Gieves-Schild. Die Banknoten darin raschelten beruhigend. Ich weiß nicht, warum überhaupt jemand Kredstäbe benutzt, sinnierte er. Jedenfalls scheint Bargeld bei den niederen Klassen nützlicher zu sein. Still in sich hinein grinsend, bog er um die Ecke und folgte dem Plüschläufer zum ›Zimmer 510-518‹-Schild, dessen unechte Goldbuchstaben auf unechtem Edelholz glänzten.

Das Zimmermädchen war nur allzu bereit zu tun, was er verlangte. So viel Geld verdiente es schließlich nicht in einem ganzen Monat.

Um sechs Uhr dreißig war Geraint wieder in seiner Wohnung in London und hatte den gesamten Inhalt von Serrins Hotelzimmer vor sich ausgebreitet. Er hatte es nicht gewagt, nach Longstanton zu fahren und nach dem Elf zu suchen, wobei er sich mit der Tatsache tröstete, daß die Lokalnachrichten keine Beiträge über irgendwelche Vorfälle bei den Fuchi-Labors gebracht hatten.

Du reist mit leichtem Gepäck, alter Freund, dachte Geraint, als er Serrins bescheidene Habseligkeiten durchsuchte. Er öffnete jedoch nicht das versiegelte elektronische Tagebuch. Das wäre ihm irgendwie wie eine Schändung vorgekommen, wenngleich er tief in seinem Herzen befürchtete, daß der Elf tot war. Serrin hatte einige seiner Genehmigungen und Lizenzen hinterlassen, obwohl Geraint vermutete, daß es wahrscheinlich nur Duplikate waren. Der Magier würde sich nur mit allen offiziellen Papieren in die bürokratische britische Welt hinauswagen. Der Koffer enthielt Kleidung, der jedoch jegliche Individualität und Identität fehlten. Nun, wie gleichgültig dem Elf Stilfragen auch sein mochten, zumindest hatte Geraint seine Habseligkeiten gerettet. Das Zimmermädchen hatte seine Telekomnummer und Anweisung, Serrin zu sagen, wo er sich in Cambridge Geld beschaffen konnte, wenn er ins Hotel zurückkehrte. Sie war Waliserin, also ging Geraint davon aus, daß er ihr vertrauen konnte. Drek, dachte er, mir gehört das Land, auf dem ihre Familie lebt. Also sollte ich ihr wohl besser vetrauen.

Das Summen des Telekoms ließ ihn zusammenfahren. Es war die Autoabfrage, und die sanfte Computerstimme fragte ihn, ob er die Nachrichten der vergangenen achtundvierzig Stunden löschen oder speichern wollte. Er gab Anweisung, sie abzuspielen.

Die erste Nachricht war eine weitere Vorladung von Manchesters Sekretär, also hielt er das Playback an und rief zurück. Er verlieh seiner Bereitschaft Ausdruck, König und Vaterland zu dienen, indem er sich ein weiteres Mal durch die Langeweile der Versammlungsräume des Oberhauses kämpfen würde. Danach goß er sich einen Chartreuse ein und ließ das Gerät den Rest abspielen. Ein Gesicht, daß er noch nie zuvor gesehen hatte, erschien auf dem Schirm. Die Frau war sehr attraktiv, und er lauschte aufmerksam.

»Hallo, Lord Llanfrechfa. Sie kennen mich nicht, aber ich bin Annie, eine Freundin von Francesca. Im Augenblick braucht sie Hilfe, und ich dachte, Sie könnten vielleicht einspringen. Ich habe Ihren Namen in ihrem Adreßbuch gefunden, und ich meine, sie hätte mir gesagt, Sie wären mit ihr befreundet. Könnten Sie vielleicht hier vorbeikommen? Francesca hat ein paar Probleme, und diesmal weiß ich nicht so recht, was ich tun soll. Vielen Dank.«

In der Stimme des Mädchens lag ein eindeutiger Unterton von Bestürzung und Unsicherheit — nicht unbedingt das, was Geraint im Augenblick gebrauchen konnte. »O Gott«, seufzte er, sich zurücklehnend und sich das Gesicht reibend. »Serrin ist verschwunden, vielleicht tot, und jetzt das. In was, zum Teufel, hat sich Francesca jetzt reingeritten?«

Er prüfte Datum und Uhrzeit des Anrufs, und ihm wurde klar, daß er vor über vierundzwanzig Stunden eingegangen war. Als er Francescas Telekomnummer eintippte, bekam er nur den Anrufbeantworter, also war sie vielleicht immer noch nicht in der Lage, Anrufe entgegenzunehmen. Annie hatte ihre Nummer nicht hinterlassen, also würde er die kurze Strecke bis Knightsbridge in Person bewältigen müssen.

Francesca war benebelt und stand immer noch unter dem Einfluß von Beruhigungsmitteln, aber er bekam das Wesentliche aus ihr heraus. Es war jedoch schwer zu sagen, ob ihre Verwirrtheit eine Folge des IC-Angriffs war, oder ob es die Drogen waren, die aus ihr sprachen. Sie war ziemlich erschüttert, aber alles in allem war der Schaden nicht so schlimm, wie er befürchtet hatte. Er war gewiß nicht irreparabel.

Ihre Hand haltend, saß Geraint auf der Patchwork-Steppdecke, die über das große Bett gezogen war, und spielte die Konferenz herunter, da er Serrin nicht erwähnen wollte. Gnädigerweise wußte Francesca nicht, daß der Magier in der Stadt war, also fragte sie auch nicht nach ihm. Sie verplauderten leise die Abendstunden.

»Es war Annie, die mich gerettet hat«, murmelte sie zum fünften oder sechsten Mal. »Sie hat mich ausgestöpselt, als sie mein Gesicht sah. Das ist jetzt schon das zweite Mal, daß sie das getan hat. Ist 'n gutes Mädchen, Annie. Na ja, vielleicht nicht das, was du ein gutes Mädchen nennen würdest, aber sie ist es, echt.« Sie phantasierte ein wenig. Es wurde langsam Zeit, sie schlafen zu schicken und zu gehen. Der Arzt von Careline würde morgen früh wiederkommen und nach ihr sehen, und das war die beste ärztliche Betreuung, die man mit Geld kaufen konnte.

»Vielleicht schau ich mal bei der Dame vorbei und bedanke mich bei ihr«, sagte er, sich vom Bett erhebend. »Es ist gut zu wissen, daß du so eine Freundin hast.«

Sie machte Anstalten aufzustehen. »Sie wohnt um die Ecke. Hanbury Court. Weißt du, nur um die Ecke. Sie nennen es Court, obwohl es nur eine Etage tiefer ist. Nur um die Ecke, die Treppe runter und dann Nummer fünfundfünfzig auf dem runden Balkon. Ich sollte sie selbst besuchen. Und mich anständig bedanken. Gutes Mädchen.« Sie mühte sich mit ihrer Kleidung ab.

»Hör auf, du bist noch viel zu schwach«, sagte Geraint ruhig, aber sie schlüpfte in ihre Schuhe und nahm seinen Arm. »Frische Luft wird mir guttun, Geraint.« Sie grinste zu ihm auf, plötzlich wieder klar. Ihr Gesicht war von den Beruhigungsmitteln gerötet, aber sie ging ziemlich sicher. Was soll's, dachte er.

Geraint vergewisserte sich, daß sie ihren Magnetschlüssel eingesteckt hatte, als sie die Tür hinter ihnen schloß. Dann gingen sie zur Treppe und zu Nummer fünfundfünfzig. Als Geraint klopfte, stellte er verblüfft fest, daß die Tür nur angelehnt war. Auf sein Klopfen öffnete sie sich ein Stück.

Im Wohnzimmer war alles ruhig bis auf das Trideo, das jedoch sehr leise gestellt war. Hinter einem kleinen Sofa lag eine schwarz lackierte Lampe auf dem Teppich, die einen bizarren Schatten warf. Geraints Nerven fingen an zu vibrieren. Leute, die in einer Wohnung wie dieser wohnten, ließen ihre Türen nicht offen. Die meisten von ihnen sprachen selten oder gar nicht mit den Nachbarn, und sie bezahlten Unsummen für Sicherheit. Türen wurden hier gewiß nicht offengelassen.

Francesca sah verwirrt aus, benebelt, als versuche sie sich auf die Szenerie zu konzentrieren. »Wo ist Annie?« murmelte sie.

»Keine Ahnung. Das sieht zwar ein wenig seltsam aus, aber ich bin sicher, es gibt nichts zu ...« Geraints Stimme brach ab, als sein Blick auf einen kleinen Fleck

vor der Tür zu seiner Linken fiel. Er konnte nicht sicher sein, vielleicht war es nur verschütteter Wein, aber sein Magen fing an, verrückt zu spielen, und er hatte Angst.

»Fran, warum, äh, setzt du dich nicht einfach, und ich rufe die Sicherheit an.« Er bugsierte sie zu einem Plüschsessel, der so stand, daß sie nicht auf die fragliche Tür schaute, und griff nach dem Telekom, das auf dem Tisch neben dem Sessel stand. Auf diese Weise konnte er die Schlafzimmertür öffnen und unauffällig einen Blick hineinwerfen, während er zu telefonieren vorgab. Sie würde es nicht sehen.

Francesca drehte sich in ihrem Sessel herum und sah sein Gesicht gerade, als alles Blut aus ihm wich. Sie erhob sich unsicher und war bei ihm, bevor er, betäubt wie er war, reagieren konnte. Vergeblich griff er nach ihrem Kopf, versuchte sie davor zu bewahren, das zu sehen, was sich im Schlafzimmer befand. »Sieh nicht hin, sieh gar nicht hin«, brachte er noch heraus, aber es war zu spät.

Geraint hätte nie gedacht, daß ein menschlicher Körper so viel Blut enthält. Große Lachen davon waren auf dem Teppich und den Laken geronnen, und die gegenüberliegende Wand sah aus, als hätte jemand einen ganzen Eimer voll Blut von einem Ende des Zimmers zum anderen geworfen. Die Vorhänge waren damit durchtränkt, und immer noch fielen einzelne Tropfen auf die Parkettfliesen vor dem Fenster. Der klaffende Schnitt durch Annie Chapmans Kehle fand seine schreckliche, vergrößerte Entsprechung in Gestalt einer gezackten, blutigen Wunde, die quer über ihren Bauch verlief. Eine Reihe innerer Organe war in der schrecklichen Parodie moderner Kunst in einem gräßlichen Haufen um eine Schulter der Frau arrangiert worden.

Geraint wankte rückwärts, stolperte über die bewußtlose Francesca, stürzte, bevor er die Badezimmertür erreichte, und übergab sich, bis er glaubte, das Herz springe ihm aus der Brust. Hektisch am Telekom herumfummelnd, das er auf den Boden hatte fallen lassen, tippte er die Nummer des Notfalldienstes ein. Er hatte kaum seine Selbstbeherrschung einigermaßen wiedergefunden, als der uniformierte Troll eintraf, der mit seinem IWS-Taser herumfuchtelte.

»Den werden Sie nicht brauchen«, sagte Geraint. »Rufen Sie einfach die Polizei.« Er würgte wieder. »Ich würde da wirklich nicht hineinsehen, wenn ich Sie wäre«, brachte er noch heraus, aber der Wachmann hatte das Blut gerochen und konnte wohl nicht der Versuchung widerstehen, selbst einen Blick auf das Gemetzel zu werfen.

Geraint rief gerade bei Careline an, um ärztliche Versorgung für Francesca anzufordern, als er ein unmißverständliches Geräusch hörte. Es war eine Mischung aus Würgen und Schluchzen, und es kam von dem Troll aus dem Zimmer hinter Geraint.

11

Rani wußte, daß es sinnlos war, irgendeinen der Nachbarn in dem verwitterten, fünfstöckigen viktorianischen Apartmenthaus zu befragen. Wie jeder anständige Mann von der Straße mit einer Spur Selbstachtung hing Imran nur mit solchen Leuten herum, die sich für zähe, gemeine Typen hielten. Und das schloß auf keinen Fall die Trancer ein, die in den von Ratten wimmelnden Untergeschossen hausten, und auch nicht das lammfromme und ängstliche Volk oben. Ihr Bruder schlief noch, doch Rani würde soviel wie möglich von seinen Freunden zu erfahren versuchen.

Da sie ein Ork und — schlimmer — ein Mädchen war, wußte Rani, wie man ihr wahrscheinlich begegnen würde. Doch angesichts dreier toter Familienmitglieder würde sie nichts davon abhalten, nach möglichen Informationen zu suchen. Sie rechnete nicht wirklich mit Schwierigkeiten, aber sie nahm das Langmesser trotzdem mit. Nachdem sie lange und intensiv darüber nachgedacht hatte, holte sie sich Imrans Predator ebenfalls. Zum Teil wegen der zusätzlichen Sicherheit, aber hauptsächlich deswegen, weil sie sich mit der Kanone in der Jacke härter vorkam. Und heute würde sie sämtliche Härte brauchen, die sie aufbringen konnte.

Sie passierte ein paar Kinder, die auf der Straße mit den Überresten eines Hundes spielten, und bog schließlich in die Whitechapel Road ein. Bis zu der von Adeligen durchsetzten und bewaldeten Konzernenklave Limehouse mit ihren Medienelfen und Chardonnay schlürfenden Salonlöwen und Modepüppchen war es gar nicht so weit, aber sie hätte ebensogut einen halben Kontinent und ein halbes Leben entfernt sein können.

Ein Stück die Straße hinauf parkte ein Doppeldecker-Touristenbus, um den hauptsächlich amerikanischen und japanischen Touristen darin die Möglichkeit zu geben, gebackene Kartoffeln und heiße Kastanien von einem Straßenhändler zu kaufen. Von seinem Karren stieg heißer Rauch in die kalte Luft des Novembermorgens auf.

»Mal sehen, Mister, also, das macht zwei Pfund. Sie kriegen's zum halben Preis, ganz bestimmt«, plapperte der Bengel mit der Stoffmütze fröhlich auf einen bewundernden Amerikaner ein, der eine mit teuren Kinkerlitzchen ausgestattete Kamera schwang und wie wild drauflos knipste. Kastanien, ja? Gepreßte Pilzreste, Kumpel, und dann hast du noch Glück. Was die Pellkartoffeln betraf, die mit einem Plastikteller echten Lancashire-Eintopfes serviert wurden, glaubte sie nicht, daß das Rattenfleisch darin aus Lancashire stammte. Kopfschüttelnd wechselte Rani die Straßenseite und bog in die Old Montague Street ein.

Sie fand diejenigen, welche sie suchte, an ihrem gewöhnlichen Fleckchen an der Brick Lane, wo sie in der Nähe des Obst- und Gemüsestandes mit gestohlenen Kameras und anderen Dingen hausieren gingen. Die Männer machten zunächst einen ziemlich überraschten Eindruck, als sie Rani so anders gekleidet sahen, doch Kapil zeigte seine Verblüffung nur einen winzigen Augenblick, bevor er sich wieder völlig unter Kontrolle hatte. Das Geschäft lief schleppend an diesem Morgen, obwohl die Stammkunden ganz gewiß später noch vorbeikommen würden, um sich anzusehen, was über das Wochenende von diversen Lastwagen gefallen war. Den Kartons nach zu urteilen, die diskret neben den matschigen Tomaten gestapelt waren, hatten in letzter Zeit eine ganze Menge Lastwagen zufällig etwas von ihrer Ladung verloren.

Wahrscheinlich würden die Jungens später besserer Laune sein, wenn sie mehr Knete eingesackt hatten, doch Rani hatte keine Zeit zu verschwenden. Kapil schien in eine Unterhaltung mit einem rattengesichtigen Weißen vertieft zu sein, also griff sich Rani Bishen, seinen Partner.

»Es hat Ärger gegeben, Bishen«, sagte sie. »Ärger, der Familienangehörigen das Leben gekostet hat.«

»Das habe ich gehört. Wo ist Imran?« Bishen hörte sich nicht so an, als wolle er es wirklich wissen.

»Er hat 'ne Bleivergiftung. Nichts Ernstes, aber es reicht, um ihn für 'ne Weile aus dem Verkehr zu ziehen.« Sie hatte sich die Lüge im voraus zurechtgelegt. »Ich versuche herauszubekommen, wer ihn für diesen Run verpflichtet hat. Wir haben noch 'ne Rechnung zu begleichen.«

»Das ist Männerarbeit, Rani. Sag Imran, er soll mal zu uns kommen, und dann werden wir sehen, was sich machen läßt.« Der Mann wollte sich abwenden, doch Rani packte seinen Arm.

»Dafür ist keine Zeit! Bis dahin ist die Spur kalt. Ich muß sofort soviel wie möglich herausfinden, damit mein Bruder gleich auf dem richtigen Weg ist, wenn es ihm wieder besser geht.« Es war ein schlauer Zug, da sie damit den Vorrang ihres Bruders anerkannte, doch Bishen ging nicht darauf ein. Unnachgiebig verschränkte er die Arme vor der Brust.

»Hör mal, Rani, geh wieder nach Hause, ja? Sag Imran, er soll mit uns reden, wenn er wieder auf den Beinen ist. Wir könnten ihm sowieso nicht viel sagen.«

Er wandte sich mit gesenktem Kopf ab und trat nach den Überresten irgendeines Gemüses, das in der Gosse vor sich hin faulte. Sie hatte ihre erste Abfuhr erhalten, doch Rani war sicher, daß es nicht die letzte gewesen war.

Rani hatte sich fast bis nach Bethnal Green durchgearbeitet, als sie der Versuchung des Geruchs nach heißen Schmalzkringeln erlag, der die Straße herunterzog. Während sie sich die Hände rieb, um sie ein wenig zu erwärmen, beschloß sie, ihre Lebensgeister mit einer heißen Soystrami und einer Tasse Soykaf zu wecken. Bislang hatten ihre Mühen nur zu einer endlosen Reihe immer gleicher Antworten geführt. Niemand hat irgendwas gehört, niemand weiß etwas, niemand sagt etwas, und wir reden später mit Imran, Mädchen. Sie beantwortete das Getratsche des runzeligen Straßenhändlers mit dem freundlichsten Lächeln, das sie aufbringen konnte, nahm ihr Tablett und zog sich in eine entfernte Ecke des Cafés zurück. Der Laden war hauptsächlich gefüllt mit Straßenhaien, die ihre Frühstückspause machten, und Nachtschwärmern, die gerade einen neuen sinnlosen Tag begannen oder vielleicht nach einer langen Nacht des Vergessens auf dem Heimweg waren. Hier und da sah sie auch ein paar Penner, die Hände um den Becher mit dem billigen Soykaf gewölbt, von dem sie noch lange, nachdem er kalt geworden war, in kleinen Schlucken trinken würden.

Sie hatte Glück, daß sie die Handsporne sah, obwohl sie ihn auch an den Cyberaugen erkannt hätte. Mohinder kam durch die Tür, und die Leute, die am Thresen saßen, rückten angesichts seiner mächtigen Gestalt rasch beiseite. Messerklauen machten jeden nervös. Er ging langsam und gemächlich. Dermalpanzerung, vermutete sie. Der Mann hatte einmal Glück mit einem großen Überfall in Whitechapel gehabt: Ein Haufen tollkühner Elfen aus Limehouse hatte einen Abstecher gemacht, und als Folge davon hatten ein paar fette Kredstäbe den Besitzer gewechselt. Das war natürlich passiert, lange bevor Imran Mohinder kennengelernt hatte.

Sorgfältig darauf bedacht, nicht gesehen zu werden, wartete Rani, bis er das Restaurant verließ, und folgte dem großen Mann dann bis zur Sheba Street, wo er im Eingang eines Demitech-Ladens verschwand, dessen Vorderfront mit stahlvergitterten Fenstern verstärkt war. Sie hatte einen Vorwand in der Tasche, also ließ sie es darauf ankommen.

Mohinder lungerte lediglich herum und wartete ab, bis es sicher war, den Besitzer nach den Dingen zu fragen, die sich unter dem Ladentisch befanden. Zuerst ignorierte er Rani, um dann die Achseln zu zucken, als sie ihm diskret die Ausbuchtung der Pistole zeigte. Zusammen betraten sie einen vollgestopften kleinen Lagerraum hinter einem Vorhang.

»Du kennst dich damit aus«, sagte Rani, den Ares Predator ziehend. »Was hältst du davon?« Sie versuchte so zu klingen, als schlafe sie schon seit einem Monat in der Gosse.

Mohinder nahm die Kanone in seine gewaltigen Hände, testete Gewicht und Balance, prüfte Lauf und Mechanismus. »Mmh-mmh. Ich geb dir dreizehnhundert.« Er warf den Munitionsclip aus und nickte mit neuerlichem Respekt. »Zwölf panzerbrechende Geschosse«, sagte er nach einer kurzen Untersuchung. »Dafür mach ich dir auch 'nen Vorzugspreis. Sagen wir vierzehnfünfzig.«

Also war er an dem Deal nicht beteiligt gewesen. Natürlich nicht: Er hätte ihn mit Sicherheit für sich an Land ziehen wollen, wenn er davon gewußt hätte. Aber er kannte vielleicht jemanden, der etwas gesehen hatte. Sie versuchte das Gespräch noch auszudehnen.

»Fünfzehn.«

Er musterte sie kalt. »Strapazier dein Glück nicht zu sehr, Weib. Wenn ich vierzehnfünfzig sage, dann ist das der Preis, den ich zahle. Keinen Nuyen mehr. Wenn du nicht willst, verschwinde.«

»Okay, ich bin einverstanden«, stieß sie rasch hervor, vor seiner Verärgerung kapitulierend. »Natürlich brauche ich einen Ersatz.«

»Häh?« grunzte Mohinder. »Weiß Imran davon?«

Zum Teufel, er wußte alles über sie. Sie fing langsam an, den Klang des Namens ihres Bruders zu hassen. »Du kaufst die Kanone von mir, nicht von ihm. Ich brauche nur was fürs Haus. Um mich verteidigen zu können, wenn er nicht da ist.«

Das klappte. »'ne nette kleine Ceska ist genau das Richtige für dich. Die kostet elfhundert, und du bekommst einen zusätzlichen Munitionsclip. Einverstanden?«

Sie verabschiedete sich im Geiste von dem Predator, wobei sie hoffte, das Opfer würde nicht vollständig vergeblich sein. Tief Luft holend, begann sie mit ihrem eigentlichen Anliegen.

»'ne wichtige Sache für meine Familie, Großer. Jemand hat Imran für einen Run bezahlt. Das Ganze war 'n abgekartetes Spiel, und jetzt sind drei Mann tot.«

Zu ihrer Überraschung schien er noch nichts davon gehört zu haben. »Imran hat mir nichts davon erzählt.« Sein arroganter Ärger darüber, nicht eingeweiht worden zu sein, gab ihr die Gelegenheit nachzuhaken.

»Er hat einen Fehler gemacht. Andere sind dafür gestorben. Ich muß herausfinden, wer der Schieber war.«

»Imran versteckt sich hinter Röcken?« Mohinder machte jetzt keinen Hehl aus seiner Verachtung und wandte sich ab, um zu gehen. In ihrer Verzweiflung versperrte sie ihm den Weg und hob flehend die Hände.

»Mohinder, er hat's vermasselt! Ich muß rauskriegen, was ich kann, und dann zu Imran und zur Familie zurückgehen und zusehen, was sie unternehmen können. Es ist für die Familie.« Das implizite Versprechen, die Grenzen der ihr zukommenden Stellung nicht zu überschreiten, wenn sie nur ein paar Informationen erhielt, schien einiges wert zu sein. Er nickte, während er ihr bedeutete, Platz zu machen.

»Sag Imran, er soll mich im Toadslab treffen. Die Pistole habe ich bis Mittwoch. Dann bringe ich auch das Geld mit. So viel trage ich nicht mit mir herum, wenn es nicht unbedingt sein muß.«

Der Gedanke an die damit verbundene Verzögerung bestürzte Rani, aber es war die einzige Hoffnung, die einzige positive Antwort, die sie den ganzen Tag über bekommen hatte. Sie lächelte und neigte respektvoll den Kopf, als Mohinder den Lagerraum verließ.

»Acht Uhr. Um die Uhrzeit geht es in dem Laden

ziemlich lebhaft zu.« Seine Messerklauen schnappten aus ihren Scheiden, als er die Tür öffnete. »Und jetzt muß ich mit einem Mann über etwas Geld reden, das er mir schuldet. Bis dann.«

Auf altem Leder im Oberhaus sitzend, schweiften Geraints Gedanken umher, während ein aufgebrachter Elf über Straßensperren und Polizeipatrouillen in Nordwales schwadronierte. Er war nur hier in den Westminster-Gemächern, damit die für die Abstimmung erforderliche Stimmenzahl zusammenkam, und das wußte er. Zum Teufel mit Manchester, dachte er, warum geht er nur derart verschwenderisch mit meiner Zeit um?

Geraint hatte wegen Serrin nicht viel mehr unternehmen können. Nach Longstanton zurückzukehren, wäre viel zu gefährlich gewesen. Erkundigungen bei seinen Kontakten im Innenministerium ergaben, daß keine toten Elfen flußabwärts angespült oder in einer Schleuse treibend gefunden worden waren. Andererseits würde die Leiche in keiner offiziellen Leichenzählung auftauchen, wenn Serrin von der Fuchi-Sicherheit erwischt worden war. Auf diesem Hintergrund blieb ihm nur noch, die Hoffnung nicht aufzugeben.

Francesca würde morgen abend aus dem Maudsley Hospital entlassen. Er hatte veranlaßt, daß ihr Blumen geschickt wurden, und er hatte die Absicht, sie heute abend noch einmal im Krankenhaus zu besuchen, falls es ihm gelingen sollte, dem endlosen Gezänk im Oberhaus zu entkommen. Doktor van der Merwe, der ölige und salbungsvolle südafrikanische Arzt, hatte ihm in einem Ton von Genesungsfortschritten berichtet, der stark vermuten ließ, daß er den IQ der meisten Leute für geringer als seine Schuhgröße hielt und man ihnen medizinische Dinge in Worten vermitteln mußte, die höchstens zwei Silben und fünf Buchstaben besaßen. Geraints spitzer Hinweis auf seinen eigenen Abschluß in Neuropsychologie hatte daran nicht das geringste geändert.

Kurz nach sechs konnte er sich endlich freimachen. Die Befristung der Debatte über die Gesetzesvorlage versprach gnädige Erlösung, falls er den morgigen Tag noch überstand. Da er wußte, daß Francesca fragen würde, was die Polizei zu dem Fall zu sagen hatte, beschloß er, sich noch einmal persönlich nach dem Verlauf der Ermittlungen zu erkundigen.

Er hatte es lediglich seinem Titel zu verdanken, daß ihm Chefinspektor Swanson ein paar Minuten seiner kostbaren Zeit widmete. Mit einem Tweedanzug bekleidet und eine besonders widerwärtig stinkende Pfeife rauchend, saß der dickliche Mann hinter einem voluminösen Schreibtisch, offensichtlich darüber verärgert, sich mit dem Adeligen auseinandersetzen zu müssen.

»Natürlich führen wir alle möglichen Vernehmungen durch«, sagte Swanson, »aber die gerichtsmedizinische Untersuchung hat nicht viel ergeben. Außerdem sind wir im Moment ziemlich knapp an Leuten. Eine so hochgestellte Persönlichkeit wie Sie müßte das eigentlich wissen.«

Geraint reagierte auf diesen Anflug eines Vorwurfs ziemlich unleidlich. Er war nicht für die Vergabe der öffentlichen Mittel für die Polizei verantwortlich, und es war bereits ein langer und quälend langweiliger Tag gewesen. Er revanchierte sich mit einer Retourkutsche, die implizierte, daß die Polizei keineswegs ihr Bestes tat, und Swansons Miene wechselte zu einem Ausdruck kalter Förmlichkeit.

»Meine Männer hatten allein an diesem Wochenende mit elf Mordfällen zu tun«, sagte der Chefinspektor ernst. »Wir haben einen rassistischen Troll, der im East End wahllos Leute abmetzelt, und unsere Männer sind in Wagen draußen und versuchen einen beginnenden Aufruhr im Keim zu ersticken. Wenn nur die Hälfte von dem, was mir berichtet wird, stimmt, ist jeden Tag mit einer Waggonladung von Leichen auf der anderen Seite des Flusses zu rechnen. Und im Falle von Miss Chapman gibt es ein paar kleine Komplikationen, die wir solchen ehrenwerten Herren wie Ihnen zu verdanken haben. Wegen der Art ihrer Arbeit haben gewisse Individuen durchblicken lassen, daß übermäßig enthusiastische Vernehmungen ziemlich peinliche Enthüllungen nach sich ziehen könnten. Das macht die Sache für uns natürlich nicht leichter. Die Tatsache, daß die Überwachungsmonitore in ihrer Wohnung abgeschaltet worden sind, läßt vermuten, daß solch eine Person möglicherweise auch an ihrem Ableben beteiligt war. Also, Sir, wir tun, was wir können, und ich werde Sie benachrichtigen, falls sich irgendwas ergibt. Bis dahin bedanke ich mich für Ihre Aussage, die sehr hilfreich war.«

Swanson stand auf und streckte ihm die Hand entgegen, um anzudeuten, daß die Unterredung beendet war. Geraint hätte die mißliche Lage des Mannes klar sein müssen. Annie Chapman war eine Edelprostituierte gewesen, deren Klientel gewiß Adelige, Parlamentsmitglieder und hohe Konzerntiere umfaßt hatte. Und natürlich wurden jetzt Hebel in Bewegung gesetzt, um unerwünschte Publicity zu unterbinden. Kein Wunder, daß es der Mord nicht bis in die Nachrichten geschafft hatte.

Auf dem Weg zum Krankenhaus fühlte er sich deprimiert. Dort angekommen, informierte ihn Doktor van der Merwe, daß Miss Young als Vorbereitung für ihre abschließende Neurokonditionierungssitzung bereits unter dem Einfluß von Beruhigungsmitteln stand. Als er einen Blick in ihr Zimmer warf, nahm er erfreut das hübsche Bukett aus Orchideen und Tigerlilien zur Kenntnis, das Simpson's in seinem Namen geschickt hatte. Es waren ihre Lieblingsblumen.

Wieder zu Hause, griff Geraint ruhelos nach seinen Tarotkarten. Er hatte sie seit Tagen nicht angesehen, weil er Angst hatte, sie zu befragen. Doch da die Zeit verging und keine Spur von Serrin auftauchte, waren die Karten die einzige Informationsquelle, die ihm zur Verfügung stand. Als er die Augen schloß und die Karten geschickt und lautlos mischte, spürte er, wie er ein wenig davontrieb, fast so, als könne er das beruhigende Rauschen der Themse hören, die tief unter seinen versiegelten Fenstern dahinfloß. Er hielt inne, hob ab und drehte ein wenig ängstlich die oberste Karte um. Ein Gefühl gesegneter Erleichterung durchfuhr ihn, als er sah, daß die Karte kein schlechtes Omen bedeutete, und erst jetzt wurde Geraint klar, wie sehr er sich davor gefürchtet hatte, was ihm die Karten verraten würden.

Das Rad des Schicksals.

Also werdet ihr mir nicht antworten, außer in Form eines Rätsels. Serrin ist in den Händen des Schicksals, und ich kann dieses Schicksal jetzt nicht erkennen. Zumindest laßt ihr mir Raum für Hoffnung.

Er mischte wieder, wobei er an Annie dachte, sich jedoch lieber an ihr Gesicht auf dem Telekomschirm erinnerte als an den Horror des Schlafzimmers. Er hob wieder ab, und die große Knochengestalt war für ihn keine Überraschung.

Tod.

Ja, natürlich. Er mischte weiter, und diesmal war er sich kaum bewußt, was er fragen oder wissen wollte, da seine Gedanken zwischen Besorgnis um Francesca und Frustration über seine vergeblichen Versuche, etwas — irgend etwas — bei der Polizei zu erfahren, hin und her irrten. Er hob ab, um eine andere Karte aufzudecken, und das Gesicht des toten Mädchens lebte wieder vor seinem geistigen Auge auf.

Tod.

Diesmal überraschte ihn die Karte. Es kam sehr selten vor, daß die Karten solch ein Bild wiederholten. Ein weiterer Todesfall? Fran? Doch als er keine Furcht bei diesem Gedanken registrierte, wußte er, daß die Karte ihn nicht *davor* warnte. Er war verwirrt, befürchtete einen Augenblick lang, daß Serrin gemeint sein könnte, aber das Rad hatte ihm bereits verraten, daß dies ebenfalls nicht die Bedeutung sein konnte.

Ich greife nur nach Strohhalmen, dachte er müde. Ich bekomme das jetzt nicht auf die Reihe. Er versuchte sich darauf zu konzentrieren, das Tarot nach einer Karte zu fragen, die ihn selbst darstellte. Das half oft, die Dinge zu klären.

Der Narr.

Das war das Standardsignal der Karten, daß Geraint nicht weiterfragen sollte. Doch diesmal hatte er außerdem das Gefühl, daß der gehörnte, grün gekleidete Mann ihn aus einem bestimmten Grund angrinste. Der Narr ist alles, sann er. Im Augenblick komme ich nirgendwo weiter. Ich weiß nicht, wo Serrin ist, meine Tage sind mit bedeutungslosen Routinedingen ausgefüllt, es gibt nichts, was ich für Fran tun könnte, und ich komme bei der Polizei nicht weiter. Die Karte betrachtend, dachte er, daß dies ein absoluter Widerspruch war.

»Ach, zum Teufel damit!« fluchte er laut und dachte, er sollte ganz einfach vollkommen abschalten. Einen Schluck australischen Shiraz trinken und sich über Satellit den zweiten Durchgang aus Adelaide ansehen.

Den Drink ja, doch Adelaide nein. In dieser Nacht schlief Geraint bereits vor dem Ausscheiden des ersten Schlägers.

12

Sein Blickfeld klärte sich und verschwamm abwechselnd, während er hustete und spuckte. Er war sich vage bewußt, daß jemand versuchte, ihm eine Flüssigkeit einzuflößen. Das Zeug roch wie Pferdemist und schmeckte noch schlechter. Als er versuchte, die verabreichende Hand wegzuschieben, gelang es Serrin, sich auf den Ellbogen zu stützen, und er versuchte seine Umgebung in sich aufzunehmen.

Er befand sich in einer baufälligen Holzhütte, die, abgesehen vom letzten Tageslicht, das nicht vom Nebel verschluckt wurde, nicht beleuchtet war. Es mußte kurz vor Anbruch des Abends oder Morgens sein, aber er konnte durch die offene Tür nicht viel erkennen. Die Hütte sah aus, als sei sie auf Holzpfeilern errichtet, und er war sicher, daß sich draußen Wasser befand.

Die Frau hockte sich wieder auf die Fersen und betrachtete ihn aufmerksam. Sie war schmutzig und ungepflegt und trug ein einfaches Kleid, das um die Taille mit einem Stück dünnen Bindfadens zusammengebunden war. Es sah wie ein Fetzen alten Sackleinens aus.

»Wie geht es dir?« Ihre Stimme war überraschend tief für eine Frau, und sie sprach langsam, schleppend.

»Ach, ich glaube, ich werd's überleben«, krächzte er, aber er fühlte sich schrecklich. »Wie bin ich hergekommen? Ich kann mich nur noch erinnern, daß irgendein Monster, das wie eine Mischung aus dem Ungeheuer von Loch Ness und dem Yeti aussah, kurz davor war, mich zu seinem Abendbrot zu machen. Ich hatte die Wahl, zu ertrinken oder lebendig gefressen zu werden.«

Sie lächelte, als habe sie es mit einem Kind zu tun. »Ramalan hat dich hergebracht. Er hätte dir nichts getan. Er ist jetzt alt, und er hatte an dem Tag bereits gegessen. Dieses Jahr gibt es reichlich Aale. Er war gerade erst aufgewacht. Jetzt, wo er alt ist, wandert er ein bißchen herum.« Vor der Schwelle türmte sich plötzlich ein

Wasserschwall auf und wäre fast in die Hütte geschwappt. Sie lächelte friedlich. »Er ist jetzt draußen. Ich glaube, in zwei, drei Tagen wird er wieder schlafen. In Zukunft muß ich darauf achten, daß er sich nicht zu weit entfernt. Ich weiß nie, was er mit zurückbringt, Elf.«

Während die Frau erzählte, sah er sich in dem Raum um. Serrin erkannte, daß er auf einem Bett lag, das aus getrocknetem Schilf zu bestehen schien, aber ansonsten wies nichts in dem Raum darauf hin, wo er sich befand. Er registrierte vage ein paar einfache Töpfe und Urnen, ein paar Korbwaren und ein paar Lumpen, aber das war alles. Er rieb sich die Augen und wandte sich wieder an die Frau.

»Wer sind Sie? Wo bin ich?«

Sie bewahrte ihre gelassene Miene. »Du bist im Marschland, Elf. Du bist in Sicherheit, aber du mußt dich ausruhen.«

Er stöhnte. »In den Stinkfens? Ihr Geister. Hören Sie, meine Lunge ist sowieso schon in einem bescheidenen Zustand. Ich will nicht undankbar sein, aber die Nachtluft hier ist mein Tod.«

»Wenn du nicht hergebracht worden wärst, hätten dich die lebenden Toten umgebracht. Außerdem ist die Luft hier gar nicht so ungesund.«

»Die lebenden Toten?« Er fragte sich, ob sie verrückt war.

»Die Männer aus den Laboratorien«, sagte sie mit einem Stirnrunzeln. »Diejenigen, die Waffen und Rüstungen tragen. Sie sind Tote. Ihre Körper und Seelen sind von den Drähten und Maschinen in ihnen zerstört. Du weißt das. Du benutzt ebenfalls die Macht.«

»Sie sind eine Schamanin?« fragte Serrin. »Aber sie tragen keine ...«

»Ich bin eine Druidin. Ich gehöre zu Wyrm.«

»Aber ich dachte, bei euch — ich meine, bei den Druiden — drehe sich alles um Steinzirkel und weiße Roben und das mystische Albion, den ganzen Kram eben.«

Augenblicklich bedauerte er seine flapsigen Worte. »Es tut mir leid, ich kann noch nicht klar denken. Aufrichtig leid. Ich stamme nicht aus Ihrem Land, und ich weiß nicht viel über Sie und Ihresgleichen. Bitte entschuldigen Sie meine Unwissenheit und schlechten Manieren.«

Die Frau winkte ab, um anzudeuten, daß sie keinen Anstoß genommen hatte. »Jene, die in den Zirkeln schreiten, haben ihre eigenen Plätze und eigene Gedanken und Seelen. Ich harre hier aus. Ich heile und reinige, so gut ich kann. Ich bin nicht allein. Es sind noch andere hier in dem, was von dem Dorf noch übriggeblieben ist, und es gibt viele, die sich hier, jenseits des Menschensprawls, ihren Lebensunterhalt verdienen. Sie befahren das Marschland in ihren Booten und Kähnen. Wir fangen langsam wieder an zu leben, wie es alle anderen auch tun werden, wenn diese Erde geheilt werden kann. Wir tun, was wir können. Und jetzt trink und schlaf. Ich habe noch viel Arbeit mit dir.«

Sie griff nach dem plumpen Tonkrug, den sie auf den Tisch gestellt hatte. Seine schwachen Proteste ignorierend, flößte sie Serrin noch etwas von der widerlichen grünen Flüssigkeit ein, während sie ihm das Haar aus der Stirn strich. Dann drückte sie ihn sanft auf das Bett und fing an, seinen Kopf und Nacken zu massieren.

Er spürte die Macht durch ihre starken Hände in seinen Kopf und seine Nerven fließen, und eine wundervoll kühle Ruhe breitete sich in seinem Körper aus. Mit geschlossenen Augen sah Serrin vor seinem geistigen Auge seinen Körper, ein Netz kühler blauer Nerven, das über seiner Brust und seinen Armen lag und sich über Solarplexus, Becken und Beine bis zu seinen Füßen erstreckte. Er keuchte leise, als das übergreifende Netz auf den am schlimmsten zugerichteten Teil seines kaputten Beins stieß, und entspannte sich dann nach einem Augenblick unwillkürlichen Widerstands.

Mit einem langen, tiefen Seufzer ließ sich der Magier sanft zurück in den Schlaf gleiten.

Als ihm die Frau das Dorf zeigte, wurde Serrin unbehaglich zumute. Der größte Teil des Ortes lag wegen des erhöhten Wasserspiegels im Marschland, den Jahrzehnte der Polkappenschmelze geschaffen hatten, halb unter Wasser. Manche Familien wohnten im obersten Stockwerk dreistöckiger Häuser, deren untere Geschosse bereits unter Wasser lagen, und das ganze Dorf drohte in den Marschen zu versinken. Dieses öde Land hatte in bezug auf Baumaterial wenig zu bieten, aber ein paar Holzhäuser sahen relativ neu aus. Er war völlig verblüfft, als sie auf einem etwas erhöht liegenden Fleckchen auf ein Gehölz junger Weiden stießen.

»Ein paar Bäume wachsen jetzt wieder«, sagte die Frau. »Die Macht ist nicht nur da, um Menschen — oder Elfen — zu heilen. Ein Großteil dieses Wassers ist jetzt fast rein, aber die toten Männer können mit ihren Fabriken jederzeit mehr Gifte bringen. Ich darf in meiner Wachsamkeit nicht nachlassen. Diese Schlacht endet nie. Aber hier haben wir einen kleinen Sieg errungen. Sieh mal, ist sie nicht wunderschön?«

Die Druidin zeigte auf ein kleines Mädchen, das sich herausgewagt hatte, um durch das offene Fenster eines Hauses zu spähen, an dem sie in ihrem Boot vorbeifuhren. Die Kleine hatte die Ausgelassenheit und auch die Schüchternheit an sich, welche für die meisten Dreijährigen typisch ist, und sie war niedlich mit ihrem seidigen braunen Haar und den großen tiefbraunen Augen. Sie streckte die kleine Hand aus, winkte ihnen zu und verschwand dann außer Sicht, als sei sie von ihrer eigenen Tollkühnheit überwältigt, nur um sofort wieder aufzutauchen und den hochgewachsenen, hageren Elf anzustarren.

»Sie ist ein hübsches kleines Mädchen.«

»Das letzte Kind ihrer Eltern wurde tot geboren. Davor hatte ihre Mutter zwei Fehlgeburten. Und davor hat die Mutter ein Monstrum geboren, ein jammerndes Ding mit zwei Köpfen und einer Haut, die sich vom Körper schälte. Es hat drei Tage gelebt. Land und Wasser triefen vor Gift. Jetzt mußt du verstehen, warum ich hier bin, Elf, und warum ich für diesen Ort sterben würde. Ich muß mich auch um die Tiere und Pflanzen kümmern, aber ich glaube nicht, daß du das wirklich verstehen würdest.« Nur das Weiß ihrer Knöchel, die das Ruder umklammerten, verriet die Intensität ihrer Empfindungen.

»Ich weiß nicht, was ich sagen soll.« Serrin schämte sich, als gehöre er zu jenen, die diesen Leuten Schaden zugefügt hatten. Dann wurde ihm klar, daß er jedesmal, wenn er irgend etwas kaufte, das von irgendeinem aufpolierten, lächelnden Konzernaffen angepriesen wurde, tatsächlich zu ihnen gehörte.

Irgend etwas zerbrach in ihm. Warum bin ich so betroffen darüber? grübelte er. Ich habe genug Straßen gesehen, die mit hungernden Kindern und Bettlern gepflastert waren, denen von irgendwelchen Straßensamurai oder Jugendgangs aus reinem sadistischen Vergnügen Gliedmaßen abgerissen wurden. Ich war an Orten, die so verseucht waren, daß man rund um die Uhr arbeiten mußte, nur um zu verhindern, daß die Gegend spontan in Flammen aufging. Ich habe für Leute gearbeitet, von denen ich verdammt genau weiß, daß sie Abfälle und Abwässer gigaliterweise ablassen. Sie muß bei der Heilung irgendwas mit mir angestellt haben. Wie funktioniert ihre Macht? Was hat sie bei mir bewirkt?

Dennoch schreckte er vor dem zurück, was er fühlte und sah. Es war einfach zu schmerzlich, um es willkommen zu heißen. Und er wußte, daß dieser Ort kaum das Paradies war. Die Menschen, die hier lebten, würden genauso streiten und stehlen, wie es überall auf der Welt der Fall war. Der Gedanke war nicht sehr tröstlich.

Auf dem Weg zurück zu ihrer Hütte begegneten sie einem kleinen, mit Heuballen beladenen Kahn, den ein junger Mann vorwärts stakte. Serrins erster Gedanke war, daß es dafür ziemlich spät im Jahr war. Dann fragte er sich, woher, zum Teufel, er das wußte.

Der Mann betrachtete sie, als die Kähne aneinander vorbeitrieben. Ihm fehlte ein Auge, und dort wo sich eines seiner Ohren hätte befinden sollen, war nur ein häßliches Narbengewebe. Sein Gesicht verzog sich zu einem fast zahnlosen Lächeln, als er die Druidin sah, um dann voller Unsicherheit dem Blick des Fremden auszuweichen. Schüchtern kehrte sein Blick schließlich zurück, und er nickte Serrin grüßend zu.

Serrin kannte den Grund nicht, doch als er sich abwandte, wußte er, daß seine Hände leicht zitterten. Dann wurde ihm klar, daß sie den ganzen Tag über nicht gezittert hatten, was seit annähernd dreizehn Jahren nicht mehr vorgekommen war.

Er hoffte, die Schamanin sah die Tränen nicht, die ihm in die Augen traten.

»Ich kenne nicht einmal Ihren Namen«, sagte Serrin, während er hungrig das gekochte Getreide löffelte. Es hatte einen Anflug von Würze, die man erst bemerkte, wenn man es herunterschluckte. Es schmeckte ihm sehr gut.

»Du brauchst meinen Namen auch nicht zu kennen. Habe ich nach deinem gefragt? Für manche ist die Kenntnis des Namens von jemandem mit Macht für sich allein schon Macht.«

Er nickte, wobei er sich albern vorkam. »Natürlich. Es tut mir leid.« Er wechselte das Thema. »Ich muß wieder nach Hause.«

»Natürlich. Aber zuerst wirst du mir ein paar Dinge erzählen. Was hast du bei den toten Menschen gemacht? Bezahlen sie dich mit ihrem wertlosen Geld?«

Er wich dieser Frage aus. »Ich habe einen Mann gesucht — einen von den toten Menschen, würden Sie sagen. Eigentlich einen sehr toten Menschen. Mehr Maschine als Mensch, wenn er je ein menschliches Herz gehabt hat. Er hat meinen Vater und meine Mutter ermordet.« Sie nickte auf eine entschiedene Art und Weise, als kämen solche Dinge regel- und routinemäßig vor. »Drüben bei den Fuchi-Labors in Longstanton ... Dort bin ich von meinem Freund getrennt worden, einem Mann, den ich seit vielen Jahren nicht mehr gesehen hatte. Er hat mir um unserer alten Freundschaft willen geholfen. Ich hoffe, daß er entkommen ist. Er wird sich Sorgen um mich machen. Ich muß auch deswegen zurück, um ihn wissen zu lassen, daß ich noch lebe.«

»Arbeitest du für jene, welche die Schöpfung lästern?«

Die Worte schockierten ihn. Er hatte keine Ahnung, was sie meinte, und sagte es ihr. Seine Reaktion schien sie zu befriedigen.

»Nördlich von der Stelle, an der du gefunden wurdest, gibt es einen bestimmten Ort. Ich gehe nicht in seine Nähe, aber ich spüre die Energien dort. Es ist ein Ort der Schmerzen, und sie halten Tiere dort, also werden sie sie foltern, wie sie es immer tun. Aber es ist etwas Böses dort, das allein dadurch nicht erklärt werden kann, und außerdem Verwirrung. Ich habe Angst vor diesem Ort. Ich spüre, daß die Verwirrung dazu dient, dem Bösen und dem Schmerz den Sieg noch zu erleichtern.« Sie suchte nach Worten, nicht sicher, wie sie sich verständlich machen sollte. »Wie ich schon sagte, ich war noch nicht in der Nähe. Es sind viele tote Menschen dort. Ich habe nicht geglaubt, daß du von diesem Ort kommst.« Die Schamanin gestattete sich ein kleines Lächeln der Zufriedenheit darüber, daß ihre Intuition richtig gewesen war. »Du bist ebensowenig böse, wie du ein toter Mensch bist.

Aber wie lebendig bist du, Elf?«

Wiederum wollte er sich ihrer Frage nicht stellen. Statt dessen band er den Gurt mit seinen kostbarsten Besitztümern los und reichte ihr einen der Steine. Er stammte aus Tir Tairngire und war wunderschön gearbeitet. Bei dem Gedanken, sich von ihm zu trennen, wurde ihm das Herz schwer. »Er hilft beim Heilen. Er heilt nicht von sich aus, aber wenn Heilkräfte benutzt werden, verstärkt er die Bemühungen und erhöht die Erfolgswahrscheinlichkeit. Sie heilen hier sehr viel. Sie können soviel mehr damit anfangen als ich.«

Sie schob den Stein von sich. »Elf, du bist noch nicht geheilt. Deinem Körper geht es wieder gut, aber du hast noch einen langen Weg zu gehen, bis du wirklich geheilt bist.«

Der Stein war ein echter Verlust für ihn, aber er sehnte sich geradezu danach, daß sie ihn annahm. »Bitte. Für das Kind, das wir gesehen haben. Für den Mann im Kahn. Für alles, was diese verfluchte, verrottete Welt auf Ihre Schultern ablädt. Er wurde von einem Angehörigen meines Volkes gemacht, und er ist ein Teil von mir. Ich besitze nicht viel, und, äh, manchmal versuche ich mich an kleinen Dingen festzuhalten, an Papieren und Besitz, bis ich es leid bin und mich wieder von ihnen löse. Aber der Stein hier ist Macht, und ich will, daß Sie ihn nehmen. Vielleicht bewirkt das, daß man sich hier an mich erinnert.« Serrin war das Ausmaß seines Verlangens fast peinlich. »Normalerweise denke ich über diese Dinge nicht sonderlich viel nach.«

Da nahm sie den Stein, drehte ihn schweigend zwischen den Händen, begann seine wunderbare Kraft zu erspüren. Sie bedeutete ihm zu schweigen, als er sich dafür zu entschuldigen begann, daß sie ihn würde an sich binden müssen, daß es seine Zeit brauchen würde, und so saß er einfach nur schweigend da und sah hinaus auf den heraufziehenden Abendnebel. Er wußte zuviel und hatte zuviel von der Welt gesehen, um jemals mit so etwas Simplem wie diesem wunderbaren verpesteten Ort seinen Frieden machen zu können, und er wußte nicht, wie er damit umgehen sollte.

Als suche er nach einer Atempause, wanderten seine Gedanken wieder nach Cambridge und zu der Frage, was, zum Teufel, er tun würde, wenn er dorthin zurückkam.

13

Rani hatte in den letzten drei Tagen zu viele tränenreiche Familienszenen erlebt, um noch große Begeisterung für weitere aufbringen zu können, doch bei Sachins Leichenschmaus machte sich einer seiner Vettern nützlich. Von der Küche aus hatte sie mitangehört, wie er Imran heftige Vorwürfe machte, den jungen Mann auf solch einen gefährlichen Run mitgenommen zu haben.

Imran hatte gejammert, er habe nicht gewußt, daß er gefährlich werden würde. Alles habe so simpel und problemlos ausgesehen. Der zornige Fragesteller hatte dann wissen wollen, warum Imran nicht draußen auf den Straßen war und Rache übte. Rani bekam die Antwort ihres Bruders nicht mit, weil gerade in diesem Augenblick eine ganze Horde von Verwandten hereinkam und Rani von ihrem Horchposten direkt hinter der Küchentür vertrieb.

Imran war ihren Versuchen ausgewichen, ihn weiter auszufragen, und verbrachte die meiste Zeit außer Haus, indem er früh aufstand und erst spät nachts wieder nach Hause kam. Was sie gerade mitangehört hatte, ließ vermuten, daß er auf der Straße nichts weiter unternahm.

Er hatte nicht einmal seinen Predator vermißt, wenngleich das vielleicht keine so große Überraschung war. Schließlich war Rani es gewesen, die ihn aufgehoben hatte, als sie zum Wagen geflohen waren. Imran nahm vielleicht an, daß er ihn verloren hatte. Danach hatten sie sich alle in einem derartigen Schockzustand befunden, daß sie die Waffe ebenfalls vergessen hatte, bis sich ihr Lauf in ihre Rippen gebohrt hatte, als sie schließlich auf ihr Bett gefallen war. Was sie jedoch wirklich überraschte, war die Tatsache, daß Imran nicht einmal danach gefragt hatte. Vielleicht lag es daran, daß er sich beschämt und machtlos fühlte. Was er mit seinen Tagen auch anfing, er hielt sich jedenfalls versteckt und mied seine üblichen Chummer und Gangbrüder.

Als er am Mittwochabend um sieben Uhr immer noch nicht nach Hause gekommen war, zog sich Rani die dikke Baumwollhose und die Jacke an und rüstete sich für den Ausflug zur Bethnal Green Road aus. Wie gewöhnlich nahm sie das Messer mit und erleichterte das Küchenregal um eine kleine Dose mit einer Ammoniakverbindung. Eine Handvoll diesen Zeugs ins Gesicht geschüttet — das würde selbst einen Troll stoppen, wenn er nicht gerade mit jener Cyberware ausgerüstet war, die ihn sowieso in einen Augenblickskiller verwandelte.

Nachdem sie die Haustür hinter sich geschlossen und die drei Schlösser überprüft hatte, hielt Rani kurz inne, während sie vom Novemberdunst eingehüllt wurde. In ein paar Stunden würde sich der Dunst in starken Nebel verwandelt haben. Sie verstaute die Schlüssel in der Hoffnung, daß die beabsichtigte Transaktion nicht lange dauern würde. Sie kannte Mohinder, und wahrscheinlich würde er absichtlich drei Stunden zu spät kommen; sie würde dann bei einer Sicht von drei Metern und mit über tausend Nuyen in der Tasche nach Hause gehen müssen. Vielleicht bemerkte niemand in dem Restaurant, daß ein Päckchen den Besitzer wechselte. Was auch geschah, sie würde auf dem Rückweg die Kanone, das Messer und das Ammoniak haben, und keiner dieser drei Gegenstände machte sie zu einer leichten Beute.

Trotz ihrer Ängste lächelte Rani, als sie sich schließlich in Bewegung setzte.

Das Toadslab, das ungewöhnlichste Restaurant im East End, war vollkommen überfüllt, als Rani eintraf und sich einen Weg hinein bahnte. An der gegenüberliegenden Wand saß eine große Gruppe Orks und Zwerge. Die aufgebockten Tischplatten ächzten unter der Last der Speisen und der Krüge mit schäumendem Bier. Rani war froh, dort ebensoviele Frauen wie Männer zu sehen. Dadurch kam sie sich nicht so auffällig vor, wie dies ein weiblicher indischer Ork allein normalerweise war.

Die große Gruppe war keine von den hiesigen Gangs, die sie kannte, aber ein rascher Rundumblick zeigte ihr die Embleme und Tätowierungen verschiedener anderer Gangs, von denen sie Imran reden gehört hatte. Sie sah Nasenringe, getuckerte Jeans, Rattenschwanzarmbänder, verrostete Schädelabzeichen, die ganze Litanei von Zeichen und Symbolen. Jede Gruppe saß in ihrem eigenen Bereich und respektierte das Territorium der anderen, machte jedoch die eigene Anwesenheit deutlich. Eine Handvoll Einzelpersonen, die stark genug aussahen, um sich Respekt zu verschaffen, schritt durch die Menge. Die Außenseiter schienen weder Verachtung noch Bestürzung bei den Hiesigen hervorzurufen, und sie fragte sich, wie sie sich diese Anerkennung verdient hatten. Wahrscheinlich dadurch, daß vierzig oder fünfzig von ihnen da sind, dachte sie. Das mochte der Grund sein.

Es war eine doppelte Geburtstagsfeier, wurde ihr plötzlich klar. Ein Ork und ein Zwerg erhoben sich unter den Jubelrufen ihrer Familien und Freunde, und hinter der Serviertheke grinsten drei der Ork-Kellner, die großen flachen Schaufeln mit dampfendem Essen beladen. Der stehende Ork am Tisch wollte gerade mit seiner Festansprache beginnen, als auch schon das Essen auf ihn zuflog.

Lautes Gejohle und Getrampel brach aus, als die Kellner für diesen Ork alle Register zogen. Mit superber Koordination schleuderten sie die erste Salve fußgroßer Stücke Würstchen im Schlafrock volle zehn Meter weit auf die versammelte Menge, die nach den heißen Würstchen schnappte und sie sich auf die Teller knallte. Einem der Zwerge gelang die seltene Großtat, eine herabfallende Scheibe mit der Gabel aufzuspießen, während der stehende Ork danebengriff und von der fettigen Wurst voll im Gesicht getroffen wurde. Das Gejohle wurde lauter.

Das Essen flog nach wie vor durch die Luft, als ein junges Orkmädchen mit einer weiteren mächtigen Pfanne voll Würstchen aus der Küche gerannt kam. Sie stellte die Pfanne auf der Theke ab und schüttelte ihre mit Stoff umwickelten Hände, um anzuzeigen, wie heiß die Pfanne war. Wie ein Mann fuhren die drei Kellner herum und vollführten ein paar rasche Schnitte mit den scharfen Enden ihrer Schaufeln. Dann drehten sie sich wieder um und feuerten eine weitere Salve der fußgroßen Scheiben ab.

Rani konnte sich erinnern, einmal Synchronschwimmen im Trid gesehen zu haben, aber das war nichts im Vergleich zu diesem Schauspiel. Die Kellner bewegten sich wie ein Mann, zielten perfekt, alle Körperbewegungen in totaler Harmonie mit dem Rhythmus des Bhangratech, der aus den alten Lautsprecherboxen dröhnte. Sie brauchten weniger als zwei Minuten, um ihren hungrigen und erwartungsvollen Gästen vierzig Portionen zu servieren. Sie vervollständigten die Aktion, indem sie eine dampfende Pfanne mit klebriger, fetter Bratensoße servierten, dies jedoch vermittels der einfacheren Methode, sie durch den Raum zu tragen. Der Gesellschaft gelang es, den größten Teil über die Tische und sich selbst zu verteilen, da die Leute ihre Wurstscheiben mit Nachdruck in die Flüssigkeit tunkten.

Rani wippte mit dem Fuß zum beharrlichen Beat der Musik, als schließlich ihre eigene Portion und ein Bier eintrafen. Vielleicht war es ihr offensichtliches Vergnügen, das Mohinder die Stirn runzeln ließ, als er herübergeschlendert kam. Er trug die schwere Motorradgang-Jacke aus Kunstleder, die er abends immer bevorzugte. Sie war weit genug, um einen Granatwerfer zu verbergen, und manchmal tat sie das auch. Sie sah seine Mißbilligung und hörte auf, sich so offensichtlich zu amüsieren. Ein gutes, kleines indisches Mädchen sollte nicht dabei gesehen werden, wie es allein in der Öffentlichkeit Spaß hatte.

»Imran hält sich bedeckt, was?« Mohinder setzte sich und nahm ein Stück würziger Wurst von ihrer Scheibe, schluckte es herunter und leckte sich die Finger. Sie fragte sich, ob Leute mit einziehbaren Messerklauen niemals einen Fehler machten, wenn sie das taten.

»Er wollte kommen, aber er war den ganzen Tag und den ganzen Abend nicht da.«

»Normalerweise mache ich keine Geschäfte mit Frauen, Rani. Jedenfalls nicht, wenn sie außer Kanonen nicht noch was anderes zu verkaufen haben.« Er grinste anzüglich. Bei den meisten Leuten hätte diese Bemerkung einen sexuellen Beiklang gehabt, doch bei Mohinder bezog sie sich wahrscheinlich auf die Straßenpreise für transplantierbare Organe. Zumindest in den meisten Fällen.

»Aber es heißt auch, daß du Geschäfte machst, wenn die Ware es wert ist.« Sie stachelte sein Ego an, unfehlbar das Größte an einem Chauvinisten.

»Ich kann mich nicht beklagen, Rani. Nette Spritze. Vielleicht behalte ich sie sogar für den persönlichen Gebrauch.« Er setzte ein verschlagenes Grinsen auf. »Zeig mir deine Zuneigung, Rani.« Er beugte sich weit über den Tisch, und sie schauderte einen Augenblick vor Abscheu, bis ihr klar wurde, was diese Geste zu bedeuten hatte.

Das Päckchen wurde aufgrund der Kraft seiner Muskelanspannung durch seinen Ärmel gepreßt und verschwand dann in ihrer Jacke, während er ihre rechte Brust streichelte. Er widerte sie an, aber immerhin hatte sie jetzt schon einen Teil dessen, weswegen sie gekommen war. Zumindest hatte der Dreksack nicht versucht, sie zu küssen. Das wäre zuviel gewesen.

Er riß ein großes Stück Teig ab und stopfte es sich in den Mund. Danach zu urteilen, wie er sich umsah, die großen Hände vom Tisch nahm und sich die Jacke glattstrich, hatte er eindeutig die Absicht zu gehen.

»Mohinder, ich versuche immer noch herauszufinden, was in jener Nacht passiert ist. Wer hat uns reingelegt?«

»Aber jetzt, wo Imran Tag und Nacht auf der Straße ist, wird er das doch sicher selbst herausfinden, oder? Er hat dir doch gesagt, wer ihn angeheuert hat?« Mohinder zog fragend die Augenbrauen hoch.

»Natürlich, aber er will mir weder den Ort noch Einzelheiten verraten.« Sie mußte lügen. Wenn Mohinder erfuhr, daß ihr eigener Bruder ihr nicht das geringste verraten hatte, würde er ihr nie eine Information anvertrauen, die er vielleicht besaß.

»Ich glaube nicht, daß du mir gegenüber ehrlich bist, Gopi. Du riechst immer noch nach Küche.« Er stand auf, reckte sich und verschränkte dann die Arme vor der Brust. »Aber du hast Glück. Heute nachmittag habe ich einen prima Deal gemacht. Heute abend bin ich ein sehr glücklicher Mann, Rani, also verrate ich dir vielleicht etwas.«

Sie beugte sich erwartungsvoll vor.

»Aber erst versprichst du mir, ein gutes Wort bei Mohsin für mich einzulegen. Nicht, daß er keine gute Arbeit für mich leisten würde. Er weiß genau, daß es sich nicht lohnt, mich reinzulegen. Aber Familie wird immer bevorzugt behandelt, und ich gehöre nicht zur Familie, also legst du ein gutes Wort für mich ein, richtig?«

Rani bedachte ihn mit ihrem gewinnendsten Lächeln. »Ich werde damit drohen, ihm eines von Chenkas Pülverchen zu verpassen, wenn er dich nicht bevorzugt behandelt!«

Chenka konnte alles herstellen, einschließlich Gifte und Mittelchen, die einem Troll monatelange Magenkrämpfe verursachten.

Er lachte zufrieden. »Gemacht.« Er legte seine großen Pranken auf den Tisch und starrte ihr direkt ins Gesicht.

Rani wich nicht vor dem unmenschlichen Starren seiner Cyberaugen zurück. »Tja, Imran hat 'nen Job übernommen, den eigentlich ich hätte kriegen müssen. Wenn deine Familie mit mir zusammengearbeitet hätte, Kleine, wären alle noch am Leben. Dein Bruder ist ein gieriger Dummkopf. Pershinkin hat ihn angeheuert. Die kleine Ratte versteht sich als Vermittler für ein paar schwere Kaliber. Aber ich kann dir nicht sagen, wo du ihn findest. Er ist verschwunden. Würde selbst gerne ein paar Worte mit ihm wechseln. Nicht, daß du ihn je sprechen wirst — aber wenn doch, sag ihm, er soll mich irgendwann mal besuchen.«

Schließlich wandte er sich zum Gehen. »Und vergiß nicht, bei Mohsin ein gutes Wort für mich einzulegen, Mädchen. Und jetzt muß ich erst mal Typhus-Mary den Kopf zurechtsetzen. Bis später.«

Ohne ein weiteres Wort schob Mohinder seinen Stuhl zurück und stand auf, um sich dann einen Weg durch die Menge und zu einer hageren jungen Frau zu bahnen. Sie war ganz in Schwarz gekleidet und hatte ihr Haar zu Rastalocken geflochten. In der Schläfe war eine Datenbuchse zu sehen, doch sie saß nur nervös da, mied jedermanns Blick und spielte mit einem beinahe geleerten Glas. Mohinder krümmte nur unmerklich einen Finger; sie stand auf und folgte ihm aus dem lärmerfüllten Restaurant nach draußen.

Ein paar Minuten später trat Rani hinaus in den immer dichter werdenden Nebel, während die Geburtstagsgäste ihre Taschen leerten, um die Rechnung zu bezahlen. Sie hatte das bekommen, weswegen sie gekommen war.

Pershinkin.

Ein echter Freak. Teils Ukrainer, teils Inder, teils Italiener. Sprach elf Sprachen und log in allen fließend. Er trieb sich in Spitalfields, Whitechapel, Bethnal und sogar dem Squeeze herum. Bis zu den Cyberaugen verchippt und so schnell und schwer zu fassen wie ein eingeöltes Ferkel auf Crack.

Pershinkin war ein hochkarätiger Schieber, eine Leitung für Konzerngeld, der arme Muskeln von der Straße anheuerte, während seine Auftraggeber sicher und gemütlich in ihren Penthouses und Sitzungssälen oder an irgendeinem anderen sicheren Fleckchen hockten. Niemand wußte, wo oder wie man Pershinkin finden konnte. Er tauchte nur auf, wenn es irgendeinen Job zu erledigen gab.

Rani hatte gehört, wie Imran den kleinen Mann ein paarmal erwähnte, wenn ihr Bruder in prahlerischer Laune war. Sie hatte ihn noch nie gesehen, aber sie hatte jetzt einen Namen, und das war immerhin ein Anfang. Zumindest konnte sie Imran jetzt zur Rede stellen und ihm vielleicht noch ein paar Informationen aus der Nase ziehen, wenngleich sie dafür Sanjays Hilfe benötigen würde, falls der elende Wicht je aus seiner stumpfsinnigen Betäubung erwachte.

Sie hatte schon den größten Teil der Brick Lane hinter sich gebracht, bevor ihr richtig klar wurde, wie dicht der Nebel mittlerweile war. Sie hustete in die Hände, wobei das Geräusch rasch von der feuchtkalten Nacht verschluckt wurde. In dieser Gegend brannten hier und da noch Straßenlaternen, und das wenige Licht, das sie abstrahlten, bildete eitergelbe Dunstkreise, die in unregelmäßigen Abständen entlang der Straße Gestalt annahmen.

Als Ork war sie mit ihren bei Dunkelheit äußerst lichtempfindlichen Augen nachts im Vorteil, doch in derartig dichtem Nebel mußte selbst sie sich anstrengen, um mehr als ein paar Meter weit zu sehen.

Kurz vor der Kreuzung mit der Mile End Road wurde der Nebel ein wenig dünner, ein Loch in der Milchsuppe, das plötzlich eine Gruppe von Gestalten enthüllte, die dort standen. Ihre Gesichtszüge waren kaum zu erkennen, ihre Absichten jedoch offensichtlich. Die gekrümmten Klingen und die Ketten räumten alle Zweifel beiseite.

»Was haben wir denn da, Jungs?« sagte einer.

Die Antwort kam aus Ranis Rücken. »Meine *Güte*, ein kleines Indermädchen, spät nachts noch ganz allein draußen. Du schlimmes Gopi-Mädchen, du.« Ein nasales Kichern folgte.

Das Pickelgesicht des Gangbubis, der langsam auf Rani zuging, verzerrte sich zu einer Grimasse schieren Hasses. »Tja, das ist nicht besonders clever, was? Ach, und seht mal, auch noch 'n Ork. Die Art Abschaum, die wir auf den Straßen unseres Landes überhaupt nicht gebrauchen können. Findet ihr nicht auch, Jungs?«

Rani war tot, und sie wußte es. Ihre entsetzten Augen registrierten die einen weißen Blitz darstellenden Abzeichen auf ihren Jacken und auf der Stirn ihres gelbzahnigen, verrückten Anführers. Seine zuckenden Hände besagten, daß er high wie nur irgendwas war, und das Motiv des Abzeichens verriet ihr: White Lightning. Metamenschenfeindlich, reine Rassisten, Neonazidrek.

Sie konnte nur noch darauf hoffen, so viele wie möglich zu töten oder zum Krüppel zu machen, bevor sie sie in Stücke rissen. Sie zog sowohl Messer als auch Pistole, umklammerte die Waffen mit zitternden Händen.

Der Anführer brach in ein irres Gegacker aus, während er sie aus maximal geweiteten Pupillen anstarrte. »Sie will uns 'n Kampf liefern, Jungs! Oh, seht mal, 'ne kleine Ceska! Herr*je*, die wird mir die Ballistik bestimmt so schlimm verkratzen, daß ich nie wieder 'nem verdammten Untermenschen den Hals umdreh!« Er packte sich in gespielter Todesqual an die Brust. Für dich 'n Kopfschuß, du Wichser, versprach sie ihm lautlos. Bei einem oder zweien der Schatten hinter ihm schien der Eifer beim Anblick ihrer beiden Waffen ein wenig nachzulassen. Knall ihn ab, dann könntest du deine Chancen verbessern, Mädchen. Von einer Million auf vielleicht eine halbe Million zu eins.

Denk nicht dran.
Tu es.
Sie feuerte die Ceska ab und traf ihn genau zwischen die Augen. Er fiel wie ein Stein, während Blut über seine Brust und auf das Straßenpflaster spritzte. Die anderen stießen ein dumpfes Grollen aus und setzten sich in Bewegung, um sie einzukreisen. Ihr wurde klar, daß sie jetzt ihren Anführer rächen mußten.
Ein faschistisches Drekschwein weniger, dachte Rani. Wenn ich wüßte, zu wem ich beten sollte, würde ich darum bitten, noch ein Dutzend umlegen zu dürfen, bevor ich sterbe. Sie zielte auf den Gangbubi, der ihr am nächsten war, ein sabbernder, einäugiger Skinhead mit einer gezackten Narbe, die von der Stirn bis zum Kinn verlief. Bevor sie abdrücken konnte, traf sie irgend etwas im Rücken, und ihr Schuß ging daneben. Die Skinheads rannten jetzt auf sie zu.
Der erste Scheißer war noch vier Meter weit weg und schrie, die Messer bereit zum Zustechen, als es plötzlich rot aus seinem Hals spritzte und sich sein Schrei in ein gräßliches Gurgeln verwandelte. Irgendwas hatte ihn getroffen, aber sie hatte keine Zeit, sich zu fragen, was vorging. Der Gangbubi taumelte rückwärts und riß denjenigen hinter sich fast um. Ohne nachzudenken, trat Rani ihm zart unter das Kinn und spürte das angenehme Knacken brechender Kieferknochen, als ihre stahlbeschlagene Stiefelspitze mit seinem Gesicht in Kontakt kam.
Nach rechts wirbelnd, jagte sie einem anderen Skinhead zwei Kugeln in den Bauch, während dessen Wurfmesser an ihrem Gesicht vorbeizischte. Ein brennender Schmerz verriet ihr, daß sie jetzt möglicherweise ein Ohr weniger besaß, aber was machte das schon, wenn sie um ihr Leben kämpfte? Rani war sich vage bewußt, daß noch andere Gestalten im Nebel um sie herum kämpften, und dann hörte sie ein paar Schüsse, aber nicht viele. Sie sah sich nach dem nächsten Skinhead um, den

sie angreifen konnte, als sie aus der Whitechapel Road stampfende Schritte hörte, die rasch näherkamen. Sie hörte außerdem den Schlachtruf: »Light-ning, Lightning!«

Verdammter Drek! Verstärkung für die Faschisten.

»Hier lang. SCHNELL!« Vor ihr stand ein Ork, ein grimmig aussehender Brutalo in schmutzigem Leder und mit Blut an Messer und Händen. Einen Augenblick lang stand sie wie vom Donner gerührt da, unfähig, sich zu bewegen. Er schlug ihr hart ins Gesicht und schrie: »SCHNELL, du dämliche Schnalle!« Er packte ihren Arm und zog sie weg von der Straße und in die Schatten.

Rani hatte längst keine klare Vorstellung mehr, was eigentlich vorging, aber sie registrierte vage, daß dies kein Kretin von einem White Lightning-Skinhead war. Er war ein Ork wie sie, also ließ sie sich von der Gruppe mitziehen, die sich scheinbar direkt aus dem Nebel bildete. Schatten und Formen schienen durch die Hintergassen zu fließen, während sie weitereilten und die Schlachtrufe hinter ihnen in Wutschreie übergingen. Sie haben die Leichen gefunden, dachte sie.

Dann wurde sie grob in ein verlassenes, baufälliges Haus gestoßen. Von überallher kamen die monotonen Geräusche heruntertropfenden Wassers. Als sie aufsah, traf sie ein dicker Tropfen mitten ins Gesicht, und sie blinzelte, um ihr Blickfeld zu klären. Hände schoben sie hinter einen Haufen Schutt, offenbar die Überreste einer eingestürzten Wand, und eine Holztür erschien plötzlich wie durch Zauberei aus dem Nichts. Dahinter lag eine Treppe aus Steinstufen.

»Runter.« Es war ein Befehl.

»Was zum ...«

»Runter. Oder willst du noch mal fünfzehn Runden mit den White Lightnings durchstehen?« Ein Zwerg mit einer gebrochenen Nase und einem Gesicht, an dem nicht einmal seine Mutter Gefallen finden konnte, versetzte Rani einen Stoß. Sie stolperte durch Orks und Zwerge und fiel die ersten Stufen halb hinunter, bis sie der breite Rücken einer weiteren Orkfrau aufhielt.

Ich weiß vielleicht nicht, wohin ich gehe, dachte sie, aber das ist immer noch besser, als tot zu sein. Sie holte tief Luft und eilte hinunter, der Dunkelheit und dem Gestank entgegen.

14

Die Gruppe formierte sich zu einer Marschordnung, während der letzte Ork die Falltür hinter sich zuzog und die Reihe massiver Riegel vorlegte. Als sich Rani umsah, stellte sie fest, daß sie sich in einem alten Tunnel mit niedriger Decke befanden, in dessen Mitte zwei parallele Schienen verliefen. Hier unten war es so dunkel, daß auch ihre empfindlichen Orkaugen nicht viel sehen konnten, also schalteten einige Gruppenmitglieder ein paar einfache Taschenlampen an und leuchteten in den gekrümmten Tunnel hinein. Für die Orks in der Gruppe, die ihre Köpfe einziehen mußten, um nicht an die niedrige Decke zu stoßen, war es eine ziemlich enge Angelegenheit. Nachdem die letzten Zwerge die Stufen heruntergekommen waren, rief sie ein Ork ganz vorne in der Gruppe zur Aufmerksamkeit. Abgesehen von seiner Taschenlampe trug der Ork eine Pistole, neben der eine Ceska anspruchsvoll wirkte.

»Wir haben eine Stunde, um dieses Zeug zu den Ratskinks zu bringen. Also ab damit.«

Niemand sprach mit Rani, niemand schien sich wegen ihrer Anwesenheit Sorgen zu machen. Den Kopf einziehend, folgte sie der Kolonne den Tunnel entlang.

Zum Teufel, dachte sie, ich bin in der Unterstadt! Diese Erkenntnis hätte sie nicht so aufregen dürfen, aber vielleicht war ihre Verblüffung auf die Tatsache zurückzuführen, daß sie gerade zwei Angreifer erschossen hatte. Das Adrenalin, das immer noch in ihren Adern kreiste, begünstigte eine Reihe phantastischer Gedanken. Sie hatte immer von dieser Stadt unter den Straßen Londons geträumt und von Abenteuern hier unten phantasiert. Harte Männer und starke Frauen, die völlig frei lebten. Keine verbarrikadierten Fenster und verschlossenen Türen. Keine Straßennazis. Kein Lordprotektor, keine Templer, niemand, der ihr sagte, daß sie nur ein Mädchen war und zu Hause bleiben mußte. Keine White

Lightnings, die ihr sagten, sie sei ein wertloses Stück Drek, das kein Lebensrecht hatte.

Rani war in Hochstimmung und bemerkte den pochenden Schmerz nicht einmal, der von ihrem linken Ohr ausging.

»Wo sind wir?« fragte sie die Gestalt vor ihr. Es war dieselbe Orkfrau, gegen die Rani auf der Treppe gestolpert war.

»Halt die Klappe und geh einfach weiter«, lautete die Antwort. Ihr Kopf sank noch tiefer herab und ihr Mut ebenfalls. Sie steckte die Hände in die Jackentaschen und stapfte schweigend weiter.

Kurz bevor sie die alte U-Bahnstation erreichten, bemerkte Rani, daß sie sich in Gesellschaft der Geburtstagsgruppe aus dem Toadslab befand. Das bedeutete, sie mußten auch die Oberwelt kennen und sich manchmal in den Straßen von Spitalfields und dem Rest des East End aufhalten. Vielleicht konnte sie doch noch mit ihnen reden, wenn sich dazu halbwegs eine Möglichkeit bot.

Als sie an der Reihe war, trat sie durch ein Loch in der Mauer und schloß sich den anderen auf dem Bahnsteig einer längst aufgegebenen U-Bahnstation an. Die Schienen unterhalb der abbröckelnden Bahnsteigkante waren von stinkendem Wasser bedeckt, und alle Stationsschilder waren schon lange von den Wänden gefallen. Überall lagen Stein- und Schutthaufen herum. Zwei große braune Ratten sprangen ins Wasser, als der erste Ork in der Gruppe träge nach ihnen trat. Es sah aus wie eine von diesen uralten Tridszenen über London im Krieg, was immer das auch bedeuten mochte.

Sie schloß sich der Gruppe an, die den neuen Tunnel entlangging, erleichtert, daß das Wasser nur ein paar Zentimeter tief und ihre Stiefel hoch genug waren, um ihre Füße trocken zu halten. Die Kolonne der Orks und Zwerge marschierte in schweigender Entschlossenheit weiter. An einer Stelle verdeckten die Leiber vor ihr das

Licht der Taschenlampen; Rani rutschte auf der verborgenen Metallschiene aus und verdrehte sich den Knöchel. Sie stürzte nur deshalb nicht in die stinkende Brühe, weil sie zwei kräftige Arme festhielten und wieder in eine aufrechte Stellung zerrten.

»Beweg dich, Mädchen. Wir sind bereits spät dran.« Für eine Gruppe, die ihr Leben gerettet hatte, schienen ihr diese Leute jetzt nicht mehr viel Sympathie entgegenzubringen. Aber sie hielt den Mund, was momentan die beste Taktik zu sein schien.

Als sie die nächste Station erreichte, standen die vordersten Gruppenmitglieder bereits vor einem weiteren klaffenden Loch in der Mauer; sie beorderten die Mitte der Gruppe nach vorne, damit diese die Führung übernahm. Dadurch war Rani jetzt ziemlich an der Spitze und in der Lage zu sehen, was vor ihr lag, bevor sie darüber stolperte. Sie roch den Eingang zu dem alten viktorianischen Abwasserkanal lange, bevor sie ihn erreichten, und sie rümpfte vor Ekel die Nase. Glücklicherweise schienen die Abwässer nicht sehr tief zu sein. Nachdem sich die Gruppe zu einer Zweierreihe formiert hatte, ergriff der neben ihr gehende Zwerg das Wort.

»Achte auf Smeng«, grollte er, indem er auf den neuen Anführer zeigte. »An den Kreuzungen gibt es ein paar tiefere Stellen. Er weiß, wohin man den Fuß zu setzen hat. Folge ihm ganz genau, sonst tauchst du mit der Nase in Oberschicht-Drek.« Er schnitt eine Grimasse und hielt sich die Nase zu. Als sie zu ihm herabsah, kam ihr plötzlich ein Gedanke: Hier unten habe ich einen echten Vorteil dadurch, daß ich ein Ork bin. Wäre ich ein Zwerg, wäre ich dem Drek einen halben Meter näher. Perverserweise erfreut über den Besitz dieses Vorteils, hielt sie sich dicht hinter dem gewaltigen Ork, der an der Spitze ging.

Ein Zwerg hinter ihr hatte gerade die Worte ›Fast da‹ gemurmelt, als sich vor ihnen eine Kreatur aus dem Drek erhob, die aussah, als sei sie den Tiefen der Hölle entstiegen. Sie sprang vorwärts, und eine Woge stinkender Abwässer brach über den führenden Ork herein, der zur Seite taumelte, als ihn der Drek mitten ins Gesicht traf. Die Taschenlampen hinter ihr tauchten das Monster in grelles Licht, während Rani hektisch nach ihrer Kanone tastete.

Die Bestie hatte entfernte Ähnlichkeit mit einem Troll. Sie hatte in etwa dieselbe Größe, und die Proportionen von Kopf, Rumpf und Armen stimmten ungefähr. Doch an ihrem Hals hoben und senkten sich eiternde Kehllappen und sonderten eine widerlich stinkende Säure ab, und ihre Klauenhände wiesen zusammengewachsene, knotige Finger auf, deren Spitzen von Hornkrallen gebildet wurden, die länger als ein Steakmesser waren. Wo sich ihr Maul hätte befinden sollen, geiferte ein großer, mit einem Zahnkranz besetzter Saugrüssel, und ihre Augen waren rot und pupillenlos und pulsierten heftig unter einer Stirn, deren knochige Wülste mit Unrat und Schleim verkrustet waren. Der Rumpf des Dings war mit gewaltigen Muskeln bepackt. Venen so dick wie Telekomkabel traten hervor, als die Kreatur den würgenden Ork zur Seite schleuderte und eine gezackte, knorpelige Zunge aus ihrem Saugmaul ausfuhr.

Da sie ihre Kanone nicht finden konnte, griff Rani nach der Sprühdose mit der Ammoniakverbindung, während die Leute hinter ihr in Panik ausbrachen. »Mutaqua!« schrie jemand. »Wir sind erledigt!«

Das Ding war vielleicht zweieinhalb Meter entfernt. In blinder Panik zog Rani die Sprühdose heraus und sprühte wie von Sinnen mit abgewandtem Blick auf die Bestie ein. Es war völlig verrückt, aber sie war so entsetzt und verängstigt wie alle anderen auch.

Ein Schrei, als würde jemand bei lebendigem Leib verbrennen, gellte durch den Tunnel und ließ sie momentan taub werden; dann hörte sie ein mächtiges Platschen. Über den Arm lugend, den sie in einem Versuch, sich zu schützen, vor das Gesicht gehoben hatte, sah

Rani, wie die Kreatur in offensichtlichem Entsetzen die Klauen vor das Gesicht schlug, da sich Haut und Membrane abschälten. Tropfende Lappen blutgetränkten Fleisches hingen schlaff von der Visage des Mutanten herunter. Er öffnete das Maul und heulte vor Schmerz. Die tieferen Hautschichten um die Mundöffnung zerrissen wie geschmolzener Käse und enthüllten Zahnfleisch und Muskeln.

Als der Mutant schließlich herumfuhr und, blind um sich schlagend, tiefer in den Tunnel rannte, schimmerten bereits die nackten Knochen durch die Überreste seines sich offenbar in Auflösung befindlichen Gesichts. Er taumelte noch ein paar Schritte weiter, bevor der mächtige Körper zusammenbrach und kopfüber in die heftig schäumenden Abwässer stürzte. Das Ding zuckte noch ein- oder zweimal und versuchte sich auf die Hände zu stützen, um dann endgültig liegenzubleiben. Es rührte sich nicht mehr.

Rani hielt die Sprühdose fest, als hinge immer noch ihr Leben davon ab. Sie rührte ebenfalls keinen Muskel.

Der führende Ork kam jetzt wieder auf die Beine, wobei er sich den Drek von Gesicht und Händen wischte. Als er sie ansah, geschah das mit einem ganz anderen Gesichtsausdruck als zuvor.

Zuerst starrte er sie nur an, und Rani starrte zurück. Auf diese Weise verharrten sie eine Sekunde, während das von den letzten Zuckungen des Monsters aufgewühlte Abwasser um ihre Beine schwappte und ihr Atem in hastigen Stößen kam. Dann neigte der Ork das Haupt und verbeugte sich leicht.

»Leben rettet Leben rettet Leben«, sagte er schlicht. Hinter ihr erhob sich leises Stimmengewirr von den anderen. »Du bist mehr, als du zu sein scheinst. Das werde ich dir nicht vergessen.« Er sprach langsam und legte sein ganzes Wesen in die Betonung auf dem *nicht*. »Komm jetzt. Wir können uns später unterhalten. Erst das Geschäftliche. Wir sind fast zu Hause.«

Tatsächlich war es nicht mehr weit. Sie gingen noch ein paar Meter, vorbei an dem reglosen Körper des toten Monsters, das sie zu überfallen versucht hatte, und erreichten dann eine Geheimtür, die in die Kavernen der Unterstadt dahinter führte.

»Wo sind wir?«

Rani war verblüfft. Nach ein paar Meilen zunehmend ekelerregenderer Kloaken und einem unfreiwilligen Bad im Abwasser war diese Kaverne sauber, wenngleich kahl. Die staubige, muffige Luft war ebenfalls nicht besonders gut, aber man konnte an so einem Ort leben. Orks und Zwerge benutzten Wassereimer, um sich den Drek von den Stiefeln zu spülen.

»Alte Zivilschutzanlagen«, sagte der führende Ork, ohne aufzusehen. »Hundert Jahre alt, vielleicht noch mehr. Sind aufgegeben worden, als tiefere und größere Bunker gebaut wurden, um die Oberschicht im Falle eines Nuklearangriffs zu retten. Ein guter Platz. Leicht zu verteidigen. Unser Zuhause.« Es war offensichtlich, sie vertrauten Rani endlich so weit, daß sie ihr ein paar Informationen zukommen ließen. »Manchmal kriegen wir Ärger mit den Gleedens aus den tieferen Tunneln, aber wegen der ganzen Müllhalden da unten sind sie 'n bißchen dämlich, und wir wickeln trotzdem unsere Geschäfte mit den Ratskinks ab. Das macht es hier noch sicherer für uns.«

Sie hatte keine Ahnung, was Gleedens und Ratskinks waren, aber in ihren Ohren klang beides gleich schlecht. Dies war eine ganz andere Welt.

»Und der, äh, Mutaqua? Habt ihr viele davon hier unten?« Sie versuchte, lässig zu klingen.

Der Ork gab ihr einen Eimer und ein paar Lappen. »Nicht sehr viele. Normalerweise kommen sie nicht so weit nach oben. Es sind mutierte Dzoo-Noo-Quas — niemand weiß, wie sie überhaupt hier heruntergekommen sind, aber sie sind verdammt gefährlich. Ich weiß nicht, was du in der Büchse hast, Gopi, aber das Zeug ist maßgeschneidert für den Job.«

Rani nickte nur. Sie wußte auch nicht so genau, was das Gesicht des Mutaquas in blutiges Gelee verwandelt hatte. Wenn man bedachte, daß sie sich in einer Kloake befunden hatten, konnte es wohl kaum das Ammoniak gewesen sein. Sie fragte sich, ob sie in ihrer Hast etwas anderes vom Küchenregal gegriffen hatte. In ihrem Hinterkopf nahm bereits ein kleiner Plan hinsichtlich des Vermögens Gestalt an, das sie damit verdienen konnte, wenn sie das Zeug an die Bewohner der Unterstadt verkaufte. Sie gratulierte sich gerade zu ihrer Geistesgegenwart, als ihr klar wurde, daß diese Orks wahrscheinlich nicht das waren, was man reich nennen konnte. Na ja, das würde sie lehren, in denselben Bahnen wie ihre Brüder zu denken.

Ein kräftig gebauter Zwerg kam zu ihnen und gab dem Ork, mit dem sie sich unterhielt, ein in schwarzes Plastik gehülltes Päckchen. Was immer sich auch darin befand, krümmte und wand sich ein wenig. Sie war nicht so dumm, nach dem Inhalt zu fragen.

»Also gut, Kinder«, sagte der Ork. »Kurak wartet. Laßt uns gehen. Für heute abend ist der Spaß vorbei.«

Plötzlich wurde sie sich bewußt, daß es bereits sehr spät war, und nach der Anspannung der Verhandlung mit Mohinder und den Kämpfen der Nacht wurden ihre Glieder immer schwerer. Ihr fielen die Augen zu, und sie mußte sich sehr anstrengen, um einen Fuß vor den anderen zu setzen, als sie ihren Marsch fortsetzten.

»Entschuldige, Gopi, äh, entschuldige noch mal. Hey, wie heißt du überhaupt?« Der große Ork grinste sie an. Sie nannte ihren Namen, und er sagte: »Ich bin Smeng. Ja, Rani, wir müssen dir jetzt eine Augenbinde verpassen. Das hätten wir schon längst tun sollen, echt. Um sicherzugehen, daß du nichts siehst, was du nicht sehen sollst. Ist nichts Persönliches, weißt du?«

Ohne sich zu beklagen, ließ sie sich ein dickes, muffiges Stück Stoff um die Augen binden. Als sie weitermarschierten, war sie tatsächlich viel zu müde, um darauf zu achten, wie weit sie gingen, und dachte verschwommen, daß sie an irgendeinem Punkt wieder zurückgingen, während sie verschiedene gutturale, irgendwelchen Wächtern zugerufene Worte an Sperren und Kontrollpunkten vorbeibrachten.

Als die Binde schließlich entfernt wurde, konnte sich Rani kaum noch auf den Beinen halten. Sie sah sich benommen in einer großen Kammer um, an deren Wänden seltsame verblichene Karten geheftet waren. An der Decke hingen ganze Reihen trüber Lampen. Sie blinzelte wie ein Hase im Scheinwerferkegel eines Wagens.

»Wir zweigen ein wenig Saft von den elektrischen Leitungen ab. Die Wartungsröhren sind gar nicht weit weg. Von Zeit zu Zeit verlegen wir auch ein paar Leitungen neu.« Smeng grinste sie an. Vielleicht war es nur auf die fortgeschrittene Stunde und die Erschöpfung zurückzuführen, aber sie fing an, ihn ein wenig zu mögen.

»Rani, ich muß mich ums Geschäft kümmern.« Er drückte das schwarze Paket schützend an seine Brust. »Aber ich muß mir noch überlegen, was ich mit dir anfange. Wie wär's, wenn du dich einfach schlafen legst, hm?« Er schloß eine Seitentür auf und führte sie in eine kleine Zelle mit vier Kojen. Sie hätte in einem radioaktiven Bombenkrater geschlafen, wenn er ein Bett für sie hineingestellt hätte. Sie konnte kaum noch einen Schritt machen.

Vielleicht war es die Aufregung der Nacht, vielleicht irgendeine Vorahnung, vielleicht auch nur die Erschöpfung, was sie noch ein paar Minuten wach hielt, nachdem Smeng sie eingeschlossen hatte. Sie schälte sich aus ihren verdreckten Klamotten und kroch dann unter die grauen Laken, die nach Naphta rochen. Sie lag eine Weile da, während ihre Gedanken noch viel zu sehr rasten, als daß sie hätte schlafen können. Als sie ein leises

Gemurmel hörte und das Licht hinter dem Spalt unter der Tür heller werden sah, wickelte sie sich das Laken um und kroch durch die Dunkelheit, um zu lauschen.

Sie hörte Gelächter und ein paar Klimpergeräusche, die nur von Gläsern oder Krügen stammen konnten, mit denen zur Besiegelung irgendeines Deals angestoßen wurde; danach konnte sie hier und da das eine oder andere Wort verstehen. Sie hörte nicht, daß ihr eigener Name erwähnt wurde, aber sie hörte Smeng reden und andere, höhere Stimmen aufgeregt antworten. Ein Wort schnitt jedoch wie ein Messer durch ihre Verwirrung und Müdigkeit und weckte sie vollends.

Pershinkin.

Das gab ihr etwas zum Nachdenken! Rani schaffte fünf Sekunden angestrengten Grübelns, bevor ihr Körper ihr mitteilte, daß sie auf dem Boden einschlafen würde, wenn sie nicht sofort wieder in die Koje stieg. Sie entschied sich für letzteres.

15

Francesca wachte erst am frühen Nachmittag auf. In einen von Geraints Froteebademäntel gehüllt, stolperte sie aus dem Gästeschlafzimmer, wobei sie sich die Augen rieb wie ein Kind und gegen eine chinesische Vitrine im Flur stieß, weil sie nicht aufpaßte, wo sie hinging. Nachsichtig lächelnd, nahm Geraint ihren Ellbogen, führte sie ins Badezimmer und zeigte ihr die Kontrolleiste.

»Der rote Knopf ist für den Duschmotor. Wir befinden uns im sechsunddreißigsten Stock, also brauchen wir einen Motor, nicht? Du wirst daran denken.« Sie bedachte ihn mit einem schläfrigen Lächeln und zwinkerte ihm zu. »Der Flexitrockner ist dort, wenn du dir die Haare waschen willst. Das Duschgel steht in dem Fach neben dem Shampoo. Alles andere, was Frauen so brauchen, befindet sich in der pinkfarbenen Tüte.« Geraint grinste über ihr vorgetäuschtes Stirnrunzeln. Nett, sie wieder hier zu haben, dachte er.

»Ich habe ein paar Klamotten aus deiner Bude geholt. Ich war nicht besonders wählerisch, aber wenigstens hast du eine gewisse Auswahl.«

Sie antwortete mit einem schläfrigen ›Mmm‹ und tastete blind nach ihm, um ihm die Arme um den Hals zu legen, halb, um ihn an sich zu drücken, halb, um sich aufrecht zu halten.

»Alles in Ordnung?« fragte er. Sie nickte beduselt. Geraint kam zu dem Schluß, daß sie klar genug war, um ihre Waschungen allein durchführen zu können, also ging er hinaus und schloß die Tür hinter sich. Einen Augenblick später begann der Duschmotor zu summen. Sie würde kein Frühstück wollen, vermutete er, also warf er nur ein paar Orangen in den Entsafter und gab ein paar Löffel von einer Keniamischung in die Kaffeemaschine.

Während er darauf wartete, daß die Geräte ihre Arbeit taten, stöpselte er sich in sein Deck ein und kopierte ein paar Daten aus dem koreanischen Index. Nach der Zwangsarbeit im Oberhaus juckte es ihn in den Fingern, wieder etwas Geld zu machen.

Francesca kam aus dem Bad und bürstete sich ihr langes blondes Haar mit der Bürste, die er aus ihrer Wohnung geholt hatte. Irgendwie hielt er es für besser, ihr nicht die üblichen Gästeutensilien für Frauen zur Verfügung zu stellen. Er hatte so eine Eingebung gehabt, daß sie sich besser fühlen würde, wenn sie bei ihrem Erwachen von ihren eigenen Sachen umgeben war. Doch was das Frühstück betraf, hatte er sich geirrt.

»Tut mir leid, Geraint, aber ich bin so hungrig, ich könnte einen Ochsen verschlingen. Gott, ich könnte einen Troll essen.« Sie roch an der Kaffeemaschine und stürzte den Orangensaft hinunter. »Riecht gut. Was ist im Kühlschrank?«

Er kannte ihren Geschmack und hatte entsprechend eingekauft. »Waffeln, echte natürlich. Erdbeer- und Ingwermarmelade und eingemachte Melonen. Und wenn du ein richtig liebes Mädchen bist, kann ich vielleicht sogar noch mit Eiern und Schinken dienen.«

Sie bedachte ihn mit einem wissenden Lächeln. »Aha. Und was muß ich tun, um ein richtig liebes Mädchen zu sein?«

Es war dasselbe Lächeln, mit dem sie ihn immer angestrahlt hatte, als sie noch unter intimeren Umständen gemeinsam gefrühstückt hatten — eine Komplikation, die Geraint jetzt nicht wollte. Die Ärzte im Maudsley hatten ihr wahrscheinlich ein subkutanes Implantat verpaßt. In diesem Fall würde Sex sich einige Tage lang verheerend auf ihr Nervensystem auswirken. Dies war gewiß nicht der geeignete Zeitpunkt, um mit all dem wieder von vorn anzufangen.

»Setz dich einfach nur hin und halt ein Auge auf die Bildschirme. Sag mir Bescheid, wenn irgendwas aus Manila durchkommt. Aber wehe, du hast dich eingestöpselt, wenn ich zurückkomme«, sagte er und ging in die Küche, während sie dem Lockruf des Kaffees erlag und sich an den Tisch setzte.

»Verdammt noch mal, Geraint, ich kriege ein Bäuchlein«, beschwerte sie sich, während sie sich den Bauch rieb. Sie hatte sich mit geräuchertem Schinken, Eiern und mehr Waffeln vollgestopft, als er sich erinnern konnte, jemals getoastet zu haben. Die Ingwermarmelade und die Melonen waren ebenfalls reichlich dezimiert worden. Er fühlte sich gut.

»Tja, Fran, wir gehen eben beide auf die dreißig zu. Nur eine von vielen Demütigungen des Lebens, fürchte ich. Wenn man erst mal achtundzwanzig ist, geht es nur noch bergab. Ich kann dir die Adresse einer guten Schattenklinik geben, wenn du dir wirklich Sorgen machst«, witzelte er, behielt jedoch einen absolut ernsthaften Gesichtsausdruck bei. Sie hielten sich bei den Händen, vergaßen einen Augenblick lang die Welt.

Dann war der Augenblick vorbei, zerstört durch das Summen der Türklingel.

»Ich weiß nicht, wer das sein kann. Die Heilsarmisten, die mit der Erlösung hausieren gehen, wären nicht an der Sicherheit vorbeigekommen. Na gut.« Geraint stand auf und trottete den Flur entlang zum Interkom. Es schien eine Ewigkeit her zu sein, daß er die Stimme am anderen Ende gehört hatte.

»Öffne die Tür, du walisischer Schauspieler«, zwitscherte der Elf. »Ich hab das Geld bekommen und es zurück nach London geschafft. Mach schon auf. Wen hast du bei dir versteckt?«

Geraint war ein wenig verlegen, als er die Tür öffnete, doch er umarmte den Magier, während er sich auf die Lippe biß, um seine Gefühlsregung zu verbergen. »Serrin, verdammt noch mal! Ich hatte schon gedacht, ich würde dich nie wiedersehen. Hey, Fran ist hier. Sie hat auch ziemlichen Ärger gehabt ...« Aber der Elf hatte

Francesca bereits gesehen, die am Ende des Flurs stand und neugierig zusah.

Serrin registrierte die Szenerie und zog einige übereilte Schlüsse. Francesca trug etwas, das wie einer von Geraints Bademänteln aussah, und es war heller Tag — was also hätte er anderes schließen können? Er kam sich wie ein Eindringling in ihr nettes kleines Liebesnest vor.

»Hey, hör mal, wenn ich ungelegen komme ...«

Geraint bedeutete ihm zu schweigen. »Komm rein, komm rein«, sagte er. »Die letzten Tage waren ziemlich ereignisreich.« Er stieß einen Seufzer aus. »Ich glaube, wir haben uns einiges zu erzählen.« Geraint musterte den Elf besorgt von oben bis unten. »Drek, du siehst dürrer aus denn je. Im Kühlschrank sind Schinken und Eier, und Waffeln zum Toasten sind auch da, also mach dir erst mal was zu essen. Setz auch noch Kaffee auf. Geh schon, mach dich nützlich.«

Der Elf starrte auf die Spitzen seiner abgenutzten Schuhe, unsicher, wie er sich verhalten sollte.

»Da drüben steht ein ganzer Sack voll Orangen«, fuhr Geraint fort. »Steck ein paar in den Entsafter. Komm, beweg dich!« Er lachte gutmütig, als Serrin in die Küche schlurfte und dabei nicht zu wissen schien, wo er hinschauen sollte.

Francesca starrte die beiden verblüfft an.

»Mein Leben ist in letzter Zeit auch nicht gerade ruhig verlaufen«, sagte er erklärend, als er sich wieder zu ihr setzte. »Warte, bis wir mehr Kaffee und Saft haben, dann können wir alles besprechen.«

Geraint lenkte Serrins Neugier weg von Francescas Matrixunfall. Er war der Ansicht, sie sei nicht besonders erpicht darauf, sich im Augenblick an alle blutigen Einzelheiten zu erinnern, also verwickelte er den Elf in ein Gespräch über die Ereignisse jener schicksalhaften Nacht nördlich von Cambridge.

»Ich weiß nicht, wer diese anderen Burschen draußen

in Longstanton waren, aber ich bezweifle, daß auch nur einer von ihnen lebendig davongekommen ist.« Serrin hatte Francesca in groben Zügen über ihr Mißgeschick ins Bild gesetzt. »Ich habe den Elementar gebannt, der hinter ihnen her war, aber die Fuchi-Soldaten haben sie wahrscheinlich dennoch erwischt. Arme Schweine.«

»Ich hab dich verloren, konnte dich im Dunkeln nicht sehen«, sagte Geraint. »Ich bin geblieben, so lange ich konnte, aber dann mußte ich verduften. Die Soldaten waren mir dicht auf den Fersen. Ich muß schon sagen, dieses Motorrad von dir ist 'ne ziemlich holperige Angelegenheit.«

»Wo ist es überhaupt? Die Leihfirma wird ziemlich böse werden, wenn ich es bis morgen nicht zurückgebracht habe. Ich hab's nur für eine Woche gemietet.«

»Keine Angst. Es sieht zwar ziemlich ungepflegt aus, steht aber sicher zwischen den BMWs und Rolls unten in der Garage. Laughton hat ein ordentliches Trinkgeld bekommen, damit er eine Plane darüberwirft und es ansonsten vergißt. Und jetzt erzähl mal, wie es dir danach ergangen ist.«

Serrin berichtete von der Wasserschlange und der Druidin, doch Geraint blieb das Unbehagen nicht verborgen, mit dem der Elf seine Geschichte erzählte, da er entweder zu weitschweifig oder zu vage in seinen Ausführungen war. Das Erlebte hatte ihn ganz eindeutig ziemlich mitgenommen. Bei der ersten Gelegenheit wechselte der Magier das Thema.

»Jedenfalls habe ich es im Zug nach London geschafft, meinen Bericht zu beenden. Unterzeichnet, versiegelt und abgeliefert. Ich sollte die reizenden Herren Smith und Jones gestern treffen, aber statt dessen haben sie im Hotel eine Adresse hinterlassen, an die ich den Bericht schicken sollte. Und der Bericht muß verdammt schnell abgeliefert worden sein. Ich hab meine letzte Rate direkt an der Rezeption bekommen, als ich das Zimmer gekündigt habe.« Er schwenkte glücklich einen Kredstab.

Geraint war überrascht. »Aber bist du denn gar nicht neugierig, wer dein Auftraggeber war, Serrin? Ich meine, nach allem, was an diesem Wochenende vorgefallen ist …«

»Wer mich auch anheuerte, hat damit nichts zu tun. Meine Jagd nach Kuranita war eine Extratour von mir. Sie haben mich nicht darum gebeten.«

»Mmm.« Irgend etwas rumorte in Geraints Unterbewußtsein, aber der Augenblick ging vorbei. »Wahrscheinlich hast du recht.«

Serrin murmelte ein Dankeschön für das Essen, als sich Geraint plötzlich erhob und zu seinem Arbeitstisch ging.

»Ich will mal eben etwas überprüfen. Dauert keine Minute. Ihr habt sicher auch ohne mich eine Menge zu bereden.« Er stöpselte sich in sein Cyberdeck und überließ es Serrin und Fran, sich gegenseitig über die Jahre ins Bild zu setzen, die seit ihrer letzten Begegnung vergangen waren. Er für seinen Teil machte einen kleinen Run durch das System des Crescent Hotels. Während sich die beiden Amerikaner über Paris, Florenz, New York und Nagoya unterhielten, suchte und fand er einen Eintrag in einer Datei. Hotels aktualisierten ihre Dateien gewöhnlich immer erst um Mitternacht.

Die Adresse, die Smith und Jones für Serrin hinterlassen hatte, war die eines winzigen Registrationsbüros in der Charterhouse Street, eines von vielen im Herzen der Stadt. Die meisten von ihnen bestanden aus nicht mehr als einem Mann mit einem Dutzend Telekoms und Wänden voller Datenspeicher.

Der zur Adresse gehörige Name lautete Registration Services PLC. Das konnte alles bedeuten: Ein Dienstleistungsunternehmen, das sich darauf spezialisiert hatte, Schnellgenehmigungen beim Verwaltungsbüro des Lordprotektors zu erwirken, ein Ermittlungsdienst für Geschäftsdaten, vielleicht auch nur ein Postfach. Er aktivierte sein Schmökerprogramm, wobei er die Namen

Smith und Jones verfluchte. Wenn die Namen zum Beispiel McAllister und Hendrick gelautet hätten, wären sie wesentlich einfacher zu finden gewesen.

Das Icon des Schmökerprogramms — ein kleiner Angestellter — hatte gerade die umfangreiche Jones-Datei erreicht, als sich eine Unterdatei aus dem Ordner löste und durch den Zugangsknoten des Datenspeichers huschte. Gelöscht und auf dem Weg in den Elektronenlimbus. Geraint folgte ihr, während der kleine Angestellte neben dem Icon seines Ritters schnaufte und keuchte. Teufel, ich sollte das Programm umschreiben, dachte er müßig. Einen Schildknappen oder etwas ähnlich Angemessenes daraus machen.

Den Limbus nahm er als Leichenhalle wahr, eine kleine Hommage an seinen morbiden Sinn für Humor. Der Büroangestellte überprüfte Namensschilder, blätterte kurz zurück und kritzelte dann eine rasche Notiz nieder. Das weißbekittelte Personal in der Ferne war untätig. Dateien wurden erst am Ende des Arbeitstages permanent gelöscht, und die datierten Schilder an den Tischen in der Leichenhalle ließen vermuten, daß Registration Services die endgültigen Löschungen nicht so prompt vornahm, wie dies eigentlich hätte der Fall sein sollen. Er schwebte zurück zum Hauptdatenspeicher, wo der Angestellte vor sich hin summte und murmelte, während er durch die Smiths und Joneses blätterte. Geraint machte sich einen weiteren geistigen Vermerk, das Schmökerprogramm irgendwann zu verbessern.

Der Vorgang hatte keine Minute gedauert. Er gab Anweisungen für die Datenzusammenstellung und überließ alles weitere dem Laserdrucker. Das dauerte ebenfalls weniger als eine Minute. Als Francesca und Serrin bei ihrer Unterhaltung in Kairo angelangt waren, saß Geraint wieder bei ihnen am Tisch und blätterte durch die 129 Einträge.

Der Eintrag, der bei seiner Ankunft im Datenspeicher gerade zum Löschen freigegeben wurde, war einer der möglichen Kandidaten. »Jones, Melvin Aloysius.« Aloysius? »Hat zwei Tage, bevor man dich ansprach, ein Konto bei Registration Services PLC eröffnet, Serrin. Nur noch ein anderer Jones-Eintrag von Anfang November, und der hat eine ziemlich noble Adresse in Hampstead. Jedenfalls hat unser Melvin hier den Laden einfach als Postfach benutzt. Hat nichts sonst erhalten, was verzeichnet worden wäre. Ah! Schau, schau, sieh dir das an. Päckchen erhalten heute morgen, elf Uhr vierundvierzig.« Doch erst der Eintrag darunter brachte ihn so richtig ins Grübeln. »Wann hast du es abgeschickt, Serrin?«

»Kurz vor elf.«

»Und du bist bezahlt worden — wann?«

»Das Geld war da, als ich ausgezogen bin. Kurz vor Mittag.« Der Magier runzelte die Stirn, offenbar unsicher, wohin das alles führte.

»Sagt dir das irgendwas?« Die Miene des Elfs verriet lediglich Unverständnis.

»Das kann zwei Dinge bedeuten. Wenn sie nichts anderes erwartet haben und das Päckchen nicht erst überprüfen wollten, haben sie dich per elektronischem Transfer bezahlt. Oder sie haben sich das Päckchen erst geholt und dich dann bezahlt. In diesem Fall haben sie es innerhalb von sagen wir zehn Minuten bekommen. So schnell kann Registration Services es aber nicht abgeliefert haben. Also muß jemand dort auf das Päckchen gewartet haben.«

»Vielleicht hat Registration Services den Inhalt für sie überprüft, sie dann benachrichtigt und mich sofort bezahlt.«

»Unmöglich. Diese Leute werden gerade dafür bezahlt, daß sie Pakete *nicht* überprüfen. Ganz die drei Affen: Nichts sehen, nichts hören, nichts sagen. Außerdem riskieren sie bei einer Überprüfung, daß sie sich mit dem ganzen offiziellen Genehmigungszirkus auseinandersetzen müssen.« Geraint stand wieder auf und ging zu seiner Konsole zurück. »Werfen wir mal einen Blick auf die Einträge.«

Der Ausdruck dauerte zwei Sekunden, da Geraint genau wußte, wonach er in dem Datenwirrwarr suchte. »Nein, so was! Das Päckchen ist mit dem Vermerk registriert: empfangen und per Hand abgeliefert um elf Uhr vierundvierzig. Also fanden der Empfang und die Weiterbeförderung zur gleichen Zeit statt. Jemand war also da, um es abzuholen. Und jetzt sag mir nicht, sie hätten den ganzen Tag wegen der abwegigen Möglichkeit dort herumgehangen, du könntest nach deinem Nichterscheinen beim gestrigen Treffen plötzlich aus der Versenkung auftauchen. Kommt mir so vor, als hätte jemand ganz genau gewußt, wann du liefern würdest.«

Danach herrschte zunächst einmal Schweigen, das erst von Serrins nächster Frage durchbrochen wurde. »Ist in der Datei eine Adresse angegeben, irgendeine Nachsendeadresse vielleicht?«

»Keine Nachsendeadresse. Sie müssen jedoch für administrative Zwecke eine Heimatadresse angeben.« Geraint klang beinahe spöttisch. »Der gute alte britische Amtsschimmel hat für Decker manchmal durchaus seinen Nutzen. Dieser ganze Verwaltungskram benötigt eine Menge Speicherplatz. Unglücklicherweise ist es eine Adresse irgendwo in Goiania.«

»Wo, zum Teufel, liegt Goiania?« fragte Serrin.

»Goiania ist eine winzige Oase von, äh, ungefähr sechs Millionen Einwohnern, ein Stückchen hinter Brasilia.« Er wußte das, weil er Glück mit ein paar Transaktionen hinsichtlich einiger der letzten dort noch vorhandenen Bodenschätze gehabt hatte. »Sind dir, äh, Smith und Jones irgendwie, äh, südamerikanisch vorgekommen?«

»Machst du Witze? Ungefähr so südamerikanisch wie deine alte Großmutter.« Francesca fiel in das anschließende Gelächter der beiden ein.

Für den Augenblick befanden sie sich in einer Sackgasse. Geraint schlug vor, daß einer von ihnen Registration Servives einen Besuch abstatten und ihnen ein saftiges Bestechungsgeld anbieten könnte, aber das würde wahrscheinlich nicht funktionieren. Ein Anflug von Indiskretion, und solch eine Agentur war erledigt. Auf der anderen Seite schossen derartige Unternehmen jeden Tag wie Unkraut aus dem Boden. Wenn eines einen schlechten Ruf hatte, brauchte es nur in ein anderes Büro zu ziehen und unter anderem Namen neu zu eröffnen. Vielleicht bestand ja doch eine gewisse Chance.

Die abschließende Überlegung war, daß Serrins Auftraggeber zumindest einen Spion im Crescent Hotel gehabt haben mußten. Nachdem er den Elf hatte eintreffen sehen oder er von einem zuvor bestochenen Hotelangestellten auf die Tatsache aufmerksam gemacht worden war, hätte der Spion zu dem Zeitpunkt, als das Päckchen eintraf, längst bei Registration Services sein können.

Sie saßen wieder fest und sahen einander eine Weile ratlos an. Schließlich zuckte Serrin die Achseln und fragte Francesca, was sie getan habe, während er und Geraint sich über das Wochenende hatten beschießen lassen. Nach einer langen Pause beschrieb sie ihre Begegnungen mit der bizarren Gestalt in der Matrix, aber sie ließ ganz offensichtlich die Einzelheiten aus.

»So etwas habe ich noch nie zuvor gesehen. Nach dem ersten Mal dachte ich daran, ihn zu jagen, aber nach dem zweiten Mal würde ich es doch lieber vorziehen, ihn nie wiederzusehen.« Sie schauderte. »Ich habe mein Deck noch nicht analysiert, um herauszufinden, wohin er beim zweiten Mal gegangen ist. Ich war so damit beschäftigt, ihn zu jagen, daß ich überhaupt nicht darauf geachtet habe, durch welchen SAN er gegangen ist. Mein Deck hat diese Information jedoch gespeichert. Beim erstenmal ist der Bastard in das Transys Neuronet-Subsystem gegangen, was kein Ort ist, wo ich meine hübsche kleine Nase gerne hineinstecken möchte.«

In diesem Augenblick erlebte Serrin einen Moment vollständiger Erleuchtung, fast eine Epiphanie. Sich mit einer Hand auf die Stirn schlagend, bedeutete er Francesca zu schweigen, um sich dann dramatisch in seinem Sessel zurückzulehnen. Heftig mit den Armen rudernd, kippte er nur deshalb nicht hintenüber, weil es ihm gelang, die Füße unter dem Tisch festzuklemmen. Während er darum rang, das Gleichgewicht und die Fassung wiederzuerlangen, brachen die beiden anderen in schallendes Gelächter aus. Als sie schließlich aufhörten, enthüllte der Magier, was ihm gerade aufgegangen war.

»Hört mal, das ist wichtig. Mir ist etwas klar geworden. Ich habe euch doch erzählt, daß meine Arbeit in Cambridge reine Zeitverschwendung war, nicht? Astrale Checks, Beobachter, Untersuchungen bei allen möglichen Firmen — Fuchi, Renraku, ATT, Parawatch usw. Doch warum hielt ich diese Firmen unter Beobachtung? Vielleicht kommen wir einer Antwort näher, wenn wir fragen, wen ich *nicht* beobachtet habe.

Transys Neuronet liegt drüben bei Over, ein Stück weit nördlich von Longstanton. Man hat mich nicht aufgefordert, den Laden ebenfalls zu überprüfen.«

Die Worte der Druidin kamen Serrin wieder in den Sinn: Schlechte Energien an einem Ort nördlich des Fuchi-Komplexes. Waren Transys Neuronet und dieser Ort ein und dasselbe?

Geraint brauchte nicht lange, um ein paar Karten ausdrucken zu lassen. Nachdem sie die fettigen Teller auf einen Servierwagen geräumt und das Leinentischtuch zurückgeschlagen hatten, breiteten sie die Karten auf dem Tisch aus.

Serrin zeigte auf ein paar Stellen der ersten Karte. »Seht euch diesen anderen Kram hier an. Ausschließlich kleine Fische. Direkt am Rand der Stinkfens, und wer, zum Teufel, will dort schon hin? Die Entgiftungen kosten schon ein Vermögen, wenn du irgendwas Ernsthaftes unternehmen willst. Äußerst zwielichtige Geschichte. Wahrscheinlich machen sie Demitech und nicht ganz einwandfreie Cyberware.« Serrins Gedanken überschlugen sich jetzt fast. »Transys ist der einzige wichtige Laden, den zu überprüfen man nicht von mir verlangt hat. Das gibt mir jetzt zu denken.«

Eine Zeitlang verfolgten sie ihre eigenen Gedankengänge in dem Versuch, das Puzzle zu einem Bild zusammenzusetzen. Nach einer Weile schlug Geraint mit den Händen auf den Tisch. »Was haben wir?« sagte er. »Francesca verfolgt irgendwas Irres in Transys' Subsystem hier in London. Aber es war reiner Zufall, daß sie diesem Etwas begegnet ist. Also was soll's?«

Francesca war anderer Ansicht. »Wer sagt, daß ich ihm rein zufällig begegnet bin? Und vergiß nicht, beim zweitenmal hat man mir ausdrücklich verboten, in irgendein anderes System außer dem von dieser Fuchi-Tochter einzudringen, wo ich den Virus eingespeist habe.«

»Fuchi?« Serrin hatte noch keine Einzelheiten über Francescas Run gehört. Dazu war noch keine Zeit gewesen. »Aber wir waren auch an einem Fuchi-Komplex.«

»Ungebeten. Niemand hat von uns verlangt, dorthin zu gehen«, stellte Geraint trocken fest. »Aber nehmen wir einfach mal diskussionshalber an, daß du von Transys bezahlt worden bist. Dann wäre das der Grund, warum sie nicht wollten, daß du bei ihnen rumschnüffelst.«

»Ja, okay, aber warum? Sie haben Magier, die 'ne ganze Ecke besser sind als ich. Warum sollten sie mich also den weiten Weg von Seattle herüberholen und mich dann irgendwo um die Ecke von einem ihrer Forschungslabors rumschnüffeln lassen, noch dazu auf völlig sinnlose Art?«

»Darauf weiß ich auch keine Antwort«, sagte Francesca, »aber so, wie man dir implizit gesagt hat, daß Transys tabu ist, hat man mir das indirekt auch zu verstehen gegeben.« Francesca sah jetzt viel lebendiger und aufmerksamer aus. »Wie sieht es damit aus?«

»Und wir haben alle etwas gemacht, das einen Bezug

zu Fuchi hatte.« Serrin verfolgte erneut dieses Thema. »Hat uns Transys also angeheuert, um Fuchi Knüppel zwischen die Beine zu werfen? Ein Matrix-System zu vergiften und ein paar Schüsse auf ein hohes Tier in Longstanton abzugeben?«

»Niemand hat uns aufgefordert, uns Kuranita vorzunehmen«, beharrte Geraint. An diesem Argument kommen sie einfach nicht vorbei. »Und was ist mit diesen anderen armen Schweinen, die es in Longstanton erwischt hat? Hat Transys ein paar Leute für einen Überfall angeheuert, der im Leben keine Erfolgschance hatte? Das wäre wirklich ein seltsames Vorgehen, Leute dafür zu bezahlen, aus allem einen perfekten Schlamassel zu machen. Francesca wurde für einen echten Job angeheuert, den sie auch erledigt hat. Das paßt einfach nicht zusammen.« Geraint machte sich an der Kaffeemaschine zu schaffen.

Das Gespräch setzte sich noch zwei weitere Stunden fort, aber sie beschritten nur immer wieder dieselben ausgelatschten Wege und stolperten über dieselben Fußangeln.

Als der Himmel über den regengepeitschten Straßen Londons von Grau auf Schwarz gewechselt hatte, unterdrückte Francesca immer häufiger ein Gähnen. Serrin hatte in der Zwischenzeit damit begonnen, heftig zu husten, wobei sein Gesicht rot angelaufen war.

»Dagegen brauchst du etwas«, sagte Geraint, während er ins Badezimmer ging.

»Ja, der Husten ist in den Stinkfens nicht besser geworden.« Serrin drehte den Sessel, um Geraint hinterherzurufen: »Ohne die alte Frau wäre ich wahrscheinlich an Lungenentzündung gestorben.«

Als Geraint zurückkehrte, trug er eine große Glasflasche, die mit einer öligen braunen Flüssigkeit gefüllt war.

»Was, zum Teufel, ist das?« beschwerte sich der Magier, als er die Flasche nahm. »Dr. Jerome Browne's original viktorianischer Hustensirup. Soll das ein Witz sein?«

»Nein, mein Lieber. Ganz bestimmt nicht. Ist rezeptpflichtig. Funktioniert wie ein Zauber. Benutzt ein erprobtes und echtes Rezept aus East Anglia. In dem Landstrich hat es schon immer dichten Nebel und eine allgemeine Anfälligkeit für Krankheiten gegeben, und dieses Zeug war vor zweihundert Jahren der absolute Hit. Vor ein paar Jahren ist das Zeug wieder in seiner ursprünglichen Zusammensetzung auf den Markt gekommen. Ich schwöre darauf.«

»Statt darauf zu schwören, solltest du wohl eher darauf fluchen. Es riecht, als hätte sich irgendein Monster mit schlimmen Verdauungsproblemen die Flasche in den ...«

»Halt die Klappe und nimm einen guten Schluck, du Feigling«, hänselte ihn Geraint.

Der Elf gehorchte, wobei sich sein Gesicht ob des widerlichen Geschmacks zu einer Grimasse des Ekels verzog. »Bah, ist das schlimm. Bist du sicher, es hilft?«

»Du wirst es schon sehen.« Der Waliser hielt es nicht für geraten, Serrin zu erzählen, daß das Originalrezept einen netten Schuß Opiumtinktur zum Zwecke der Entzündungshemmung beinhaltet hatte. Als Geraint seinen Mantel angezogen hatte, um sich die Kontaktadresse aus der Nähe anzusehen, waren seine beiden Freunde in ihren Sesseln eingenickt und bereits tief und fest am schlafen.

Mit einem Anflug von Verärgerung schnippte sich der Mann ein Stäubchen von der Krawatte, während sein Untergebener durch die automatische Tür trat. Das Abwartespiel war fast vorüber.

»Was stand in dem Bericht?«

»Oh, er ist äußerst minutiös. Daten, Zeiten, Orte, Ausgaben. Er würde einen ausgezeichneten Bürokraten abgeben.«

Die Gestalt im Lehnstuhl schnaubte verächtlich. »Das bezweifle ich. Tatsächlich hoffen wir, daß er sich genau dazu eben nicht eignet. Haben sie irgendwelche Überprüfungen vorgenommen?«

»Ja. Im Registration Services-System. Wir haben das Signal für die Jones-Datei gegeben, als der Waliser mit einem Schmökerprogramm gekommen ist. Er hat sie aus dem Limbus gerettet. Wahrscheinlich hält er sich jetzt für ziemlich clever.«

Die Nase hochziehend und laut aufseufzend faltete der ältere Mann die Hände im Schoß, jetzt ein Sinnbild der Konzentration.

»Tja, dort durften wir nichts hinterlassen. Ich glaube, es wäre zuviel des Guten gewesen, einen Hinweis in dieser Datei zu verstecken. Sie hätten den Braten gerochen.«

»Was glauben Sie, werden sie unternehmen?«

»Es gibt haufenweise Spuren, denen sie folgen können, aber ich bezweifle, daß Miss Young sehr viel in der Matrix herumschnüffeln wird. Wir warten ab. Es wird jetzt ohnehin nicht mehr lange dauern.«

»Wir könnten die Nieren-Option wahrnehmen.« Sie teilten ein unangenehmes Lachen.

»Nein, ich glaube, wir hatten recht, diese Möglichkeit zu verwerfen. Jemand bei der Polizei hätte sich vielleicht gewundert, wenn wir dem Polizeichef diesen kleinen Gegenstand aufgetischt hätten. Wir können sowieso nicht sicher sein, daß sie es nicht noch einmal mit der Polizei versuchen. Außerdem würde Swanson die Information nicht weitergeben. Nein, wir warten. Der Topf steht auf dem Feuer, und sie sind ziemlich erfinderisch. Schließlich haben wir sie gerade deswegen ausgesucht.«

Die Räder drehen sich jetzt schneller. Elizabeth Stride hat nicht die geringste Ahnung, was ihr zustoßen wird, doch es wird rasch, endgültig und schrecklich blutig sein.

16

Rani fühlte sich schwach und zittrig, als Smeng die Tür aufschloß und ihr einen Teller Suppe und einen undichten Pappbecher brachte, aus dem Soykaf tropfte. Sie trank den Becher aus und stellte fest, daß sich das Sojamilchpulver zu einem widerlichen Bodensatz zusammengeklumpt hatte, aber zumindest war das Gesöff heiß gewesen. Als sie ihm die sämige Suppe folgen ließ, fühlte sich Rani gleich viel besser. Sie hätte feste Nahrung vorgezogen, doch ihr Magen gurgelte zufrieden. Beim Rülpsen hielt sie sich die Hand vor den Mund.

Er grinste, während er zu ihr herabsah. »Kein Grund, hier auf deine Manieren zu achten, Mädchen.«

Rani lächelte, aber sie hatte ein paar Fragen. »Warum habt ihr mir letzte Nacht geholfen? Was ging euch das an? Und was habt ihr überhaupt im Toadslab gemacht?«

Er schüttelte den Kopf, um den Strom der Fragen einzudämmen. »Hey, nicht so schnell! Dräng mich nicht so, Mädchen. Zwei von unserem Blut hatten Geburtstag, also sind wir in die Stadt gegangen. Außerdem hatten wir da oben was Geschäftliches zu erledigen, wir mußten was abholen und abliefern, weißt du noch?« Sie nickte, und er fuhr fort. »Wir gehen nicht oft nach draußen. Sechs von uns waren gestern zum erstenmal in ihrem Leben oben. Es war ganz interessant für sie. Und was dich betrifft, tja, wir waren gerade auf dem Rückweg. Wir können die Faschisten auf eine Meile riechen. Manchmal erfahren die Skins, die White Lightnings und ihre Freunde, von unseren kleinen Ausflügen an die Oberfläche und lauern uns auf. Wir sind von diesen Drekskerlen schon ein paarmal kalt erwischt worden. Es ist immer ganz gut, wenn man eine Möglichkeit hat, die Rechnung zu begleichen. Du bist ein Ork, oder nicht? Wir haben dieselben Feinde.«

Sie lächelte traurig. Erwachsen zu werden, bedeutete, den Lauf der Welt zu erfahren, aber wenn dieser Lauf verrückte faschistische Straßenräuber beinhaltete, war diese Erfahrung kein Spaß. Sie beschloß, das Thema zu wechseln.

»Wer lebt hier unten? Ich meine, das hab ich mich schon immer gefragt, seit meiner Kindheit, als mir mein Onkel Ravi immer von der Unterstadt erzählt hat. Samstags zur Teezeit hab ich immer auf seinen Knien gesessen, und wir hatten Chapatis und Bhuna, und er hat über Indien erzählt und den Staub und die Hitze und die heiligen Orte und Bauwerke, und dann redete er von der Stadt unter der Stadt. Natürlich hatte er sie selbst nie gesehen, und ich dachte, er würde das alles nur erfinden, um mich zu unterhalten. Aber das war mir egal. Es war echt toll.«

Smeng betrachtete sie, als wäge er etwas ab, als versuche er sich darüber klarzuwerden, ob er ihr vertrauen konnte.

Schließlich lächelte er sie an und bot ihr seine Hand an. »Tja, dann komm und sieh dir etwas davon an. Ich kann dir nicht viel zeigen, Rani, weil es zu gefährlich ist, Oberweltler zuviel über diesen Ort wissen zu lassen. Verstehst du?« Es war nicht wirklich eine Frage. »Ein paar von uns glauben, daß man Oberweltlern, die zuviel herausfinden, nicht erlauben darf, die Unterstadt zu verlassen. Doch ohne deine Hilfe wären jetzt ein paar von uns tot, also stehen wir in deiner Schuld. Genaugenommen sind wir quitt, aber ich will kein Wort davon hören, dich hierzubehalten.« Sein Ton ließ vermuten, daß ein paar andere diese Vorsichtsmaßnahme gefordert hatten.

»Wie dem auch sei, komm jetzt. Es gibt Arbeit.«

Smeng duckte sich durch die Tür, nahm sie an der Hand und steuerte den ersten Tunnelkomplex an. Beide hatten ihre Pistolen bereitgemacht. Rani hatte eigentlich gedacht, daß es hier unten ungefährlich war, aber vielleicht bestand der Überlebenstrick in dieser neuen Existenz, die sie gerade entdeckte, darin, immer die Waffe bereitzuhalten. Nicht, daß es jemals eine Garantie für eine hohe Lebenserwartung gab.

Schließlich kamen sie zu einem Verbindungsgang, und Smeng zählte die verschiedenen Wege auf, die sie nehmen konnten.

»Da lang sind noch mehr Bunker«, grollte er, nach links deutend. »Da unten hängt der größte Teil der Zwerge rum. Sie holen alles mögliche aus den Tunnels und den Kabelschächten. Letztes Jahr haben sie sogar 'ne halbe Meile Kupferkabel abgestaubt, die glücklichen. Davon konnten sie sich genug Bier kaufen, um einen Monat lang blau zu sein. Wenn oben irgendwo Stromausfall ist, kannst du halb und halb darauf wetten, daß wieder ein Zwergenteam von Kabeldieben zugeschlagen hat.« Smeng lachte, und es klang wie entfernter Donner.

»Da runter«, sagte er, in eine andere Richtung zeigend, »geht es zu anderen Revieren. Hier unten gibt es alles mögliche. Unter der alten Sortieranlage befindet sich ein großes Netz alter Posttunnel, aber es ist ein zu unübersichtliches Labyrinth, als daß dort irgend jemand leben könnte. Wir bewachen ein paar der Ausgänge, und das gilt auch für die Ratskinks. Sie sind jetzt seit ein paar Jahren unsere Verbündeten. Auf diese Weise bleiben mehr von uns am Leben. Es sind gute Kinder, jedenfalls die meisten, obwohl ein paar von ihnen Trancer oder verrückt sind. Aber diese Sorte gibt es schließlich überall.«

»Wer sind die Ratskinks?« fragte Rani. Irgend etwas Kleines und Dunkles huschte, von einem schrillen Quieken begleitet, durch einen der Tunnel davon.

»Hauptsächlich Straßenkinder. Von Bewohnern des East End, die zu arm sind, sie zu ernähren, in Straßen und Hintergassen ausgesetzt. Die meisten erfrieren oder verhungern oder werden von den Fleischjägern geschnappt, die nach frischem Gewebe Ausschau halten, das sie an die Bodyshops verkaufen können. Zuerst werden sie mit Essen und Vitaminspritzen aufgepäppelt. Wenn die Scanner sagen, der Körper ist okay, ist es an der Zeit zu kassieren.« Eine Grimasse schneidend, zog er sich einen Finger über die Kehle.

»Manche werden von Agenturen aufgelesen, die Adelige mit jungen Vergnügungssklaven versorgen. Im London Hospital gibt es so einen Ring. Die Kinderärzte verpassen ihnen Stirnlappenimplantate, um das Bewußtsein abzustumpfen, und 'ne umfangreiche motorische Konditionierung für die richtigen Reflexe. Natürlich alles inoffiziell, aber jeder weiß davon.«

Rani war entsetzt. Mohsin arbeitete im London Hospital. Wußte er davon? Mein Gott, war er vielleicht sogar daran beteiligt? Seine Headware-Implantate gehörten zum Besten, was auf der Straße erhältlich war. Sie schauderte angesichts der möglichen Implikationen.

»Einige, die nicht so enden, werden vielleicht von einem Ratskink aufgelesen und nach hier unten gebracht. Sie kümmern sich um ihresgleichen. Die Älteren beschützen die Kinder. Die Clanführer, King Rat und seine Leibwächter, sind nach sämtlichen hier unten gültigen Maßstäben alte Männer. Echt, manche von ihnen sind bestimmt schon über zwanzig. Sie sind arm, aber sie verstehen sich aufs Abstauben. Und wenn sie in die Enge getrieben werden, kämpfen sie wie Dämonen. Weil sie nichts zu verlieren haben.«

Sie schwieg. Für jemanden mit ihrem Hintergrund war die Vorstellung unerträglich, eine Familie könne ihre Kinder solchen Schrecken aussetzen, und ihr Verstand rebellierte dagegen.

Jetzt war es an der Zeit weiterzugehen. Sie gingen ein ganzes Stück den Mitteltunnel entlang, bis er sich zu einem großen Kuppelgewölbe öffnete, dessen Decke durch Säulen gestützt wurde. Rani sah sich ehrfürchtig um. Sie war noch nie in einer christlichen Kirche gewesen und fragte, ob dies mit einer Kirche vergleichbar war.

»Nicht ganz. Das hier ist eine Krypta — oder zumindest war es mal eine. Sie ist so um 2030 herum von den Templern gebaut worden. Es heißt, sie hätten hier unten ziemlich starke Magie ausgeübt und seien dann nie zurückgekommen. Wir haben alle Wege zur Oberfläche blockiert. Hi, Winzling!« Dies sagte er zu einem hinkenden Zwerg, der mit einer archaischen Schrotflinte bewaffnet war und durch das Gewölbe zur Tür auf der anderen Seite humpelte.

»Hi, Klotzkopf!«

»Hoi, Hinkebein!«

Sie tauschten noch eine Weile scherzhafte Beleidigungen aus, dann warf sich der Zwerg die Schrotflinte über die Schulter und setzte seinen Weg fort. »Hilda und Stan kommen zum Tee. Wir sehen uns.«

Smeng wandte sich an Rani. »Er meint ...«

»Trolle, ja, ich weiß. Habt ihr die auch hier unten?« Das war eine ziemlich sinnlose Frage, doch er beantwortete sie gern.

»Unten in den alten Abwässerkanälen westlich von hier haben wir tatsächlich 'ne Trollgang. Die Burschen sind ziemlich unglücklich. Die Abwässerkanäle liegen echt tief da unten und werden ziemlich oft vom Flußwasser überschwemmt. Von den unterirdischen Giftmülldeponien sickert auch immer mal was durch, also haben sie hin und wieder mit Chemoschockepidemien zu kämpfen. Ich hab gehört, sie seien auf der Jagd nach einem neuen Revier, aber für Trolle sind sie ziemlich schlapp, und sie haben nicht viel, was sie zum Handeln anbieten können. Wir werden sie nicht reinlassen, aber vielleicht tun wir uns mit ihnen zusammen, um ein paar neue Gebiete zu erschließen. Für die Blindboys haben sie noch nie viel übrig gehabt, also könnten wir in dieser Hinsicht was hinbekommen. Die Trolle kriegen Wohnraum und wir die Beute. Alle sagen, die Blindboys haben ziemlich gutes Zeug. Von Zeit zu Zeit strömen sie an die Oberfläche. Scheinen zu wissen, wie man sich die richtigen Opfer herauspickt.«

Es klang, als seien die Blindboys Straßenräuber, doch Rani hatte nicht vor, nach weiteren Einzelheiten zu fragen. Sie war immer noch von der ungeheuren Ausdehnung dieser unglaublichen, unbekannten Welt überwältigt.

»Wir gehen jetzt besser. Du hast einiges gesehen, mehr, als die meisten Oberweltler je sehen werden. Du wirst den Mund darüber halten, verstanden?«

»Null Problemo.« Rani benutzte in ihrem alltäglichen Leben kaum einmal Straßenslang, aber dies war gewiß nicht ihr alltägliches Leben. Auf jeden Fall war Smengs Sprache ziemlich seltsam: Die Hälfte der Zeit redete er von komplizierten Dingen wie Stirnlappenlobotomie, und die andere Hälfte redete er so, als hätte er selbst eine. Vermutlich veränderte einen das Leben hier unten.

Auf dem Rückweg durch die Tunnels fragte Smeng Rani, was sie in der letzten Nacht so spät noch allein draußen gemacht hatte.

»So spät war es noch gar nicht. Und ich hatte keinen Grund, mit irgendwelchem Ärger zu rechnen.«

»Spinnst du? Bei Nebel so dick wie ein Trollschädel, zu einer Zeit, in der jeder anständige Mensch längst im Bett liegt, und dann noch als indisches Mädchen?«

Sie fuhr ein wenig auf, beruhigte sich dann jedoch. Millerweile hätte sie sich eigentlich daran gewöhnt haben müssen, was es bedeutete, ein indisches Mädchen zu sein, aber wahrscheinlich würde sie das nie.

»Ich hab selbst ein paar Geschäfte abgewickelt. Die Kanone zum Beispiel.« Sie machte sich selbst mit einer Lüge Mut. »Ich mußte ein paar Leute treffen und Sachen organisieren, nicht?«

Er lachte leise, während sie gerade den ersten Kontrollpunkt passierten, drei Zwerge mit Pistolen und einer Reihe sehr gut versteckter Stolperdrähte. Er zeigte ihr, wie sie die Falle mit dem Auslöser zwischen den schmalen Schienen des Postzugtunnels umgehen konnte.

»Rani, so ein Runner wie du ist mir noch nie untergekommen. Du bist viel zu jung, und dein Gesicht verrät dich zu schnell.« Er klopfte ihr auf die Schulter, um ihr zu zeigen, daß er sie nicht kränken oder beleidigen wollte.

»Ja, weißt du, es ist keine regelmäßige Sache. Aber ich war kürzlich an einem Run beteiligt, und das Ganze war eine Falle. Drei von meinen Verwandten wurden getötet. Mein Bruder hat alles organisiert, und jetzt versteckt er sich. Er wird nichts unternehmen. Aber ich will Rache. Ich hätte selbst dabei draufgehen können. Du wirst mir doch nicht erzählen wollen, daß ihr nicht alles unternehmen würdet, um euch zu rächen, wenn die White Lightnings einen Haufen von euren Leuten umbrächten?«

»Nein.« Er seufzte. »Nein, wir tun immer, was wir können. Manchmal werfen wir einen Köder aus und locken sie in eine Falle. Und ja, wenn wir unsere Rache bekommen, ist sie immer sehr süß.« Er steckte eine Hand in die Tasche. »Tut mir leid, Rani, aber es wird wieder Zeit für die Binde.«

Als sie nichts mehr sehen konnte, führte sie Smeng wieder bei der Hand, wobei er unterwegs hin und wieder irgendwelchen anderen Leuten Losungsworte zuflüsterte. Es verging einige Zeit, bis sie schließlich stehenblieben und er ihr die Binde abnahm.

Sie standen am Fuße einer gewundenen schmalen Röhre, die sie keuchend auf allen vieren heraufklettern mußten. Sie führte nach oben in einen Haupttunnel. Als sie einen Luftstrom in diesem Tunnel spürte, wußte Rani, daß sie wieder in der Nähe der Oberfläche war.

Die Bemerkung über ihren Bruder hatte ebenfalls wichtige Fragen an die Oberfläche gebracht. Sie versuchte es in der verlassenen U-Bahnstation.

»Ich hatte nicht viel Glück bei dem Versuch herauszufinden, wer meinen Bruder für diesen Idiotenjob angeheuert hat, bei dem so viele von uns draufgegangen sind. Ich habe lediglich einen Namen. Ein Mann namens Pershinkin oder so ähnlich.« Sie versuchte die Tatsache zu verbergen, daß sie ganz genau auf Smengs Reaktion achtete.

Er versteifte sich ein wenig und sah weg. »Ach ja? Tja. Ich wünsch dir viel Glück dabei.«

Er will nicht anbeißen, dachte sie. Statt dessen erzählte ihr der Ork jetzt, wo er sie verlassen würde, und sagte ihr, sie müsse einfach nur nach vorn schauen, wenn sie nach draußen käme, und nicht zum Ausgang zurücksehen. »Es ist am besten, wenn du nicht zuviel siehst. Geh einfach nach rechts, noch mal nach rechts und nach links, und dann bist du in der Fenchurch Street. Ich kann dich nicht dorthin bringen, wo wir reingekommen sind, zu gefährlich. Geh einfach durch Aldgate, dann kommst du wieder zur Whitechapel High Street und bist fast schon zu Hause. Weißt du?«

»Ja, ich weiß«, sagte Rani, die fast traurig war, wieder zur Oberwelt zurückkehren zu müssen.

Als sie ihrem Bestimmungsort näher kamen, sah sie die verstärkte Tür und wußte, daß dies ihre letzte Chance war. »Pershinkin«, sagte sie. »Könnte der Name vielleicht einigen deiner Leute etwas sagen, die öfter nach oben kommen? Drei Tote, Smeng, drei aus meiner Familie sind tot. Es ist wichtig.«

Er seufzte und bedeutete ihr, die letzten Stufen heraufzugehen. »Hör mal, Mädchen, ich tue was ich kann. Vielleicht finde ich etwas heraus, vielleicht nicht, aber ich kann dir nichts versprechen. Wir sind quitt, nicht? Und geh nachts nicht mehr allein auf die Straßen. Und du weißt, daß du den Mund über uns halten mußt. Du hast eins über den Schädel gekriegt und bist in einem Müllcontainer wach geworden. Verstanden?«

»Verstanden.« Ein wenig überrascht über sich selbst, drückte sie ihn fest an sich. Nach einem Augenblick legte er die Arme um sie und küßte sie sanft auf die Stirn.

Als der Ork die Tür hinter ihr geschlossen hatte, drängte sie die aufsteigenden Tränen zurück und blinzelte in das graue Licht, das trübe durch die verdreckten und zum größten Teil gesprungenen Fenster des Lagerhauses fiel. Erst da fiel ihr ein, den Inhalt ihrer Taschen zu überprüfen, und zu ihrer Erleichterung stellte sie fest, daß die Rolle Nuyen noch da war, die sie in der ganzen Aufregung vergessen hatte. Mit einem breiten Lächeln, das Leben in ihr Gesicht brachte, hüpfte sie über den schmutzigen Steinboden, während sie sich überlegte, was sie damit anfangen sollte.

Vielleicht kaufe ich mir ein paar Medpflaster davon, dachte sie, und bessere Muni. Und noch einen von Sunils Saris. Den schicken violetten mit den Silberfäden.

Ihre Gedanken überschlugen sich wie die eines Kindes. Im Eingang blieb sie stehen und sah vorsichtig in beide Richtungen, dann trat sie wachsam auf die Straße. In diesem Augenblick kam ihr eine ganz neue Idee.

Verdammt! Morgen habe ich ja Geburtstag, frohlockte Rani. Süße achtzehn. Ich gehe zu diesem alten Polakkenladen und kauf mir was von seinem Feuerwasser, das klare Zeug mit den Pflaumenschalen darin. Ich kann mich betrinken!

Wie das wohl ist? fragte sie sich.

17

Als Serrin in dem dunklen Raum erwachte, fiel sein Blick auf Geraint, der immer noch über seinen Schreibtisch gebeugt saß und dessen Hände sich im Licht der Schreibtischlampe bewegten. Neben ihm flakkerte lautlos ein Bildschirm, aber er mischte ein Päckchen schwerer, großer Karten.

Der Magier streckte seine endlos langen Beine und strich sich mit den Fingern einer Hand durch das Haar. Dann raffte er sich auf, erhob sich aus dem Sessel und schlenderte durch den Raum. »Tarot, hm? Ich wußte gar nicht, daß dich das interessiert.«

Geraint seufzte und legte den Kartenstapel beiseite. »Als wir uns kennenlernten, war ich in dieser Hinsicht noch ein Anfänger. Meine Mutter hat die Karten benutzt, aber ich habe mich lange Zeit dagegen gesträubt. Sie hat mir immer gesagt, ich hätte ebenfalls das Zweite Gesicht, aber ich hoffte wohl zu beweisen, daß sie nicht immer wußte, was richtig für mich war. Ich war immer sehr stur. Das weißt du.«

Serrin betrachtete die Bilder der offenliegenden Karten, doch er war nicht so dumm, sie ohne Geraints ausdrückliche Erlaubnis zu berühren. »Ich glaube, die hab ich schon mal irgendwo gesehen. Zwanzigstes Jahrhundert, nicht wahr?«

»Diese hast du bestimmt noch nicht gesehen. Ich habe sie selbst entworfen. Also nein, genaugenommen stimmt das eigentlich nicht, vielleicht hast du schon sehr ähnliche Karten gesehen. Sie beruhen auf einem alten okkulten Spiel, dem Thoth. Ziemlich idiosynkratisch. Mir gefielen die Karten, aber ein paar von den Bildern kamen mir falsch vor. Das sind nicht gerade traditionelle Entwürfe.«

Das konnte Serrin an den prächtigen Farbexplosionen und dem stürmischen Auf und Ab der komplexen Bilder erkennen.

»Also habe ich eine Frau aufgespürt, die die Großenkelin der ursprünglichen Zeichnerin war. Sie ist ebenfalls eine Künstlerin. Ich habe die Bilder in den Computer gescannt und sie von ihr unter Benutzung eines Malprogramms neu entwerfen lassen. Sehr elementar. Tatsächlich hat sie nicht alles richtig gemacht, also habe ich ein paar Bilder hinterher selbst gestaltet. Am Ende hatte ich dann das, was ich wollte.«

Ja, mein Freund, und das ist genau das, was normalerweise immer passiert, nicht wahr, sann Serrin. Aber was machst du, wenn du nicht bekommst, was du willst?

»Macht es dir was aus, wenn ich dir eine persönliche Frage stelle?«

»Schieß los, alter Junge.«

»Wie reich bist du jetzt?«

Geraint lächelte. »Das kann ich dir ruhig sagen – Forbes und Dunn würden für eine geringe Gebühr dasselbe tun. Tja, das ändert sich natürlich von Tag zu Tag, je nach Zins- und Spekulationsgewinnen, und ungefähr sechzig Prozent liegen gewöhnlich für eine Woche oder so fest, aber alles in allem dürften es achtzehn Millionen sein, plusminus ein Prozent. Und über dieses eine Prozent wache ich mit Argusaugen, dessen kannst du sicher sein.«

»Achtzehn Millionen Pfund? Ihr Geister, wie, zum Teu ...«

»Achtzehn Millionen Nuyen! Ungefähr fünfundvierzig Millionen Pfund, aber damit gebe ich mich gar nicht erst ab. Geschäftlich rechne ich nur in Nuyen.«

»Mein Gott, deine Familie muß reich sein. Weißt du, ich hatte keine Ahnung, daß ihr Waliser so reich seid.«

»Tja, eigentlich sind wir das gar nicht. Ich habe den größten Teil mit Spekulationen gemacht. Was meinen Vater betrifft, so besitzt er zwar eine Menge Land, aber der Ertrag daraus ist ziemlich mager. Ich handle mit den Immobilien, wie sie sind. Ich bin nur ganz selten in Wales und habe keine Lust die Mieter und Pächter zu schröpfen. Ich finde es schon ziemlich eigenartig, wenn irgendein nicht auf seinem Land lebender Großgrundbesitzer ein Vermögen von Leuten verlangt, die um das nackte Überleben kämpfen, und ihnen dann einen Tritt in den Hintern verpaßt, wenn es ihnen mal schlecht geht.«

Was sagt man dazu? dachte der Elf. Er macht sich tatsächlich etwas aus diesen Leuten. Jedenfalls genug, um sie nicht völlig auszuplündern. Gut für dich, Chummer.

»Wie ich schon sagte, ich bin eigentlich nur ganz selten dort. Ziemlich schreckliches Land. Ein paar Hügel, die sich als Berge ausgeben, Täler, für die die Bezeichnung trostlos noch geschmeichelt ist. Die Waliser sind freundlich, aber auch sehr neugierig. Es gibt ein altes Sprichwort: Ein Waliser betet am Sonntag auf den Knien und spioniert die übrigen Tage der Woche dem Rest der Menschheit nach.«

»Nun, auf dich scheint es nicht zuzutreffen«, grinste Serrin.

»Stimmt genau. Du wirst mich sonntags nicht in der Kirche finden.« Sie lachten herzhaft. Geraint hüllte die Karten in das Seidentuch, um dann aufzustehen und seine schmerzenden Schultern zu lockern. »Wie wär's mit einem Kaffee?«

»Ich werde ihn machen.« Serrin wollte gerade in die Küche gehen, als ihm etwas im Trideo ins Auge fiel. »Hey, was war eigentlich in diesem Hustensaft?« Er hatte gerade die Zeitanzeige gesehen. »Ich hab fast vier Stunden geschlafen.«

»Laß es gut sein. Es ist ein altes walisisches Rezept, das insbesondere entwickelt wurde, um Elfen davon abzuhalten, schwere Fragen zu stellen.«

Als Francesca sich schließlich rührte, kam Serrin gerade mit dem Kaffee zurück. Mittlerweile war ihm aufgegangen, daß eine um 1850 erfundene Hustenmedizin schlecht für Elfen entwickelt worden sein konnte. Er stellte das Tablett ab, lächelte in Geraints Rücken und dachte: Das ist noch nicht ausgestanden. Abschiedsgrüße sind jedenfalls noch verfrüht.

Geraint hatte unter der Adresse des Postfachs nichts erfahren. Selbst der Anblick eines saftigen Banknotenbündels hatte dem dortigen Angestellten nicht die Lippen geöffnet. Er deutete sogar an, Geraint könne ein Agent vom Administrative Bureau sein, der ihn nur zu einer Indiskretion verleiten wolle.

Tja, gut für dich, hatte Geraint gedacht, als er gegangen war. Wenn ich jemals ein Postfach brauche, komme ich zu dir.

»Das ist also eine Sackgasse«, sagte er jetzt. »Ich sehe nicht, wie wir die Herren Smith und Jones weiter verfolgen können, ohne ein paar Straßendetektive anzuheuern. Ich kenne eine diskrete, gute Firma, aber diese beiden sind ja auch lediglich Mittelsmänner. Zum Teufel, Serrin, sie sind doch nicht einmal persönlich zu dir nach Seattle gekommen, sondern haben dort einen zweiten Mittelsmann benutzt. Selbst wenn wir sie finden, bezweifle ich, daß wir mit dieser Information viel anfangen können. Vielleicht sind sie wieder in Südamerika.«

So schlau wie zuvor, entschlossen sie sich schließlich, die Verfolgung aufzugeben.

»Wie sehen deine Pläne aus, Francesca?«

»Ich glaube, ich werde ein paar Tage damit verbringen, meine Systemsoftware zu verbessern. Ich brauche bessere Abwehrprogramme, und ich glaube, das Medicprogramm hat auch etwas abbekommen. Außerdem werde ich mir irgendein heißes Giftprogramm besorgen.«

Geraint pfiff durch die Zähne, während er scharf einatmete. »Dafür erhältst du nie eine Genehmigung. Selbst die Konzerne müssen mit diesem Zeug vorsichtig umgehen.«

Giftprogramme waren ansonsten auch unter dem Namen personaangreifende Programme bekannt. Sie waren praktisch das Äquivalent einer Antipersonenwaffe in der Matrix. Die übereifrigen britischen Dienststellen, die für die Erteilung von Genehmigungen zuständig waren, mochten derartige Dinge überhaupt nicht.

»Kein Problem«, murmelte Francesca. »Ich habe einen Konzernkontakt, der mit Sicherheit eine globale Lizenz hat, hinter der ich mich verstecken kann. Vor einem Jahr habe ich einen Job für ihn erledigt, vielleicht die beste Arbeit, die ich je geleistet habe. Ich weiß, daß ich bekommen kann, was ich brauche. Sie werden wissen, daß ich nicht die Absicht habe, das Programm zu benutzen, es sei denn, mir bleibt wirklich nichts anderes übrig.«

Das überraschte Geraint. Wenn Francesca derartige Connections hatte, mußte sie in ihrem Job außergewöhnlich gut sein. »Wäre es unhöflich zu fragen, welcher Konzern?«

»Unglücklicherweise ja. Auf jeden Fall ist es weder Transys noch Fuchi. Natürlich habe ich die meiste Zeit keine Ahnung, für wen ich arbeite. Mir reicht es, wenn man mich bezahlt.« Ihr harter Zug, ihr einzig unattraktives Wesensmerkmal, zeigte sich wieder.

Serrin sprang mit einem lauten Aufschrei aus seinem Sessel und erschreckte damit alle. »Hey, ich muß das Crescent anrufen. Ich hätte schon vor Stunden ausziehen oder den Aufenthalt verlängern müssen. Wahrscheinlich haben sie meinen Kram mittlerweile schon weggeworfen.« Der Gedanke trieb ihm den Angstschweiß auf die Stirn.

»Nein, haben sie nicht«, versicherte ihm Geraint. »Deine Sachen stehen im Gästeschlafzimmer. Ich hatte sowieso schon das meiste hier, also dachte ich mir, ich könnte ebensogut auch den Rest rüberschicken lassen. Du kannst eine Weile hierbleiben. Wie lange ist dein Visum gültig?«

»Bis Ende des Monats, aber ...«

»Also ist das kein Problem. Voraussetzungen und Bedingungen: Erstens, keine Zauberei. Dem Sicherheitsmagier dieses Hauses würde das nicht gefallen. Er wird langsam alt und will keinen Ärger mehr, jetzt, wo seine Pensionierung näher rückt. Zweitens, du mußt die Hälfte der Kaffeerechnung übernehmen, so, wie du das Zeug in dich reinschüttest.« Serrin schob schuldbewußt die Tasse ein Stück weit von sich. »Ansonsten kannst du nach Belieben Kühlschrank und Gefriertruhe plündern. Drittens, stell dich morgens nicht eine Stunde lang unter die Dusche. Dann ist nämlich das ganze heiße Wasser verbraucht, und ich werde unerträglich, wenn ich morgens nur kaltes Wasser bekomme. Wenn du damit zurechtkommst, kannst du bleiben, so lange du willst. Ich will dich nicht zwingen, den ganzen Monat zu bleiben, aber ich bin sicher, das Wochenende schaffst du.«

»Ich bleibe mit Freuden. Wenn du willst, beschwöre ich einen Wasserelementar, der den Abwasch erledigt. Nur ein ganz schwaches kleines Ding, das verspreche ich dir.«

»Nein, danke! Diese Dinge werden alle von Hausangestellten erledigt. Du brauchst das Geschirr nur in den Schacht in der Küche zu werfen. Gepolsterte Sperren sorgen dafür, daß sie nicht zerbrechen — die Wunder der modernen Technik. Heutzutage brauchen wir unsere Bediensteten nicht einmal zu sehen.«

Francesca tat so, als würde sie ihm eine Kopfnuß verpassen, während sie gemeinsam lachten. Sie stand auf, um sich anzuziehen, und wenige Minuten später stand sie im Mantel vor ihnen, bereit zu gehen.

»Soll ich dich nach Hause fahren?« fragte Geraint, immer noch ein wenig besorgt.

»Nein, ich komm schon zurecht. Echt. Ich nehme mir draußen ein Taxi. Wir sehen uns!« Sie ging durch den Flur, und Geraint sprang auf, um sie zur Tür zu bringen.

»Ruf uns an. Hey, warum kommst du Samstag nicht zum Abendessen vorbei? Ich sag dir was, wir lassen das Essen von Fortnums kommen, und wir genehmigen uns eine Flasche Petrus. Und echtes walisisches Fleisch. Chateaubriand oder Wellington?«

Zehntausend Nuyen die Flasche, und das nur für den Wein. Er weiß jedenfalls, wie er sein Geld genießen kann, dachte Francesca ein wenig schuldbewußt.

»Klar. Das ist eine wunderbare Idee. Ich bringe etwas Champagner zum Aperitif mit. Dom Ruisse, nicht? Diese komische Flasche mit dem langen geriffelten Hals. Ja, laßt uns feiern. Sieben Uhr?«

»Perfekt. Laß es dir gutgehen.« Er schloß die Tür hinter ihr, rieb sich gedankenverloren das Kinn und ging dann wieder zu seinem Lieblingsarmsessel.

Serrin bedachte Geraint mit einem Blick, der eines puritanischen Beamten des Lordprotektors würdig gewesen wäre. »Ihr seid ein ganz zügelloses Paar!«

»Dies ist eine besondere Gelegenheit, alter Junge. Wir haben uns ziemlich lange nicht gesehen. Ich denke, das ist schon eine kleine Feier wert. Ich habe alles vorausgesehen, weißt du. Das Tarot hat es mir verraten. Muß direkt nach deiner Landung in Heathrow gewesen sein.« Augenblick. Er vergaß etwas, versuchte sich zu erinnern, was er übersehen hatte. Natürlich.

»Aber da war noch jemand anderer. Eine Frau. Eine starke Frau. Sie gehörte ebenso dazu wie du und Francesca. Bis jetzt ist sie noch nicht aufgetaucht. Aber das wird sie noch.« Er erinnerte sich auch an die Schwert-Neun. Blutige Klingen.

Das muß Annie gewesen sein, dachte er, versuchte den Gedanken daran jedoch zu verdrängen. Um seinen Kopf zu klären, beschloß Geraint, etwas Geld zu verdienen. Er hatte seine Geschäfte schon viel zu lange vernachlässigt.

»So, alter Freund, in ein paar Stunden werde ich unverrückbar vor der Glotze hängen und mir das Kricketspiel ansehen, und bis dahin stecke ich meine Nase in die Welt der spekulativen Finanzen. Ich muß mir mal die Märkte an der Westküste ansehen. Dort müßte es jetzt mittlerweile ziemlich lebhaft zugehen. Du wirst mich also heute abend entschuldigen müssen.

Es gibt ein paar interessante Shows in der Stadt. Sieh dir mal den Trideotextdienst auf Beebs C-Netz an, da findest du alles, was du wissen mußt. Wenn du Heimweh hast, OzNet zeigt Wiederholungen alter amerikanischer Komödien und Seifenopern. Oder vielleicht gibt es auch etwas in den Satellitenprogrammen. Vermeide aber die italienischen Sender. Die zeigen entweder die schlechtesten Spielshows der ganzen Welt oder schrecklich synchronisierte Pornos. Morgen können wir ein paar touristische Aktivitäten unternehmen. Du weißt schon: den Tower von London, den Buckinghampalast, den ganzen Quatsch eben. Würde dir das zusagen?«

Geraint erhielt nicht die Antwort, die er erwartete. Statt dessen hörte er die Frage, die jeder Brite im tiefsten Innern seiner Seele fürchtet, wenn sie von einem Amerikaner gestellt wird.

»Äh, Geraint, könntest du mir die Kricketregeln erklären?«

18

Als Rani erwachte, stellte sie fest, daß eine Trollbande mit Preßlufthämmern eine Straße in ihrem Kopf aufriß. Sie stöhnte, sah auf die Digitaluhr, die elf Uhr fünfzehn anzeigte, und drehte sich um. Sie wollte wieder einschlafen, aber sie hatte einen schrecklichen Durst. Es fühlte sich an, als hätte jemand ihren Mund mit einem Lösungsmittel ausgespült.

Sie schaffte es, nach unten zu kommen, ohne sich dabei umzubringen, und taumelte auf der Suche nach dem Orangensaft in der Küche umher. Ich werde nie wieder dieses polnische Zeug trinken, dachte sie. Warum konnte ich mich nicht mit Essen und ein paar Süßigkeiten zufriedengeben? Wann war ich ...? Ich glaube, ich habe um zehn mit dem Trinken angefangen. Und ich kann mich an nichts mehr erinnern, was nach halb elf passiert ist.

Sie nahm die Flasche aus dem uralten elektrischen Kühlschrank, ließ dann den Plastikbecher fallen, den sie gerade füllen wollte, und dachte: Zum Teufel damit! Ich trink einfach aus der Flasche.

Sie trank sie auf der Stelle halb leer, um dann ins Wohnzimmer zu schlurfen. Das war der Augenblick, als sie den Papierfetzen sah, der direkt vor der Haustür mit den unzähligen Schlössern und Ketten auf dem Boden lag. Der alte Briefkasten war schon vor langer Zeit vernagelt worden, also mußte tatsächlich jemand das Blatt durch den unendlich schmalen Spalt zwischen Tür und Fußboden durchgeschoben haben. Das war ungewöhnlich.

Was, zum Henker, IST das? dachte sie, während sie einen verschlafenen Blick darauf warf. Es war ein Flugblatt, der Text war in wuchtigen schwarzen und roten Buchstaben auf grellgelbes Papier gedruckt, eine Anzeige für einen Auftritt der Blazing Paranormal Ambulance im Subway. Der Laden war hier in der Gegend, und die

Truppe spielte erstklassigen Elektroslam, aber das Datum auf dem Flugblatt lautete auf den vierzehnten August.

»Was, zum Teufel, soll das?« schnappte sie und wollte den Fetzen gerade wegwerfen, als ihr die ungelenke Schrift, die sich um den Rand zog, ins Auge fiel:

Hab dir vielleicht was zu sagen — Ausgang Finchley Road — Mitternacht — Kann das Risiko am Tage nicht eingehen — Für dich besteht keine Gefahr

Darauf kannst du wetten, daß für mich keine Gefahr besteht, Smeng. Drek, ich besorg mir sogar 'n Taxi, wenn ich eines finde, das um die Zeit in dieser Gegend fährt.

Rani schleppte sich wieder die Treppe hinauf und brach mit unerträglichen Kopfschmerzen auf dem Bett zusammen. Sie döste noch ein oder zwei Stunden vor sich hin, dann wickelte sie sich aus den verschwitzten Laken und wankte ins Badezimmer. Während sie sich ein paar Handvoll kaltes Wasser ins Gesicht spritzte, fand Rani keinen Trost in der Tatsache, daß sie nicht ganz so schrecklich aussah, wie sie sich fühlte. Und da sie sich fühlte wie eine Leiche auf Urlaub, tat ihr der Spiegel nicht unbedingt einen Gefallen. Auf der Fensterscheibe waren Eisblumen, aber sie war nicht sicher, ob sie wegen der Kälte oder wegen des Katers zitterte.

Geh nach draußen und schnapp etwas frische Luft, Mädchen, schalt sie sich selbst. Hol dir einen Liter Saft, stopf dich mit so vielen Süßigkeiten voll, wie du in dich reinschieben kannst, ohne zu kotzen, und bring deinen Körper wieder in Schwung. Heute nacht wirst du wieder ein Stück weiterkommen.

»Und, was hast du in den vergangenen Tagen gemacht?«

Sie genossen die ersten Schlucke des eisgekühlten Champagners, die langen, beschlagenen Sektflöten an die erwartungsvoll gespitzten Lippen gehoben. Sie hatten wie aus einem Munde aufgeseufzt, als sich der prikkelnde Geschmack im Mund entfaltete.

»Na ja«, erwiderte Francesca, die sich die zart glänzenden Lippen leckte, »offen gesagt habe ich einen ganzen Tag damit verbracht, mein Fuchi-6 auseinanderzunehmen und zu überprüfen. Ich bin richtig verrückt geworden bei dem Gedanken, jemand könnte daran herumgepfuscht haben. Das ist natürlich lächerlich. Niemand kommt an der Sicherheit vorbei, aber ich konnte das nicht rational durchdenken. Ich hab das neue Medicprogramm installiert und auch ein neues Abwehrprogramm, das unglaublich ist. Widersteht sogar einem taktischen Atomsprengkopf. Mit dem Giftprogramm muß ich mich aber noch etwas gedulden.

In der Zwischenzeit habe ich dann ein paar Personalagenturen überprüft und ein paar Megabyte von diesem und jenem kopiert. Im Moment ist ein Smartframe damit beschäftigt, ein paar Analysen zu fahren. Es ist immer ganz sinnvoll zu sehen, wer ein gesteigertes Interesse an Leuten hat, die, äh, auf verwandten Gebieten arbeiten.« Das war genug über sie. »Was habt ihr Jungs gemacht?«

Geraint antwortete mit einem Kopfschütteln. »Nicht viel. Wir haben ein bißchen gequatscht und dabei auch das eine oder andere Glas geleert. Ich habe Serrin ins Nationalmuseum geschleift, letzte Nacht haben wir uns im Imperial *Hamlet* angesehen, und ich habe etwas Geld gemacht. Es gibt einen neuen Wurzelextrakt aus Paraguay, der hier im Augenblick der absolute Hammer ist, und ich habe darin investiert, ein paar Vertriebsrechte verkauft und mich mit HKBs Warenversicherung eingedeckt. Wenn man die Versicherungsprämie abzieht, müßten noch Vierzig-, Fünfzigtausend dabei rausgesprungen sein. Heute war es ziemlich ruhig.«

»Er hat mir die Wachablösung vor dem Buckinghampalast gezeigt und mich dann mit ins Oberhaus genommen«, warf Serrin ein. »Eigentlich habe ich mich ziemlich amüsiert.« Geraint machte eine höfliche Geste der Mißbilligung über Serrins Schwärmerei und beugte sich dann vor, um Francescas Glas nachzufüllen.

Der Abend entwickelte sich perfekt. Nach kurzer Zeit kamen die livrierten Kellner mit einer Reihe von Köstlichkeiten aus der Küche, obwohl die drei sie kaum zur Kenntnis nahmen, so gefangen waren sie von der Gesellschaft der anderen.

Geraint muß dafür ein Vermögen bezahlt haben, dachte Serrin, als er sich noch eine Scheibe des perfekten, leicht rosigen Fleisches abschnitt und sich noch etwas von dem in Butter geschwenkten Brokkoli auf seinen Teller aus chinesischem Porzellan häufte. Sicher, er hatte auch das Geld, um dafür zu bezahlen, aber Serrin kannte einen Haufen Leute, die ihre Freunde nicht so nobel bewirtet hätten.

»Kommt aus meiner Heimat, dieses Fleisch«, sagte Geraint. »Ich kann euch garantieren, da ist absolut nichts darin, was ihr morgen um diese Zeit nicht in eurem Körper haben wollt. Das Land ist vor einem Jahrzehnt völlig entgiftet worden. Das Rind, von dem dieses Fleisch stammt, hat von gesundem Gras unter freiem Himmel gelebt. Kein Fabrikzeug. Ein echtes Wunder. Laßt es euch schmecken.«

Die Aufforderung war kaum erforderlich. Als die Kellner schließlich die Zabaglione und das verblüffende Kaffeetablett brachten, das mit frischen Sahnetrüffeln und mit Schokolade überzogenen Pfefferminztäfelchen gefüllt war, schwelgten alle drei in einem Wohlgefühl, wie sie es schon seit langem nicht mehr erlebt hatten. Als der letzte von Fortnums Leuten ging und die Tür sorgfältig und leise hinter sich schloß, nahmen sie das kaum zur Kenntnis.

Geraint trank den letzten Schluck Petrus, unglaublich schwer und köstlich, während sich sein Nachgeschmack in Gaumen und Kehle entfaltete.

»Dieser Wein ist ein empirischer Beweis für die Existenz Gottes. Und wenn Gott existiert, beweist er, daß er ein wohlwollender alter Gauner sein muß. Ich bin immer versucht, Verse zu zitieren, wenn ich Petrus trinke.« Er lachte über sich selbst, während er sich dickflüssige Sahne in seinen Kaffee rührte. »Ich mache nur Spaß. Das tue ich nur ganz, ganz selten.«

»Und nur in Gegenwart von Frauen.« Sich vorbeugend, lächelte Francesca ihn verführerisch, fast herausfordernd über den Tisch an. Der Alkohol hatte ihr Gesicht ein wenig gerötet, und in diesem Zustand neigte sie zu Indiskretionen.

Ich wünschte, du hättest das nicht gesagt, dachte Geraint traurig. Serrin wundert sich bereits. Er glaubt, daß irgendwas zwischen uns vorgeht. Er hat mich nicht danach gefragt, und irgendwie war ich nicht in der Stimmung, mit ihm darüber zu reden.

»Tja, das ist etwas anderes. Ein wenig John Donne oder Andrew Marvell. Das Leben braucht hin und wieder eine bittersüße Romanze.«

»Donne oder Marvell oder das Lied der Königin. Dieses babylonische Lied.«

»Sumerisch. Dumuzis und Inannas *Ekstase der Liebe.*«

»Wie ging das noch? ›Letzte Nacht, als ich, die Königin des Himmels, strahlend hell leuchtete ...‹« Sie war in ihre Erinnerungen versunken, hatte die Fortsetzung des Verses jedoch vergessen.

Doch Geraint hatte sie nicht vergessen. *Als ich strahlend hell leuchtete, als ich tanzte, als sich die Nacht aufhellte und ich ein Lied sang, ist er mir begegnet ...*

Er sah weg, verlegen und ein wenig wehmütig, sah nach draußen auf die Skyline. In der winterlichen Kälte strahlten Londons helle Stadtlichter unter einem Sternenhimmel, der in regelmäßigen Abständen von schattenhaften Fragmenten der Wetterkontrollkuppeln verdunkelt wurde. Zehn Millionen Menschen. Wie viele von ihnen begegneten sich auf diese Weise, wenn sich die Nacht aufhellte?

In einem plötzlichen Anflug der Verlegenheit durchbrach Geraint den Zauber. »Serrin, kannst du die Glotze einschalten, du sitzt ihr am nächsten? Ich will mir mal eben die Elf-Uhr-Nachrichten ansehen.« Alles, um zu verhindern, daß das Gespräch noch persönlicher wurde.

Der Elf stand auf, ergriff die Fernbedienung und schaltete den BBC-Nachrichtenkanal ein. Ich nehme an, das will er sehen, dachte der Elf. Wenn du in England bist, geh davon aus, daß die Einheimischen BBC sehen.

Der Schirm erwachte augenblicklich zum Leben. Es war bereits zehn nach elf, so daß sie nur noch das Ende der politischen Nachrichten mitbekamen, gefolgt von dem Gesicht einer Korrespondentin, die mit offensichtlichem Unbehagen vor einer Ziegelmauer stand, während der Ton mitten im Satz einsetzte.

»... heute abend der Mord stattgefunden hat. Das Opfer ist von der Polizei als eine Miss Elizabeth Stride identifiziert worden. Ein Sprecher der Polizei sagte, der Mord sei selbst für diesen Bezirk ungewöhnlich brutal gewesen.« Der leichte Entsetzenschauer, der die Reporterin zu überlaufen schien, forderte die Zuschauer auf, schockiertes Entsetzen zu heucheln, während sie in Wirklichkeit das lüsterne Interesse Schaulustiger aufbrachten. »Das nach Auskünften der Polizei von seinem Mörder zerstückelte Opfer wurde hier in Spitalfields gefunden. Erste Berichte der Spurensicherung, die zu uns durchgesickert sind, besagen, daß die Leiche ausgeweidet wurde. Der Polizeipathologe Dr. Leslie Phillips soll den mit der Untersuchung des Falles betrauten Beamten erklärt haben, die Verstümmelung der Leiche sei mit chirurgischer Präzision vorgenommen worden. Das Motiv für die Tat ist unbekannt, aber ...«

Als Geraint sah, daß sich Francesca in dem Bemühen, die Horrormeldung zu ignorieren, die Ohren zuhielt, rief er Serrin zu, er solle abschalten. Ein paar letzte Worte kamen noch durch, bevor der Magier den Schirm zum Schweigen brachte.

»... Nachbarn berichten, daß Miss Stride sehr viele Herrenbesuche empfing und schwere Alkoholprobleme hatte. Hier spricht Sian Masterson für ...« Und dann war es plötzlich still.

Geraint nahm Francescas Hände und zog sie sanft von ihrem Gesicht weg. »Tut mir leid, Fran, ich wußte nicht ...«

»Ist schon gut, wirklich. Es ist nur so, daß mich der Bericht wieder an alles erinnert hat. Du weißt schon, die arme Annie.«

Ein Schock durchfuhr ihn, als hätte ihn jemand zwischen die Beine getreten. Sein Magen krampfte sich zusammen, und eine Krallenhand griff nach seinem Herzen und drückte zu. Die besorgten Worte seiner Gäste schienen von ganz weit weg zu kommen.

Serrin spürte, daß etwas nicht stimmte, und schien zu sagen: »Geraint? Ist alles in Ordnung?«

Er konnte anscheinend keine Antwort herausbringen. In dem Bemühen, seine Bestürzung zu verheimlichen, ging er zur Wasserkaraffe, die auf seinem Schreibtisch stand. Dabei verfing sich sein Jackenärmel im Kartenpäckchen, das er früher am Nachmittag hier liegengelassen hatte. Eine einzelne Karte löste sich aus dem Stapel und fiel zu Boden. Als er mit zitternden Händen nach der Wasserkaraffe griff, brauchte er kaum hinzusehen, um zu wissen, welche Karte es war.

Die Karte landete mit der Bildseite nach oben. Natürlich.

Tod.

Je länger er dauerte, desto besser entwickelte sich der Tag. Gegen fünf, nach einem anständigen Essen und der Zügellosigkeit eines Dings, das sich Lachssandwich nannte, fühlte sich Rani schon fast wieder wie ein Ork. Ob es nun ein Lachssandwich war oder nicht, es kostete jedenfalls soviel wie eines, und es schmeckte einfach herrlich. Im Augenblick hatte sie hinsichtlich vieler Dinge ein gutes Gefühl und war ziemlich sicher, was ihren nächtlichen Bestimmungsort betraf, da sie die Straßen und Gassen in der Umgebung des Ausgangs in der Finchley Road vorsorglich schon mal überprüft hatte.

Die Nuyen verliehen ihr Selbstvertrauen, und es gelang ihr sogar, einen neuen Munitionsclip für die Ceska aufzutreiben. Von Mohsins Neffen kaufte sie außerdem ein paar Traumapflaster. Er hatte ihr einen völlig überhöhten Preis berechnet, aber sie wußte, daß die sterilisierten Päckchen nicht beschädigt waren, weil der Junge die Familie niemals hintergehen würde.

Und Imran ließ sich immer noch nicht blicken. Sanjay hatte ein weißes Mädchen aufgerissen, wahrscheinlich irgendein sommersprossiges Ding von der Straße, mit dem er herumspielen würde, bis es ihn langweilte. Wenn das Mädchen weiß war, konnte es nichts Ernstes sein, und außerdem war Rani froh, daß er ihr nicht zu Hause im Weg stand. Und das Beste daran war, er würde nicht den ganzen Tag bis zur Halskrause zugeknallt sein. Du kannst schließlich keine aufreizende weiße Schnalle bumsen, wenn du total zugedröhnt bist, Sanjay-Baby, dachte sie zynisch.

Sie überprüfte ihre Waffe zum x-ten Mal, warf außerdem einen Blick auf die Anzeige der Sprühdose, die besagte, daß sie noch zu neunzig Prozent voll war, und säuberte ihre Jacke. Zeit, daß ich eine neue bekommen, entschied Rani.

Aber sie hatte Mohinder in der Nähe der Brick Lane getroffen, und er würde ihr ein wenig Körperpanzerung besorgen, die ihr gegen einen geringen Aufpreis sogar ins Haus geliefert wurde. Dadurch war das Geld, das er ihr für den Predator bezahlt hatte, fast verbraucht, aber die Weste und Oberschenkelschützer waren von guter Qualität und widerstandsfähig.

Sie phantasierte von einem Ausrüstungsstrom, der sich durch ihre Tür ergoß. Natürlich war das Dummheit. Sie hatte nicht das Geld, um ein Straßensamurai zu werden, und dort, wohin sie um Mitternacht ging, war sie ohnehin unter Freunden. Aber sie hatte Reflexbooster, gerade genug Hardware, um am Tag nach ihrem achtzehnten Geburtstag ein wenig in Aufregung zu geraten, und heute nacht wartete ein weiteres Abenteuer auf sie.

Einen Schritt näher zur Wahrheit.

Rani sah die Abendnachrichten nicht. Sie hatte keine Ahnung, *wie* aufregend alles noch werden sollte.

19

Francesca und Serrin hatten die Arme um ihn gelegt und stützten ihn. Geraint bemühte sich nach Kräften, seine Atmung zu verlangsamen und sich aufrecht zu halten. Er fühlte sich schwindlig und beschwingt zugleich, verspürte Erregung und Übelkeit gleichermaßen. Er mußte jetzt ein Dutzend Dinge auf einmal tun. Er hatte keine Zeit, es zu erklären. Er setzte sich hin und stöpselte sich ein.

»Ich bin völlig in Ordnung. Laßt mir eine Minute. Ich weiß, was ich tue«, beschwerte er sich in einem Tonfall, der besagte, daß er es offensichtlich nicht wußte.

Francesca stöpselte das Trampnetz ein, um ihn zu begleiten; ihr Beobachter-Icon nahm die Gestalt einer hübschen Maid an, während sich sein Ritter ein wenig unstet zu bewegen schien. Mit einem Rudel Wölfe und dem umgestalteten Knappen hinter sich steuerten sie eine öffentliche Datenbank an.

Zuerst suchte Geraint im Touristenführer nach der grundlegenden Geschichte, dann durchforstete er das Rumbelow-Buch in der Textbibliothek und kopierte, was sein Knappe daraus auswählte. Ein paar Verweise bescherten ihm die Namensliste, Daten, Orte und einen Teil des Autopsiematerials. Das würde fürs erste reichen. Dann wechselte er in das Geburten- und Todesregister, um dort den Namen Polly Nichols zu suchen.

Und dort war sie auch schon, die arme. Er benötigte keine Einzelheiten, aber er notierte sich das Datum. Vor zwei Wochen. Polly am achten, Annie am fünfzehnten, Elizabeth am ... einundzwanzigsten?

Der Name fiel ihm ein, bevor er die Zeit gefunden hatte, die Daten in den Büchern nachzuschlagen. Eddowes. Catherine Eddowes. Er fühlte sich, als stürze er in eine bodenlose Grube.

Er stöpselte sich aus und griff in die oberste Schublade seines Schreibtisches. Er war der Ansicht, ein GA-

DoPG '92

BA-Wirkstoff würde es schaffen, vielleicht auch ein Dopamin-Regulator. Synthese-Stimulatoren brauchten zu lange, und dasselbe galt auch für Neuromodulatoren. Die Situation verlangte einen Enzymhemmer, und er würde noch einen Schuß Amino-Wirkstoffe zugeben. Zum Teufel damit, er würde einen richtigen Cocktail mischen.

Geraint füllte den Inhalt der versiegelten grünen und blauen Phiolen in die implantierte Kanüle und begann sich nach nur fünfundvierzig Sekunden bereits wieder nüchterner zu fühlen. Francesca und Serrin standen nach den Ausschweifungen des Abends beide ein wenig schwankend da. Er gab ihnen das Daumen-hoch-Signal und stöpselte sich noch einmal in die Matrix ein. Da er die Adresse, die ihm bekannt war, nicht bestätigen konnte, erhob er sich bereits nach ein paar Sekunden wieder von seinem Schreibtisch.

»Gut.« Er schnippte mit den Fingern, um sich ihrer Aufmerksamkeit zu versichern. »Konzentriert euch, so gut ihr könnt.« Er betonte die Worte mit weitausholenden Bewegungen seiner Hände, die feingliedrigen langen Finger gerade ausgestreckt. »Das Londoner East End im Jahre achtzehnhundertachtundachtzig. Eine schnelle Geschichtslektion.

Jack the Ripper. Ermordete fünf Prostituierte. Manche behaupten, sogar sieben, aber die ersten beiden sind sehr fraglich. Vergeßt sie. Das erste echte Opfer war eine gewisse Polly Nichols.«

Francesca sog scharf die Luft zwischen den Zähnen ein. Sie sah, worauf er hinaus wollte.

»Zweites Opfer: Annie Chapman. Ja, Fran, Annie Chapman.« Sie keuchte ungläubig und schockiert. »Fran, was hat Annie gemacht? Ich nehme an, sie war nur eine gute Freundin. Was weißt du von ihr?«

Ihr Kopf war gesenkt, ihr Körper schaukelte in dem Armsessel leicht vor und zurück. Ihre Stimme klang gedämpft.

»Sie war ein Callgirl, Geraint. Eine Edelnutte.«

Natürlich hatte er das bereits aus dem geschlossen, was ihm die Polizei erzählt hatte, aber irgend etwas in ihm wollte ihr die Information aus der Nase ziehen, wollte es real für sie machen. Er suchte nach Bestätigung, da es unbedingt erforderlich war, daß sie es akzeptierten und ihm glaubten.

»Richtig. Drittes Opfer: Elizabeth Stride. Was haben wir gestern abend in den Nachrichten gesehen?«

Francesca saß immer noch mit gesenktem Kopf da, doch Serrin hörte seinem Freund aufmerksam zu. Jetzt war er es, der überrascht schnaufte.

»Ja, im East End gibt es jedes Jahr ein paar Morde im Ripper-Stil«, fuhr Geraint fort. »Irgendein Witzbold lädt aus Spaß eine verstümmelte Leiche auf der Straße ab. Da draußen gibt es massenhaft kranke Menschen, die so etwas tun. Aber ich habe das unbestimmte Gefühl, daß wir es hier mit etwas völlig anderem zu tun haben. Und ich habe ein Problem damit.«

»Und das wäre?« Serrin war ganz Ohr. Er konnte die Energien fast sehen, die Geraint durchströmten.

»Bei den ursprünglichen Morden wurde der vierte Mord am gleichen Tag wie der dritte begangen. Eine Art Doppelmord. Das vierte Opfer war eine Frau namens Catherine Eddowes.« Er hielt noch einmal inne, bevor er die Bombe platzen ließ.

»So?« Serrin war unsicher, da er wußte, daß Geraint mehr zu sagen hatte, und wartete ab.

»Ich kenne eine Catherine Eddowes. Nun ja, eigentlich kenne ich sie nicht, ich weiß nur, daß es sie gibt. Sie wohnt wohlgemerkt im East End. In Whitechapel. Whitechapel! Ripperland, nicht wahr?«

»Woher ...«

»Nein, mein Freund«, sagte er, während er vorwurfsvoll den ausgestreckten Zeigefinger hin und her schwenkte. »Ich habe keinen Gebrauch von ihren Diensten gemacht. Vor ein paar Jahren war ich etwas näher mit dem Sohn des Earl of Manchester bekannt. Lawrence war ein guter Kontakt. Er kannte Leute, die ich kennenlernen wollte, und er war eine relativ angenehme Gesellschaft. Verlor einen großen Haufen Geld beim Spiel, aber so ist das Leben.

Jedenfalls habe ich eines Nachts sehr spät noch einen Anruf erhalten. Das Ganze endete damit, daß ich ihn bei Catherine Eddowes einsammelte. Er war stinkbesoffen, und draußen hing jemand vom Sensationstrid auf der Suche nach einer interessanten Story herum. Als ich reinging, versuchte ich, so schmuddelig wie möglich auszusehen, um nicht das Interesse des Tridgeiers zu erregen. Dann habe ich Larry über die Feuerleiter rausgeschmuggelt, wobei ich ihm noch ein paar verpaßt habe, damit er mit seinem betrunkenen Gegröhle aufhörte, das er plötzlich anstimmte. Ich schaffte ihn heim nach Belgravia, und ich kann eigentlich nicht sagen, daß ich ihn danach noch mal wiedersehen wollte.

Ach, unsere Miss Eddowes ist eine Hure, Freunde, keine Frage. Belassen wir es dabei, daß sie auf gewisse Perversionen merkwürdig englischer Natur spezialisiert ist. Ich als Waliser bin nicht so veranlagt. Ich gebe mich gerne philosophisch und gelassen hinsichtlich der Arbeit, die sie betreibt, aber gewisse Details kann ich einfach nicht vergessen. Wie ich schon sagte, danach wollte ich Lawrence nicht mehr sehen.«

Als Francesca das Wort ergriff, geschah dies zunächst sehr zögerlich, doch dann nahm ihre Stimme einen Unterton schleichender Hysterie an.

»Annie hat mir zweimal das Leben gerettet. Wer hat sie ermordet? Ich will es wissen. Und Geraint, dieses Ding in der Matrix, es hatte Messer und Skalpelle und ...«

Er unterbrach sie. »Irgendwas geht vor. Wir wissen es alle. Jetzt können wir vielleicht handeln. Catherine Eddowes lebt — noch. Jedenfalls wurde ihr Tod noch nicht gemeldet. Und sie ist gewiß eine Hure, aber das ist kaum ein Freifahrtschein für jemanden, sie zu ermorden. Dieses Schicksal hat höchstens der kranke Abschaum verdient, dessen perverse Bedürfnisse sie befriedigt.«

Mein Gott, was hast du nur in dieser Nacht gesehen? fragte sich Serrin, als Geraint sich erhob. Dies ist eine schlechte Welt, und das weißt du auch, aber in jener Nacht muß dich wirklich etwas sehr mitgenommen haben, mein Freund.

»Wir fahren ins East End. Dort kann jede Sekunde jemand abgeschlachtet werden, und wir sind die einzigen, die das verhindern können.« Die Worte waren melodramatisch, aber sie klangen wahr.

Serrin versuchte eine Note der Vorsicht anzubringen. »Warum rufen wir sie nicht einfach ...«

»Oh, das werde ich. Sie steht mit Sicherheit nicht im Verzeichnis, aber ich kann die Nummer decken. Das Problem ist nur, um diese Zeit wird sie nicht ihren Anrufbeantworter abhören. Schließlich ist sie eine arbeitende Frau. Das wird sie sich für morgen früh vorgenommen haben, wenn sie die Buchungen in ihren Terminkalender einträgt. Aber morgen früh wird sie schon nicht mehr in der Lage sein, noch irgend etwas abzuhören.«

»Warum rufen wir nicht einfach die Polizei an?«

»Ja, klar. Wir erzählen ihnen irgendeine Geschichte über den Ripper, die sie allein in diesem Jahr schon ein dutzendmal gehört haben, und vielleicht raffen sie sich dann irgendwann nächste Woche auf, der Sache nachzugehen.«

»Aber sie werden dir doch wohl zuhören. Schließlich bist du ein Adeliger und ein Mitglied des Oberhauses. Bestimmt werden sie das.« Serrin klammerte sich an Strohhalme.

»Bist du noch ganz echt? Wir bekommen den Wachhabenden ans Telekom, wenn wir Glück haben. Er wird mir sagen, daß der Chefinspektor irgendwo zu Abend ißt, und daß er sein Bestes tun wird, um ihn zu erreichen. Dann wird er auflegen, den Anruf vermerken und ihn sofort vergessen. Jeder, der jemand ist, versucht ständig, seinen Namen und seine Stellung bei der Polizei in die Waagschale zu werfen; sie hören das tagein tagaus, und es geht zum einen Ohr rein und zum anderen wieder raus. Gut, es gibt eine Dringlichkeitsleitung für Blaublüter wie mich, aber damit sind wir nicht schnell genug.

Serrin, die englische Polizei ist genauso dumm, bösartig und korrupt wie jede andere Polizei auf der Welt. Vergiß die Vorstellung vom freundlichen Bobby auf dem Fahrrad mit dem dämlichen Hut. Es sind gleichgültige Wichser, genau wie die Polizisten dort, woher du kommst. Und hier haben wir nicht Lone Star oder etwas in der Art. Nein, mein Freund, wenn wir uns mit dieser Geschichte befassen wollen, müssen wir es selbst tun.«

»Geraint, warum werden wir in die Sache hineingezogen?«

Francescas Frage war eine gute. Er hatte darauf keine rationale Antwort. »Wirst du mir dieses eine Mal vertrauen?« Sie nickte zögernd, dann sicherer. Sein Kopf stand immer noch in Flammen, irgend etwas zog ihn immer weiter, und er durfte sich jetzt nicht ablenken lassen. »Serrin, nimm das Buch dort. Ja, genau das, das alte Tarotbuch. Lies vor, was dort zu den Karten steht, die ich ziehe.« Er nahm den Stapel, mischte rasch und sagte: »Ich frage, ob jemand hinter alldem steckt, verstanden?«

Der Elf nickte, obwohl er nicht genau wußte, was der Waliser eigentlich vorhatte.

König der Schwerter.

Geraint seufzte, den Kopf auf die Hände gestützt. Serrin las aus dem Buch vor. »Geistige Klarheit ...«

»Er liegt verkehrt herum, Serrin, siehst du?«

Der Elf sah von dem Buch auf und starrte auf die Karte. Der Kopf des thronenden Königs zeigte nach unten. Serrin nickte und begann noch einmal von vorn.

»Eine kalte und grausame Unpersönlichkeit, die an Sadismus grenzt. Eine berechnende und durchtriebene Person, die weiß, was sie will und wie sie es bekommt. Im schlimmsten Fall eine Fähigkeit zum elementar Bösen, die durch absolut effiziente Planung unterstützt wird. Man kann mit Fug und Recht behaupten, daß dies die am schlechtesten aspektierte Karte überhaupt ist.

Ihr Geister, Geraint«, sagte der Elf. »Wo geraten wir da nur hinein?«

Francesca strich sich mit dem Handrücken über die Stirn und schien auf ihrem Sessel in sich zusammenzufallen. »Warum werden wir in die Sache verwickelt?« fragte sie erneut. Doch sie hatte dabei Annie Chapman im Hinterkopf. Sie stellte die Frage nicht, weil sie nicht hineinverwickelt werden wollte. Sie fragte, weil sie hören wollte, welche Vorstellungen Geraint hatte, wie sie damit umgehen sollten. Schließlich war er der einzig nüchterne von ihnen.

Geraint drehte die nächste Karte um.

Gerechtigkeit.

»Müßt ihr noch fragen?« Er drehte sich zu Serrin um. Das unmerkliche Kopfschütteln des Elfs verriet ihm alles, was er wissen mußte.

»Hört zu, wir müssen hier mit einiger Umsicht vorgehen. Wir können uns nicht einfach in den Wagen schmeißen und über den Fluß düsen. Laßt es uns zuerst durchdenken.« Serrins Vorsicht war vernünftig.

Geraint erklärte seinen Aktionsplan. »Zunächst einmal habe ich versucht, Catherine Eddowes anzurufen. Das Telekom steht auf automatischer Wahlwiederholung. Es hat bereits den Anrufbeantworter erwischt, aber wir hoffen trotzdem. Vielleicht geht sie an den Apparat, wenn ihr Telekom einen Alarm auslöst, weil sie alle dreißig Sekunden angerufen wird. Wir können uns zehn, fünfzehn Minuten leisten.

Zweitens, ich lasse ein Programm durchlaufen, das nach allen Frauen namens Catherine Eddowes in London sucht. Wahrscheinlich ist es kein sehr häufig vorkommender Name, also benutze ich ein Analyseframe, um die öffentlichen Datenbanken abzusuchen. Wenn wir eine andere Catherine Eddowes finden, die eine fünfundsiebzig Jahre alte, im Ruhestand lebende Schriftstellerin aus Wood Green oder eine fünf Jahre alte Kindertagesstättenbesucherin ist, können wir sie wahrscheinlich von der Liste streichen.« Geraint hielt einen Augenblick inne, unsicher, wie er den nächsten Punkt formulieren sollte.

»Drittens, wir haben noch das kleine Problem, daß ihr zwei — entschuldigt, wenn ich das so offen sage — blau wie ein Paar Veilchen seid. Ihr habt jeder mindestens eine Flasche Wein intus, und anders als ich habt ihr keine implantierte Kanüle, die euch in einer Minute über diese Hürde hinwegbringt. Ich hätte ein paar Enzymschüsse anzubieten, aber ich fürchte, die würden nur am Rande helfen. In eurem Hirn wird für etwa noch eine halbe Stunde eine anständige Portion Alkohol schwimmen. Viel schneller kann die moderne Technologie die Blut-Hirn-Barriere nicht überwinden. Das allein ist ein ausgezeichneter Grund, eine Viertelstunde in das Telekom zu investieren und zu hoffen, daß wir heute nacht keinen Fuß mehr vor die Tür setzen müssen.«

Francesca und Serrin wechselten einen Blick. Vor ein paar Minuten war Geraint kaum in der Lage gewesen, aufrecht zu stehen. Die Verwandlung war beeindrukkend.

Er verpaßte ihnen beiden ein Pflaster mit den alkoholabbauenden Enzymen und öffnete dann einen Wandsafe, nachdem dessen Sicherheitssystem eine Retinaüberprüfung vorgenommen hatte. Das fugenlose Paneel öffnete sich geräuschlos und enthüllte eine Öffnung von der Größe eines kleinen Kleiderschranks. Geraint wühlte im Inhalt des Safes herum.

»Ich glaube, wir sollten für den Anfang Körperpanzer, Infrarotlinsen und Bond and Carringtons mitnehmen. Womit fühlst du dich in der Abteilung Pistolen am wohlsten, Fran?«

»Ich habe nie mehr als eine leichte Pistole getragen — normalerweise einen Colt. Mehr habe ich auch nie gebraucht. Ich habe kaum jemals mit einer Pistole geschossen.«

Lässig warf er ihr eine leichte Bond and Carrington und einen üppigen Munitionsclip zu. »In dem Clip sind zwanzig Schuß. Das müßte reichen. Serrin hat seine Ingram, und ich nehme meine übliche Kanone mit. Okay, das wäre erledigt. Tja, ich habe hier nicht unbedingt ein Arsenal, aber es müßte uns eigentlich gelingen, ein paar Extras aufzutreiben. Zum Beispiel ein paar Medpflaster. Ich nehme die besten Traumapflaster mit, die ich habe.«

»Du bist der Ansicht, wir könnten ernsthaft verletzt werden?« Der Elf sah äußerst nachdenklich aus.

»Serrin, wenn wir dort ankommen, finden wir vielleicht jemanden, der dem Tod sehr nahe ist. Das beste Traumapflaster der Welt nützt uns möglicherweise nicht mehr als ein Staubwedel bei der Abwehr eines Trollsamurais, aber wir können eben nur hoffen.«

Er stand sinnend vor den Regalen des Safes. Serrin konnte eine verblüffende Anzahl von Kredstäben sehen, die in der obersten Reihe gestapelt waren. Geraint steckte ein paar davon ein und nahm auch gleich noch ein dickes Bündel Banknoten mit, doch das war es nicht, was ihm im Kopf herumging. »Vielleicht sollten wir es uns noch mal überlegen«, sagte er. »Hast du einen Waffenschein, Fran?«

»Ja. Ich mußte einen Einbürgerungsantrag stellen, der immer noch bearbeitet wird, aber der Lordprotektor, Gott beschütze ihn, hat entschieden, daß ich eine geeignete Person bin, um einen Colt zu tragen. Ich glaube, daß meine Konzernreferenzen etwas damit zu tun haben.«

»Na ja, technisch gesehen ist deine Pistole dadurch nicht abgedeckt, aber in funktioneller Hinsicht ist sie mit einem Colt identisch, und ich glaube, bei deinem Colt ist gestern ein ziemlich trauriger Fehler aufgetreten, nicht?« Sie grinste. »Wenn du mit der B&C erwischt wirst, mußt du ein Bußgeld bezahlen, wirst aber nicht deportiert. Serrins Ingram ist ein schwierigeres Problem. Ich nehme an, du hast keinen Waffenschein dafür, mein Freund?«

»Tja, äh, nein.« Serrin wollte offenbar nicht darüber reden, wie er sich die Waffe beschafft hatte.

»Aha. Wenn dich die Bullen schnappen, könnte es ernst werden. Wenn du mit dem Ding schießt, könntest du als Insasse einer Haftanstalt Ihrer Majestät enden. Diese Aussicht darfst du nicht auf die leichte Schulter nehmen. Also solltest du sie vielleicht nicht mitnehmen. Ich kann dir statt dessen eine große Narcoject anbieten. Nicht tödlich, also reine Selbstverteidigung. Wenn sie dich damit erwischen, wirst du natürlich deportiert, aber das ist im Augenblick kein sonderlich brennendes Problem. Man würde dir nur ein paar Tausender Strafe aufbrummen. Was meinst du?«

Der Elf murrte zunächst, aber er sah die Klugheit von Geraints Vorschlag ein. Er akzeptierte die massige Waffe und überlegte sich gerade, wie er sie unter seinem weiten Mantel verstecken sollte, als plötzlich der Laserdrucker aktiv wurde. Geraint ging hin und überflog den Ausdruck.

»Es sind insgesamt fünf. Mehr als ich bei diesem Namen erwartet habe. Sieh an, sieh an, eine ist gerade nach Frankreich in den Urlaub gefahren, die arme Frau. Obwohl das kein wirklich patriotischer Brite tun würde. Sie ist am Freitag geflogen, also kommt sie nicht in Frage. Eine ist eine Staatsbeamtin, Alter sechsundvierzig Jahre. Ich glaube, die können wir auch vergessen. Nummer drei ist eine Taxifahrerin aus Westway. Siebenundzwanzig Jahre alt. Sie wäre eine mögliche Kandidatin gewesen, da sie durchaus irgendwelche zweifelhaften Herren auf dem Rücksitz ihres Taxis bedienen könnte, aber im Augenblick liegt sie im Royal Marsden und unterzieht sich einer Retinastraffung. Natürlich könnte jemand versuchen, sie dort zu ermorden, aber die haben eine unglaubliche Sicherheit. Also eher unwahrscheinlich, würde ich sagen.«

»Wie, zum Teufel, findest du all das heraus?« murmelte Serrin.

»Ganz leicht. Sobald ich die Namen aus den öffentlichen Datenbanken habe, ist es ziemlich einfach, Fahrzeugzulassungen, Passagierlisten, Krankenhausbelegungen und diese Dinge zu überprüfen. Aber ich traue mich nicht, das zu tun, was mir eigentlich am liebsten wäre, nämlich die Polizeiakten zu überprüfen.

Nummer vier ist ein Troll aus dem Squeeze. Diese Daten sind wohlgemerkt über fünf Jahre alt. Die Volkszählungsdaten aus dieser Gegend sind ziemlich lückenhaft, sogar in diesen Tagen der Zwangskopfsteuer. Sie ist hier im Jahre 2044 als örtliche Anwältin in Croydon eingetragen, was sie zu einer radikalen Feministin macht. War ein echter Heuler, die Sache. Selbst wenn sie noch in dieser Gegend wohnt, können wir wohl gefahrlos eine radikale Trollfeministin von unserer Liste möglicher Kandidatinnen streichen.« Geraint gestattete sich ein grimmiges Lächeln, das noch breiter wurde, als er den letzten Eintrag überflog.

»Was uns zu Nummer fünf bringt. Die zufälligerweise eine im Ruhestand lebende Reiseschriftstellerin ist und in Wood Green wohnt. Hmm. Sie ist sechsundsechzig Jahre alt und auf Drehbücher für Triddokumentarfilme über ausgestorbene Kulturen spezialisiert. Nein, ich glaube nicht.«

Serrin war verwirrt. »Aber die Catherine Eddowes, die du kennst, steht nicht auf der Liste. Das verstehe ich nicht.«

»Dafür gibt es zwei mögliche Gründe: Entweder ist sie umgezogen und noch nicht unter ihrer neuen Adresse gemeldet, oder sie wohnt in ihrer alten Wohnung und die Volkszählungsdaten sind unvollständig, was im East End mehr als wahrscheinlich ist. Über eineinhalb Millionen Londoner tauchen auf keiner offiziellen Liste auf, und diese Zahl berücksichtigt nicht einmal die Unterstadt. Es gibt massenhaft Orte, wo die Volkszählungsbeauftragten nicht einmal dann hingehen würden, wenn sie eine Wagenladung SAS-Laser als Rückendeckung hätten. Über die meisten Gegenden mit der Sicherheitseinstufung C oder schlechter existieren nur sehr unvollständige Daten. Und wir sind auf dem Weg in eine C-Zone oder eine noch schlechtere, keine Frage.

Ach, übrigens, werdet ihr langsam wieder nüchtern?«

Francesca gab wehmütig zu, daß dies der Fall war, aber der Abend nahm nicht gerade den Verlauf, den sie erwartet hatte. Ein warmer Nebel alkoholischer Glut über Kaffee und Trüffel war eine einladende Aussicht gewesen, aber das rückte jetzt alles in weite Ferne. Serrin nickte, während er das unbenutzte Pflaster in seiner Tasche befingerte. Er würde es seinem Körper überlassen, den Alkohol auf natürliche Weise abzubauen.

Geraint versuchte es noch ein letztesmal mit dem Telekom. »Immer noch ihr Anrufbeantworter. Ich hinterlasse eine kurze Nachricht, daß sie sich verbarrikadieren soll, bis wir eintreffen. Ich nehme an, sie wird die Nachricht nicht beachten, selbst wenn sie sie hört, aber wir müssen alles versuchen.«

Serrin fiel noch etwas ein. »Hey, was ist, wenn die Medien der Sache auf die Spur kommen? Das könnte damit enden, daß ein ganzer Schwung Tridheinis am Schauplatz aufläuft. Vielleicht sind sie sogar eher als wir da.«

»Wär doch großartig. Dann könnten wir einfach umdrehen und nach Hause fahren. Aber wir wissen etwas, das sie nicht wissen.«

»Und das wäre?«

»Wir wissen von Annie Chapman. Darüber ist kaum berichtet worden. Einige ihrer, äh, auf Diskretion bedachten Kunden wollten es so. Also wäre es ein reiner Zufallstreffer, wenn irgend jemandem von den Medien etwas auffallen würde, und wie ich schon sagte, wir haben hier jedes Jahr einen ganzen Haufen Rippermorde. Selbst wenn irgendein schlauer Kopf einen Zusammenhang herstellen würde, um diese Zeit wäre sein Verleger bereits beim fünfzehnten Whisky und würde ihm nur empfehlen, der Sache morgen nachzugehen. Morde machen in London keine besonders großen Schlagzeilen mehr, es sei denn, das Opfer ist ein VIP. Heutzutage gibt es einfach zu viele davon.«

Als sie sich schließlich in ihre Körperpanzer gezwängt und ihre Waffen zusammengepackt hatten, brauchte Geraint noch eine Minute, um eine schwarze Tasche mit Zeug vollzustopfen: Werkzeuge, Teile von einer Überlebensausrüstung, sogar eine kleine Sauerstoffmaske. Er trug sie durch den Flur, während ihm die anderen folgten, und an dieser Stelle wurde die grimmige Ironie deutlich, die darin lag.

»Geraint, diese Tasche. Sie sieht aus wie ...« Francesca schauderte.

»Tatsächlich? Dann wollen wir hoffen, daß wir nicht zu spät kommen, um einen Mörder zu finden, der genau so eine mit sich herumschleppt.«

Es war elf Uhr vierzig, als sie das Haus verließen. Auf der anderen Seite der Stadt stellte ein äußerst nervöses indisches Mädchen fest, daß ihre Hände zitterten, als es sich bückte, um sich die Stiefel anzuziehen. Kurz darauf hatte sie die Tür hinter sich geschlossen, ein Taxi angehalten und dem Troll den Fahrpreis im voraus bezahlt. Sie saß auf dem Rücksitz und starrte durch das vergitterte Seitenfenster, dessen Plastiglas von feinen Sprüngen überzogen war, die von einer zentralen Einschlagstelle ausgingen. Das verriet ihr, daß die Fenster kugelsicher waren. Es verriet ihr außerdem, daß man auf das Taxi geschossen hatte, was nichts Ungewöhnliches war. Schließlich wollen die Kids ihren Spaß haben.

20

Es war kurz vor Mitternacht, als sie den Saab in Aldgate parkten. Der Club hatte nicht unbedingt Klasse, aber die Augen des Trollrausschmeißers leuchteten auf, als er die Banknoten sah, mit denen Geraint vor seiner Nase herumwedelte. Er bekam einen netten Vorschuß sowie ein Garantiehonorar pro Stunde, um dafür zu sorgen, daß niemand mit dem Wagen abhaute. Außerdem versprach ihm Geraint einen hübschen Bonus für den Fall, daß der Saab unbeschädigt war, wenn sie zurückkamen. Geraint machte eine regelrechte Show daraus, die Sicherheitssysteme des Saab zu aktivieren.

»Paß auf, wenn irgend jemand den Wagen auch nur anfaßt, strömt ein ziemlich unangenehmes Gas aus, ganz zu schweigen von den Ultraschallwellen, die dafür sorgen, daß niemand auch nur in die Nähe des Wagens gelangt.«

Der Troll nahm das Geld und bedachte Geraint mit einem gierigen, zuversichtlichen Grinsen. Er öffnete seine italienische Designer-Jacke und ließ eine exklusive Sammlung schwerer Wurfmesser in den Innentaschen sehen. »Keine Sorge, Boß. Wenn irgendwelche Leute zu naseweis werden, warten ihre Nasen auf Sie, wenn Sie zurückkommen. Ich schneid sie ihnen einfach ab. Bezahlen Sie mich nach Nasen?«

Geraint lächelte und entfernte sich. »Du wirst auf jeden Fall gut bezahlt, mein Lieber. Bis bald.« Hoffe ich, fügte er bei sich hinzu.

»Wir mußten weiter entfernt parken, als mir lieb ist«, sagte er zu Francesca und Serrin. »Wir wollen hoffen, daß wir nicht ganz schnell verschwinden müssen. Aber wenn wir noch näher an Houndsditch herangefahren wären, hätten wir uns nicht mehr darauf verlassen können, daß der Wagen bei unserer Rückkehr noch heil ist. Die Reifen wären auf jeden Fall gestohlen und wahrscheinlich nur so aus Spaß die Türen eingeschlagen.«

»Stimmt das alles, was du dem Knaben erzählt hast?« fragte Francesca.

»Ist das nicht völlig egal? Ich habe jedenfalls ein paar Abwehrsysteme und Alarmanlagen eingebaut, aber unglücklicherweise habe ich für Nervengas keine Genehmigung. Ich weiß nicht, was aus diesem Land noch werden soll.«

Sie gingen durch die zunehmend dunkler werdenden Seitenstraßen. Ein paar von den Straßenlaternen waren zerschossen worden, aber die meisten hatte man auseinandergenommen und alles an Kabeln und Leitungen mitgehen lassen, was auch nur im entferntesten nach Kupfer aussah. Rechts von ihnen läutete eine der wenigen noch verbliebenen Kirchenglocken Mitternacht.

»Teufel, Geraint, mir gefällt das überhaupt nicht.« Serrins Magen brachte seine Furcht zum Ausdruck. Mit all dem Essen, das er zu sich genommen hatte, fühlte er sich nicht im mindesten wohl.

»Okay, halt. Hier. Es ist das dritte Haus auf der linken Seite — seht ihr es? Ja, genau, das mit der Figur auf dem Dach.«

Vor dem schimmernden Himmel, der die entfernten Neonlichter reflektierte, konnten sie vage die kleine Statue erkennen. Eros, der kindliche Bogenschütze.

»Serrin, es wird Zeit, daß du dich umsiehst. Oberstes Stockwerk auf der Rückseite des Hauses.«

Sie hatten dieses Vorgehen diskutiert, bevor sie losgefahren waren. Serrin hatte die Vorstellung nicht sonderlich gefallen, mit seinem Astralkörper die Lage zu sondieren. Sich auf den finsteren Straßen des Londoner East End in Trance zu befinden, war kein besonders angenehmer Gedanke. Statt dessen würde er die Gegend zunächst einmal abtasten. Was er dabei fand, verblüffte ihn.

»In der Gegend ist ein Zauber wirksam. Ein Entdeckungszauber. Jemand wendet einen Entdeckungszauber an.« Rasch reagierend, beendete der Elf das astrale Sondieren und murmelte ein paar Worte, um seinerseits einen Zauber zu aktivieren. Was er daraufhin im Innern des Gebäudes spürte, verwirrte ihn.

»Da drinnen ist jemand, der mich nicht besonders mag. Aber ich kann nicht sagen, ob der Zauber zielgerichtet ist. Ich habe eher den Eindruck, als rechnete der Zauberer mit dem Eintreffen von Feinden, aber ich kann nicht sagen, wie spezifisch der Zauber ist.« Er hörte auf zu reden und konzentrierte sich wieder. Das alles wirkte auf Geraint so, als beobachte er jemanden, der Anweisungen lauschte, die er über einen verborgenen Ohrhörer erhielt. »Ich glaube, Tarnung spielt auch eine Rolle. Und da ist auch noch so eine Art von — ach, Drek, ich kann es nicht erkennen.«

Seinen Zauber verändernd, begann Serrin mit der Suche nach dem anderen Magier. Er wußte, daß einer in der Nähe sein mußte. Es konnte sich nicht nur um eine Langzeitsperre handeln, das würde keinen Sinn ergeben. Er konzentrierte sich noch angestrengter und sondierte erneut, während er gleichzeitig voller Verärgerung die Hände schüttelte.

»Überprüf die Frau!« zischte Geraint neben seiner Schulter. Natürlich. Völlig in Anspruch genommen von der Jagd nach dem Ursprung des von ihm entdeckten Zaubers, hatte Serrin diesen Teil ihres ursprünglichen Plans vollkommen vergessen. Sein Geist suchte nach Catherine Eddowes.

»Ich hab sie! ... Nein, sie ist wieder weg!« Er war wütend auf sich selbst und wünschte sich, er hätte diese weltlichen Zauber mit mehr Begeisterung gelernt. Er konzentrierte all seine magischen Energien auf die Entdeckung, wobei er Reserven einsetzte, die er bislang für Abwehrzwecke zurückgehalten hatte, falls das Ziel der Entdeckung feindselig auf ihn reagierte.

»Bingo!« Sie befand sich auf der Rückseite des Hauses. Dann wurde der Elf rückwärts geschleudert, als sei er von einem Pferd getreten worden. Der Schrei hallte direkt durch seinen Körper. Er würde das nicht noch einmal versuchen.

»Geraint, ich glaube ...«

Er brach ab. Sie sahen einander an und machten ihre Waffen bereit, doch Serrin brauchte noch etwas Zeit, um magische Abwehrmaßnahmen vorzubereiten. Irgendwo hier in der Nähe *war* ein Magier, und er wollte auf keinen Fall kalt erwischt werden.

Geraint stopfte eine Handvoll Banknoten in die Hände der Ork-Zuhälter, die im Hauseingang herumlungerten. Gelangweilt und desinteressiert senkten sie ihre Schockstäbe und ließen das bunte Trio die Treppe hinaufgehen. Sie hatten das alles schon tausendmal erlebt. Die drei rannten die Holztreppe hinauf, und als sie das oberste Stockwerk erreichten, fiel Geraint buchstäblich gegen die schäbige Holztür. Diese wölbte sich im Rahmen, gab jedoch nicht nach. Von drinnen hörten sie einen lauten Knall. Die Tür splitterte, als sie dagegentraten, widerstand jedoch ihren Versuchen, sie aufzubrechen; offensichtlich war sie mit einem schweren Möbelstück verbarrikadiert.

Die Orks kamen hinter ihnen die Treppe heraufgerannt, gerade als die drei es geschafft hatten, einen Spalt zwischen Tür und Rahmen zu öffnen, und mit aller Kraft gegen den Kleiderschrank drückten, der hinter der Tür stand. Die Zuhälter schrien bedrohlich und beabsichtigten ganz offenbar, sie anzugreifen. Geraint brüllte ihnen zu, daß jemand ermordet würde, doch Serrin kam zu dem Schluß, daß jetzt nicht die Zeit für Unterhaltungen war. Als er den Orks einen Kraftzauber entgegenschleuderte, fiel der Elf fast auf die Knie, während die Orks die Treppe hinuntergeschleudert wurden. Einer blieb bewußtlos liegen, und der andere konnte wenig mehr tun, als sich den Kopf zu halten und laut vor sich hin zu stöhnen. Geraint warf dem Elf einen zornigen Blick zu, um sich dann wieder an der Tür zu schaffen zu machen.

Als er sich schließlich durch den Spalt zwängen und über den Kleiderschrank klettern konnte, verriet ihm die Brise kalter Nachtluft, die durch ein offenes Fenster wehte, daß Catherine Eddowes Angreifer verschwunden war. Er stolperte halb über das Hindernis und glitt anschließend in einer frischen Blutlache aus. Blut klebte auch an seinen Händen, an den Manschetten seiner Jacke und an den Hosenbeinen. Um zum Fenster zu gelangen und dort nach einer fliehenden Gestalt Ausschau zu halten, hätte er über das Bett klettern müssen. Dies war eine Aufgabe, der er sich einfach nicht gewachsen fühlte.

»Kommt bloß nicht rein. Ihr wollt das gar nicht sehen. O allmächtiger Gott.« Damit wandte er sich von dem Blutbad ab, wankte fast davon. Nur die Neurochemikalien bewahrten ihn davor, das Tausend-Nuyen-Menü auf dem gleichen Weg wieder von sich zu geben, auf dem er es zu sich genommen hatte.

Serrin war immer noch erschöpft von der Anstrengung des Zaubers. Er hatte wirklich alles gegen die Orks aufgeboten, was er hatte. Als Geraint wieder aus dem Zimmer herauskam, war sein Gesicht aschfahl, aber er wehrte Francescas hektische Hände ab, die ihm Traumapflaster für das Mädchen darin anboten.

»Vergiß es. Kein einziges Organ befindet sich mehr dort, wo es sein sollte. Wir sind zu spät gekommen. Wir sind verdammt noch mal zu spät gekommen. Laßt uns hier verschwinden und die Polizei rufen. Das ist alles, was wir jetzt noch tun können.«

Sie gingen die Treppe herunter, wobei Geraint noch mehr Geld auf die zusammengekrümmten Gestalten der benommenen Orks herabregnen ließ. Zum Henker, dachte er. Es war nicht ihre Schuld, daß Serrin sie hatte flachlegen müssen. Vielleicht hatten sie sogar geglaubt, jemanden beschützen zu müssen.

Als die drei wieder auf die Straße traten, bot sich ihnen ein völlig unerwarteter Anblick: Eine vermummte Gestalt mit einer schwarzen Tasche rannte wie wahnsinnig auf eine ein Stück weit entfernt parkende Limousine zu.

In der Dunkelheit konnten sie keine Einzelheiten ausmachen. Was Geraint am meisten verwirrte, war die Frage, wie der Mann in dieser Straße auftauchen konnte, wenn er doch durch das Fenster zur Rückseite entwischt war. Bevor er jedoch einen Schuß aus seiner Pistole abgeben konnte, knallte neben ihm Francescas kleine B&C. Die vermummte Gestalt hechtete durch die geöffnete rückwärtige Wagentür, während zwei andere Gestalten aus den Schatten traten, eine mit einer knatternden automatischen Waffe, die andere dramatisch gestikulierend.

Der Magier, realisierte Serrin fast zu spät. Eine unsichtbare Flutwelle der Erschütterung erfaßte sie. Ihre Wucht schleuderte Geraint davon, und Francesca hielt sich nur deshalb auf den Beinen, weil es ihr gelang, sich an den Überresten eines Laternenpfahls festzuklammern, während ihre Pistole nutzlos von einer Hand herabhing, die alle Kraft verloren zu haben schien. Nur Serrin ging einigermaßen unbeschadet aus diesem Angriff hervor. Seine magische Spruchabwehr hatte das Schlimmste verhindert. Sich an den besten Spruchfokus klammernd, der ihm für den Kampf zur Verfügung stand, ließ er den Abwehrschirm fallen, der sie gerettet hatte, und zahlte es dem Kampfmagier und dem Straßensamurai in gleicher Münze zurück.

Am Ende der Straße bildete sich plötzlich ein gewaltiger Feuerball und tauchte die Szenerie in höllisches Licht. In der Ferne sah man die Lichter der sich rasch entfernenden Limousine, doch die beiden Gestalten standen immer noch da, jetzt jedoch als schreiende, um sich schlagende menschliche Fackeln. Serrin brach auf dem Bürgersteig zusammen.

Nachdem der Wagen um eine Ecke gebogen und verschwunden war, senkte sich ein oder zwei Sekunden lang eine unheimliche Stille über die Szenerie, eine

Stille, die nur vom Knistern der Flammen unterbrochen wurde, die über die beiden verkohlten Körper leckten. Francesca drückte dem Elf verzweifelt ein Pflaster nach dem anderen auf die Haut, dessen Hand sich instinktiv um den Heilzauberfokus gekrampft hatte.

Er ist weg. Wir haben es vermasselt. Ach, Drek. Serrins Augen schienen nicht richtig zu funktionieren. Wolken wirbelten durch seinen Kopf, und tonnenschwere Steine schienen ihm im Magen zu liegen.

Geraint fummelte in seiner Tasche herum und bereitete eine Injektion vor, als plötzlich Schreie aus der Dunkelheit der Straßen an ihre Ohren drangen. Francesca versorgte sich selbst und den Adeligen mit weiteren Pflastern, während der Körper des Elfs infolge Geraints Bemühungen zuckend zum Leben erwachte. Irgendwo nördlich von ihnen begann eine Sirene zu jaulen, die mit jeder Sekunde näher kam.

»Zwei schwer angeschlagene Orks, einer vielleicht tot«, sagte Geraint knapp. »Ich bin blutverschmiert, und du hast gerade zwei Menschen abgefackelt. Wir werden *nicht* hierbleiben, um es der Polizei zu erklären. Kommt!« Er und Francesca legten sich Serrins Arme um die Schultern und humpelten in eine Seitengasse, als auch schon die blinkenden Lichter der Polizeiwagen in der Ferne auftauchten.

Serrin hatte jetzt langsam das Gefühl, als stünde er ebenfalls in Flammen. Er ließ die Arme von den Schultern seiner Freunde sinken und starrte sie aus geweiteten Pupillen an.

»Kommt schon, laßt uns diese verdammten Wichser zur Hölle schicken«, krächzte er, während er ziellos herumwankte. Francesca und Geraint wechselten hektische Blicke.

»Was hast du ihm gegeben?«

»Zu spät, sich deswegen noch Sorgen zu machen. Es wirkt nur noch ein paar Minuten, und dann kriegt er das Zittern. Wenn er Glück hat. Lauft, ihr zwei, *lauft!*«

Aufs Geratewohl durch die finsteren Seitenstraßen rennend und betend, daß sie nicht über einen abgefüllten Penner oder irgendwelche Trümmerstücke stolpern würden, flohen die drei in die mörderische Nacht.

Rani war zwar ein paar Minuten zu früh dran, doch er verspätete sich erheblich. Sie kauerte in der Ecke des Lagerhauses, schmiegte sich in die Dunkelheit. Zumindest kannte sie die Ausgänge, sollte sie sie brauchen, die große Vordertür, durch die sie hereingekommen war, und die kleine verbarrikadierte Tür auf der Rückseite. Das heißt, sie wäre verbarrikadiert gewesen, wenn das Holz nicht vollkommen verrottet wäre. Trotzdem war es ein Notausgang für alle Fälle. Sie vermutete außerdem, daß Freunde von Smeng in der Nähe waren, obwohl sie nicht nach ihnen suchte.

Sie hatte das Gefühl, daß eine Stunde oder noch mehr verstrichen war, bevor der Ork plötzlich neben ihr in der kühlen Dunkelheit auftauchte. Er legte die Arme um sie, und sie gab ihm den in Reispapier eingewickelten Kokosriegel. Er lächelte zärtlich und murmelte: »Das hättest du aber nicht zu tun brauchen.«

»Aber ich wollte es.«

»Danke.« Er biß die Hälfte davon ab und kaute zufrieden. »Mann, schmeckt das gut. Zu gut, um alles auf einmal zu essen.« Er verstaute den Rest in einer Tasche seiner Jacke und zog den Reißverschluß zu. »Rani, du hast mich um Hilfe bei deiner Rache gebeten. Ich kann nicht soviel für dich tun, aber was ich dir jetzt sage, hast du nicht von mir, verstanden?«

»Natürlich«, hauchte Rani. Ihre flüsternden Stimmen klangen in ihren Ohren immer noch so, als würden sie durch das ganze Lagerhaus hallen.

»Also gut, dieser Pershinkin hat viele, viele Kontakte. Und auch einen Haufen Freunde. Das ist niemand, den du in eine dunkle Gasse ziehen und dann ausfragen kannst, weißt du?«

Rani schwieg. Das hatte sie erwartet.

»Aber eines Nachts sieht ein kleiner Jemand irgendwas. Vielleicht hört dieser Jemand auch was, das er nicht hätte hören sollen. Verstehst du? Gut. Dieser Jemand kriegt mit, wie Pershinkin als Mittelsmann auftritt. Er wird aufgefordert, ein paar Leute für einen Run zu finden, für einen Run zu einem Ort namens — Longstanton?«

Er betonte es merkwürdig, indem er die mittlere Silbe zu sehr dehnte. Rani war froh. Es bedeutete, daß Smeng nicht derjenige war, welcher das Gespräch mitangehört hatte. Dies klang nach zweiter Hand. Irgendwie wollte sie nicht, daß er persönlich etwas gesehen oder gehört hatte, daß er in diese schreckliche Geschichte verwickelt war, nicht einmal unabsichtlich.

»Dort seid ihr gewesen?« fragte er.

»Ja.« So einfach war das.

»Dann laß dir sagen, kein Mensch hat Pershinkin in der letzten Woche gesehen. Jedenfalls nach allem, was meine Leute wissen. Aber das ist gar nicht so seltsam. Der Mann hält sich ziemlich oft westlich vom Zentrum auf, haben wir gehört. Er redet mit den Pinkeln und kommt nur zurück, wenn er wieder Leute braucht, weißt du?«

Wiederum bedurfte es nicht mehr als eines einfachen Nickens ihrerseits.

»Also, was ich für dich habe, sind zwei weitere Dinge. Erstens, die Männer, mit denen er sich getroffen hat. Zwei Pinkel. Einer groß und dünn, scheint nur aus einem höhnischen Grinsen und Haargel zu bestehen. Der andere ein wenig kleiner, beginnende Stirnglatze, und er hat irgendwas Tolles in den Vorderzähnen, irgendein Schmuckstück. Mein kleiner Vogel hat mir gezwitschert, daß er ein Chiphead ist. Er zittert ein wenig, weißt du? Die Pinkel sind in 'ner schicken Limousine verschwunden. Aber ich kann dir nicht sagen, wo all das stattgefunden hat. Das wäre nicht im Interesse meiner Quelle, verstehst du? Aber nicht weit entfernt, soviel kann ich dir sagen. Ich hoffe, das hilft dir weiter.« Smeng hielt inne und sah sich zum zwölftenmal sorgfältig um.

»Zweitens, es war ein getürkter Run. Was ich gehört habe, entspricht genau dem, was du erzählt hast. Die Pinkel sagten: ›Besorg einfach ein paar Schwachköpfe, einen Haufen Flaschen, bei denen man sich darauf verlassen kann, daß sie's vermasseln.‹ Tut mir leid, Rani. Ich will deine Gefühle nicht verletzen, aber das ...«

In diesem Augenblick hörten sie rasch näher kommende Schritte. Offenbar waren Leute zu ihnen unterwegs, die durch die Pfützen halb gefrorenen Wassers draußen platschten.

»Das gefällt mir nicht.« Er wich in Richtung der Geheimtür zurück. »Laß uns in Deckung gehen.«

Rani wollte sich ihm gerade anschließen, als die drei Gestalten im Eingang auftauchten. Mit ihren Orkaugen konnte sie die drei ziemlich deutlich erkennen. Zwei Menschen, verdreckt und durchnäßt, aber der dritte, ah, der dritte.

Sie kannte ihn. Sie würde ihn niemals vergessen. Feuer tanzte um seine Hände, als seine tödliche Macht in ihrer Erinnerung erneut entfesselt wurde.

Die Sirenen fingen wieder an zu jaulen, sehr nahe diesmal.

»Hierher!« rief sie ihnen zu. Sie tasteten sich unsicher vorwärts. Sie konnten sie nicht sehen und reckten die Hälse nach rechts und links, um zu erkennen, wer da auf sie in der Dunkelheit wartete.

»Nein, Rani, nein! Die Schmiere kommt!« Der große Unterstadtork war wütend. »Nicht hierher! Komm jetzt!« Er stand am Ausgang, bereit, die Tür jeden Augenblick hinter sich zu schließen.

Sie konnte sie nicht im Stich lassen. »Aber er hat mich gerettet. Ich kenne sie!«

»Nein!« schrie Smeng sie an. »Sie gehören nicht zu unserem Blut! Ich habe schon einiges für dich riskiert,

Rani. Mehr ist nicht drin! Hör doch nur die Sirenen! Komm schon! Sofort!«

Hin- und hergerissen, sah sie sich verzweifelt um, aber sie ging nicht zu ihm. Mit einem Knurren knallte er die Tür zu, und sie hörte, wie auf der anderen Seite Riegel vorgelegt wurden. Die drei Gestalten taumelten auf sie zu, offensichtlich steckten sie in ziemlichen Schwierigkeiten. Die Sirenen wurden mit jeder Sekunde lauter. Sie lief so wenig bedrohlich wie möglich auf sie zu und rief »Freund!«, um sie zu beruhigen, dann packte sie die Hand des Elfs. Sie registrierte Überraschung, aber kein Wiedererkennen. Er war entweder betrunken oder im Schockzustand.

»Dies ist eine Sackgasse.« Die Stimme des Mannes verriet ihr, daß er aus einem anderen Stadtteil stammte, aus einer völlig anderen Welt. Sie drückte außerdem etwas aus, das Verzweiflung sehr nah kam. Er sah sich hektisch nach einem Ausweg um. Sie wußte, wo er zu finden war.

»Kommt mit mir. Ich bin ein Freund«, drängte Rani. Sie blieben nicht stehen, um ihre Worte zu prüfen. Sie schaffte sie zur Hintertür hinaus und in die winzige Sackgasse dahinter, Sekunden bevor der erste Polizeiwagen mit quietschenden Reifen vor dem baufälligen Lagerhaus zum Stehen kam.

Gegen alle Wahrscheinlichkeit schafften sie es irgendwie, über die Mauer zu klettern und dahinter ein paar Sekunden lang zu verschnaufen. Für mehr als das blieb jedoch keine Zeit. Sie hörten immer noch Leute im Lagerhaus herumlaufen. Ein paar der Mauern, welche die Häuser in dieser Straße voneinander trennten, waren wenig mehr als verfaultes Holz, und bei anderen klafften riesige Löcher im Plastibeton. Als sie sich schließlich durch ein Dutzend oder so gezwängt hatten, waren alle außer Rani einfach zu erledigt, um noch weiterzugehen. Vor ihnen lag die Hintertür eines Hauses. Drinnen brannten Lichter.

»Das ist verrückt, selbst für uns, aber ich glaube, wir müssen es trotzdem tun. Lächelt und seid nett zu den Leuten«, sagte Geraint. Er streckte die Hand aus und probierte die Tür aus, die sich auf seinen versuchsweisen Druck hin öffnete. Sie betraten die Dunkelheit des Raumes dahinter, während Rani mit ihren nachtempfindlichen Augen beobachtete, was hinter ihnen vorging. Der Raum roch schlecht, aber das war kein ernstliches Hindernis. Das jedenfalls nicht.

Geraint wollte schon seine Taschenlampe anknipsen, als irgend jemand das Licht einschaltete. Der Raum war irgendwie größer als erwartet, doch es waren nicht die Dimensionen, die ihn beunruhigten. Ein weitaus größeres Problem waren seine Bewohner.

»Nun, meine Herren, wen haben wir denn da?«

Die gutturale Stimme war voller Sarkasmus und Feindseligkeit. Sieben oder acht Trolle waren zu sehen, aber sie waren so groß, daß Geraint damit rechnete, jeden Augenblick noch ein halbes Dutzend hinter ihnen auftauchen zu sehen. Sie schienen den hinteren Teil des Zimmers auszufüllen, ohne dabei Platz für Luft zu lassen. Das Zimmer wurde nur von einer einzelnen nackten Glühbirne erhellt, aber in diesem Augenblick schien sie unerträglich hell und grell zu brennen. Die meisten Trolle schienen Kanonen zu haben, und einer hatte eine Schrotflinte, die so aussah, als könne er alle vier Besucher mit einem einzigen Schuß wegpusten. Zu ihren Füßen lagen einige große Plastikbehälter, die mit undurchsichtigen Plastiktüten gefüllt waren. Die Plastiktüten schienen mit einer weichen Substanz gefüllt zu sein, die Geraint nicht mehr als einmal betrachten wollte.

Er und die anderen zogen sich sachte in Richtung Tür zurück. Die Trolle grinsten, alle Waffen zeigten auf ihre überraschten Gäste.

»Warum kommt ihr nicht rein?« meldete sich einer der Trolle zu Wort, doch die vier Neuankömmlinge standen nur stumm und steif da. Sich für eine weniger höfliche Vorgehensweise entscheidend, bellte einer mit geschwärztem Mund einen Befehl.

»Macht die verdammte Tür zu, oder wir pusten euch weg«, fauchte er. Während sie verzweifelt versuchte, das Zittern ihrer Waffenhand zu unterdrücken, kam Rani dem Befehl nach.

Die vier standen mit bereitgehaltenen Waffen regungslos da, nachdem es dem zitternden Serrin gelungen war, seine gewaltige Narcoject aus dem Mantel zu ziehen. Seine Augen registrierten die Anwesenheit von vierzig Trollen vor sich, aber da waren auch so viele Geraints, wie er Hände an den Fingern hatte.

»Hö, hö, hö«, kicherte einer der Trolle, um dann heftig auf den fleckigen Boden zu spucken. Er befingerte ein gezacktes Messer mit den Überresten seiner linken Hand. Mehrere von den anderen leckten sich die Lippen. Alle sahen so aus, als tasteten sie sich langsam vorwärts.

»Tja, wen haben wir denn da?«

Es war Rani, die ruhiger und gelassener war, als sie es sich in ihren kühnsten Träumen vorgestellt hatte, und die jetzt vortrat. »Wir versuchen's mit einem kleinen Run hier im East End, und dann, als wir schnell abschwirren müssen, stolpern wir genau auf die Sorte Leute, mit denen wir reden können. Kanonen und Kohle. Entzückend. Nett, euch kennenzulernen.«

Ihre Ceska zeigte direkt auf den Kopf des Trolls, der den größten Teil des Redens übernommen hatte. Zwar hatte der Elf jetzt einen ziemlich schlimmen Tatterich, und der andere Mann sah so aus, als wisse er nicht mehr ein noch aus, doch Rani registrierte erfreut, daß die Frau ihre Pistole auf dasselbe Ziel gerichtet hatte.

Die Trolle zögerten lange genug.

Gerade eben.

21

Eine Sekunde, die sich über Stunden zu dehnen schien, standen beide Gruppen wie angewurzelt mit bereitgehaltenen Waffen da und zielten aufeinander. Der Anführer der Trolle hatte jetzt einen gewissen Respekt vor ihnen, soviel konnte Rani erkennen, und er betrachtete sie jetzt genauer. Er realisierte, daß sie aus der Gegend stammte und nicht irgendein verwöhntes Kind reicher Eltern von der anderen Seite der Stadt war, das man leicht zum Narren halten, leicht in einem fatalen Augenblick der Unschlüssigkeit überraschen konnte. Dennoch sabberte er ein wenig, und an seinem Mundwinkel hing ein zähflüssiger Schleimklumpen. Die Blicke der anderen Bandenmitglieder waren jetzt auf Schwarzmaul gerichtet. Sie wirkten nicht mehr ganz so arrogant, aber immer noch kampflustig. Rani betete, daß sie nicht irgendeine der verrückteren Drogen intus hatten, die hier in der Gegend kursierten. In diesem Fall würde sie ihre Gruppe mit Vernunft auf keinen Fall lebend hier rausbekommen.

»Wir sind sehr dankbar für eure Gastfreundschaft«, sagte sie mit einigermaßen fester Stimme. »Ich könnte mir vorstellen, daß ihr eine Entschädigung dafür haben wollt. Und ich schätze, da könnten wir euch was anbieten.«

Die Trolle kicherten albern und packten ihre Waffen fester. Schwarzmaul grinste sie höhnisch an.

»Ich bin sogar verdammt sicher, daß ihr das könnt, Kleine. Sieht aus, als hättet ihr da 'n paar niedliche Waffen. Natürlich absolut nicht geeignet, 'n Troll aufzuhalten. Der Geschniegelte hat wahrscheinlich echte Kohlen in seinem Anzug.« Er deutete mit seiner Schrotflinte auf Geraint. »Und der arme kleine Elf sieht mir nicht so gut aus. Ich glaub nicht, daß wir für seinen ausgelutschten Körper noch viele Scheine sehen. Aber ihr anderen seid ein paar Nuyen wert. Hey, guckt nicht so trübe aus der

Wäsche. Ihr werdet nicht sterben! Verschiedene Teile von euch werden überall zwischen Seattle und Tokio weiterleben!«

Die Trolle lachten, doch keiner von ihnen rührte sich von der Stelle. Noch.

Serrins Zittern hörte plötzlich auf, doch war er sich seines Zustands kaum bewußt. Sein Verstand war klar und gelassen, aber seine Haut war feuchtkalt, und er fühlte sich, als könne er jeden Augenblick ganz einfach umkippen. Den Troll mit der Schrotflinte zu fixieren, schien ihm dabei zu helfen, seine Gedanken zusammenzuhalten und auf den Beinen zu bleiben.

»Unsere Kanonen halten euch vielleicht nicht auf, aber sie könnten ziemlich unschöne Wunden verursachen«, sagte der Elf. »Aber ich will dir eines sagen, Bruder, wenn ich hier sterbe, beschwöre ich vorher noch ein Höllenfeuer, das selbst eure Elefantenhaut restlos verkohlen wird. Ich meine, was soll's, was hab ich noch zu verlieren?«

Schwarzmaul starrte Serrin durchdringend an, versuchte ihn mit Blicken zu erdolchen, wagte es jedoch nicht, mehr zu unternehmen. Er konnte die seltsamen Steine sehen, die der Elf umklammerte. Magie war der einzige echte Vorteil, den die Eindringlinge hatten. Ihre Waffen konnten den Trollen keine Angst einjagen, aber der Kamikazeangriff eines Magiers mit einer ernstzunehmenden Todessehnsucht war eine ganz andere Sache. Es wäre nicht das erstemal, das ein Mitglied seiner Gang gegen einen Konzernkampfmagier den kürzeren zog. Außerdem hatten viele von ihnen Freunde, die dasselbe Schicksal erlitten und nicht überlebt hatten, um anschließend noch darüber reden zu können. Die Atmosphäre begann sich zu ändern.

Laß mich bitte lange genug aufrecht stehen, um uns hier rauszubringen, betete Serrin im stillen, während Geraint und Rani mit den Verhandlungen begannen. Geraint lauschte aufmerksam Ranis cleveren Kommentaren und schaltete augenblicklich, als sie ihm indirekt mitteilte, womit sich die Trolle im Tausch gegen ihren freien Abzug einverstanden erklären würden. Kredstäbe würden sie nicht anrühren, weil sie keine Möglichkeit hatten, sie zu verifizieren. Geraints hohe Pfund- und Nuyennoten sagten ihnen schon mehr zu. Geraint erhöhte den Einsatz noch, indem er ein paar Medpflaster und einen Haufen blitzblanker Ausrüstung aus seiner Tasche dazulegte.

Langsam bewegten sich die Trolle seitwärts, während Rani und die anderen dasselbe taten. Es hätte komisch sein können, wie sich die beiden Gruppen umkreisten, wäre die Lage nicht so verzweifelt gewesen. Geraint deckte ihren Rückzug durch die Tür mit seiner großkalibrigen Pistole. Die Trolle warteten noch mit einer letzten Provokation auf.

»Hey, Bubi, warum läßt du die Frau nicht hier?« grinste einer von ihnen, während er sich seinen schmierigen Schritt rieb. Das leise Kichern, das die Trollgruppe erfaßte, war ein höchst unangenehmes Geräusch, aber Geraint wagte es nicht, dem Jucken im Zeigefinger seiner rechten Hand nachzugeben. Als die anderen die Straße erreicht hatten, wich er langsam zurück, dann war er ebenfalls draußen. Doch sie hatten immer noch keinen Grund, sich entspannt zurückzulehnen.

»Wo, zum Teufel, sind wir? Wir müssen nach Aldgate zum Zitternden Samurai«, sagte Geraint zu Rani. Sie wurde augenblicklich aktiv, indem sie nach Serrins Hand griff und sie führte, während sie über die Straße rannten.

Die Trolle hatten es sich anders überlegt, und zwei von ihnen schossen aus dem obersten Stockwerk des Hauses, als die fliehenden Gestalten in der Dunkelheit verschwanden. Die Gruppe hatte fast das Ende der Straße erreicht, als Geraint einen Schmerzensschrei ausstieß. Er hielt sich den Oberschenkel direkt unterhalb der Hüfte, blieb jedoch in Bewegung und hinkte so gut er konnte um die Ecke. Er war getroffen worden, und als er die Hand wegzog, war sie blutverschmiert.

»Sie werden uns nicht folgen. Mittlerweile müßten sie die Sirenen gehört haben«, versuchte Rani sie zu beruhigen.

»Wer bist du?« platzte es schließlich aus Francesca heraus, während sie ihren Ekel vor der Häßlichkeit des Orkmädchens zu verbergen versuchte.

Rani schnitt eine finstere Miene. »Jetzt ist keine Zeit für Fragen.« Sie deutete auf Geraint. »Er wurde gerade angeschossen, und das Elfgesicht ist total erledigt. Sieh dir seine Augen an. Habt ihr 'n fahrbaren Untersatz?«

»Ist vor dem Zitternden Samurai geparkt. Ein Troll bewacht ihn. Ich schulde ihm Geld«, brachte Geraint mit schmerzverzerrtem Gesicht heraus. »Aah! So weit komme ich nicht mehr.«

»Ich kann den Wagen holen, aber du mußt mir was geben, woran mich der Troll erkennt.«

»Gib ihm das«, sagte er, indem er ihr alle ihm noch verbliebenen Geldscheine gab, »und sag ihm, das Gas ist kein Problem, wenn du den Wagen anfaßt. Daran wird er sich erinnern. Ach, und sag ihm, in dem Geld ist ein Bonus für die Nasen enthalten, wenn er's geschafft hat, ein paar einzusammeln.« Sie sah den Adeligen an, als sei er verrückt. »Er wird es verstehen. Ehrlich.« Er gab ihr die Wagenschlüssel.

»Geraint, ist das klug?« Francesca war beunruhigt. »Der Wagen ist unsere einzige Fluchtmöglichkeit. Wir könnten es selbst schaffen.«

Serrin sackte auf alle viere und fing an zu husten, massive Krämpfe, die seinen gesamten Körper erschütterten. Geraint hielt sein angeschossenes Bein umklammert, sah dann den Elf an und schließlich wieder zurück zu Francesca.

»Willst du allein gehen, Fran?«

»Ich muß euch an einen einigermaßen sicheren Ort schaffen, während ich den Wagen hole.« Rani sah sich angestrengt um. »Ja, ich hab's. Schafft ihr es noch ein paar Straßen? Drei Minuten?« Sie brauchten acht, da Francesca Serrins lange, schlanke Gestalt stützte und Rani Geraint half, aber sie schafften es.

»Hier durch«, sagte sie. »Hab ich heute nachmittag entdeckt. Vielleicht treiben sich hier ein paar Straßenkinder rum, aber ihr könnt sie leicht verscheuchen, wenn ihr 'ne Kanone auf sie richtet.«

Im Licht von Geraints Taschenlampe sahen sie, daß es sich um ein verlassenes Haus handelte, dessen Decke eingestürzt war. Ein paar Ratten huschten zwischen den Schutthaufen und auf dem Fußboden verstreuten Exkrementen herum. Der Gestank war überwältigend, aber verglichen mit der Gefahr, die ihnen auf der Straße drohte, kam ihnen der Platz im höchsten Maße einladend vor. Niemand war dort.

»Ich bin zurück, so schnell ich kann.« Rani war schon halb in der Nacht verschwunden, als Geraint sie noch einmal zurückrief. »Ach, hey, du! Die Schlüssel!« Sie gab sie ihm zurück, und er zeigte ihr die kleine Platte, die aus dem Schlüsselring glitt. »Du mußt das in den grünen Schlitz stecken. Dadurch wird die ID-Überprüfung überbrückt, aber du brauchst immer noch das Paßwort, um die Kontrollen zu aktivieren.«

»Wow! Was ist das für 'n Wagen?« Sie war beeindruckt.

»Einer, von dem ich hoffe, daß er noch ganz ist.« Er winkte sie näher zu sich heran, um ihr ins Ohr zu flüstern: »Himmelskönigin.«

Rani richtete sich wieder auf und lächelte. Ihr Gesicht verzog sich zu einem breiten Grinsen, und sie fühlte sich fast euphorisch. Sie hielt diese Leute für Shadowrunner der obersten Kategorie, und sie rettete ihnen gerade das Leben. Das machte die Sache zu einem Abenteuer, genau das, was sie immer gewollt hatte.

»Hey, Lady, wolltest du nicht meinen Namen wissen? Nenn mich einfach Himmelskönigin!« Sie rannte kichernd in die Nacht davon.

Francesca wandte sich in der Dunkelheit an Geraint. »Du mußt doch total bescheuert sein! Du hast die Wagenschlüssel gerade einer völlig Verrückten gegeben. Und obendrein noch einem verdammten Ork.«

»Wie ich schon sagte: Willst du mitten in der Nacht alleine durch East End marschieren?«

Und wiederum hatte Francesca darauf keine Antwort.

Als der Wagen schließlich unsicher über die Straße schleuderte, war Serrin mittlerweile bewußtlos. Geraints Bein brannte wie die Hölle, doch das Medpflaster hatte die Blutung der Schußverletzung gestoppt, bei der es sich glücklicherweise nur um eine Fleischwunde zu handeln schien. Als eine Wagentür zuschlug und das rasche Stampfen von schweren Stiefeln auf dem gefrorenen Boden laut wurde, sah Geraint auf.

Es war das Orkmädchen. »Ich hab ihn«, sagte sie. »Ich mußte dem Troll alles geben. Er hat mich ziemlich hingehalten, obwohl er wußte, daß ihr mich geschickt habt.« Sie war wütend, offenbar jedoch auch aufgeregt. Sie griff nach dem komatösen Körper des Elfs.

»Sei vorsichtig mit ihm«, sagte Geraint rasch. »Fran, hilf ihr.«

Mit Abscheu registrierte die Nase der Amerikanerin den charakteristischen Körpergeruch des Orks. Das Mädchen roch stark nach Moschus, und Francesca stellte sich vor, daß es ohne das Öl auf seinem Körper wahrscheinlich noch schlimmer gerochen hätte. Gemeinsam hoben sie Serrin auf und deponierten ihn auf dem Rücksitz des Wagens. Francesca quetschte sich in eine Ecke und legte den Kopf des Elfs in ihren Schoß.

Geraint bestieg den Fahrersitz, und das indische Mädchen schwang sich neben ihn in den Wagen. »Hey, wir sind dir was schuldig.« Er hielt ihr ein paar Kredstäbe hin. »Die sind zehntausend wert. Ich bin sicher, du wirst einen guten Preis dafür bekommen. Aber ich habe kein gutes Gefühl, dich hier draußen allein zu lassen.«

Er stöhnte auf, als er versuchte, mit seinem verwundeten Bein ein Pedal zu treten.

Rani lehnte das angebotene Geld mit einer verächtlichen Handbewegung ab und sagte, sie wolle es nicht. »Nehmt mich mit.«

Geraint grinste, während er die Hände benutzte, um sich auf den Beifahrersitz zu ziehen. »Sehen, wie die andere Hälfte lebt, was? Kannst du für mich fahren?«

Sie sah ein wenig unglücklich aus. »Äh, es war gar nicht so leicht hierherzukommen. Ich bin es nicht gewohnt zu fahren, ich habe normalerweise nicht oft Gelegenheit dazu. Schaffst du es wirklich nicht?«

Er drückte beruhigend ihren Arm. »Ist schon gut. Fran, du betätigst dich besser als Chauffeur. Wir können die Verwundeten hinten unterbringen.« Sie tauschten die Plätze, und Francesca vermied es ostentativ, Rani anzusehen, als sie die Hände auf das Lenkrad legte. Sie benötigte jedoch Richtungsanweisungen, so daß sie gezwungen war, mit ihr zu reden.

Mit Rani als Führer dauerte es nur ein paar Minuten, bis sie auf die Gracechurch Street stießen und nach Westen abbogen. Geraint unterwies Francesca, was sie zu tun hatte, wenn sie wieder in Chelsea waren. Sie würde ihm einen Mantel und Kleidung zum Wechseln herunterbringen müssen, weil er nicht in blutigen Klamotten hineinspazieren konnte.

Sie folgte dem Embankment bis zu Geraints Straße und fuhr gewandt die Rampe zur unterirdischen Garage hinunter. Es dauerte fünfzehn Minuten, sich umzuziehen und wieder einigermaßen passabel, wie Bewohner und Gäste des Penthouses eines Adeligen auszusehen. Rani zog sich die Kapuze des dunklen Samtmantels tief in die Stirn, als sie aus dem Wagen stieg, und hielt den Kopf gesenkt, als könne sie dadurch irgendwie einer Entdeckung entgehen. Sie und Francesca legten sich Serrins schlaffe Arme um die Schultern, während ihnen Geraint unter Zuhilfenahme seines Gehstocks aus Ebenholz voraushinkte. Endlich erreichten sie den Fahrstuhl, um kurz darauf in Geraints Bude zu wanken.

Rani starrte sprachlos auf die Überreste des Festessens, das die drei vor so vielen Stunden zu sich genommen hatten. Geraint versuchte sich vor ihr zu verbeugen und sie offiziell in seiner Wohnung willkommen zu heißen, doch sein Gesicht verriet die Qualen, die es ihm unmöglich machten, die Geste zu vollenden.

»Laß mich mal einen Blick auf das Bein werfen. Ich weiß, wie man Wunden säubert«, bot sie eifrig ihre Dienste an.

»Bist du sicher?« fragte er alarmiert. Auf der anderen Seite wollte er Careline nicht bemühen. Sie mußten die Speichellecker des Lordprotektors automatisch benachrichtigen, wenn sie zur Behandlung einer Schußwunde gerufen wurden, ob es sich bei dem Verletzten um einen Adeligen handelte oder nicht. Und das würde ein Räderwerk peinlicher Fragen in Gang setzen.

»Laß mich zumindest mal sehen«, drängte Rani.

Er humpelte ins Badezimmer und zeigte ihr eine Hausapotheke, bei der ihr schwindlig wurde. Dort, wo sie herkam, brachten sich die Menschen für ein Zehntel dessen um, was dieser Mann allein in seiner Hausapotheke hatte.

Geraint hatte Glück im Unglück gehabt: Die Kugel hatte den großen Muskel auf der Rückseite seines Oberschenkels glatt durchschlagen und keinen größeren Schaden angerichtet. Rani verpaßte ihm eine örtliche Betäubung und entfernte das getrocknete Blut. Auf dem Bauch liegend, sah er ihr in dem großen Spiegel an der gegenüberliegenden Wand bei der Arbeit zu. Die Haut an ihren Händen war hornig, fast knorrig, und das letzte Wort, das irgend jemand benutzt hätte, um sie zu beschreiben, war zart, doch ihre Berührung war sanft, obwohl er betäubt war.

Schließlich überwältigten ihn die Anstrengungen der Nacht, sein Verstand umwölkte sich, und sein Blickfeld begann zu verschwimmen. Er schaffte es noch, nach ihrem Namen zu fragen und auch ihre Antwort zu hören, als seine Muskeln einfach von einem letzten leisen Seufzer begleitet erschlafften und er das Bewußtsein verlor.

Rani ließ ihn auf dem Boden liegen und legte ihm lediglich ein paar zusammengefaltene Handtücher unter Bauch und Unterschenkel und ein Kissen aus dem großen Schlafzimmer unter den Kopf. Der Magier lag im Koma auf dem Sofa. Sein Atem ging flach, aber sein Zustand schien einigermaßen stabil zu sein. Die Frau hatte sich nicht einmal ausgezogen, bevor sie sich im zweiten Schlafzimmer hingehauen hatte.

Sehr zufrieden mit sich, spazierte Rani durch das Wohnzimmer. Dann, schuldbewußt zunächst, doch mit wachsendem Entzücken, stopfte sie sich den Mund mit den Trüffeln auf dem Tisch voll.

Wenn Imran sie jetzt hätte sehen können ...

22

Rani starrte ehrfürchtig auf die Kontrollsysteme des Penthouses. Sie sehnte sich danach, mit ihnen herumzuspielen, um herauszufinden, welches was tat, doch sie befürchtete, irgendeinen Alarm auszulösen oder die Sicherheit auf den Plan zu rufen, also begnügte sie sich damit, Kaffee zu machen, einen Kühlschrank zu plündern, der bis zum Überquellen vollgestopft war, und zwanzig Minuten am Entsafter herumzufummeln, bis sie herausgefunden hatte, wie er funktionierte. Nachdem sie ihn endlich in Betrieb genommen hatte, ohne ihn zu demolieren, stürzte sie den köstlichen Orangensaft hinunter und leckte sich mit einem Murmeln, fast einem Knurren des Wohlbehagens, die Lippen.

»Bedien dich!« Er stand in der Küchentür und beobachtete sie, das Gewicht auf das rechte Bein verlagert. Er trug einen eleganten Kimono, der prächtiger war als jeder Sari, den sie je gesehen hatte. Schuldbewußt stellte sie das Glas ab.

»Nein, ich meine es ernst.« Geraint schnüffelte angesichts des Dufts in der Küche. »Oh, das riecht gut. Danke.« Er humpelte zum Frühstückstisch, goß sich eine Tasse starken schwarzen Kaffees ein und erwog eine Zigarette. Nicht heute morgen, dachte er. Mein Körper hat schon genug einstecken müssen.

Im Wohnzimmer stöhnte Serrin im Schlaf und bewegte sich. Er würde immer noch groggy von den Drogen sein, die Geraint ihm verabreicht hatte.

»Ich weiß nicht, was du magst«, sagte er, auf den Kühlschrank deutend, »aber es gibt Speck, Schinken, Eier; Frühstücksflocken stehen dort drüben im Schrank, Obst und Käse und, äh, mal sehen, was sonst noch ...« Er ging unter Schmerzen zum Kühlschrank, um dessen Inhalt zu begutachten. Ihm war nicht nach Essen zumute, hielt es jedoch für besser, etwas zu sich zu nehmen. Er entschied sich für etwas Jarlsberg und eine Scheibe

Roggentoast mit Salami, während sich Rani ein Sandwich auf der Basis eines körnigen Schwarzbrots zusammenstellte und dabei mehr aus Neugier Lage um Lage aufeinanderschichtete. Als sie das Sandwich mit einer abschließenden Scheibe Brot bedeckte, war es gut vier Zentimeter dick. Sie biß herzhaft hinein und sah ihn dann mißtrauisch von der Seite an, als sie seine Miene registrierte.

»Nein«, lächelte Geraint, »ich lache nicht über dich. Ich freue mich, daß es dir schmeckt. Ich weiß nicht, was, äh, Orks mögen.« Er wußte nicht, was er sonst noch sagen sollte.

Rani musterte ihn argwöhnisch und wich ein wenig zurück.

»Nimm keinen Anstoß, bitte. Es ist nur so, daß zu meinen Freunden und Bekannten nicht viele Orks zählen. Nun, eigentlich überhaupt keiner, um ehrlich zu sein. Weißt du, ich bin ein Mitglied des Oberhauses, und wie du vielleicht weißt, gibt es kaum Orks in den Adelsfamilien.« Geraint wußte, daß er es nur noch schlimmer machte, je mehr er sagte, aber die Worte sprudelten schneller aus ihm heraus, als er denken konnte.

Sie kannte sich nicht besonders gut in diesen Dingen aus, aber es war eine wohlbekannte Tatsache, daß die Sechste Welt nicht das geringste an den Vorurteilen des britischen Adels geändert hatte. Als die erste Welle der Ungeklärten Genetischen Expression Elfen und Zwerge, die ersten Metamenschen, in die Welt gebracht hatte, gab es auch in den Adelsfamilien zahlreiche hübsche Elfenkinder, aber nur ganz wenige häßliche Zwerge. Die Anzahl der totgeborenen und kurz nach der Geburt gestorbenen Zwergenbabys war in den Reihen der Oberschicht erstaunlich hoch gewesen. Dann, als die Verwandlungen auch Orks und Trolle hervorgebracht hatten, ergriffen die britischen Adeligen alle erforderlichen Schritte, um dafür zu sorgen, daß sie elegant, hübsch und gesellschaftlich akzeptabel blieben. Die meisten der unmöglich häßlichen Kreaturen hatten eine beunruhigend geringe Lebenserwartung, weil es sich einfach nicht gehörte, einen Ork in der Familie zu haben.

»Bitte entschuldige. Es ist kein Vorurteil, oder zumindest hoffe ich das, sondern nur Unwissenheit. Du bist hier absolut willkommen. Wir verdanken dir unser Leben. Und das werde ich nicht vergessen.« Geraint lächelte sie aufrichtig an.

Rani wußte, daß er es ehrlich meinte, und sie wollte bleiben und mit dem Elf reden, den sie in jener schicksalhaften Nacht vor über einer Woche gesehen hatte, aber sie war immer noch unschlüssig.

»Sie kann mich nicht leiden.« Die Anspielung auf Francesca war offensichtlich.

Er seufzte. »Es tut mir leid, aber ich vermute, sie hat sich einfach noch nicht an dich gewöhnt. Sie lebt unter denselben Leuten wie ich. Und sie ist, äh, nun ja, sie ist etwas eitel hinsichtlich ihres Aussehens. Aber ich kenne Francesca. Wenn sie die Zeit gehabt hat, sich alles durch den Kopf gehen zu lassen, wird sie ebenfalls wissen, was sie dir verdankt.«

»Das heißt nicht, daß sie mich besser leiden kann«, murmelte Rani, die Hände im Schoß, die Überreste ihres gewaltigen Sandwichs unberührt auf dem Tisch.

»Bitte«, sagte Geraint fast flehend. »Das ist so ähnlich wie deine Probleme mit den Kontrollen in der Küche. Das bedeutet nicht, daß du dumm bist, weil du nicht sofort aus ihnen schlau geworden bist. Es bedeutet nur, daß du nicht an solche Wohnungen gewöhnt bist. Und bei uns ist es dasselbe — wir sind einfach nicht an dich und deine Art gewöhnt.« Er wußte nicht hundertprozentig, was er sagte, und er war auch nicht sicher, warum sie anscheinend ihre Anerkennung brauchte, aber als die Worte herauskamen, schienen sie sie ein wenig zu beruhigen.

»Ich bin ihm schon mal begegnet.« Sie zeigte auf den

Elf, der sich gerade auf dem Sofa aufzurichten versuchte. Er sah aus, als würde er den Kampf verlieren.

»Ja?« Er war nicht ganz bei der Sache und begutachtete mehr Serrin, als daß er ihr zuhörte. Er nahm an, daß Serrin vor ihrer Begegnung ein wenig in London herumgelaufen war, und vielleicht hatte sie ihn irgendwo auf seinen Ausflügen gesehen.

Rani wollte es gerade erklären, als Francesca in die Küche geschlendert kam. Das indische Mädchen wurde verlegen und schwieg.

Die Frau schien Rani fast zu ignorieren, goß sich eine Tasse Kaffee ein und rieb sich die Augen. »Gott, bin ich fertig. Wieviel Uhr ist es?«

»Viertel nach elf«, sagte Geraint. »Sieht ganz so aus, als ob Serrin sich auch aufzuwachen bemüht. Laßt uns noch einen Kaffee trinken und die ganze Geschichte ausdiskutieren.«

Zwei Tassen Kaffee später waren sie alle ein wenig wacher. Serrin fühlte sich immer noch etwas schwindlig, wenn er stand, und Geraint warnte ihn, daß er sich noch den größten Teil des Tages so fühlen würde. Francesca machte sich eher Sorgen um Geraints Bein.

»Tja, morgen werde ich dich vielleicht bitten, mich zu einem befreundeten Arzt nach Oxford zu fahren. Der wird sich dann darum kümmern.« Die Wunde war gesäubert und bandagiert, doch selbst nach einer örtlichen Betäubung pochte das Bein noch vor Schmerzen.

Rani meldete sich zu Wort. »Warum wart ihr letzte Nacht überhaupt in meiner Gegend? Ihr seid Fremde, aber ihr müßt doch gewußt haben, daß das nicht ungefährlich ist. Die Harry Hooks und die anderen Gangs hätten euch in Stücke gerissen, wenn sie in der Nähe gewesen wären. Ihr habt Glück gehabt.« Ihre Direktheit brachte die anderen ein wenig aus der Fassung. Sie sahen sich eine Sekunde oder zwei an. Wie weit konnten sie ihr vertrauen?

»Ja, weißt du, Rani«, begann Geraint unsicher. »Wir haben ... wir haben versucht, einen Mord zu verhindern.«

»Warum solltet ihr so etwas tun wollen? Morde gibt es jeden Tag. Ging es um eine wichtige Persönlichkeit?« Sie war sehr neugierig.

Für eine längere Zeit herrschte Schweigen. »Rani, nichts für ungut, aber wir sind eigentlich nicht sicher, wieviel wir dir erzählen können. Vielleicht haben wir es mit einer Mordserie zu tun, und wir hatten selbst noch keine Möglichkeit, uns über die Ereignisse der letzten Nacht zu unterhalten. Vielleicht findet bald noch ein Mord statt, und wir müssen uns überlegen, was wir dagegen unternehmen können. Wir sind immer noch nicht sicher, mit wem wir offen reden können ...« Geraints Stimme verlor sich in einer versuchten Entschuldigung dafür, daß sie ihr nicht genug vertrauten, um ihr mehr zu erzählen, aber sie blieb unbeeindruckt.

»Kann ich euch von mir erzählen? Vielleicht könnt ihr mir etwas leichter vertrauen, wenn ihr wißt, was ich tue.«

»Klar. Schieß los«, sagte Serrin. Wenn vielleicht auch sonst nichts, hatten sie zumindest Zeit zum Nachdenken, während sie sprach.

Rani begann damit, ihr Bedürfnis nach Rache für die toten Familienangehörigen zu erklären. Sie berichtete von dem verpfuschten Run, bei dem mehrere Personen getötet worden waren, und warum ihr Bruder keine große Hilfe war. Sie nannte keine Einzelheiten und setzte gerade zu einer verlegenen Schilderung ihrer Unterstadterlebnisse an.

»Dieser verpfuschte Run«, unterbrach Serrin. »Wann war der?« Irgend etwas, das sie gesagt hatte, nagte in seinem Hinterkopf.

In ihrem Bedürfnis, sich zu erklären, sich als vertrauenswürdig zu erweisen, hatte Rani den Elf völlig vergessen. Sie lächelte vergnügt, als sie ihre Trumpfkarte ausspielte. »Du weißt es bereits. Schließlich warst du ebenfalls dort.«

»*Was?*«

»Ich hab dich gesehen. Imran und ich rannten vor den Soldaten weg, und ein gewaltiges Feuerding ...«

»Ein Feuerelementar, ja.« Serrin machte einen verwirrten Eindruck.

»... Feuerding war hinter uns her. Ich hab dich gesehen, und dann ist es verschwunden. Wir haben's zu unserem Wagen geschafft und konnten entkommen. Die anderen hatten nicht so viel Glück.«

Das Mädchen saß ganz weit vorne auf der Kante ihres Armsessels. Ihr Blick war direkt auf den Elf gerichtet, und ihre Schultern wölbten sich nach vorne, die Kraft ihrer Orkmuskeln war unübersehbar.

Natürlich, fiel es Geraint wie Schuppen von den Augen. Kraft! Das ist sie. Er wandte sich an den Magier.

»Serrin, erinnerst du dich, daß ich dir erzählt habe, es würde noch jemand anders daran beteiligt sein?«

Der Elf strapazierte sein Gedächtnis. So viel war geschehen, seit Geraint die bevorstehende Auseinandersetzung vorausgesagt hatte. Doch dann schien sich plötzlich eine graue Wolke von seinem Gedächtnis zu heben, und er merkte auf und lächelte. Ja, er erinnerte sich.

Rani sah jedoch verwirrt aus. Sie verstand Geraints Anspielung nicht.

»Rani, ich weiß nicht, wieviel von dem, was ich dir jetzt erzähle, einen Sinn ergibt. Wir versuchen selbst noch, uns einen Reim darauf zu machen. Aber es ist doch ein ziemlich erstaunlicher Zufall, daß Serrins Magie dir letzte Woche die Haut retten konnte und du dann letzte Nacht da warst, um dich zu revanchieren. Ich nehme an, in gewisser Hinsicht sind wir dadurch quitt.«

Sie lächelte traurig. Das hatte auch Smeng gesagt, und sie hatte ihn verloren. Sie wollte jedoch nicht die Aufregung verlieren, die damit verbunden war, bei diesen Leuten zu sein, anderen Leuten in einer anderen Welt.

»Aber ich habe trotzdem das Gefühl, daß wir dir eine Erklärung schulden«, fuhr Geraint fort, »so weit wir im Augenblick überhaupt eine haben. Du hast uns genug über dich erzählt. Jetzt sind wir an der Reihe.«

Im weiteren Verlauf der Unterhaltung erkannten sie, daß ihr Leben von zwei verschiedenen Ereignissträngen beeinflußt worden war.

Auf der einen Seite waren die Morde, der Ripper im London des Jahres 2054. Geraint war der Ansicht, daß Rani davon nicht betroffen war, also faßte er sich kurz und ließ absichtlich alle Details der brutalen und blutigen Szenen aus, die er und Francesca miterlebt hatten. Als er jedoch den vierten Namen nannte, veränderte sich Ranis Gesichtsausdruck. Zuvor war sie lediglich aufmerksam gewesen. Auf die Erwähnung von Catherine Eddowes reagierte sie zunächst mit Bestürzung, dann mit Zorn.

»Ich kannte sie ein wenig. Sie ist morgens immer zu Beigel's Bake gekommen und hat Kaffee und zwei Käsebrötchen bestellt. Als ich noch klein war, hat mir mein Dad immer gesagt, ich solle mich von ihr fernhalten, weil sie eine schlechte Frau sei. Deswegen hatte ich Angst vor ihr, aber als ich alt genug war, um mit meinem Bruder zum Markt zu gehen, hat sie mir manchmal Kaffee und eine Leckerei gekauft. Sie hat sich nicht verändert nach ... nach meiner Verwandlung. Sie war nett zu mir. Ein Haufen Leute war das nicht.« Rani rückte unbehaglich auf ihrem Sessel herum, da sie offenbar ein paar unangenehme Kindheitserinnerungen nacherlebte.

»Ich hab sie noch vor ein paar Wochen gesehen. Sie war geschlagen worden, hatte ein blaues Auge und eine Schramme, die sich fast über den ganzen Unterarm zog. Sie sah elend aus, und zum erstenmal konnte ich erkennen, daß sie alt wurde. Und jetzt hat irgendein Schwein sie abgestochen.« Für ein paar Sekunden vergrub sie den Kopf in den Händen, dann straffte sie sich und machte ihre Kraft und Ausstrahlung wieder geltend. »Ich will euch dabei helfen herauszufinden, wer das tut. Ich wohne im East End. Ich kenne die Gegend und die Leute. Ich könnte euch eine Hilfe sein.«

»Höchstwahrscheinlich, Rani«, erwiderte Geraint. »Ich hoffe es jedenfalls. Aber wir müssen uns immer noch überlegen, was wir als nächstes unternehmen.«

Dann redeten sie von anderen Dingen, weniger direkt, schwierig zu verstehen. In gewisser Hinsicht waren sie alle auf die eine oder andere Art über irgendwelche Fußangeln gestolpert. Serrin hatte immer noch keine Ahnung, was es mit seinem Job auf sich hatte, Francesca war in der Matrix auf irgend etwas Bösartiges gestoßen, und Rani hatte an einem Run teilgenommen, dessen Teilnehmer am offensichtlichsten reingelegt worden waren. Sie hatten sich schon zuvor den Kopf über die Jobs zerbrochen und immer noch keine Ahnung, was hinter diesen Vorfällen steckte. Doch als Rani zum zweitenmal über Pershinkin redete, erwähnte sie ein wesentliches Detail, das sie beim erstenmal ausgelassen hatte, und dieses Detail ließ die Dinge in einem ganz neuen Licht erscheinen.

»Und dann sind der Fette mit dem Klunker im Zahn und sein dünner Begleiter in der Limousine verschwunden und ...«

»Was? Sag das noch mal.« Serrin konnte nicht glauben, was er gerade gehört hatte. Er griff Halt suchend nach der Tischplatte und beugte sich vor.

Rani wußte nicht genau, was sie wiederholen sollte. »Also die zwei, der Fette und der Dünne ...«

»Nein, nein«, unterbrach er ungeduldig. »Was hast du über den Fetten gesagt?«

»Tja, äh, er wurde langsam kahl ... und er hatte einen Klunker im Zahn. Tut mir leid, mehr hat man mir nicht erzählt.«

»Du hast nicht zufällig gehört, welcher?«

»Welcher was?«

Es wurde langsam eine Komödie der Irrtümer. Serrin hatte die Stimme erhoben, Rani war verwirrt, Geraint und Francesca völlig verblüfft. Schließlich sagte sie jedoch, der Fette habe einen Klunker in einem seiner Schneidezähne gehabt.

Serrin lehnte sich mit einer Miene zurück, die so finster war wie ein Gewitter. »Da soll mich doch der Schlag treffen. Drek und nochmals Drek! Das ist dieser verdammte Smith!«

Geraint wirkte peinlich berührt. »Bitte, Serrin, du bist hier nicht in Seattle, und es sind Damen anwesend. Achte auf deine Ausdrucksweise.«

Dem Elf war seine Ausdrucksweise völlig egal. Er witterte ein Komplott und war jetzt hellwach. »Smith. Smith und Jones, schön. Ihr wißt doch, die Männer, die mich angeheuert haben. Smith war ein fetter Bursche mit Stirnglatze, ein Chiphead, und er hatte einen kleinen Rubin in einem Schneidezahn. Man konnte das verdammte Ding gar nicht übersehen.«

Aufgeregt bestätigte ihn Rani. »Ja! Ja, genau! Smeng, der Ork, der mir davon erzählt hat, der sagte, die Männer wären süchtig gewesen — der Fette zitterte 'ne Menge, hat er gesagt.«

Serrin nickte. »Ach, tatsächlich? Tja, Freunde, die Sache wird tatsächlich interessant.«

»Also diese Leute haben Rani für einen Scheinrun angeheuert und ...« sagte Francesca in dem Versuch, sich ein Bild über die Situation zu machen.

»Mehr als das. Geraint, erinnerst du dich noch, ich sagte dir doch, daß die Sicherheit gleich wußte, wo sie waren, als sie auftauchten? Ich wette einen Tausender gegen einen Messingknopf, daß Smith und Jones Fuchi einen Tip gegeben haben. Vielleicht gehören sie sogar zu Fuchi.«

»Nein, nein, Augenblick mal.« Francesca unterbrach

ihn, bevor er sich von seinen eigenen Worten mitreißen lassen konnte. »Wie wäre es damit? Wir glauben, daß Smith und Jones Rani und ihre Familie für einen Scheinrun angeheuert haben. Dich haben sie auch angeheuert, aber sie haben dir nicht gesagt, du sollst diesen Burschen umlegen — wie hieß er noch gleich? Kuranita?«

Serrin nickte, seine Aufregung ebbte wieder ab. »Ja, das ist ein echtes Problem. Dazu haben sie uns nicht angeheuert.« Es schien einfach keine Verbindung zu geben, doch Francesca stellte sie wieder her.

»Nein, aber sie haben deine Anweisungen geändert. Sie haben dir ausdrücklich aufgetragen, das Cambridge-Seminar im Crescent Hotel zu besuchen. Vielleicht haben sie gewußt oder zumindest gehofft, daß du Kuranita dabei sehen würdest. Und dann haben sie einfach gehofft, du würdest freiwillig versuchen, ihn umzulegen. Rani und ihre Leute stellten eine Ablenkung dar. Sie hofften, du würdest dadurch leichter zum Schuß kommen.«

Serrin und Geraint sahen sich ein wenig fassungslos an.

»Ich glaube, sie ist da auf etwas gestoßen«, sagte der Waliser mit einem Stirnrunzeln, während er der Überlegung auszuweichen versuchte, was das für sie bedeutete.

»Aber sie können doch nur dann von mir erwartet haben, daß ich es tue, wenn sie meine Vergangenheit sehr gut kennen. Und ich habe nicht unbedingt ausposaunt, was ich über ihn herausgefunden habe«, erwiderte Serrin nachdenklich.

»Trotzdem könnte jemand auf deine Erkundigungen aufmerksam geworden sein. Ein echt guter Konzern zum Beispiel. Damit hätten sie dich dann zu einem unterbezahlten Killer gemacht.«

Darüber diskutierten sie noch eine Weile, bis Geraint auf einige Einwände gegen diese Erklärung stieß. »Zwei Widersprüche, obwohl einer nicht unauflöslich ist. Erstens, sie konnten nicht sicher sein, daß Serrin Kuranita tatsächlich sehen würde.«

»Für diesen Fall hatten sie mit Sicherheit vorgesorgt. Sie hätten ihm die Information schon irgendwie zukommen lassen«, sagte Francesca.

»Ja, ich weiß. Darum habe ich auch gesagt, dieser Widerspruch ist nicht unauflöslich.« Geraint hielt einen Augenblick inne, um dem, was er sagen wollte, zusätzliches Gewicht zu verleihen.

»Unglücklicherweise ergibt das alles keinen Sinn. Wir behaupten, daß ein unbekannter Konzern einen Haufen Geld ausgibt, um Serrins Lebensgeschichte auszugraben und dann eine Falle zu stellen, die darauf beruht, daß er Kuranita vielleicht sieht und dann vielleicht einen Schuß auf ihn abgibt, und schließlich noch eine Ablenkung anzuheuern, um dafür zu sorgen, daß die Schüsse von unerwarteter Stelle abgegeben werden. Richtig?«

»So könnte man es beschreiben«, stimmte Serrin zu.

»Wenn man alles berücksichtigt, was sie in die Sache gesteckt haben, also Zeit, Geld und Aufwand, und dann noch so viele Vielleichts übrig bleiben, warum, zum Teufel, geben sie nicht einfach dasselbe Geld aus und heuern ein paar echte Killer an? Machen wir uns nichts vor, wir sind in dieser Hinsicht wohl kaum Profis, oder?«

Das brachte sie für eine Weile zum Schweigen. Es schien eine unmögliche Verwirrung zu herrschen. Geraint beschloß jedoch, etwas zu tun, während die anderen ihren Gedanken nachhingen.

»Ich glaube, es gibt eine Sache, an der ich im Augenblick arbeiten kann. Wir hatten Morde am achten, fünfzehnten und zweiundzwanzigsten November. Gut, der erste Teil des Doppelmords hat am einundzwanzigsten stattgefunden, aber für mich sieht es immer noch so aus, als sei der neunundzwanzigste eine gute Wette für Mord Nummer fünf — wenn es eine Nummer fünf gibt. Aber ich glaube, es gibt eine. Also entschuldigt mich bitte, während ich mit der Suche nach Mary Kelly beginne. Ich fürchte, wir werden eine ganze Menge Mary Kellys finden. Also fange ich schon mal an.« Er ging zu seinem Cyberdeck.

Geraint war in die Programmierung seines Frames vertieft, während die anderen die Trideonachrichten nach wichtigen Meldungen abgrasten. Newstext hatte eine Meldung über magische Kriegführung im East End, bei der zwei Menschen getötet worden waren, doch nichts über Catherine Eddowes. Darüber waren Serrin und Francesca einigermaßen verblüfft.

»Sie werden keinen Wert darauf gelegt haben, die Schmiere in die Sache zu verwickeln, wenn es eine Möglichkeit gab, alles zu vertuschen«, erklärte Rani. »Die Zuhälter kümmern sich selbst um eventuell auftretenden Ärger. Sie werden die Vordertür verbarrikadiert und alle Lichter gelöscht haben, sobald sie die Sirenen hörten. Den Kunden hätte es auch nicht gefallen, wenn die Schmiere ihre Personalien aufgenommen hätte. Also haben sie selbst aufgeräumt. Wahrscheinlich sogar die Leiche an die Fleischmänner verkauft.«

Serrin wollte keine Einzelheiten über die Fleischmänner wissen. Er erinnerte sich noch sehr gut an die Trolle aus der vergangenen Nacht mit ihren Behältern. »Wir können kaum zurückgehen und die Orks darüber verhören, was sie gesehen haben«, sagte er. »Nicht nach dem, was ich mit ihnen gemacht habe. Andererseits könnte Rani vielleicht ...«

Sie saßen da und starrten auf den Schirm, während Geraint über seinem Deck hockte. Der erste Schnee des Winters ging auf jene Teile Londons herunter, die nicht unter den zerfetzten Überresten der unglückseligen Stadtkuppel lagen, die vor Jahren von Korrosionsbakterien zerstört worden war. Auf der Straße verwandelte er sich rasch in graubraunen Matsch, aber vor den Fenstern des Penthouses leuchteten die Flocken sekundenlang fast weiß auf, bevor sie schmolzen. Serrin stand auf, um die Zentralheizung höher zu stellen. Er fröstelte wieder.

Sonntag, der 22. November 2054. Mittag. London. Sie werden sich alle Mühe geben, Mary Kelly zu finden. Sie werden einen ganzen Haufen Mary Kellys finden, aber nur auf eine einzige kommt es an.

Der Kopf des Monstrums füllt sich bereits mit dieser Mary Kelly. Er sieht ihr Bild, betrachtet das Hologramm, beginnt zu verstehen, daß sie ein Schutzschild für die Frau ist, die er haßt und fürchtet. Meine Güte, da sind sogar ihre Kleider! Er nimmt die Sachen aus Leinen und Baumwolle in die Hände und knüllt sie zwischen den Fäusten zusammen. Ihr Geruch haftet ihnen an, billiges Blumenparfüm, und ihr Frauengeruch. Er sieht zu, wie die Hologramme tanzen. Sie ist selbst eine talentierte Hure. Der Wahnsinn brennt sich jetzt in seinen Verstand, und seine Hände zerreißen die Kleidungsstücke, während das Stöhnen seinen Kopf erfüllt. Er wird rasch in seine Schranken verwiesen, doch Wut und Haß toben weiterhin in ihm, seine Furcht und sein Entsetzen.

Der lächelnde Mann im Anzug beobachtet den Videoschirm.

Vier erledigt, eine noch übrig.

23

Pläne kristallisierten sich heraus, als sich die Abenddämmerung auf London senkte. Sie hatten von Anfang an beschlossen, nicht die Polizei einzuschalten. Ihre eigene Rolle bei den mit Catherine Eddowes' Ableben verbundenen Ereignissen machte das unmöglich. Geraint benötigte Zeit, um die Daten über die vierundfünfzig Mary Kellys zu analysieren, die er in der Hauptstadt entdeckt hatte. Die Programme selbst würden ihre Arbeit in wenigen Sekunden verrichten. Es war die Programmierung, die so viel Zeit in Anspruch nahm. Vorher mußte er sich jedoch um die lästige Beinwunde kümmern, und das war gleichbedeutend mit einem Ausflug aus der Stadt.

Dafür gab es auch noch einen anderen Grund. Francesca hatte ihnen die Verbindung zu dem britischen Konzern Transys Neuronet aufgetischt. In TNs Londoner System hatte sie die bizarre, mörderische Persona verfolgt, welche sie fast getötet hätte, und obwohl sie dem Ding nicht noch einmal begegnen wollte, juckte es sie doch in den Fingern, mehr darüber herauszufinden. Außerdem war Transys der einzige Konzern mit einer Niederlassung von einiger Größe und Bedeutung in Cambridge, für dessen Überprüfung Serrin *nicht* bezahlt worden war. Sie hatten nicht mehr als einen Verdacht, aber das reichte aus, um es mit einer entschlossenen Systeminvasion zu versuchen. Geraint und Francesca hatten vor, in TNs Londoner System zu decken.

»Sie haben vielleicht über jeden von uns eine Akte, und wenn sie die haben, wäre es verdammt gut, sie zu lesen. Vielleicht haben sie dich, Serrin, und dich, Rani, für den Angriff auf Fuchi angeheuert. Warum sie nicht anständige Killer darauf angesetzt haben, weiß ich nicht. Und ich weiß auch nicht, was für einem Ding Francesca in ihr System gefolgt ist. Aber ich weiß genug, um das dringende Gefühl zu haben, daß sich ein

Blick lohnen könnte. Es wird ziemlich gefährlich, also ist ein Decker vielleicht nicht genug.« Geraint hielt einen Augenblick inne, um nachzudenken.

»Francesca und ich müssen aus der Stadt heraus, um in ihr System einzudringen«, fuhr er fort. »Aber zuerst müssen wir einfach reinkommen und die Struktur analysieren, uns einfach umsehen und herausfinden, wo die Personalakten sind und die Überwachungsdateien, die sie vielleicht angelegt haben. Ihr könnt eure Stiefel darauf wetten, daß sie Aufspüren-und-Melden-Ice haben, um festzustellen, wo wir herkommen. Rani, das bedeutet, daß sie Möglichkeiten haben herauszufinden, wo wir uns aufhalten.«

Er tat sein Bestes, um die Sachlage dem Orkmädchen zu erklären, das Mühe hatte, dem Gespräch zu folgen. Das Komplizierteste, was sie in ihrem ganzen Leben in dieser Hinsicht gesehen hatte, war ein Decker, der kümmerliche italienische Demitech benutzt hatte, um sich ein Radio Shack unter den Nagel zu reißen. Und als sie diesem Decker Fragen stellte, hatte er ihr geraten, sich um ihren eigenen Kram zu kümmern. In Worten mit sehr wenig Silben.

»Also müssen wir unsere Decks tarnen. Das bedeutet, wir müssen sie neu konfigurieren. Das Amt des Lordprotektors sorgt dafür, daß lizensierte Decks identifizierbare interne ID-Codes haben. Die müssen wir ändern, indem wir ein wenig mit den Lizenzen herumpfuschen, als würden wir falsche Nummernschilder an einen Wagen schrauben.« Rani grinste, da sie den Kern der Sache sofort kapierte. »Und wir müssen von einem anderen Ort aus operieren. Oxford müßte reichen. Und dort kann ich mir auch mein Bein richten lassen, ohne daß unangenehme Fragen gestellt werden. Bei einem alten Collegefreund.«

»Von welchem College?« fragte Francesca keck.

»Habe ich dir das nie erzählt?« Sie schüttelte den Kopf. »Peterhouse. Das Werk meines Vaters, fürchte ich.«

»Ich kann mich erinnern, daß mir mal jemand gesagt hat, man käme dort nur hinein, wenn man katholisch oder schwul oder beides ist.«

Er runzelte die Stirn. »Heutzutage nicht mehr. Drek, sie haben sogar angefangen, Frauen zuzulassen.«

Francesca ließ die Stichelei durchgehen. Oxford und Cambridge waren angeblich große Zentren des Lernens, aber das einundzwanzigste Jahrhundert hatte sie nicht sehr verändert. Sie wußte das von den Verabredungen mit ihren rückgratlosen Oberschichtstudenten.

»Das führt vielleicht zu etwas. Gleichzeitig kann ich die Kellys durch die Mangel drehen.« Kaum waren die Worte heraus, als Geraint seine unglückliche Wortwahl auch schon bedauerte. »Wenn wir auf jemanden stoßen, der in Frage kommt, können wir der Polizei einen anonymen Tip geben.

Noch etwas anderes. Serrin, dein Visum erlischt Ende des Monats, nicht wahr?«

»Ich fürchte, ja.«

»Würdest du nicht gerne ein paar Tage ins Ausland fahren? Hör mal, es klingt verdreht, aber hier läuft eben alles nach Vorschrift. Wenn du eine Verlängerung des Visums beantragst, dauert es sechs Monate, bis die Ausländerabteilung auch nur darüber nachdenkt. Keine Chance.

Doch aufgrund einer dieser verdrehten Spitzfindigkeiten, um die die britische Justiz auf der ganzen Welt beneidet wird, verlängern die Behörden ein Visum automatisch um die Anzahl der Tage, die man im Ausland verbringt, wenn man für den Auslandsaufenthalt eine gute Entschuldigung, zum Beispiel eine Krankheit oder einen Todesfall in der Familie, vorbringen kann. Auf diese Weise gewinnt man maximal sieben zusätzliche Tage. Wenn du drei daraus machst, gibt uns das die Zeit, die wir benötigen. Schließlich erwarten wir am neunundzwanzigsten einen weiteren Mord. Wenn du an dem Tag abfliegen müßtest, würden sich unsere Planungen ziemlich schwierig gestalten. Könntest du einen Freund auf der anderen Seite des großen Teichs dazu bringen, dir ein Fax über eine ernste Erkrankung im engeren Familienkreis herüberzufaxen?«

Serrin war verblüfft, aber er war nicht der erste, den die verschlungenen Pfade der britischen Einwanderungsgesetze in Verwirrung stürzten. »Ja, klar. Für wie lange?«

»Wie wär's, wenn du morgen abfliegst und Mittwoch abend zurückkommst? Dann hätten wir genug Zeit für Oxford und noch etwas Spielraum nach dem neunundzwanzigsten.«

Plötzlich rührte sich eine alte Erinnerung in Serrins Hinterkopf. Er hatte sofort an Manhattan gedacht und daran, ein paar alte Bekannte zu besuchen, vielleicht einen kleinen Urlaub einzulegen, wenn diese verrückte Hetzjagd vorbei war. Er dachte an einen Kontakt, dann erinnerte er sich an etwas über einen Verrückten. Er legte sich im Geiste einen Terminplan für die Zeit zurecht.

»Ja, das ist eine gute Idee. Vielleicht gelingt es mir sogar, drüben was für uns zu ergattern. Es gibt immer Leute, mit denen ich reden kann.« Seine Gesicht verriet äußerste Konzentration, während er auf seiner Unterlippe kaute.

»Jetzt zu dir, Rani.« Der Adelige wandte sich an sie, als ihm klar wurde, daß sie bislang aus allem herausgehalten worden war. »Wir würden gerne diese Männer finden, Smith und Jones, den Abschaum, der einen Narren aus Serrin gemacht und deine Leute das Leben gekostet hat.« Er war sich durchaus bewußt, daß er diesbezüglich keine Anhaltspunkte hatte, aber er mußte sich auf eine gemeinsame Grundlage, eine Arbeitshypothese berufen. »Kannst du etwas für uns tun? Ich kann dir Geld und auch Ausrüstung geben, wenn du etwas brauchst.«

»Ich habe eine Kanone und Munition dafür und ein gutes Messer. Ich bin schnell, ich habe verdrahtete Reflexe. Mein Bruder hat dafür bezahlt, um mich zu schützen.« Sie schien beinahe ihr Selbstwertgefühl zu verteidigen. Er lächelte und ließ keinen Zweifel daran, daß ihre Kompetenz nicht in Zweifel gezogen wurde. »Aber ich wünschte, ich hätte den Predator noch. Ich hätte ihn nicht verkaufen sollen, echt nicht.« Dann hatte sie plötzlich eine Eingebung.

»Hey! Wißt ihr, sie haben meinem Bruder 'ne Kanone gegeben, einen Predator Mark II, und auch noch panzerbrechende Munition. Ist schwer ranzukommen an so 'ne Waffe. Ich hab sie Mohinder verkauft — er ist ein Straßensamurai. Harter Bursche. Ich brauchte ein paar Informationen von ihm. Das war, bevor ich die Unterstadtleute getroffen habe und alles.«

Serrins Augen funkelten. »Ein Predator Mark II? Der ist eigentlich kaum anders als über Konzernkontakte zu bekommen. Sie haben alle Seriennummern im Lauf und in internen Nanochips. Zumindest die Exportmodelle.«

Francesca mischte sich ein. »Du meinst, wenn wir das Ding zurückbekommen könnten, wären wir vielleicht in der Lage, die Seriennummer zu überprüfen? Und herauszufinden, woher die Kanone stammt?«

»Vielleicht.« Serrin war ein wenig unsicher. »Gute Konzernleute können vielleicht an der Seriennummer herumpfuschen, die Nummer im Lauf löschen, vielleicht den Chip austauschen. Aber wenn wir die Knarre hätten, könnten wir es zumindest überprüfen.«

»Glaubst du, du kannst den Predator zurückkaufen, Rani?« Geraints Stimme hatte einen drängenden Unterton. »Ich kann dir Geld geben.«

Sie schreckte vor dem Gedanken zurück, Mohinder zu überreden, sich so kurze Zeit, nachdem sie ihm die Waffe verkauft hatte, schon wieder davon zu trennen. Doch wenn sie ihm das Doppelte dessen anbot, was sie von ihm dafür bekommen hatte, würde er in kurzer Zeit einen ziemlich großen Gewinn machen. »Ich kann es versuchen. Aber er hat mir fünfzehnhundert dafür gegeben. Er wird einiges mehr wollen, wenn er sich wieder davon trennen soll.«

»Kein Problem. Wie ich schon sagte, ich kann dir geben, was du brauchst. Vielleicht könntest du dich auch mal in der Gegend umhören, wo Catherine Eddowes umgebracht worden ist. Versuch irgendwas herauszufinden. Vielleicht kannst du ein paar Kinder dafür bezahlen, daß sie ein wenig herumschnüffeln. Kannst du das?« Ihr Nicken besagte, daß sich auch das mit Geld kaufen ließ.

»Und der letzte Punkt. In einer Woche sind wir vielleicht an einem Ort, wo ein fünfter Mord begangen werden soll. Wir können jeden Vorteil brauchen, den wir kriegen können. Das heißt fürs erste, Muskeln und Kanonen. Gestern nacht sind wir auf eine automatische Waffe und einen Kampfmagier gestoßen. Nächstesmal, wer weiß? Was ist mit diesen Brüdern, die du erwähnt hast? Kannst du Straßensamurai besorgen, Spione, Leute, denen wir vertrauen können? Auch dafür kann ich zahlen. Wir werden sie brauchen.«

Rani wurde klar, daß es vielleicht leichter werden würde, den Predator von Mohinder zurückzubekommen, als sie gedacht hatte. Ganz besonders, wenn diese Leute nur die Seriennummer überprüfen wollten. Wenn man Mohinder genug zahlte, konnte er halb Spitalfields auf die Straße bringen. Sie nickte Geraint entschieden zu.

»Großartig. Und für uns werde ich ein paar Hebel in Bewegung setzen. Waffen und Körperpanzer sind kein Problem. Überwachungsausrüstung kann ich besorgen. Aber wir sind ein wenig knapp an Medpflastern, also werde ich bei meinem Aufenthalt in Oxford meine Bekanntschaft mit Edward erneuern.«

Er sprach den Namen mit einer sonderbaren Betonung aus und provozierte damit absichtlich Francescas verwirrte Frage.

»Edward? Ein Professor für Biochemie und Neurobiologie. Ein Genie. Er ist derjenige, mit dem ich rede, wenn ich Bedarf nach hochklassigen Drogen habe.«

Das indische Mädchen hatte in ihrem ganzen Leben noch nicht so viel Geld auf einem Haufen gesehen. Sie war richtig erstaunt, daß er es ihr anvertraute, und sagte es auch.

»Rani, ein paar Familienmitglieder von dir sind gestorben, richtig?« fragte Geraint. Sie standen im Flur, außer Hörweite der anderen.

Sie zuckte die Achseln, als wolle sie sagen: Was hat das damit zu tun?

»Als ich noch klein war, ist mein bester Freund gestorben. Ich war ein Einzelkind, und damals hatte ich keine anderen Freunde. Er war auch der Sohn eines Adeligen. Mit zwölf hat er sich verwandelt. Es geschah, als wir beim Angeln waren. Er fing plötzlich an zu schreien, und ich dachte, er sei irgendwie ausgeflippt. Ich habe Hilfe geholt, und als ich mit seinem Vater zurückkam, veränderte sich gerade seine Gestalt. Ich kannte Orks bis dahin nur von Bildern, aber ich wußte trotzdem, was mit ihm geschah. Wir waren draußen am Rande des Drachenlandes, das liegt in Wales, westlich von London, Rani.« Er konnte erkennen, daß sie keine Ahnung hatte, wo, zum Teufel, Wales lag.

»Ein langer Weg. Bis wir ihn endlich ins Schloß seines Vaters geschafft hatten, war er bereits fast vollständig verwandelt. In weniger als sechs Stunden. Ich nehme an, das ist ziemlich schnell, nicht?« Sie nickte, als sie sich erinnerte, wie lange ihre eigenen Qualen gedauert hatten.

»Aber er war okay. Er war schwach und fast bewußtlos, aber er war am Leben. Sie haben mich in einem Wagen nach Hause geschickt und mir eingeschärft, niemandem zu erzählen, was ich gesehen hatte. Ich habe Daffyd nie wiedergesehen. Sie sagten mir, er sei gestorben, aber ich habe immer gewußt, daß sie ihn umgebracht haben. Man kann einfach keinen Ork in der Familie haben, wenn man zum Adel gehört, weißt du?

Ich habe es niemandem erzählt. Nun ja, ich habe es meinem Vater erzählt, und der hat mir gesagt, ich solle den Mund darüber halten, sonst würde ich enterbt. Daffyds Familie hat ihn wegen seiner Verwandlung ermordet. Und ich habe mich sehr, sehr lange schuldig gefühlt, weil ich es niemandem erzählt habe. Vielleicht ist der einzige Grund, warum ich alles habe, was ich jetzt habe, der, daß ich mich nicht erhoben und die Wahrheit gesagt habe. Wenn wir uns jetzt gegenseitig helfen können, mache ich damit vielleicht einen Teil dessen wieder gut, was ich damals nicht getan habe. Also, Rani, es ist nur Geld. Was ist das schon?«

Sie war wehrlos gegen seine brutale Ehrlichkeit. Irgendwie wußte sie, daß nicht einmal die anderen Leute in dieser Wohnung, der Elfenmagier und die clevere amerikanische Frau, von dem wußten, was er ihr gerade erzählt hatte, und es vielleicht auch niemals erfahren würden. Sie war ein indisches Orkmädchen, die Niedrigste der Niedrigen, doch hier stand ein Mitglied des britischen Adels und bettelte fast darum, an ihr etwas wiedergutmachen zu dürfen. Tatsächlich fühlte sie sich sehr seltsam, irgendwie elektrisiert, aber zugleich tief beeindruckt.

»Der Wagen wird hier sein. Und hier ist meine Nummer«, sagte Geraint, indem er ihr eine Karte in die Hand drückte. »Komm Mittwochabend wieder. Nach sieben, ja?« Sie nickte eifrig. »Sie sollen dich bringen. Ich zahle. Sie bringen dich. Schaffst du das?«

Rani nickte noch einmal. Sie wußte nicht, auf was sie sich einließ, aber sie wußte, daß sie wieder hierher zurückkommen wollte.

Er schloß die Tür hinter ihr. Durch die Überwachungskamera beobachtete er, wie sie durch den Hausflur ging. Serrin tauchte hinter ihm auf und legte ihm eine Hand auf die Schulter, als er sich von der Tür abwandte.

»Eine Sache, Geraint. Ich will wissen, wer mich dazu gebracht hat, Seifenblasen nachzujagen, und dafür verantwortlich ist, daß ich fast dabei draufgegangen wäre. Rani will ihre Verwandten rächen. Fran ist es ziemlich dreckig gegangen, und ich glaube, die Alpträume werden wieder anfangen. Aber was ist mit dir? Warum investierst du so viel Geld und Zeit?«

Geraint seufzte und lächelte matt. Er hätte sagen können, weil es real ist und ich Adelige, die ich verachte, in Zynismus eingewickelte Geschäftsvereinbarungen und das bequeme Leben satt habe. Doch ein Bekenntnis war für einen Tag genug. Er beschloß statt dessen, die Sache ins Lächerliche zu ziehen.

»Ach, weißt du, weil es ein ganz netter Zeitvertreib ist, glaube ich.« Serrins fragendem Blick ausweichend, ging er zu Francesca, um sich mit ihr über das Decken zu unterhalten.

Serrin buchte den Transorbitalflug nach New Jersey, Newark International Airport. Für den nächsten Tag konnte er nur noch eine Reservierung für die Superluxus-Straßenraub-Klasse bekommen. Wenigstens hatte er die langfristige Wohnerlaubnis, die ihm jedes Jahr ein paar kostbare Tage in Manhattan gestattete. Was soll's, er hatte noch eine Woche, und Weihnachten war bereits in einem Monat. Als er einen Blick auf das Pärchen warf, das sich eifrig über technische Einzelheiten des Deckens unterhielt, wurde ihm klar, daß es zum erstenmal seit langer Zeit Leute in seinem Leben gab, für die er vielleicht Weihnachtsgeschenke würde kaufen wollen.

24

Das Neon blendete den Magier. Es war zwei Uhr dreißig auf dem Newark International, und er wollte nur noch durch Zoll und Einreise kommen und sich in einer der Absteigen um den Flughafenkomplex hinlegen. Er mußte den Schlaf nachholen, den ihn das Aufstehen um fünf Uhr früh in London gekostet hatte.

»Das ist eine Art permanenter einstweiliger Paß«, erklärte er dem mißtrauischen bewaffneten Beamten, der aussah, als fehle ihm der Schlaf ebensosehr wie Serrin. Das machte ihn nicht allzu hilfreich. Wenn sie es darauf anlegten, konnten die Besten in New York es durchaus mit dem britischen Amtsschimmel aufnehmen. Der Bursche hatte den Paß bereits zweimal überprüft, und ebensooft hatte dieser bereits die Sicherheitskontrolle bestanden, doch der Beamte starrte den Paß immer noch an, als sei er ein tollwütiger Hund. Für den Zutritt nach Manhattan war einer von mindestens einem Dutzend verschiedener Pässe und Genehmigungen erforderlich. Serrins Paß war derjenige, mit dem der Beamte am wenigsten vertraut war.

»Der Paß gestattet mir jedes Jahr zwanzig Tage Aufenthalt, und es ist noch eine Woche übrig. Hey, ich bleibe nur zwei Tage.« Serrin verlor langsam die Geduld, wenngleich er wußte, daß er das nicht durfte. Mit einiger Mühe beruhigte er sich und wurde dadurch belohnt, daß der Beamte ihn endlich durchwinkte, da er ein paar Hispanos in der Schlange erspäht hatte und plötzlich mehr darauf bedacht schien, diese zu piesacken, als den Elf noch länger aufzuhalten. Serrin schlurfte müde in den dahinter liegenden gigantischen Betonkomplex.

Wie geplant, ging er direkt ins Bett, um den fehlenden Schlaf nachzuholen, doch als er erwachte, fühlte er sich, wenn überhaupt, eher noch schlechter. Er hatte zu lange geschlafen, alles in allem fast zwölf Stunden, wenn auch durch den Flug unterbrochen. Sein Kopf fühlte sich geschwollen an, und er fröstelte in der kalten, morgendlichen Luft. Vor Hunger war ihm ein wenig schwindlig, aber Serrin glaubte nicht, daß er echte Nahrung würde verkraften können.

Tja, dachte er, ich bin jetzt in Manhattan. Ich muß keine echte Nahrung zu mir nehmen, wenn ich nicht will. Ich kann von Müll leben wie alle anderen auch.

Nachdem ihn sein Paß an weiteren Kontrollpunkten und Überprüfungen vorbeigebracht hatte, nahm er einen Bus in die Stadt, wo er beschloß, im opulenten Hyatt abzusteigen. Nach der zweiten Rasur des Tages und einer kochendheißen Dusche fühlte er sich schon etwas lebendiger. Beim Anziehen begutachtete er den Inhalt seines Koffers, wobei er einigen Abscheu darüber empfand, wie schäbig und lächerlich die Souvenirs waren, die er in den Heathrower Andenkenläden gekauft hatte. Innerlich lächelnd, nahm er die Druidenpuppe, die ein weißes Kleid mit blauen Insignien und eine goldene Sichel trug. Der einzige Druide, den er je gesehen hatte, war eine Frau und hatte ganz anders ausgesehen. Sie war echt.

Er möbelte sich mit einer Tasse Kaffee auf, der so stark und süß war, wie er ihn im Café des Hotels bekommen konnte, stopfte einige Brötchen in sich hinein und tat dann das, was er immer tat, wenn er nach Manhattan kam. Er mußte sich mit ein paar Leuten treffen, vielleicht mit einem oder zwei Kontakten Verbindung aufnehmen, aber zuerst kam immer etwas anderes.

Grand Central war nicht weit vom Hyatt entfernt, einer der Gründe, warum er beschlossen hatte, dort abzusteigen. Serrin war kaum einen Meter groß gewesen, als ihn das schiere Ausmaß des Bahnhofs mit seinen endlosen Räumen und wimmelnden Menschenmassen in Erstaunen versetzt hatte. Etwas von dieser Ehrfurcht war noch übrig und immer bereit, eine Saite in seiner Empfindungswelt anzuschlagen, wenn er sich gerade dort befand. Er setzte sich mit einer Zeitschrift und einer weiteren Tasse Kaffee und nahm einfach nur die Szenerie in sich auf.

Er sah Pinkel, Kids, frisch aussehende junge Leute von außerhalb, die gekommen waren, um herauszufinden, wie lange sie mit großen Augen um sich blicken konnten, bevor das Gift der Stadt ihre Träume zerstörte, hier und da ein paar Metamenschen und Hispanos, von denen die meisten dazu verurteilt waren, auf Gleichgültigkeit oder gar offenen Haß zu stoßen, und ein paar Burschen, die es offenbar gar nicht erwarten konnten herauszufinden, was sie zuerst zerstören konnten, ihren Körper mit Steroiden oder ihren Geist mit Drogen — das übliche Panoptikum von Leuten.

Aber es war aufgeräumt, dachte Serrin. Die Sicherheit brauchte nicht lange, um sich auf jeden Penner oder jede andere verzweifelte Seele zu stürzen, die vielleicht immer noch dachte, sie könne hier unterschlüpfen. Jene, für die alles zuviel geworden war, die in Tränen ausbrachen und jeden Fremden anbettelten, »Haste mal 'ne Zigarette, egal was, jede verdammte Marke«, nur um etwas zu sagen zu haben. Nur um einen Blick zugeworfen zu bekommen, die Berührung einer Hand zu spüren, ein oder zwei Worte als Antwort zu hören.

Serrin haßte Manhattan. Die Seele dieses Ortes war toter als die jeder anderen Stadt, die er kannte. Manhattan schwemmte seine Armen und Hoffnungslosen, seine Erwerbsunfähigen, Behinderten und Betrübten, seine Schwarzen und Hispanos und Puertoricaner in die verrotteten Sammelbecken der Vorstädte — wenn sie Glück hatten. Was war mit den Straßenschamanen? wunderte er sich. Wie konnte ein Totem Leben in eine Seele hauchen, wenn eben die Essenz eines Ortes tot war?

»Einen Dollar für deine Gedanken.« Kaum hatte er sich umgedreht und die Frau gesehen, die sich neben ihn setzte, verzogen sich seine Lippen auch schon zu einem breiten, strahlenden Lächeln.

»Barbara! Was machst du denn hier?«

»Ich könnte dich dasselbe fragen! Ich beende gerade die Uni.«

»Hey, das ist doch toll!« Er freute sich aufrichtig. »Und wie geht es dem entzückenden Lafayette? Und Judy?«

Sie hatten sich in Serrins Geburtsort kennengelernt, nicht lange, nachdem er bei dem Renraku-Job übel zusammengeschossen worden war. Aus irgendeinem Grund hatte er beschlossen, einen Teil des Geldes, das sie ihm bezahlt hatten, dafür zu benutzen, um ein paar Wochen in seiner Geburtsstadt zu verbringen. Nicht, daß er dort irgendwelche Wurzeln hatte. Dafür waren seine Eltern zu oft und zu weit gereist. Er hatte nur sehen wollen, wie sich die Stadt verändert hatte.

»Ach, ich bin von dort weggezogen, nicht lange, nachdem du nach Japan gegangen bist. Ich konnte es dort einfach nicht mehr aushalten. In Syracuse habe ich einen netten Mann kennengelernt, der sich echt gut um uns gekümmert hat. John und ich waren fünf Jahre zusammen, aber nachdem er dann an Krebs erkrankt war, hab ich mich 'ne Weile rumgetrieben, bis ich hier gelandet bin und mich durch die Uni gequält hab. Und Judy entwickelt sich wirklich toll. Sie verkauft was von ihrem Zeug im Village. Sie ist 'n echt helles Kind.«

Er freute sich. Als unverheiratete Mutter eines Mischlingskindes in Lousiana sich durchzuschlagen, war nicht unbedingt ein Zuckerschlecken für sie gewesen. Das Kind war aufgeweckt gewesen, sensibel und verletzlich, und er hatte sich Sorgen um es gemacht. Serrin war weder physisch noch emotional in der Lage gewesen, sich selbst darum zu kümmern, aber es war gut zu wissen, daß Barbara zurechtgekommen war.

Er musterte sie, während sie ihren Kaffee trank. Die Dreißiger hinter sich zu lassen, hatte ihr gutgetan. Sie war nicht mehr so mager, die Falten um Mund und Augen sahen so aus, als stammten sie vom vielen Lachen. Zumindest teilweise. Ihre Hände waren wie immer, langfingrig und mehr wie die eines Mannes, gut geeignet, um die Töpfe, Tonwaren, Ölbrenner und all die kleinen Dinge zu formen, die sie herstellte.

»Was ist mit dir?« Sie wollte wissen, wie es ihm ergangen war, doch er wußte kaum, wo er anfangen sollte.

»Tja, ich bin nur ein paar Tage in der Stadt, aber ich komme immer gerne her, wenn ich schon mal in Manhattan bin«, erwiderte Serrin gestikulierend. »Sitze gerne einfach so rum und sehe mir alles an. Lasse die Welt an mir vorüberziehen. Ich schätze, auf die eine oder andere Art und Weise habe ich das ziemlich ausgiebig getan. Hey, ich hab was für Judy!« Er griff in seine Tasche und holte das kleine Spielzeug heraus. Er drückte einen Knopf auf der kleinen Schalttafel auf dem Rücken und stellte es auf den Boden.

Es war ein Beefeater, ein Spielzeugsoldat mit schwarzer Hose und einer roten Jacke und dem unmöglich großen, schwarzen Pelzhut einer echten Londoner Towerwache. Das Spielzeug erwachte zum Leben und begann im Stechschritt über den Boden zu marschieren, während es das rituelle Gewehr geschultert hatte und den anderen Arm im Marschierrhythmus hin- und herschwingen ließ. Nach einem Dutzend Schritten vollführte der Soldat eine perfekte Kehrtwendung und marschierte den ganzen Weg zurück. Barbara brach in fröhliches Gelächter aus.

»Das ist unbezahlbar!« Vor sich hin kichernd, nahm sie die handgroße Puppe auf. »Danke. Das wird Judy echt gefallen.«

»Es gibt noch eine zusätzliche Einstellungsmöglichkeit. Du kannst ihn dazu bringen, daß er *God Save the King* singt, während er marschiert. Ich glaube, Judy ist jetzt zu alt für diesen Kram, aber er ist echt Altes England.« Er kicherte.

Sie grinste, nahm das Spielzeug und umarmte ihn. »Hast du Zeit für 'ne gepflegte Unterhaltung während deines Aufenthalts?«

»Darauf kannst du wetten. Hey, willst du mir Judys Kram zeigen?«

Der größte Teil des Tages war vorüber, als sie sich schließlich voneinander verabschiedeten, wobei Serrin schnell noch Barbaras Nummer nahm und anzurufen versprach.

Judy hatte ihn auf den Boden der Tatsachen zurückgeholt. Sie war jetzt fünfzehn und malte Karten und Graffiti und bekam sogar hin und wieder einen Auftrag für ein Poster. Ihre Aufmerksamkeit galt Computergrafiken und der Matrixbildhauerei. Sie hatte immer noch dieselben Talente und dieselbe Sensibilität, an die sich Serrin erinnerte, aber jetzt war sie für ein Kind von fünfzehn Jahren doch sehr weltlich. Irgendwie hatte ihn das enttäuscht. Es war, als hätte Manhattan bereits begonnen, sie zu übernehmen. Er hoffte, sie würde sich selbst treu bleiben. Die Enttäuschung erleichterte ihm den Abschied jedoch ein wenig.

Trotzdem war es bereits dunkel, als er in seinem Hotelzimmer saß und mit den Anrufen begann. Es gestaltete sich ziemlich langwierig, und er hatte bereits Seattle, Philadelphia, Washington und den halben Freistaat Kalifornien angerufen, bevor er Kerman an die Strippe bekam.

Die blutunterlaufenen Augen starrten ihn unwillig an. »Du verdammter spitzohriger Hurensohn. Weswegen hast du mich geweckt?«

»Ich dich geweckt? Machst du Witze? Es ist zehn vor sechs.«

»Ja, ja, hier ist es erst zehn vor vier, du Arschloch. Bin ich schon mal je vor fünf aufgestanden?«

Serrin grinste. »Du hast einen wunderbaren Tag verpaßt. Ich bin hier im Rotten Apple, lasse mir die Wintersonne auf den Kopf scheinen und bewundere die Schauspieler und Möchtegerns im Village. Und du verschläfst einfach dein Leben.«

»Hör mal, Chummer, das Leben fängt erst um Mitternacht an, also erspar mir den Drek. Was willst du?«

»Kerman, ich bin da in England auf etwas gestoßen. Genauer gesagt in London. Ist echt 'ne komische Sache, bei mir klingelt's andauernd, aber ich kann die Verbindung nicht herstellen. Ich mußte London für ein paar Tage verlassen, also bin ich über den Teich geflogen, um mal zu sehen, ob ich nicht mit diesem oder jenen das eine oder andere abchecken kann. An dich hab ich erst im letzten Moment gedacht, sonst wäre ich gleich zu dir geflogen, um dein liebliches lächelndes Gesicht in Fleisch und Blut zu sehen.«

Der Mann gähnte ostentativ. »Ja, ja. Was willst du?«

»Also gut. Was weißt du über Jack the Ripper?«

Kerman war nicht erfreut. »Was, zum Teufel, soll ich über ihn wissen? Du bist doch derjenige, der in London war. Hat er nicht vor einem oder zwei Jahrhunderten da drüben ein fröhliches Gemetzel angerichtet?«

»Ja. Aber es kann sein, daß sich im Augenblick jemand um eine ziemlich genaue Nachahmung seiner Taten bemüht. Das ist nicht für die Öffentlichkeit bestimmt, also behalte das erst mal für dich, bitte. Das Komische ist, ich kann mich an ein paar verrückte Ripper-geschichten erinnern, die vor zwei, drei Jahren in Seattle abgelaufen sind. Ich war damals nur ganz kurz da und hab nicht richtig darauf geachtet und das meiste verpaßt. Kannst du dich noch an irgendwas erinnern?«

Kerman rieb sich das Kinn, wobei er den unschönen Pickel darauf mied, während sich seine Stirn in konzentrierte Falten legte. »Ja. Ich hab's. Da ist irgendein verrückter Serienmörder umgegangen. War nichts Besonderes an der Geschichte, aber ich kann mich an irgendwelche Gerüchte über den Ripper erinnern. Die Sache war nicht lange aktuell. Direkt danach war eine fette Mitsuhama/Yakuza-Story in den Schlagzeilen, wenn ich mich recht erinnere, und die hat alles andere verdrängt. Hör mal, kann ich dich deswegen zurückrufen?«

Von irgendwo hinter ihm war ganz klar ein weinerliches »Schatz, komm wieder ins Bett« über das Telekom zu hören.

Serrin grinste über Kermans unbehagliches Zusammenzucken. »Klar. Aber heute abend noch. Mir bleibt hier nicht mehr viel Zeit.«

Es dauerte dreieinhalb Stunden, bis Kerman zurückrief. Serrin wartete gespannt darauf. Die Anrufe bei den Manhattanern auf seiner Liste hatten ihm wenig mehr eingebracht als ein paar vereinzelte Einladungen zu einem Drink und die übliche Litanei höflicher Floskeln.

»Pünktlich!« Rasiert, gebadet, mit einem Dinnerjacket und Krawatte angetan, strahlte Kerman den Elf über den Telekomschirm an.

»Hoi, Chummer. Hey, du siehst gut aus.«

»Selbstverständlich. Aber laß uns keine Zeit verschwenden. Also, es läuft auf folgendes hinaus. Sagt dir der Name Global Technologies irgendwas?«

Serrin erinnerte sich, daß dies der Name eines kleinen Talentsoft- und Simsinn-Konzerns in Seattle war, hatte jedoch keine Einzelheiten im Kopf. »Ja. Was ist damit?«

»Die einzige Spur, die ich entdecken konnte. Ein paar Gerüchte bringen den Laden mit dieser Ripper-Geschichte in Verbindung, aber wer weiß schon, ob das nicht wieder nur Straßenklatsch ist. Wenn ich zehn Prozent von allem glaubte, was ich über Renraku höre, müßte ich glauben, daß der Laden von Satanisten geführt wird, die kleine Kinder schlachten, Atommüll zum Frühstück verspeisen und ihn dann in die Trinkwasserreservoire pissen. Aber bei dieser Geschichte ist meine Quelle echt gut. Gegen ein kleines Entgelt könnte ich dir einen Namen und eine Adresse in Manhattan nennen, die dich vielleicht weiterbringen. Ich kann für nichts garantieren, aber es ist ziemlich interessant.«

Serrin stöhnte hörbar. Seine Kredstäbe schmolzen

unangenehm schnell dahin. »Hey, du Halsabschneider, was ist mit dem Atlantis-Geschäft? Drek, dabei hast du mich ganz schön über den Tisch gezogen. Wenn wir das Ding geteilt hätten, hätten wir fünfzigtausend pro Stück für diesen gefälschten Drek gemacht, den wir ihnen verscherbelt haben.« Die Atlantis-Stiftung hielt die ›Artefakte‹ wahrscheinlich immer noch für echt. Der Schwindel hatte echten Spaß gemacht.

»Geschäft ist Geschäft, Spitzohr. Fünftausend bringen dir einen Namen und was zum Herumstöbern.«

»Was? Du verfluchter Blutsauger«, kreischte Serrin, und sie begannen ernsthaft zu feilschen. Als Serrin seinen Kredstab schließlich um dreitausend erleichtert hatte, bekam er einen Namen, der ihm selbst hätte einfallen müssen, und er verfluchte sein schlechtes Gedächtnis.

Es war nach zehn Uhr abends, aber SoHo erwachte um diese Zeit ohnehin erst richtig. Er hatte ihre Ladyschaft noch nie gesehen, und am Telekom erwischte er nur einen Troll, der einen auswendig gelernten Spruch runterleierte und mehr nach Maschine als nach Mensch aussah. Okay, was soll's, entschied Serrin, die Sicherheitsstufe ist gut. Probieren wir's aus.

25

Serrin fand das Haus problemlos. Es sah wie eine architektonische Unmöglichkeit aus: Schmal, sich scheinbar ein wenig zu einer Seite neigend, erweckten seine fünf Stockwerke den Eindruck, als seien sie zu viele, um aufrecht stehen zu können. Im Erdgeschoß befand sich ein Blumengeschäft, das jedoch geschlossen war. Es gab dieser Tage nicht mehr viele Blumen in Manhattan. Ansonsten deutete nichts darauf hin, was sich in den Stockwerken über dem Blumengeschäft abspielte. Serrin drückte auf den Rufknopf des veralteten Interkoms am Nebeneingang, das summend zum Leben erwachte.

»Ich bin gekommen, um die Lady zu sprechen. Mein Name ist Serrin Shamandar. Sie kennt mich nicht persönlich, aber ich brauche einige Informationen, und ich kann zahlen.«

Es gab eine lange Pause. »Eine Minute«, dröhnte die verzerrte Stimme. »Ich muß mit Ihrer Ladyschaft Rücksprache nehmen. Sie empfängt nicht viele Besucher.«

Im Interkom klickte es, und die Verbindung war unterbrochen.

Es dauerte zehn Minuten, bis sich die Stimme erneut meldete.

»Sie können hereinkommen, um die Möglichkeit eines Termins zu erörtern, aber ich mache Sie darauf aufmerksam, daß wir ernste Vorsichtsmaßnahmen gegen jede Form magischer Wahrnehmung und Spruchzauberei treffen. Jede Handlung, die auf einen aktiven Sprucheinsatz hindeutet, wird als feindseliger Akt betrachtet und entsprechende Konsequenzen nach sich ziehen.«

Tja, ich weiß natürlich, daß es Gegenmaßnahmen gibt, dachte Serrin. Habe ich es schon mit magischer Wahrnehmung versucht? Nein, ich glaube nicht. Er wollte gerade eine kurze Antwort formulieren, als ihm klar wurde, daß er eine Bandaufzeichnung gehört hatte. Die Tür öffnete sich, und eine Vielzahl von Kameras verfolgte seinen langen und schmerzhaften Aufstieg die fünf Treppen hinauf in die oberste Etage. Ihr Geister, hatten diese Leute noch nie etwas von Fahrstühlen gehört?

Als er sich schließlich den letzten Treppenabsatz hinaufschleppte, atmete er schwer. Vor ihm war eine schwere Stahltür. Er berührte den Detektor, um den Scannermodus auszulösen, und trat einen Schritt zurück. Sekunden später öffnete sich die Tür.

Die meisten ernsthaften Runner in Manhattan kannten Ihre Ladyschaft, aber die wenigsten hatten sie je gesehen oder einen Fuß in ihr Reich gesetzt. Sie verließ diese Wohnung niemals, existierte als eine Art Informationsschwamm, der alles und jedes aufsog. Sogar die Topkonzerne kamen zu ihr, wenn sie dringend einen Hinweis ihres gestörten Verstandes benötigten. Ihre Informationen waren so umfangreich und wertvoll, daß es aus Furcht vor eventuellen Geheimnissen, die im Falle ihres Todes enthüllt werden mochten, niemand wagte, gegen sie vorzugehen. Angeblich barg dieses Haus den verrücktesten Cyberkomplex außerhalb der wirklich gewichtigen Konzerne. In Manhattan mußte das tatsächlich schon ziemlich verrückt sein. Serrin war daher auf alles mögliche gefaßt, aber nicht auf die Begegnung mit dem Troll.

Als sein Blick von den enormen Füßen des Metamenschen, die mindestens Größe 65 haben mußten, nach oben wanderte, registrierte Serrin nichts Ungewöhnliches an den stahlverstärkten Stiefeln und der wuchtigen olivgrünen Hose. Erst als der Troll einen Schritt vorwärts machte, hörte er das Zischen der Hydraulik. Auf seiner Brust, die wie ein Sammelsurium militärischer Orden aussah, bildete eine ganze Reihe von Sensorpaneelen und blinkenden Lichtern ein Neonmantra.

Weiß der Himmel, wie seine Nerven- und Atmungssysteme verchippt sind, dachte der Elf. Die Arme des Trolls sahen aus, als bestünden sie aus flüssigem

Chrom, einem glänzenden und unglaublich flexiblen Metall. Tatsächlich war es ein wenig absurd, daß er eine Hand aus Fleisch und Blut und eine aus Metall besaß.

Doch es war der Kopf des Metamenschen, der Serrin wirklich erschreckte. Nicht die Cyberaugen waren seltsam, sondern das faserige Netz aus feinen, verwobenen Metallfäden und etwas, das wie Monoglasfasern aussah, welche von dem Netz ausgingen und sich um Stirn und Gesichtsmuskulatur des Trolls wanden. Die Lippen seines Mundes glänzten metallisch, und seine Stimme verriet das Vorhandensein eines Stimmensynthesizers im Kehlkopf. Der Troll besaß keine Ohren, sondern konzentrische Ringe aus geschwärztem Stahl und Monofasern, die ein Ausmaß an Verdrahtung und Cyberware verrieten, von dessen Existenz Serrin noch nicht einmal geträumt hatte.

All das reichte, um den Magier aus der Fassung zu bringen. Was ihm jedoch tatsächlich Angst einjagte, war die Kanone in der Metallhand. Sie sah aus wie ein Taser, war jedoch mit einem Kasten an der Hüfte des Trolls verbunden, der vor Chiptech aus den Nähten platzte. Wer wußte schon, was diese Haken mit einem anrichteten, wenn man sie erst mal im Körper hatte? Serrin hatte solche Angst, daß er die Hände hochnahm.

»Nur die übliche Vorsichtsmaßnahme«, sagte der Troll mit heiserer Stimme. »Wenn Sie irgendwelche Waffen haben, liefern Sie sie bitte jetzt ab.« Serrin reichte ihm seine kleine Holdout mit einer gemurmelten Entschuldigung, daß er sich damit auf der Straße einfach sicherer fühlte. Der Troll ignorierte ihn, als er die Pistole entgegennahm. Es war ein komischer Moment, ein dünner Elf gab diesem gigantischen Troll, dieser wandernden Sammlung von Panzerung und Abwehrvorrichtungen, eine winzigkleine Holdout, aber Serrin würde die Komik der Situation erst in einigen Stunden richtig würdigen können.

»Bitte setzen Sie sich.«

Nun, da er den unmittelbaren Eingang hinter sich gelassen hatte, konnte Serrin ein wenig mehr von seiner Umgebung sehen. Das Dekor war ein bizarrer Kontrast: Ölgemälde hinter Panzerglas — ein Rembrandt, wenn er sich nicht irrte, und weitere anonyme holländische Landschaftsdarstellungen —, eine Vitrine mit elfischen Kristallarbeiten aus Tir Tairngire und eine Ming-Vase auf einem Sockel. Um die Wahrheit zu sagen, Serrin wußte nicht, ob es sich um eine Ming-Vase handelte oder nicht. Er hatte sie so eingeordnet, weil Ming der einzige Dynastiename war, den er kannte. Die Kunstsammlung wurde durch Überwachungskameras, Sensorsysteme, Sprinkleranlagen und zwei an der Wand angebrachte automatische Pistolen aufgelockert. Letztere waren beweglich und folgten ihm, so daß beide Läufe auf seine Brust gerichtet waren, als er sich auf den einzigen Stuhl des Raumes setzte. All das erweckte in ihm nicht unbedingt das Gefühl von Sicherheit und Geborgenheit.

Der Troll sagte gar nichts. Serrin fragte zaghaft nach einem Termin, doch der Troll hob eine Hand, um ihm zu bedeuten, er möge schweigen, und der Elf gehorchte. Die Zeit verrann, und Serrin fing an, auf seinem Stuhl herumzurutschen, als ein augenförmiger Sensor auf einem langen, flexiblen Metallarm geräuschlos aus der Wand neben ihm glitt. Er tastete Gesicht und Brustkorb des Elfs ab, und zeigte trotz all seiner Bemühungen, die Beine übereinanderzuschlagen, ein brennendes Interesse für die privateren Stellen seiner Anatomie. Als er schließlich an den Füßen angekommen war, wandte er sich noch einmal seinem Gesicht zu, bevor er schließlich in die Wandhalterung zurückglitt.

Als eine halbe Stunde verstrichen war, erhob sich Serrin von seinem Stuhl, sehr langsam, und wandte sich an den Troll, der die ganze Zeit reglos dagesessen hatte.

»Äh, es wird langsam spät, und ich wäre wirklich sehr dankbar, wenn ...«

Was als nächstes geschah, war absolut bizarr und verwirrend. Der Troll stimmte eine Opernarie an, sprang dann auf, vollführte eine Pirouette und breitete die Arme aus, während er mit stählernen Zähnen grinste. Eine bestürzend lange Zunge schoß aus seinem Mund und zeigte auf die andere Tür des Raumes, die sich langsam öffnete. Serrin hatte keine Ahnung, was der Troll gesungen hatte, aber seiner Ansicht nach mochte es durchaus Italienisch gewesen sein. Als Serrin den abgedunkelten Flur hinter der Tür betrat, rollte der Troll seine Zunge ein wie ein Frosch und klickte hörbar mit den Zähnen. Ich habe wirklich Glück, dachte er. Es heißt, sie gewährt nur selten Audienzen, ganz zu schweigen davon, daß sie Leute einfach so aus heiterem Himmel hereinspazieren läßt.

Vor ihm lagen vier Türen, und er beschloß, an derjenigen zu klopfen, über der ein rotes Licht brannte. Auf seine Berührung schwang sie geräuschlos nach innen und lud ihn in das Heiligtum Ihrer Ladyschaft ein. Mit einer Mischung aus Hoffnung und Angst betrat Serrin den Raum.

Er starrte verdutzt auf den Anblick, der sich ihm auf der anderen Seite der Tür bot. Von Wand zu Wand zogen sich endlose Reihen von Video- und Trideoschirmen, Telekom- und Satellitenverbindungen. Er sah Warenpreislisten, Flugpläne und Passagierlisten, Konzernrechnungsberichte, eine Talkshow mit einem nackten weiblichen Psychiater als Gastgeberin, einen Dokumentarfilm über wildlebende Tiere, ein Zeichentrickeichhörnchen, das einem Zeichentrickhund mit einem Baseballschläger auf den Kopf drosch, einen Film über die Gesellschaft der Eskimos, Zeitlupenwiederholungen von Football-Touchdowns, grausige Bilder von chirurgischen Operationen, Aufnahmen von Weltraumsatelliten

— ein Querschnitt durch den gesamten Informationsfluß der Menschheit. Er mußte seine Augen vor dem beständigen Leuchten und Flackern abschirmen.

Die Elfin war allein in dem Raum, eine gespenstische Gestalt im Zentrum eines großen Spinnennetzes aus Fiberkabeln, Pumpen, Röhren, Leitungen und Inputs jedes nur vorstellbaren Typs. Ein vielstrangiges Leitungskabel pumpte ihr einen endlosen Datenstrom direkt in die Stirn. Währenddessen pulsierten Flüssigkeiten in einer Vielzahl von Röhren, Leitungen und Filtern eines I/O-Portkomplexes in ihrem Hinterkopf. Die Elfin selbst hatte nur noch einen rudimentären Körper, der eingefallen war und buchstäblich am Leben erhalten wurde. Die Muskeln waren geschrumpft, die Finger hoffnungslos knotig und verkümmert, doch die Augen waren lebendig, und es waren echte Augen. Sie waren vielleicht der einzige Körperteil Ihrer Ladyschaft, der noch funktionstüchtige Überreste ihres ursprünglichen Körpers verriet.

Sehr langsam senkte sie die Augenlider mit den zolllangen, stark getuschten Wimpern, und der Informationsfluß in Richtung Stirn ließ ein wenig nach. Die Schirme im Raum verdunkelten sich etwas.

»Ah, ein Angehöriger meines Volkes. Ein Elf, der gekommen ist, um mit mir zu sprechen.« Die Stimme war absolut ton- und ausdruckslos, so daß Serrin nicht sagen konnte, ob es Spott oder ein aufrichtiger Ausdruck des Willkommens war. Das Gesicht verriet nichts, weil es sich nicht bewegte. Der Stimmensynthesizer war auf Sensurround geschaltet, so daß er ebenfalls nicht ausgemacht werden konnte. Zwischen den leblosen Armen Ihrer Ladyschaft erschien ein kleines blaugrünes Hologramm Serrins, der einen ruckhaften, mannequinartigen Reigen tanzte. Um die Gestalt wand sich eine vierfarbige Doppelhelix, sein DNS-Code, und auf der einen Seite des Bildes rollte eine permanent aktualisierte Darstellung seiner Lebenszeichen und physischen Parameter ab. Auf der anderen Seite pulsierte ein tomografisches Bild seines Gehirns in lebhaften Farben. Er verspürte jetzt große Angst, hatte das Gefühl, dieser obszönen Kreatur vollständig ausgeliefert zu sein. Die DNS-Helix war echt gespenstisch. Jemand konnte sie für rituelle Zauberei gegen ihn einsetzen. Er fragte sich, wie sie an den Code gekommen war.

»Serrin Shamandar. Das wird meine Akte über dich wesentlich vervollständigen, kleiner Elfenmagier.« Die Andeutung eines Lächelns schien um jene weißen Lippen zu spielen. Die Augen blinzelten nicht, sogen sein Unbehagen auf und weideten sich daran.

»Ihr habt eine Akte über mich?«

»Ich habe eine Akte, eine hübsche kleine Akte über alles und jeden. Wir bestehen alle nur aus Informationen. Sieh nur, wie du funkelst und strahlst.«

Die DNS-Helix erblühte zu einem Feuerwerk aus knisternder Energie. Mit ihrem Blau und Silber und dem strahlenden Purpur haftete ihr eine sonderbare Schönheit an. »Oh, du bist wirklich ein ganz Hübscher. Sieh nur deine Macht«, sagte die Stimme, als ein Abschnitt der Helix vor seinem Gesicht golden zu leuchten anfing. Die Gestalt vor ihm begann mit einer langsamen, geschmeidigen, beinahe peristaltischen Schaukelbewegung. Ihre Augen ließen nicht einen Moment von ihm ab.

»Es ist mir eine Ehre, Eure Ladyschaft«, sagte Serrin, der langsam den Eindruck gewann, das dieses Wesen ziemlich wahnsinnig war. Er mußte äußerst vorsichtig zu Werke gehen.

»Du bist also gekommen, um etwas zu erfahren, mein hübscher kleiner Magier. Warum zu mir? Nicht viele tun das. Oder vielleicht tun es doch viele, aber nur sehr wenige werden vorgelassen. Deine Scannerresultate haben mich belustigt. Du bist geschädigt, Hübscher. Das gefällt mir.«

»Ich habe Euren Namen von einem Freund. Er sagte mir, Ihr wüßtet vielleicht etwas über einen Konzern, über den ich Nachforschungen betreibe.«

Die Schirme erhellten sich wieder. »Du bist wegen einer derart langweiligen Angelegenheit gekommen? Ein Runner, der Informationen über einen Konzern einholen will? Du verschwendest meine Zeit. Ich gewähre nur Informationen, wenn man mich etwas Interessantes fragt, und selbst dann nur winzige Bruchstücke. Sieh!«

Die Sinnesüberlastung war unglaublich. Die Bilder auf den Schirmen wechselten jetzt stroboskopartig, und der Sensurround-Verstärker attackierte seinen Verstand. Er sank vor Schmerzen auf die Knie, wobei er verzweifelt versuchte, die Sinneseindrücke abzublocken. Die Lawine flaute ab.

»Es ist interessant, Lady. Bitte hört mich an«, preßte er durch zusammengebissene Zähne. Er erzählte ihr von den Morden und den Parallelen zu den vor vielen Jahren ausgelöschten Leben. Das gefiel ihr, und der Stimmensynthesizer gurrte jetzt.

»O ja, o ja, Hübscher. Dein Freund hat recht. Vor Jahren, Kleiner, BTL-Chips. Jack the Ripper, o ja, das hat mir wirklich gefallen.«

Better-than-life-Chips. Jemand hatte eine Ripper-Version produziert. Natürlich.

»Aber sie haben es nicht richtig gemacht, nein, nein.« Sie schuf ein tanzendes Hologramm ihrer Abbilder und schob dann sein Hologramm hinter sich, wo es schweigend weiter vor sich hin tanzte. »Hübsche kleine Huren, hack! hack! hack! Hä hä hä hä ...« Die Stimme verlor sich in psychotischem Gelächter und dann schrecklicherweise in einem Lied, ein Schlaflied für Kinder.

Serrin glaubte nicht, daß das Wort Wahnsinn hier noch angemessen war. Das hier vorliegende Phänomen ging weit über die Symptome der Schizophrenie hinaus. Er wollte nicht einmal mehr das Hologramm mit den furchtbar verstümmelten Leichen in Gaze und Chiffon ansehen.

»Also ist er wieder da, er ist wieder da! Jack ist wieder da! Hä hä hä!« Wiederum hallte das schrille Gelächter durch den Raum. »Nun, Kleiner, ist es jetzt ordentlich? Haben sie ihre Sache diesmal gut gemacht?«

Serrin nickte grimmig. Er wollte verzweifelt herausfinden, wer einen Ripper-BTL-Chip hergestellt hatte, und er beschloß, ihren Zorn zu riskieren und direkt danach zu fragen.

»Ach ja.« Sie klang hektisch und leicht verärgert. »Kleine Leute mit großem Geld in den Schatten. Global Technologies hat die Chips produziert. Kleine Leute haben sie benutzt. Hollywood-Leute. Man weiß nie, was sie tun, diese Hollywood-Leute, sie sind immer so mit sich selbst beschäftigt und achten nie auf Einzelheiten. Wir sind nicht modisch, und wir sind nicht hübsch«, trällerte sie voller Spott.

Für einen Sekundenbruchteil schien die verhutzelte Gestalt ein wenig näher auf ihn zuzuschaukeln. Sie durchbohrte ihn mit Blicken wie Laser. »Hollywood Simsense, kleiner Magier«, sagte sie schlicht. »Konzernkrieg. Aber wer steht hinter den Hollywood-Leuten? Wer ist größer als alle Leute von Global Technologies zusammen?

Geh jetzt.« Der Tonfall änderte sich abrupt. »Die Sache langweilt mich jetzt. Ich denke, ich werde eine Soiree geben.« Von einer Sekunde zur anderen wechselten alle Kanäle auf den Schirmen, um eine endlose Reihe von Berühmtheiten zu zeigen. Politiker, Künstler, Sim-Sinn-Stars, religiöse Führer, Schriftsteller und Sportler. Serrin kannte fast alle. Und fast alle schwiegen, doch zu Serrins Überraschung erzählte der russische Präsident plötzlich einen uralten und besonders obszönen Witz über den Bürgermeister von New York und eine Schauspielerin. Er sah die ausdruckslose Gestalt fragend an.

»Sie sagen, was ich will, daß sie sagen sollen. Du wirst jetzt gehen. Aber bevor du gehst, mein Hübscher, wirst du für uns alle tanzen. Und wir werden alle höflichst applaudieren. Tanz für uns.«

Er hatte das Gefühl, als würde sein Körper herumgestoßen und —gezogen; er verlor jegliche Kontrolle über ihn. Sein Verstand ging die Möglichkeiten durch: Extrem niederfrequente ELF-Wellen, Quarkspin-Modulatoren, unbewußte Reizung ... das konnten sie ihm nicht antun. Aber er hatte keine Wahl, als er durch den alptraumhaften Raum schwankte und torkelte.

Hinterher konnte sich Serrin jedoch nicht mehr an diesen Alptraumtanz erinnern. Als der Troll die Tür hinter ihm schloß, hatte er einige Informationen. Better-than-life-Chips. Eine Bestätigung für Global Technologies und Hollywood Simsense. Das war weit mehr, als er sich erhofft hatte. Während er ein wenig benebelt den Bürgersteig entlangging, wurde ihm klar, daß er sich nicht von einem einzigen Nuyen hatte trennen müssen, und er lächelte. Er hüpfte sogar ein wenig vor Vergnügen, bis ihn sein Bein schmerzte und er wieder in ein ganz gewöhnliches Gehen verfiel.

Vielen Dank, Lady.

Es war nach Mitternacht, als er das Hyatt vor sich sah. Unterwegs konnte er einfach nicht dem altvertrauten Geschmack einiger Snacks aus dem Stuffer Shack widerstehen. Echt künstlich. Er hatte bei Geraint in London zuviel gutes Essen genossen, und das hatte sein ganzes System durcheinandergebracht.

Auf dem Anrufbeantworter war nur eine Nachricht. Sie stammte von einem seiner New Yorker Kontakte, der ein Treffen um acht Uhr am nächsten Abend vorschlug. Von allen Leuten, die er in dieser Stadt kannte, war dies derjenige, bei dem er am meisten auf das Zustandekommen einer Verabredung gehofft hatte. Wenn ihm irgend jemand verraten konnte, wer hinter der BTL-Szene bei Global Technologies und Hollywood Simsense steckte, dann war es Shrapenter.

Serrin traf seine Rückflugvorbereitungen. Er hatte mehr als genug erfahren, was er mit zurück nach London nehmen konnte.

26

Der Saab schnurrte in nordöstlicher Richtung über die Autobahn. Es war ein guter Morgen gewesen. Während er darauf gewartet hatte, daß Francesca mit Softwareeinkaufen und Kofferpacken fertig wurde, war Geraint zufällig auf eine Ungenauigkeit in den Wechselkurstransaktionen bei den bedeutenden Bankzentren dreier Kontinente gestoßen, die ihm viertausend Nuyen für fünfzig Sekunden Arbeit eingebracht hatte. Er hatte gelernt, daß er dem Schweizer Satellitenbanksystem normalerweise ein Schnippchen schlagen konnte, indem er sich auf den südamerikanischen und die kleineren fernöstlichen Märkte konzentrierte. Auch ein Gewinn, der sich wie eine Handvoll Wechselgeld ausnahm, vermittelte ihm das herrliche Gefühl, das System auszunutzen.

Er hatte beschlossen, sein Tarotspiel nicht mitzunehmen. Er mochte ein magischer Adept sein, doch der Standort Oxford war beängstigend. Da die Stadt ein Zentrum britischer Druidenmagie war, würden gewisse Fleckchen mit magischen Interferenzen überlagert sein. Hintergrundrauschen nannten das die Gelehrten — mächtige Reststrahlung von Emotionen oder wiederholten magischen Operationen, welche jegliche magische Arbeit erschwerte. Es hieß, die Druiden wüßten sich dieses Hintergrundrauschen für ihre eigenen Zwecke nutzbar zu machen. Geraint mied absichtlich den Kontakt mit den meisten englischen Druiden und war nicht gewillt, irgend etwas zu unternehmen, was diese auf seine Existenz und gegenwärtigen Aktivitäten aufmerksam machen konnte. Der Hauptgrund war jedoch, daß er nie wußte, was das Tarot enthüllen würde; wie sollte er also erraten, was jemand entdecken mochte, der mit magischen Mitteln herumschnüffelte?

Da er länger als erwartet auf Francesca warten mußte, hatte er eine Weile an seinem Schreibtisch meditiert, dann die Karten gemischt und sie schließlich vor sich ausgebreitet. Er war dermaßen vertieft in seine Gedanken, daß er nicht gehört hatte, wie die Haustür mit dem Magschlüssel geöffnet wurde, und hatte ihre Anwesenheit erst zur Kenntnis genommen, als sie hinter ihm stand.

»Kann ich mir deine Gewogenheit mit Silber erkaufen?« sagte sie mit einem Grinsen. Sie erntete einen frostigen Blick als Erwiderung.

»Bagatellisier das nicht, Fran. Du kennst mich gut genug, um zu wissen, daß ich das nicht machen würde, wenn es nicht funktionierte.«

Das ernüchterte sie. Bestrebt, ihn zu beschwichtigen, bat sie Geraint, ihr zu erklären, was das Legesystem bedeutete, indem sie auf die erste Karte mit ihrer Explosion aus gelbroten Federn zeigte, die eine knisternde Energiesäule umgaben.

»Das As der Stäbe. Ich wollte wissen, wo wir gegenwärtig stehen. Es verrät mir nicht sehr viel. Ein As ist ein Anfangspunkt, die Stäbe stehen für Intuition, für Energien in einem allgemeinen Sinn. Also besagen die Karten, daß Energien freigesetzt werden; wir konzentrieren unsere Energien alle auf verschiedene Richtungen. Es ist ziemlich vage, aber es paßt. Wir befinden uns alle an verschiedenen Orten, und wir sind alle auf der Suche nach Hinweisen und nicht sicher, wohin das alles führen wird.«

»Wer ist dieser alte Kauz?« fragte sie, zur nächsten Karte übergehend. Geraint wandte sich mit einer Spur von Tadel auf seiner Miene zu ihr um.

»Der Eremit. Eigentlich ich. Ich habe gefragt, wo *ich* bei alledem stehe. Er ist ziemlich einsam, nach innen gewandt, losgelöst von der Welt. Ich glaube, die Karte sagt mir, ich soll mich auf mein eigenes Urteil verlassen und nicht zu sehr auf andere. Wenn wir also Streit bekommen sollten, meine Liebe, fürchte ich, daß du verlieren wirst.«

Sie lachte und warf ihr Haar nach hinten. »Du sagst das nur, um mich einzuschüchtern, damit ich dir deinen Willen lasse. Ich kenne dich.«

»Nein, wirklich. Paß auf«, sagte er. »Das bist du.« Die Karte zeigte eine grün gekleidete Frau, die auf einem Steinsockel saß und in abwehrender Haltung ein Schwert in der Luft schwang. »Die Königin der Schwerter. Die Karte zeigt, daß du sehr praktisch bist und auf dem Boden der Tatsachen stehst, aber dir könnte dadurch eben auch etwas entgehen. Klug, aber nicht kreativ, das ist die Königin. Nichts für ungut, Fran. Sei nachsichtig mit mir.« Er ging weiter zur vierten Karte, die auf dem Schreibtisch lag.

»Ich habe gefragt, wie unsere Sache verlaufen würde. Dabei bat ich um zwei Karten: Die erste, um das wichtigste Problem zu zeigen, dem wir gegenüberstehen; die zweite, um das Endergebnis zu zeigen. In diesem Zusammenhang besagt die Fünf der Scheiben, daß irgend etwas ungewiß und beunruhigend ist. Die Grundlage, auf der wir arbeiten, ist irgendwie nicht ganz richtig. Aber die Sechs der Schwerter sieht gut aus. Sie besagt, daß wir letzten Endes Erfolg haben werden, unterwegs aber auf unvorhergesehene Schwierigkeiten stoßen können. Aber das ist schon in Ordnung«, fuhr er fort, als er ihren unsicheren Blick auffing.

»Ich habe gerade nach Serrin gefragt. Natürlich der Magier. Er tut das, worin er gut ist. Von dieser Seite haben wir nicht mit Problemen zu rechnen. Die Tatsache, daß außerdem sein persönliches Symbol im Spiel ist, verrät mir, daß diese Sitzung funktioniert. Ich wollte gerade nach Rani fragen, wie sie in das Schema dessen paßt, was wir zu tun beabsichtigen.« Er drehte die nächste Karte um.

Francesca pfiff bewundernd durch die Zähne. »Ein sagenhaftes Motiv.« Vor einem azurblauen Hintergrund stand senkrecht ein großer rotsilberner Stab mit einer flammenden Sonne am oberen und einem Halbmond

DOOG '92

am unteren Ende, der einen Kreis von etwas dunklerem Blau umschloß. Hinter dem Stab kreuzten sich zweimal vier Pfeile mit roten Schäften, deren Spitzen aus silbernen Halbmonden bestanden.

Geraint nickte feierlich. »Die Neun der Stäbe. Stärke. Sieht so aus, als würde sie uns nicht im Stich lassen.«

»Stärke? Gibt es nicht noch eine andere Karte, die so genannt wird? Die mit der Frau und dem Löwen? Habe ich die nicht schon mal gesehen?«

»Ja, doch diese Karte hat vom ursprünglichen Entwerfer der Karten denselben Namen bekommen. Aber eine andere Bedeutung. Vielleicht gingen ihm hinterher die Namen aus. Die Neun der Stäbe steht für den endgültigen Erfolg, für einen Augenblick des Ruhms.« Er fühlte sich ein wenig unsicher. Die Karte war ein gutes Omen, schlicht und rein. Sie war mächtig, strahlend, siegreich.

Geraint verspürte ein plötzliches Ziehen in der linken Seite seines Kopfes, das ihn drängte, noch etwas anderes in der Karte zu sehen, etwas, das einen Bezug zu ihm selbst hatte. Seine eigene Reaktion darauf. Er drehte eine letzte Karte um.

Der Gehängte.

Mit Henkelkreuz und weiser Schlange zu ihren Füßen war die tanzende, schwankende Gestalt verkehrt herum, also mit dem Kopf nach unten gezeichnet, eine Umkehrung, die Francesca ebenso überraschte wie die meisten anderen Leute, wenn sie die Karte zum erstenmal sahen.

»Hmm. Sieht so aus, als müßte ich noch irgend etwas über sie in Erfahrung bringen. Und ich finde es auch nicht heraus, indem ich mir Mühe gebe. Es kommt ganz von selbst, wenn die Zeit dafür reif ist.« Er steckte die Karten wieder zusammen, mischte den Stapel einmal durch und schlug die Karten dann in das schwarze Seidentuch ein.

»Zeit zum Aufbruch, Francesca. Bist du fertig?«

Geraint erinnerte sich an den Gehängten, als sie ins Imperial einzogen, oder vielmehr nagte der Gehängte an seinem Verstand. Er verdrängte ihn, als er zum Fahrstuhl hinkte; Francesca nahm die Magnetschlüssel und lief gebieterisch vor dem das Gepäck schleppenden Pagen her. Kaum waren sie in ihrer Suite und hatten die Tür hinter sich geschlossen, als Geraint bereits eine Nummer ins Telekom eintippte.

»Russell? Toll. Wir sind angekommen.« Auf der Fahrt hatte er das Autotelekom benutzt, um einen provisorischen Termin zu vereinbaren. »Wann kannst du mich einschieben?«

Der vergnügte, munter aussehende Mann auf dem Schirm sah zu etwas auf seinem Schreibtisch herunter und winkte nonchalant. »Mal sehen. Ein alter Chummer, der uns vor zwei Jahren bei den Mitsuyama-Zuschüssen geholfen hat, der niemals mit mir auf eine Universitätsfete geht und mit meiner Frau durchgebrannt wäre, wenn ich nicht so ein aufmerksamer Ehemann wäre ... tja, wie wär's mit nächstem März?«

»Russell, was redest du denn? Amanda ist viel zu gut für mich. Und bei der letzten Universitätsfete, auf der ich war, habe ich mir eine Lebensmittelvergiftung eingehandelt.« Francesca warf einen Blick auf den grinsenden Geraint und das grinsende Gesicht auf dem Schirm und beschloß, unter die Dusche zu gehen.

»Ach ja, ich weiß noch, diese nette kleine Salmonellenvergiftung. Halb Oxford hatte ein oder zwei Wochen lang damit zu kämpfen. Tja, Geraint, wie wär's mit sieben Uhr heute abend? Komm ins Radcliffe, alter Junge. Um die Zeit müßte ich eigentlich noch nüchtern sein.«

Bis Francesca geduscht und sich umgezogen hatte, war der Abend von Geraint bereits verplant. Sieben Uhr in Oxfords berühmtem Krankenhaus, neun Uhr in den Forschungslaboratorien der biotechnischen Abteilung. Damit war sowohl für Geraints Bein als auch für die pharmakologischen Hilfen gesorgt, die er brauchte, und zwar in dieser Reihenfolge. Francesca begann damit, die Fuchi-Decks aufzubauen, und kümmerte sich somit um den wichtigsten Punkt ihrer Geschäftsreise.

Sie arbeiteten schweigend eine halbe Stunde lang, wobei sie die Decks neu konfigurierten, um die ID-Chips zu verändern, die vom Amt des Lordprotektors installiert wurden. Die Aufgabe war nicht unüberwindlich schwierig, aber heikel. Jeder Fehler würde einen Alarm auslösen, der das örtliche Verwaltungsbüro auf den Plan rief und ihnen innerhalb von Minuten die Bürokratie auf den Hals hetzte. Als das erledigt war, genehmigten sie sich die erste Tasse Kaffee.

Die nächste Tasse mußte daran glauben, als sie die generelle Vorgehensweise für ihren Run auf das Londoner System von Transys Neuronet planten. Francesca hatte die SAN-Nummer, also wußten sie, wo sie hereinkamen. In groben Zügen wußten sie auch, wohin sie wollten. Das Problem lag darin, sich zu überlegen, wie sie mit dem fertig wurden, was ihnen im Weg stand. Nach einer halbstündigen Diskussion nahm langsam ein Plan Gestalt an.

Das war Francescas Spezialgebiet, also übernahm sie die Zügel. »Wir benutzen so lange wie möglich den Ausweichmodus und dein Smartframe, die sich um das Ice kümmern. Wenn das System Alarm gibt, hängt unsere Reaktion davon ab, wo wir uns in dem Augenblick befinden. Wenn wir im Speicherbereich sind, schaltest du auf Kampfmodus um und kämpfst wie der Teufel, während ich in den Sensormodus wechsle und so viel wie möglich raushole. Ich werde ein Frame dafür benutzen, wenn ich es schnell genug programmieren kann. Auf die Art gewinnen wir ein paar Sekunden, falls wir kämpfen müssen, wenn wir uns dem, was wir suchen, nähern. Während wir in das verdammte Ding reingehen, bleiben wir möglichst zusammen und konzentrieren uns auf Systemanalyse. Ich glaube, mein Schleicherprogramm ist gut genug, um uns an den Zugangs- und Barrieren-ICs vorbeizubringen. Wir brauchen nur Scramble-IC für die Entschlüsselungsprogramme zu benutzen. Richtig?«

Francesca war jetzt in ihrem Element und kritzelte, von der Vorfreude auf den Run stimuliert, mit unglaublicher Geschwindigkeit Notizen auf ein Blatt. Auf ihrem Gesicht lag ein Ausdruck äußerster Entschlossenheit, ein Ausdruck, bei dem Geraint reumütig der Gedanke durch den Kopf ging, daß er nicht sah, wie es seinem bedachtsamen, vorsichtigen Eremiten gelingen sollte, ihre Königin der Schwerter zurückzuhalten, falls sie zwischendurch ihre Pläne ändern mußten.

»Klingt gut. Jetzt bleibt nur noch die Frage, was wir mit unseren Matrix-Personae machen?«

Das war eine ganz entscheidende Frage. Sie wußten, das Transys Neuronet-System würde eine maßgeschneiderte Matrix haben, einen individuell gestalteten Satz von Icons und Darstellungen, der versuchen würde, ihnen seine eigene Realität aufzuzwingen. Die Tatsache, daß sie mit ihm nicht vertraut waren, würde ihre mentalen Prozesse verlangsamen, so daß sie unfähig sein würden, falls nötig in einem Sekundenbruchteil zu reagieren. Das gab ihren Feinden innerhalb des Systems — sowohl dem Ice als auch den Konzerndeckern — ganz offensichtlich einen gewissen Vorteil im Kampf.

»Ich glaube nicht, daß ich deinen Filter benutzen will, Geraint. Ich weiß, das würde helfen, aber ich würde mich nicht schnell genug an ihn gewöhnen können. Wenn ich mit einem ungewohnten Filter in einem maßgeschneiderten System operiere, verdoppelt sich nur mein Handicap.«

Geraint besaß einen Realitätsfilter, der in Deckerkreisen augenzwinkernd das mächtige Repräsentationsprogramm genannt wurde. Er ermöglichte ihm, alle Matrixkonstrukte durch seine eigene Brille zu sehen, die aus Rittern, Kriegern, Schlachtrössern, Hundemeuten und der ganzen Vielfalt seiner walisisch-keltischen Abstammung bestand. Der Filter glich einige der Nachteile aus, die damit verbunden waren, sich in einem fremden System zu befinden, was *ihm* einen Vorteil verschaffte, den das maßgeschneiderte System vielleicht nicht überwinden konnte. Es würde ein interessanter Kampf zwischen seinem Filtersystem und dem Anpassungssystem von Transys Neuronet werden. Francesca würde diesen Vorteil jedoch nicht haben.

»Tja, wir brauchen Darstellungen von uns innerhalb unseres eigenen Systems, wenn wir zusammenarbeiten wollen, und wir brauchen welche, die im Einklang mit dem Neuronet-System stehen. Auf die Art hat keiner von uns einen größeren Nachteil.« Er seufzte. »Das Problem ist, selbst wenn das funktioniert, nehme ich immer noch *ihre* Icons anders wahr als du. Du wirst schwarzes Ice wahrscheinlich in ihrer Darstellungsform sehen, während ich es als feindlichen Ritter oder Chimäre oder so wahrnehme, wenn ich Glück habe.« Dann dämmerte ihm etwas.

»Augenblick mal, Fran! Du warst doch schon in ihrem System, nicht wahr? Wie hat es ausgesehen?«

Sie schüttelte den Kopf. »Außer diesem Ding habe ich kaum etwas gesehen. Wenn ich Anpassungsschwierigkeiten hatte, sind sie in dem allgemeinen Trauma untergegangen. Verdammt noch mal, Geraint, sorg dafür, daß du mich mit deinen Angriffen und dem anderen Kram in deinem Frame schützt. Sollen wir nicht doch lieber mein Frame für die Angriffsoptionen nehmen?« Darüber hatten sie sich bereits auf der Fahrt ausgiebig unterhalten. Francesca war verständlicherweise ziemlich paranoid, was die Möglichkeit anbelangte, noch einmal der mörderischen Persona zu begegnen, die sie zuvor fast getötet hatte. Geraint war anderer Ansicht.

»Wir haben genug Schlagkraft. Und die Ausstöpseloptionen, an denen du gearbeitet hast, sollten sowieso damit fertig werden. Die einzige Möglichkeit, uns noch besser abzusichern, besteht darin, auf Serrins Rückkehr zu warten oder einen Freund von mir hier herumsitzen zu lassen, um den Stecker zu ziehen, wenn wir geröstet werden. Außerdem will ich das Risiko lieber nicht eingehen, jemand anderen darin einzuweihen, was wir vorhaben, und es dauert zu lange, auf Serrin zu warten. Oder auf Rani. Das erste Anzeichen von diesem Ding, und wir sind draußen. Versprochen.«

Sie gingen auch die kleinsten Einzelheiten immer wieder durch, diskutierten darüber, welche IC-Konstrukte ihnen entgegentreten konnten und wie sie mit feindlichen Deckern verfahren sollten, trafen ein paar Vereinbarungen für den Notfall und ließen schließlich einige Simulationen durchlaufen. Obwohl es nur Simulationen waren, gerieten sie doch beide ins Schwitzen, und darüber hinaus zeigten sie ihnen, daß sie recht gut zusammenarbeiten konnten. Nach dem vierten Run waren sie wirklich gut. Sie stöpselten sich gemeinsam aus und lächelten sich an.

»Geraint, dem IC-Konstrukt hast du's aber echt gegeben.«

»Dem Schwarzen Ritter? Was hatte er drauf?«

»Ich seh mal nach. Es war ein Quasi-Zufallskonstrukt mit, Augenblick, Rot-4-Knoten, Killer, Blaster, Jammer. Tja, wenn er statt des Jammers ein Säureprogramm gehabt hätte, wäre es dir vielleicht nicht so gut ergangen.«

»Werte Dame, ich habe nicht mal das Frame gebraucht.« Die Lanze eines simplen Angriffsprogramms war direkt durch Schild und Kettenhemd des Schwarzen Ritters gedrungen und hatte ihn aufgespießt. Geraint hatte nur noch über ihn hinwegreiten müssen, um ihn endgültig auszuschalten.

Sie hatten noch eine letzte knifflige Entscheidung zu treffen. Sollten sie direkt in das System vordringen, um ihr Vorhaben auszuführen, oder zuerst einen Erkundungsrun unternehmen? Der Vorteil der ersten Möglichkeit lag darin, daß ihnen das Überraschungsmoment erhalten blieb. Der Vorteil der letzteren Strategie war, daß sie eine genauere Vorstellung haben würden, was sie erwartete, so daß sie ihre Personae entsprechend konfigurieren konnten.

Francesca trat vehement für die zweite Möglichkeit ein. »Hör mal, wir gehen im Ausweichmodus rein. Betonung auf Maske und Täuschung. Wir sehen uns einfach an, wie das System gestaltet ist. Wir kommen keiner IC zu nahe, wir bleiben einfach im SAN. Wir analysieren und kopieren und sehen uns die Sache einfach mal an. Die Chancen, auch nur einen passiven Alarm auszulösen, sind minimal, wenn wir die richtigen Operationsmodi benutzen.« Francescas Argumentation war schlüssig, und Geraint mußte ihr recht geben.

»Wir haben getan, was wir konnten«, sagte Francesca. »Also heute abend um elf. Absolut keinen Alkohol vorher. Nicht mal einen Sherry mit deinen alten Universitätsfreunden.« Sie wirkte beinahe streng. »Komm, wir haben noch eine Stunde Zeit, bevor ich dich zum Krankenhaus fahren muß. Ich hab Hunger. Vielleicht können wir nichts trinken, aber wir können uns mit Sicherheit was Anständiges zu essen besorgen.«

»Was genau ist eigentlich in diesen Röhrchen?« Sie war mißtrauisch und sah Geraint fragend an, der frohlockend über einer kleinen Schachtel mit vielfarbigen Flüssigkeiten und öligen Emulsionen hockte. Er grinste verschwörerisch. Er fühlte sich großartig.

Im Radcliffe hatte er eine Tiefenlaserbehandlung bekommen, dazu Wachstumsstimulatoren, Spezialisierungsregulatoren, modulierte hemostatische Komplexe sowie ein Dutzend anderer Mittel, von denen Francesca sich nicht einmal mehr an die Akronyme erinnern konnte, geschweige denn an die vollen Namen. Wichtig war nur, daß Geraints Bein am nächsten Morgen so gut wie neu sein würde, wenn man einmal von der Notwendigkeit absah, es noch ein paar Tage lang keinen größeren Belastungen auszusetzen. Er hatte mit Freuden wohltätige Spenden an den Wohlfahrts- und Forschungsfonds des Krankenhauses überwiesen — natürlich alle steuerlich absetzbar.

Francesca hatte die lüsternen Annäherungsversuche von Geraints medizinischem Freund, dessen Hände ein ebensogroßes Interesse an ihr wie an seinem Patienten gezeigt hatten, höflich abblitzen lassen. Irgendwie schien der Oktopus unter dem Vorwand, ihr zu zeigen, was er tat, immer einen Arm um ihre Hüfte zu legen oder ihr mit den Fingern über den Arm zu streicheln. Sie hatte ihren Widerwillen gezügelt und dann ihre angestaute Wut im Parkhaus an einem blasiert und gesund aussehenden Geraint ausgelassen. Er hatte den Ausbruch in aller Ruhe über sich ergehen lassen, und danach waren sie weiter zu den Forschungslabors gegangen. Es waren die Früchte dieses Besuchs, die er jetzt mit solchem Wohlgefallen betrachtete. Natürlich war eine weitere mildtätige Spende erforderlich gewesen, aber das war eben der Preis, den man dafür zu zahlen hatte, daß hochwertiges Experimentiermaterial im Zuge der wissenschaftlichen Forschung auf mysteriöse Weise verschwand. Das und ein teures Abendessen am morgigen Abend für Professor Michaels in Oxfords teuerstem Restaurant.

»Ach, das ist wunderbares Zeug, Fran. Ein absolut perfektes Dopamin hier, ein Kolloid, und die trägen Gamma-Aminobuttersäuremodulatoren in der Verbindung sorgen dafür, daß du hinterher nicht abstürzt. Leichte Wirkung in den nigrostriatalen aufsteigenden Fasern, die sich auf die D4-Neuronen beschränken, aber der eigentliche Hit findet im DA3-Subkomplex statt, den Bläschen ...« Er hielt mitten im Satz inne, als er sah, daß sie kein Wort verstand.

»Tut mir leid, Fran. Das ist kein Fachchinesisch, echt nicht. Die Frage ist, was das Zeug bewirkt. Manches macht dich schlauer, manches schneller, manches aufmerksamer, manches hält die Ermüdung in Grenzen, und wenn du die Menge vernünftig dosierst, mußt du später noch nicht einmal dafür bezahlen. Ich werde das Assoziationskortex-Mittel während des Runs benutzen. Dadurch wird auf jeden Fall meine Sensibilität für Gefahr gesteigert und auch die Fähigkeit, darauf zu reagieren. Für die armen Schweine wie du, die sich das Zeug nicht direkt ins Hirn jagen können«, sagte er, während er seine im Nacken implantierte Kanüle befingerte, »sind die Möglichkeiten begrenzter. Wohlgemerkt, Edward hat mir auch noch ein Mittel gegeben, das garantiert die Freude an, äh, gewissen Akten steigert. Damit versorgt er mich schon seit Jahren. Nicht, daß ich je, nicht mit … ich meine …«

»Nicht, wenn du mit mir geschlafen hast?« Sie war halb amüsiert und halb aschfahl. Wer hätte gedacht, daß körperliche Begierden und ihre Erfüllung das Spielzeug eines akademischen Pharmakologen waren?

»Nein.« Er lächelte, ein ganz klein wenig entschuldigend. »Jedenfalls hat er es mir, glaube ich, gegeben, weil du ihm ziemlich gut gefallen hast.«

Sie schnitt eine Grimasse. Zwei Lüstlinge an einem Tag. Das war ärgerlich.

»Vergiß es. Wir haben eine Menge Arbeit. Ich brauche zehn Minuten.«

Er füllte den Inhalt der gelben Phiole in die Kanüle, schloß das Sicherheitssiegel und spürte, wie sich das Gefühl metallischer Kälte auf seinem Schädel ausbreitete. Der leichte Anflug von Paranoia, der folgte, war völlig normal, und nach kurzer Zeit spürte er die Geräusche und Farben und die Lebendigkeit von allem. Sie nahm bereits die letzten Einstellungen an den Decks vor.

»Also gut, Viviane.« Er grinste über ihr Unverständnis. »In meiner Realität bin ich Taliesin, und du wirst Viviane sein. Auf diese Weise sehen wir beide wie zwei harmlose Leute in einfacher Kleidung aus. Damit sollten wir durchkommen, egal, welche Gestalt das System annimmt.«

»Ab nach London!« rief er entzückt, und weg waren sie.

27

Sie erwachten in den getrennten Schlafzimmern ihrer Suite ungefähr zur gleichen Zeit, um dann gemeinsam und verdrossen Kaffee und ein angeblich kontinentales Frühstück einzunehmen. Am Ende war alles ziemlich unspektakulär gewesen.

»Nun, zumindest kennen wir jetzt die Einzelheiten der Präsentation ihres Systems«, faßte Geraint zusammen. »Ich muß zugeben, daß sie mich überrascht hat. Ziemlich pastoral, nichts Organisches. Das heißt, nichts, dem wir begegnet sind. Als Zauberbarde und Priesterin sind wir prima durchgekommen.« Er versuchte sich optimistisch zu geben, konstruktiv.

»Ja, aber es war nichts drin. Keine Personalakten von Smith, Jones, Kuranita und Jack the Ripper und auch keine von uns. Ich würde sagen, wir haben eine völlige Niete gezogen, Geraint. Die Arbeit war umsonst.«

»Versuch auch mal das Positive zu sehen«, beharrte er. »Du bist nicht von einem mörderischen Wahnsinnigen angegriffen worden, und wir sind mühelos an ihrem Decker vorbeigekommen. Er hat nicht mal gemerkt, daß wir von draußen kamen. Soviel zu den Schutzmaßnahmen des gefährlichsten Cyberkonzern in ganz Großbritannien. Wir haben nicht mal einen aktiven Alarm ausgelöst.«

»Aber was hat uns das gebracht? Wir haben nichts erfahren.« Francesca bohrte mit dem Finger ein Loch in ihr weiches Croissant. Nach all den Hoffnungen und Erwartungen, die sie in den Run gesetzt hatten, war das Ergebnis ebenso schlimm wie dieses Frühstück.

»Tja, abgesehen von dem, was ich bereits sagte, haben wir tatsächlich noch etwas anderes erfahren. Und das hätte uns eigentlich schon vorher klar sein müssen! Du erinnerst dich doch noch an die Karten, die ich dir gestern gezeigt habe? Die Fünf der Scheiben. Wir gehen von falschen Voraussetzungen aus. Aber das Endergebnis war die Schwert-Sechs. Wir müssen uns einem neuen Gesichtspunkt des Problems stellen und uns damit auseinandersetzen.«

»In Ordnung, das kaufe ich dir ab. Es paßt. Aber inwiefern gehen wir von falschen Voraussetzungen aus? Unser Plan hat doch funktioniert. Niemand hat uns bemerkt.«

»Aber wir haben auch nicht das bekommen, was wir wollten. Wir haben nicht den kleinsten Hinweis darauf gefunden, daß in ihren Datenbanken irgendwelche Antworten gespeichert sind. Daher stimmten offenbar die Voraussetzungen des ganzen Unternehmens nicht. Wir waren ganz einfach im falschen System.«

Sie mißverstand ihn. »Du meinst, wir hätten besser Fuchi überprüft, weil Transys Fuchi an den Kragen will? Aber ...«

»Nein, das meine ich überhaupt nicht. Es war das falsche Transys-System. Wir müssen in ihr Hauptsystem hacken. Dort werden sich die Informationen befinden. Im Edinburgher System, wo sich ihr Hauptquartier befindet. Wenn wir einer großen Sache auf der Spur sind, werden wir sie dort finden. Wir müssen in das Edinburgher System decken.«

Francesca wurde langsam frustriert. »Aber wir kennen nicht einmal die SAN-Nummer!«

»Willst du mir ernsthaft erzählen, du könntest sie nicht herausbekommen? Fran, du bist der beste Decker, den ich kenne.«

»Ja, nun, vermutlich ist es nicht unmöglich.« Ehrlich gemeinten Schmeicheleien konnte sie kaum widerstehen. »Bist du sicher?«

»Hast du 'ne bessere Idee?«

Sie wirkte ernüchtert. Die Anspannung, die Aufregung des gestrigen Tages war verflogen. Dann holte sie tief Luft, warf die kalten Croissants in den Müll, goß sich eine dritte Tasse Kaffee ein und schlug mit der Faust auf den Mahagonitisch.

»Also gut, laß es uns tun«, sagte sie. »Wenn das, was ich über das TN-System gehört habe, stimmt, wird es verdammt heikel. Wir müssen einfach hoffen, daß ihr System in Edinburgh genauso konfiguriert ist wie das, was wir gestern gesehen haben.«

»Warum sollte es anders sein?« fragte Geraint. »Die beiden Systeme müssen gleich sein. Alles andere wäre viel zu teuer.« Sie lächelten einander zu und stießen mit den Kaffeetassen an.

»Nun, Meister Barde, sollen wir uns aufmachen und die Schurken ein weiteres Mal mit unserer Zauberei verblüffen?« sagte sie neckisch. Ihre Laune besserte sich zusehends.

»Viviane, meine Teuerste, ich glaube, die Stunde der Verzauberung ist endlich über uns gekommen.« Er sprach mit spöttischer Erhabenheit. »Und ich glaube, wir sollten unsere wahren Absichten tarnen, indem wir sonstwo in ihrem System das eine oder andere kopieren, vielleicht von ihren Forschungsdateien, sollten wir zufällig auf eine hilflose kleine SPU stoßen, die uns ihre Geheimnisse enthüllt. Auf diese Weise können wir aus dem Unternehmen auch noch mit klingender Münze hervorgehen. Und unsere Spuren verwischen. Wahrhaftig, Milady, laßt uns sogleich aufbrechen.«

Sie standen auf und gingen zu den Cyberdecks auf der anderen Seite des Zimmers.

»Zehn Minuten«, sagte Geraint, um dann wieder nach seiner Kanüle zu greifen. »Ich darf meinen Schuß nicht vergessen.«

Sie standen vor dem Systemzugangspunkt, bereit für die ländlich grüne Szenerie, die sie bei ihrem Eintritt begrüßen würde. Geraint-Taliesin hatte eine fast grimmige Miene aufgesetzt und trug jetzt ein Zauberbuch im Gürtel, einen magischen Stab in der Hand und eine Harfe auf dem Rücken. In der Zwischenzeit bereitete sich Viviane von Avalon darauf vor, die mystische Barriere zu überwinden und die SPU dahinter anzusteuern. Es beunruhigte Geraint kaum, daß das Viviane-Icon heute ein tiefdekolletiertes Kleid trug. Vielleicht lenkte es etwaige Schwarze Ritter ab, die ihnen unterwegs begegneten.

Vivianes mystisches Gemurmel setzte das Barrierenprogramm außer Kraft, und dann schritten sie über grüne Wiesen und scheuchten hier und da Tiere auf, die ängstlich davonhuschten. Offenbar irgendeine Form der Datenbeförderung. Genau das, was man erwarten konnte.

Geraint sah den Treibsand der Teerbabyfalle sofort, doch er brauchte Francesca-Viviane nicht darauf aufmerksam zu machen. Sie umging das gefährliche Gebiet, und er folgte ihr, indem er exakt in ihre Fußtapfen trat.

Das Paar schritt durch einen Wald und gelangte schließlich zu einer weiteren Lichtung. Der erste der Subprozessoren. Hinter den Bäumen hatte sich ein kleiner Gnom versteckt, der bei ihrer Annäherung herauskam und ihnen das simpelste Rätsel stellte, das man sich vorstellen konnte. Was für eine erbärmliche Zugangssicherung, dachte Francesca. Freundlich gab sie dem Gnom die Antwort, und die neugierigen Kobolde, die hinter den älteren Eichen lauerten, blieben ruhig auf ihren Pilzhüten sitzen, als der Gnom bestätigend nickte. Ein Aufspüren-und-Melden-Programm, vermutete sie. Es sah schwach aus, aber das war Absicht. Es beeinträchtigte die Wachsamkeit eines Deckers, wenn er mit etwas konfrontiert wurde, das derart jämmerlich aussah. Sie war sich nur allzusehr der Tatsache bewußt, daß das System ihr bereits seine Realität aufgezwungen hatte, was es ihr erschwerte, rasch genug zu reagieren. Es war durchaus möglich, daß sie es Geraint-Taliesin überlassen mußte, einen Teil des Antwortens zu übernehmen. Während sie über die Lichtung marschierten, murmelte sie ihm etwas entsprechendes zu. Er neigte verständig das Haupt, und sie schritten Hand in Hand weiter.

Am anderen Ende der Lichtung trat ihnen die Fuachan entgegen, als sie versuchten, das Tor zum dahinterliegenden Pfad zu öffnen. Einbeinig, einäugig und einhändig hoben die muskulösen Protogiganten ihre mächtigen Keulen und präsentierten ihr Rätsel.

»Wie kann ich in nur einer Sekunde um die Welt reisen?« Die Frage nach dem Schlüssel, dem Paßwort erfolgte augenblicklich und direkt, und bei Nichtbeantwortung würden die Keulen auf ihre Köpfe herabsausen.

Francesca-Viviane zog eine schlichte leere Pergamentrolle aus den Falten ihres Gewandes, und in ihrer Hand erschien eine Feder. Rasch zeichnete sie einen Globus, hielt ihn hoch, so daß ihn die Fuachan sehen konnten, und zog dann eine Linie, die sich von der einen Seite der stilisierten Weltkugel zur anderen Seite zog. »So!« sagte sie, indem sie ihre Lösung triumphierend präsentierte.

Der Fuachan wollte eine weitere Frage spielen, aber das Spiel von Geraint-Taliesins Harfe besänftigte ihn. Und damit ließen die anderen Fuachan ihre Keulen sinken und ignorierten die Besucher, die jetzt ihren Weg fortsetzten, während sie beim Tor verweilten. Francesca stieß einen Seufzer der Erleichterung aus und betrat die hinter dem Tor liegende sommerliche, von Bäumen umringte Wiese. Die Wiese war wie eine Kreuzung, von der viele mögliche Wege abzweigten. Francesca-Viviane sah sich mit ihren Hexenaugen um, um festzustellen, wohin die Wege führten.

Ihre Analyse verriet ihr sehr bald, daß es nur einen Datenspeicher gab, eine geheimnisvolle Bibliothek in der Ferne, und einen Pfad zu einem weiteren Wäldchen. Die anderen Wege führten zu einfachen Dörfern mit arbeitenden Handwerkern, ein sicheres Zeichen, daß es sich um bloße Sklavenknoten im System handelte. Die Bibliothek mußte überprüft werden. Sie erklärte Geraint-Taliesin die Situation, der ihren leichtfüßigen Schritten durch das Gras folgte.

Der Bibliothekar stand vor einem Regal mit einer Sammlung weltlicher Bücher darauf, eine Karte mit dem Stichwortverzeichnis an die Brust gedrückt. Sie versicherte ihm, daß sie kein Verlangen danach hatte, einen seiner Bände zu stehlen oder auch nur auszuleihen, während sie den Inhalt des Stichwortverzeichnisses analysierte, das er zu verbergen versuchte. Hier war nicht mehr zu finden als Aufzeichnungen von Systemoperationen und von den unbedeutenden noch dazu. Die Bücher hatten nicht einmal einen Goldrand. Der Bibliothekar ließ sich entsprechend täuschen und unterließ es, die Handglocke zu läuten, um Unterstützung anzufordern.

Geraint-Taliesin stand ruhig da und beobachtete schweigend die Szenerie. Er hielt seinen Zauberstab bereit für den Fall, daß ein Phantom oder irgendeine andere Bestie unerwartet auf sie herabstoßen sollte. Sie wandten sich ab und beschritten wieder den Pfad, der zum Wäldchen führte.

»Das wäre zu leicht gewesen«, sagte sie zu dem alten Mann neben sich. »Wir müssen tiefer in das System hinein.«

Der Weg erwies sich als üble Falle. Erst im letzten Moment bemerkte sie das Morastloch, das sich unter ihren Füßen zu öffnen begann, und sprang gerade noch rechtzeitig von dem trügerischen Gelände nach hinten.

Eine Teergrube! dachte Francesca. Das wird immer verwirrender. Ich kann mich an die walisisch-keltische Metaphorik klammern, die Geraint erzeugt, aber das hier hat ganz entschieden etwas vom alten John Bunyan. Wer für die Gestaltung dieses Systems verantwortlich ist, hat Sinn für Humor. In der Ferne glaubte sie den Schrei einer Eule zu hören. Ein passiver Alarm. Geraint würde ihn ebenfalls gehört haben. Offensichtlich hatten sie etwas übersehen. Wenn es weißes Ice war, kein Problem. Wenn es sich um graues handelte, waren sie jetzt in Schwierigkeiten. Außerdem schienen sie sich in einer Sackgasse zu befinden.

Sie wechselte in den Sensormodus und sah einen verborgenen Weg zwischen den Bäumen, als sie in das Wäldchen zurückgekehrt waren, das sie gerade verlassen hatten. Während Francesca den Barden zur Eile antrieb, ruhten ihre Augen keine Sekunde lang, da sie überall am Boden und in den Bäumen nach Gefahren Ausschau hielt. Ihre Intuition verriet ihr, daß sie ihrem Ziel nah waren. Sie hatte recht.

Sie erreichten den Waldrand und erblickten ein Schloß — mit Graben, Zugbrücke, beflaggten Zinnen und allem, was dazugehörte. Der Hauptprozessor. Dies mußte er sein. Ihnen blieb kein anderer Weg mehr.

Als sie sich der Zugbrücke näherten, senkte sie sich, und ein mächtiger Ritter auf einem gewaltigen Streitroß tauchte vor ihnen auf. In dem Wirbel seiner fließenden Gewänder war es fast unmöglich, seine Umrisse klar zu erkennen. Er trug keine Rüstung, aber die Gewänder schimmerten vor Magie. Geraint geriet langsam in Sorge über die Verteidigungsmöglichkeiten, die dem IC-Konstrukt möglicherweise zur Verfügung standen. Es würde schwierig werden, einen konzentrierten Angriff gegen das Konstrukt zu führen. Francesca-Viviane tat ihr Bestes, um ihre Gestalt zu verbergen, während ihr Gefährte seine Beschwörungen murmelte. Sie glaubte nicht, daß es bereits an der Zeit war, sich an dem Streit zu beteiligen.

Mittlerweile rief Geraint die großen Adler der Jagd an und beschwor die weise Schlange auf die Brustwehr herab. Die honigsüßen Worte der Schlange schienen die Wachen auf der Wehr, die ihre Waffen bereit machten, zu beruhigen und zu lähmen. Gerade noch einen Alarm verhindert, dachte er. Und jetzt gib mir die Kraft, um diesen Wichser zu besiegen. Das ist ernstes Killer-Ice.

Die Adler hackten nach Helm, Schultern und Körper des Ritters, schlugen ihre Klauen in das Pferd und rissen blutige Wunden. Als ein Strahl intensiven blauen Lichts aus Taliesiens Stab schoß, hob der Ritter den Schild, um ihn abzulenken. Der Lichtstrahl blitzte weißlich auf, als er traf, und verwandelte den Schild in einen Klumpen brennenden Holzes. Der Ritter ließ ihn fallen und galoppierte mit erhobener Lanze, deren Spitze auf Geraints Brust zeigte, vorwärts.

Greife ich an oder verteidige ich mich? dachte Geraint hektisch. Mein Schlangen-Frame beschäftigt die anderen Wachen, also kann ich es nicht benutzen, um mich zu verteidigen. Hier entscheidet sich, ob ich lebe oder sterbe. Also noch einen Zauber, um diesen fahrenden Ritter zu vernichten.

Die federnartigen Flammen schwebten über dem Ritter und hüllten ihn dann ein, als dieser den festen Boden hinter der Zugbrücke erreichte. Das Pferd strauchelte, und der Ritter stürzte herunter, doch von der Brustwehr war kein Ruf zu hören. Die Schlange beruhigte die Herzen jener innerhalb der Schloßmauern.

»Beeilung, Taliesin!« rief Viviane. Sie rannten über die Zugbrücke und betraten die Zitadelle. Im Innern gab es unzählige Türme und ein Verlies, zwischen denen Bedienstete hin und her hasteten. Zwei Schildknappen starrten sie unschlüssig an. Wahrscheinlich graues Ice, das noch nicht aktiviert war. Die Zauberin überflog die Szenerie, ihre neugierigen Diener-Frames erforschten die Zitadelle.

Taliesin wurde zunehmend besorgter, während er sich fragte, wie lange die Verwirrung anhalten würde. Als Viviane triumphierend auf einen entfernten Kalksteinturm zeigte, erklang eine Fanfare. Großartig, dachte er, sie sind uns jetzt auf den Fersen. Arbeite rasch, meine Priesterin. Wir haben jetzt nur noch ganz wenig Zeit.

Sie erreichten den Turm in dem Augenblick, als die Hunde im Schloßhof losgelassen wurden, und schlugen die Tür hinter sich mit einem Krachen zu. Sie führte ihn die steinerne Wendeltreppe zu einer verriegelten Tür hinauf. Er setzte der Tür mit seinem Stab zu und ließ Spruch um Spruch los, um die magischen Schutzvorrichtungen zu neutralisieren. Von unten waren jetzt Schritte und klirrende Geräusche zu hören. Zum Teufel mit dem Realismus, heulte der Verstand des langsam in Panik geratenden Geraints auf, diese Burschen haben Schwerter.

Die Tür öffnete sich lautlos und gab den Blick auf einen Raum frei, in dem unzählige Kristalle in der Luft schwebten, von denen jeder ein Bild und eine Schriftrolle enthielt. Vivianes beschworene Kobolde begannen sie zu untersuchen und zu lesen, den Inhalt zu analysieren. Sie hatten sich einen Kristall herausgesucht und hielten gerade nach einem zweiten Ausschau, als Nimue vor den Augen des Barden erschien.

Sie lächelte ihn verführerisch an, während ihre Hände gallertartige Netze auszuwerfen schienen. Ihre Stimme besänftigte ihn, rief ihn an, ihre Augen blitzten vor Zauberkraft. Sie warf ihr dünnes Gewand beiseite und stand nackt vor ihm. Bei ihrem Anblick raste Adrenalin durch seinen Körper, und seine erwachende Männlichkeit lenkte ihn von seiner wahren Aufgabe ab. Mit schwacher Stimme murmelte er einen abwehrenden Singsang, während der Sukkubus auf ihn eindrang. Ihr Körper berührte seinen, und er frohlockte in diesem Augenblick. Er konnte ihre Brüste spüren, die sich an ihn preßten, während sie ihre Arme um ihn schlang.

»Sag mir, Liebster, wo du gewesen bist, daß ich mit dir kommen und mich in deinem Gemach ausruhen und deine Geliebte sein kann. Ich will dir tausend Wonnen schenken«, gurrte sie, während sie ein Bein um ihn schlang, ihren Oberschenkel an ihm rieb und ihre Zunge die seine suchte. Fast wäre er schwach geworden.

»Zauberei! Ein Sukkubus!«

Taliesin hörte die Worte gerade noch rechtzeitig, und als er sich umdrehte, sah er, wie sich Francesca in eine

Furie mit der Gestalt Morgana le Fays und einen Augenblick später in einen Raben verwandelte. Er wechselte selbst in die Gestalt einer Taube und schwang sich zum hohen Kuppeldach des Turmes auf, wo er mit dem Raben neben sich in der Luft kreiste. Gemeinsam flogen sie an dem Sukkubus vorbei — dessen Augen jetzt vor Wut blitzten und der verzweifelt versuchte, die beiden Vögel zu fassen zu bekommen — dann weiter nach unten und aus dem Turm heraus.

Sie wurden gejagt. Sie hörten die Wölfe und Erinnyen, den verführerischen Gesang der Sirenen, aber sie verschlossen ihre Ohren und flogen durch die Luft, über den rauschenden Wipfeln der Bäume, über Wiesen, auf denen erzürnte Wächter auf und ab marschierten, an Toren und Barrieren vorbei. Als sie sich dem Ausgang zu den Inseln der Sonne näherten, schoß ein riesiger Feuerball aus dem Himmel auf sie herab, und während sie über das Meer segelten, hüllten sie Flammen in Gestalt eines Blitzes ein, der sie blendete und desorientierte.

Doch sie flogen weiter und erreichten schließlich den gesegneten Ort. Viviane trug eine ramponierte Tasche bei sich, die Früchte ihres Überfalls auf das tödliche Schloß. Sie landeten inmitten eines Gehölzes, das lieblich nach Lavendel und Apfelblüten roch, und stöpselten sich augenblicklich aus.

»O Gott.« Bei Geraint ließ die Wirkung der Booster nach. Es hatte den Anschein, als habe Edward die Schattenseite der Drogen um einiges heruntergespielt. Es war vier Uhr am Nachmittag, und er hatte dunkle Ringe unter den Augen. Er sah aus, als hätte er eine Woche nicht geschlafen.

Francesca strahlte jedoch, sprühte geradezu vor Energie. »Ich werde mich mit dem Kram hier noch nicht beschäftigen. Vielleicht hat diese Dame, von der du so in Anspruch genommen warst, einen Hinweis auf unseren Standort erhalten, mein walisischer Barde. Wir müssen rasch von hier weg. Vielleicht kennen sie unseren Aufenthaltsort bereits.«

Geraint sah doppelt, aber es gelang ihnen, ihre Decks abzubauen und es in sieben Minuten mit ihrem gesamten Gepäck in die Tiefgarage zu schaffen. Er konnte sich nicht einmal mehr an den falschen Namen erinnern, den er bei ihrem Einzug benutzt hatte.

»Mr. und Mrs. John Smith«, kicherte Francesca, als sie die Wagentüren schlossen. »Die traditionellen Falschnamen aller heimlichen Liebespaare. Aber wir haben etwas viel Besseres als das getan.«

Das stimmte, dachte er. Francesca fuhr bei einem guten Run auf eine Weise ab, wie sie es beim Sex niemals tat. Vielleicht hätte ich Edwards kleines Mittelchen doch benutzen sollen, dachte er träge.

»Also, du bist heute abend zum Dinner verabredet. Ich denke, wir sollten nach ... äh, mal sehen ...« Sie blätterte im Straßenatlas herum. »Genau, wir fahren nach Banbury. Das ist nett. Diese alten Schwindler, die Druiden, haben irgendwelches Zeug dort. Laß uns da ein Hotelzimmer nehmen. Schau, schau, sie haben sogar ein Holiday Inn. Haben wir nicht unglaubliches Glück?« Sie drehte den Zündschlüssel und fuhr rasch los.

»Wir haben es geschafft. Wir haben etwas. Die Geister waren uns gnädig. Heute abend werden wir sehen, was Transys über uns weiß.«

28

Zu Hause angekommen, sah sich Rani mit weitaus stärkerer Opposition konfrontiert, als sie erwartet hatte. Imran hatte Sanjay aus seinem üblichen Zustand des Sichgehenlassens herausgescheucht, und die Brüder stellten sie wütend zur Rede. Sie sei die ganze Nacht nicht zu Hause gewesen, sie sei auf der Straße gesehen worden, wo sie mit seltsamen Männern geredet habe — und nichts von alledem hätte sie getan, wenn sie auch nur die geringste Achtung vor dem guten Namen der Familie hätte. Sie gehöre in die Sicherheit ihres Heims. Sie hätten sich Sorgen um sie gemacht. Auf der Straße sei es gefährlich. All die alten Argumente wurden wieder aufgewärmt. Schließlich verbot ihr Imran, das Haus in der folgenden Woche ohne seine ausdrückliche Erlaubnis zu verlassen.

»Ach, dann kannst du dich also ums Geschäft kümmern? Und was hast du wegen unserer Rache unternommen?« schleuderte sie ihm verächtlich entgegen.

Sie stritten lange und heftig, schrien sich mit größtmöglicher Lautstärke an, bis die alten Leute über ihnen, die zu schlafen versuchten, auf den Boden stampften. Selbst da ignorierten sie die Beschwerde und setzten ihren Streit einfach fort.

Als sie schließlich in mürrisches Schweigen versanken, ohne zu einer Einigung gelangt zu sein, empfand Rani nur noch Verachtung für ihren Bruder. Er versuchte seine eigene Unzulänglichkeit dadurch zu kompensieren, daß er sie heruntermachte, wobei er jede Möglichkeit wahrnahm, sie emotional zu erpressen. Anand, ihr Vater, hätte nicht gewollt, daß sie sich so verhielt, sagte er. Die Familie müsse sich für sie schämen, wenn sie die ganze Nacht nicht nach Hause käme und nichts Gutes vorhabe. Solch ein Verhalten von einem indischen Mädchen sei vielleicht nur schamlos, doch bei einem Ork könne es jede Hoffnung auf eine zufriedenstellende

Heirat zunichte machen. Sie habe ihre Brüder im Stich gelassen und ihre Pflichten im Haus vernachlässigt. Sie sei ein schlimmes Mädchen.

Als der Streit nach Mitternacht erneut aufflammte, war Rani nicht mehr in der Stimmung, sich weitere Beschimpfungen anzuhören. Sie drehte sich auf dem Absatz um, sagte Imran, er solle sich zum Teufel scheren, und stürmte die Treppe hinauf in ihr Zimmer. Als er an der Tür rüttelte und eine Entschuldigung verlangte, klemmte sie einen Stuhl unter die Klinke und forderte ihn noch einmal auf, sich zum Teufel zu scheren.

Am nächsten Morgen hielt sie sich nicht erst mit Frühstück auf, sondern ging mit der Tasche, die sie gepackt hatte, direkt die Treppe herunter. Sie hatte einen Haufen Geld, mußte etliche Leute sprechen und einige Geschäfte erledigen. Sie konnte unterwegs essen. Als sie nach unten kam, wartete Sanjay bereits auf sie.

»Du hast Imran letzte Nacht gehört«, sagte er mit sorgenvoller Miene, doch sein Körper versperrte ihr entschlossen den Weg zur Haustür. »Du bleibst hier.«

»Wenn du mir nicht aus dem Weg gehst, trete ich dir so in die Eier, daß du nie wieder mit deinem weißen Müll bumsen kannst«, schrie sie. Sie ging auf ihn los. Er schaffte es gerade noch, ihrem Knie auszuweichen, doch der Stoß betäubte sein Bein und hielt ihn davon ab zu versuchen, sie auf ihrem Weg zur Tür hinaus aufzuhalten.

Der Montagmorgen war kalt und nebelig, und sie hatte eine ganze Auftragsliste zu erfüllen. Kostbare Stunden verstrichen, in denen sie die Nachricht verbreitete, daß sie Mohinder sprechen wolle, ein paar Straßenkindern etwas Geld dafür gab, daß sie sich in der Gegend um die Fenchurch Street umhörten, und dann die erste Mary Kelly auf ihrer Liste aufsuchte.

Der Adelige hatte nur vier Frauen dieses Namens in Ranis Revier gefunden, also dachte sie sich, sie könne sie ebensogut auch persönlich überprüfen. Diese wohnte in der Brick Lane — oder zumindest hatte sie das früher einmal. Der schielende, rattengesichtige Hausbesitzer sagte Rani, daß Mary Kelly nicht mehr hier wohne, und sein zahnloses Grinsen verriet ihr, daß sie sich von etwas Geld würde trennen müssen, wenn sie mehr erfahren wollte.

Eine Handvoll Banknoten bescherten ihr den Zugang zu Mary Kellys altem Zimmer in diesem ranzigen Dreckloch einer billigen Absteige, wo sich jedoch nicht der geringste Hinweis auf ihre ehemalige Bewohnerin fand. Aus dem einzelnen Schaukelstuhl in dem fast lichtlosen Schuhkarton von einem Zimmer starrte ein Trancer mit leeren, lethargischen Augen an ihr vorbei. Was sie schließlich erfuhr, war, daß Mary Kelly Nummer Eins vor ein paar Monaten auf der Straße gestorben war, wahrscheinlich an ihrem eigenen Erbrochenen erstickt. Sie war eine so hoffnungslose Alkoholikerin gewesen, daß sie selbst dieser Hausbesitzer auf die Straße geworfen hatte.

Rani bekam ihre erste Pause gegen Ende des Nachmittags, als sie sich in Beigel's Bake eine Tasse Kaffee gönnte. Ein Ork-Kontakt, der sie mit dem Respekt betrachtete, den Geld mit sich bringt, erzählte ihr leise, daß die Zuhälter irgendeine Schweinerei in ihrer Bude beseitigt und einen unidentifizierten Gegenstand in den Fluß geworfen hätten. Einer von ihnen habe genug Desinfektionsmittel gekauft, um das öffentliche Schwimmbad zu desinfizieren. Da Rani dem Ork nichts von dem Mord erzählt hatte, hielt sie es für ziemlich wahrscheinlich, daß er ihr die Wahrheit sagte. Wie erwartet, hatten sich die Zuhälter der Leiche entledigt, und daher wußte buchstäblich niemand etwas über das grausame mitternächtliche Gemetzel. In dieser Gegend war ein Leben nicht viel wert, und niemand war scharf darauf, die Schmiere vor der Tür stehen zu haben. Insbesondere dann, wenn es sich um die Tür zu einem Puff handelte.

Der Ork erzählte bereitwillig, da er auf eine gute Bezahlung hoffte. Sie sah auf seine sich auflösenden Plastikschuhe, auf die Hose, an der mehr Flicken zu sehen waren als ursprünglicher Stoff, und sie konnte sich erinnern, ihn draußen in der Kälte in seiner dünnen Jacke und der dreckigen, farblosen Weste zittern gesehen zu haben. Sie gab ihm zweihundertfünfzig, und er betrachtete sie, als sei sie irgendeine indische Göttin, die der Himmel gesandt hatte.

»Damit habe ich auch dein Schweigen gekauft, verstanden?« sagte Rani streng. »Erzähl niemandem was davon. Ich habe noch andere auf meiner Lohnliste, die genau wissen, wen sie sich vornehmen müssen, wenn auch nur ein Sterbenswörtchen über deine Lippen kommt. Du weißt, was ich meine?« Er sank vor Furcht in sich zusammen, versicherte ihr immer wieder, daß er vertrauenswürdig war. Sie betrachtete ihn etwas freundlicher.

»Also gut, Merreck, ich vertraue dir. Vielleicht hab ich in ein oder zwei Wochen noch was Interessantes für dich. Ich weiß schon, wo ich dich dann finde.«

Er war geradezu jämmerlich eifrig und versprach ihr alles, was sie seiner Ansicht nach hören wollte. Zweifünfzig waren mehr, als er sonst in einem ganzen Monat zu Gesicht bekam. Er schlurfte zur Tür und träumte von echten amerikanischen Jeans. Aber zuerst würde er seinem knurrenden Magen etwas Warmes zu essen gönnen. Einen richtig großen, saftigen Burger mit vielen Zwiebeln und Chemikalien. Die Kinder würden ebenfalls ihre erste anständige Mahlzeit seit einer Woche bekommen, also würde es ihnen nicht weh tun, wenn sie noch ein wenig länger darauf warten mußten.

Rani wurde klar, welche Macht ihr das Geld gab, und eine Zeitlang schwelgte sie in dem Gefühl. Aber sie blieb cool, da sie ihren Reichtum nicht in alle Welt hinausposaunen wollte. Die Scheine waren sicher in ihrem Geldgürtel verstaut. Jeder, der sie haben wollte, würde sie zuerst töten müssen.

Als nächstes rief sie Mohsin an und vereinbarte mit ihm ein Treffen im London Hospital morgen abend nach der Arbeit. Sie hatte gerade eine Glückssträhne und wollte wirklich gute Hardware zwischen die Finger bekommen, um dem guten Gefühl in ihr weitere Nahrung zu verschaffen.

Als sie schließlich wieder nach Hause kam, nachdem sie einen ziemlich erfolgreichen Tag damit gekrönt hatte, daß sie einen guten Hinweis aufschnappte, wo sich Mohinder am nächsten Morgen aufhalten würde, fand sie dort ein Empfangskomitee vor, das sie in seiner ganzen Pracht erwartete. Natürlich waren Imran und Sanjay da, verstärkt durch eine Handvoll Vettern, die sich alle im Wohnzimmer versammelt hatten. Im Hinterzimmer sah sie umherwirbelnde Saris.

Ach, es geht los, dachte sie. Zuerst zeigen mir die Männer meinen Platz, und dann erzählen mir die Frauen, wie toll es dort ist. Scheiß drauf!

Wut stieg in ihr auf, als ihr Vetter Dilip mit einer versöhnlichen Ansprache begann, der sie nicht einmal zuhörte. Sie wurde langsam fuchsteufelswild. Wie *konnten* sie es wagen? Ich bin erwachsen und weiß, was ich will. Nun, vielleicht weiß ich es nicht, aber ich bin gerne auf der Straße. Ich rede gerne mit Leuten in Beigel's Bake, und ich bezahle gerne Leute, die das Geld brauchen können und mich mit aufrichtigem Respekt ansehen. Zum Henker damit, ich werde ein Samurai, das weiß ich genau. Ich habe reiche Freunde, die mir ihr Geld anvertrauen. Und ich glaube, sie mögen mich. Ich weiß noch, was dieser komisch redende Adelige gesagt hat, als ich gegangen bin. Wenn ich nur ein Niemand wäre, hätte er mir davon nichts erzählt. Ich *bin* wer!

»Zum Teufel mit euch!« schrie sie die Männer vor ihr an. »Ich hab mein eigenes Leben. Und ich werde kein liebes kleines Mädchen sein. Ich soll sein wie die da?« Sie zeigte auf das Hinterzimmer. »An die Küche gekettet und das Vergnügen haben, den Männern jeden Wunsch von den Augen abzulesen, wenn sie belieben, nach Hause zu kommen? Das heißt, wenn sie keine weißen Mädchen bumsen wie Sanjay, oder wenn sie keine rückgratlosen Penner wie mein eigener Bruder sind, der nichts tut, um unsere toten Verwandten zu rächen.

Und was dich betrifft, Dilip, warum erzählst du Kriss nicht, wie du ihn bei diesen Chipdeals im letzten März abgezogen hast? Kriss, die Chips waren nicht mal die Hälfte von dem wert, was du dafür bezahlt hast, und Dilip und Imran haben sich darüber schlapp gelacht. Eigentlich sollte ich das nicht mithören, weil ich in der Küche war und Essen gemacht habe wie ein gutes kleines Mädchen. Wir Frauen können ja in der Küche nichts hören, stimmt's? Aber sie waren sowieso viel zu aufgeregt, um darauf noch zu achten. Wer seid ihr also, mir eine Predigt zu halten? Ehre und Pflichtgefühl? Es gibt nicht einen unter euch, der den anderen nicht für einen Nuyen umbringen würde, und das wißt ihr auch verdammt genau!«

Die Männer waren wie vom Donner gerührt. Kriss fixierte Dilip, der seinem Blick auszuweichen versuchte. Ihre Enthüllung hatte die beiden gegeneinander aufgebracht, während Imran voller Scham zu Boden sah. Stille senkte sich über sie. Sie riß die Initiative endgültig an sich und ließ zum Abschied noch eine Breitseite los.

»Ihr seid erbärmlich! Ihr macht verdammtes Kleingeld mit kleinkarierten Deals, und meistens haut ihr euch gegenseitig übers Ohr. Oder ihr seid so dämlich wie mein Bruder und laßt euch von irgendwelchen Leuten für dumm verkaufen, bis Verwandte deswegen sterben. Aber die Welt besteht nicht nur aus Verlierern wie euch. Ich bin achtzehn Jahre alt. Alt genug, um von hier zu verschwinden, und genau das tue ich auch, bevor mir das Abendessen hochkommt.« Rani drehte sich auf dem Absatz um und ging hinaus, wobei sie nicht wagte, sich umzusehen. Als die Männer schließlich ihre fünf Sinne wieder so weit beisammen hatten, um hinter ihr herzulaufen, war sie bereits weit genug gekommen, um sich ihren Verfolgern entziehen zu können.

Natürlich war das alles vollkommen verrückt. Sie wußte bereits, daß die Familie sie verstoßen würde — nachdem sie sie aufgespürt und noch ein paar vergebliche und beleidigende Versuche gemacht haben würde, sie wieder ›zur Vernunft zu bringen‹. Das würde ihnen niemals gelingen. Vielleicht hatte sie keine echten Fähigkeiten, nichts, worin sie besonders gut war, aber sie hatte ihre Jugend und Energie und ein Herz, das schnell in ihrer Brust schlug. Heute abend schien das eine ganze Menge zu sein. Mit dem Geld konnte sie sich fürs erste ein Zimmer mieten. Sie war jetzt auf sich allein gestellt.

Rani spürte Mohinder schließlich am nächsten Nachmittag bei Grits auf. Sie war jetzt gereizt, unglücklich über das, was mit ihrer Familie passiert war. Als sie im kalten Licht des Morgengrauens aus ihrem ruhelosen Schlaf erwacht war, hatte sie realisiert, daß sie möglicherweise alle Brücken hinter sich abgebrochen hatte. Doch wenn sie ihre Angst bezähmen konnte, würde schon alles gutgehen. Vielleicht würde sie sich nicht zeigen. Sei nur nicht zu eifrig, Mädchen, verrate nicht zu viel.

»Ich würd gern was Geschäftliches mit dir besprechen, Großer«, flötete sie, als sie sich seinem Tisch näherte.

Mohinders Brust schien vor Stolz ein wenig anzuschwellen. Er biß von seinem Burger ab und beäugte sie kühl. »Noch mehr Geschäfte, hm? Also gut, worum geht es diesmal?« Er klang leicht amüsiert.

Rani beherrschte sich, um nicht in Wut zu geraten. »Eigentlich sogar um mehrere Dinge. Ich weiß, jemand wie du ist nicht billig, nicht jemand mit deinem Ruf. Also will ich gar kein Hehl daraus machen, daß ich dir zahlen kann, was du wert bist.« Schmeichle ihm Rani, beharrte ihr gesunder Menschenverstand. Er sah einigermaßen zufrieden aus. »Erstens, weißt du noch, der Predator, den ich dir verkauft habe?«

Er bedachte sie mit einem beinahe freundlichen Blick. »Keine Probleme damit, Mädchen. Schicke Kanone. Vielen Dank dafür.« Er verschlang den letzten Bissen des Soyburgers, der für Rani so roch, als sei zwischen den beiden Brötchenhälften irgend etwas verwest. Warum erfand nicht irgendein Schlaukopf ein künstliches Aroma, das den fettigen Geschmack dieser Dinger nicht beeinträchtigte? Damit hätte man ein Vermögen machen können.

»Ich kann dir das Doppelte zahlen, um sie wieder zurückzubekommen.« Sie starrte ihn an, ohne zu blinzeln. Ihre Miene besagte, ich will die Kanone, und ich kann dafür zahlen. Ich hab Geld. Keine Spielchen heute.

Sie entdeckte einen Anflug von Respekt in der Art und Weise, wie seine Cyberaugen sie musterten, doch er schüttelte den Kopf. »Rani, hier in England bekommt man keine Predators. Ich weiß nicht, woher du diesen hast, aber er ist ziemlich wertvoll. Ich hab ihn nicht mal verkauft, sondern für mich selbst behalten. Ich kann dir für dein Geld was verkaufen, das fast genausogut ist, und ich würde dich auch nicht übers Ohr hauen, aber der Predator ist zu gut, um ihn wieder herzugeben. Nichts für ungut.« Er schlürfte einen ordentlichen Schluck kochendheißen Soykaf und mußte ihn fast wieder in die Tasse zurückspeien.

Sie hatte ihre Antwort für den Fall seiner Weigerung parat. »Das Dreifache. Ich zahl dir das Dreifache dessen, was du mir gegeben hast. Das ist mein letztes Angebot.« Eigentlich wollte sie nicht so hoch gehen — es riß ein zu großes Loch in ihre Mittel —, aber sie wußte, wieviel dem Elf daran gelegen war, sich die Waffe genauer anzusehen.

»Du bist ziemlich hartnäckig, was?« Er lächelte sie an, schien keinen Anstoß an ihrer Beharrlichkeit zu nehmen. »Ehrlich, Rani, keine Chance. Die Kanone gehört jetzt mir. Sie ist unverkäuflich. Manchmal reicht schon der bloße Anblick, um Leute in die Flucht zu schlagen. Bedeutende Leute. Durch den Predator hab ich einen echten Vorteil. Und den kann man mit Geld nicht kaufen. Nicht so wie ein Predator II, wenn man ihn irgendeinem Rotzbengel an die Schläfe hält.«

Sie hatte halb und halb damit gerechnet. Sie wagte es nicht, ihn wegen der Waffe noch weiter zu bedrängen aus Angst, sein Ohr für die anderen Dinge zu verlieren, die sie von ihm wollte.

»Also gut, Mohinder, lassen wir das. Aber ich brauche ein paar gute Waffen. Und wenn ich sage gut, dann meine ich die besten. Wenn ich den Predator nicht haben kann, will ich die beste Pistole, die ich bis, sagen wir, Freitag abend kriegen kann. Und auch die beste Muni. Eine Armbrust wär auch kein Fehler. Sagen wir jeweils zwei.

Außerdem hab ich in den Nachrichten gehört, daß ein paar Bullen letzte Woche an einem der Kontrollpunkte des Squeeze ihre Betäubungsstöcke verloren haben. Und ich wäre an allen interessiert, die vielleicht ihren Weg hierhergefunden haben.«

Er lachte, bis ihm klar wurde, daß sie es ernst meinte. »Woher hast du das Geld dafür, kleine Gopi?« fragte er sie stirnrunzelnd.

»Ach, hör schon auf, Mohinder! Ich frag dich auch nicht, wo deine Sore herkommt, oder? Hey, ich sag dir was, ich hab noch 'n besseren Vorschlag, den du dir durch den Kopf gehen lassen kannst. Am Wochenende könnte ich Straßensamurai und Helfer gebrauchen. Keine auswärtige Arbeit. Du bist der Beste, also rede ich mit dir.« Junge, fiel dieser Kerl auf Schmeicheleien herein. Sie konnte buchstäblich sehen, wie ihm der Kamm schwoll. Sogar seine Cyberaugen schienen vor Stolz zu funkeln.

Dann hatte sie irgendeine seltsame Eingebung und

riskierte einen Schuß ins Blaue. »Mir ist außerdem zu Ohren gekommen, daß du möglicherweise an automatische Waffen rankommen kannst. Schwere Kaliber. Wie ich schon sagte, ich kann zahlen.«

Mohinder schnitt eine wütende Grimasse und packte die Aufschläge ihrer Jacke mit Händen von der Größe eines Vorschlaghammers. »Dir ist was zu Ohren gekommen? Wer erzählt dir so was?«

Sie beschloß, die Sache durchzuziehen. »Ich bin jetzt niemandes kleine Gopi mehr, Mohinder. Ich bin achtzehn. Ich komme jetzt wie jeder andere Erwachsene ins Gefängnis, wenn ich meine Kopfsteuer nicht bezahle. Und ich hab Freunde mit Geld, Freunde, die wie ich Wert auf deine Dienste legen.«

»Zeig's mir.«

Sie konnte der Versuchung nicht widerstehen. Vorsichtig öffnete sie den Reißverschluß einer ihrer Taschen und zeigte ihm das erste Bündel Banknoten. Fünftausend Nuyen in Scheinen. Das war weit mehr als genug für eine automatische Waffe. Er pfiff durch die Zähne und ließ sie los.

»Tja, die Uzis sind so was wie mein Bankgeheimnis. Ich kann mir nicht vorstellen, wo du davon gehört hast, und ich kann mir auch nicht vorstellen, von wem. Wenn du ein Wort verrätst, bist du 'ne Leiche.«

»Mohinder, ich würde dir keine fünf Riesen zeigen, wenn ich keine echten Geschäfte mit dir machen wollte. Ich würde das Geld niemandem zeigen, dem ich nicht zutrauen würde, auch zu liefern. Und du kannst das als Beleg dafür nehmen, daß dort, wo das herkommt, noch mehr ist.«

Er trommelte mit den Fingern auf den Tisch, während er über ihre Worte nachdachte. Sie warf den letzten Köder aus.

»Und mit dieser Sache am Wochenende ist es mir ebenfalls ernst. Ich brauche so viele gute Straßensamurai, wie du auftreiben kannst. Vielleicht ein halbes Dutzend, aber nur Leute, denen du vertraust. Wenn du ihnen vertraust, reicht mir das. Sie bekommen Zweihundert Vorschuß, um guten Willen zu zeigen, insgesamt Fünfhundert für jeden, damit sie sich das Wochenende freihalten, den Rest Freitag abend. Die Bezahlung für einen eventuell erforderlichen Run wird am Samstag ausgehandelt. Wir rechnen nicht mit Trolls mit verdrahteten Reflexen und Sturmgeschützen, aber diese Burschen sollten schon in der Lage sein, auf sich aufzupassen. Es wird nichts Wahnsinniges, und sie werden es wohl nur mit einigen Leuten zu tun bekommen. Wenn du das für mich arrangierst, kriegst du Dreihundert extra im voraus und Fünfhundert als Bonus dafür, daß sie am Wochenende auf der Matte stehen.«

Rani bedachte ihn mit ihrem gewinnendsten Lächeln. »Klingt das gut?«

Mohinder starrte sie völlig verblüfft an. »Du willst mich nicht verarschen, Mädchen?«

»Hör mal, wenn du das für mich regelst, geb ich dir den Vorschuß jetzt gleich, je Zweihundert für sechs Burschen und Fünfhundert für dich. Damit kaufe ich ein Gruppentreffen Freitag abend, wo und wann es dir recht ist. Einverstanden?«

Mohinder fand seine professionelle Einstellung jetzt sehr rasch wieder. »Gib mir das Geld, kleine Schwester, und ich sorge dafür, daß du 'n paar echt gemeine Kerle bekommst. Wir treffen uns Freitag abend um elf in dem Zimmer über Rievensteins Delikatessengeschäft. Bis dahin hab ich so viele Waffen, wie du bezahlen kannst, und auch die Jungs.«

Sie reichte ihm die Siebzehnhundert unter dem Tisch. Mohinder grinste, als er sich an die intime Methode erinnerte, wie sie ihre letzte Transaktion abgewickelt hatten, aber mittlerweile hatte sich die Situation sehr verändert. Jetzt war es Rani, die das Sagen hatte, und das wußten sie beide.

Zwei weitere Mary Kellys erwiesen sich als komplette Zeitverschwendung. Eine war schon vor längerer Zeit zurück nach Tir Nan Og gegangen. Die andere war eine hoffnungslos senile Invalidin, die von ihrer niedergeschlagenen Familie gepflegt wurde.

Rani hatte die Rechnung bei Mohsin bezahlt und eine ganze Tasche voller guter Sachen für ihre Nuyen bekommen: Ein paar Medkits und einige Medpflaster. Sie hatte Glück gehabt, sie überhaupt zu bekommen, und sie waren sie teuer zu stehen gekommen. Ihr blieb keine Zeit mehr, sich Cyberware zu beschaffen. Außerdem hatte ihr Geraint dafür kein Geld gegeben. Ihre Tasche war prall gefüllt, und sie war zufrieden, wenn man einmal von einem Problem absah, das am Horizont auf sie lauerte.

Dieses Problem war ihre Familie. Sie wollte sich gerade wieder auf den Weg nach Chelsea machen, als sie zwei Vettern sah, die zielstrebig auf ihren Unterschlupf zugingen. Sich über die Reste der Feuerleiter aus dem Staub zu machen, war ein echtes Risiko, aber sie schaffte es. Anschließend rief sie Geraint an und hinterließ eine Nachricht, dann marschierte sie davon, um sich ein sicheres Plätzchen zu suchen. Sie mußte sich von ihrer alten Gegend fernhalten, von ihrer Familie, die entschlossen war, ihr wieder ihr altes Leben aufzuzwingen. Versteck dich heute nacht einfach, Mädchen. Geh später nach Chelsea. Auf ein paar Stunden kommt es nicht an.

Rani wußte nicht und hätte sich auch niemals träumen lassen, was die nächsten paar Stunden brachten.

29

Der Mittwochnachmittag war frisch und klar, die wäßrige Wintersonne beschien die M4 in all ihrer grellgrauen Pracht, eine Aufeinanderfolge von Straßenarbeiten, graffitiverschmierten Überführungen und Schlaglöchern. Sie fuhren gerade durch die letzte einer ganzen Reihe häßlicher, vorstädtischer Sprawlzonen, und Geraint fluchte phantasievoll vor sich hin. Was ihn so aufbrachte, war ein weiterer Stau fünfzehn Meilen jenseits der äußeren Ringautobahn, der Rückstau von einer der allgegenwärtigen Baustellen, bei der sich die Fahrbahn in beiden Richtungen auf eine Spur verengte. Francesca saß neben ihm und hämmerte mit fliegenden Fingern auf die Tastatur ihres Laptops ein.

»Eine interessante Ausbeute, Geraint«, sagte sie, ohne aufzusehen. Sie hatte seine Flüche nicht gehört. »Serrin wird staunen, was wir über Kuranita haben.«

Geraint war schlechter Laune, seine Hände hielten das Lenkrad fest umklammert, und er starrte grimmig auf die Schlange der langsam fahrenden Fahrzeuge vor sich.

»Das war sauber«, fuhr Francesca fort. »Wir hätten mehr über Smith und Jones gebrauchen können, aber zumindest wissen wir jetzt, wer ihre Auftraggeber sind. Endlich.«

»Aber diese Virus-IC«, sagte er. »Verdammt gerissene Hunde. Damit habe ich überhaupt nicht gerechnet. Die Datei, die wir bekommen haben, ist nur noch in Bruchstücken vorhanden, aber ich bin zuversichtlich, daß das Wahrscheinlichkeitsprogramm die Datei rekonstruieren kann. Wir werden nicht allzusehr danebenliegen. Und wie du schon sagtest, wir wissen jetzt, für wen Smith und Jones arbeiten.«

Geraint schüttelte den Kopf und seufzte, als die Fahrzeugschlange vor ihm wieder anhielt. »Aber wir haben keine Chance, an sie heranzukommen. Nichts, was uns verraten könnte, wo sie sich befinden oder was sie als nächstes vorhaben. Und wir haben auch nichts über den Ripper.« Geraint warf einen Blick auf Francesca, um ihre Miene zu studieren, aber sie schien sich recht gut von ihrer Zerreißprobe zu erholen.

»Dafür waren sie vielleicht zu schnell. Die Information könnte durchaus zerhackt worden sein. Hey, wir fahren wieder ...« unterbrach sich Francesca, als Geraint auf normale Geschwindigkeit beschleunigte. Der Verkehrsfluß war endlich wieder normal. Doch kaum hatten sie den Engpaß passiert, als sie auch schon eine weitere Reihe roter Plastikkegel sahen, die ein neuerliches tiefes Loch im Plastibeton abgrenzten. Geraint wollte ein paar Wagen überholen, wurde jedoch von einer langen Reihe von Fahrzeugen auf der Überholspur aufgehalten. Mit einem uncharakteristischen Wutausbruch machte er seiner Ungeduld Luft.

»Fahr rüber, du Wichser!« explodierte er, um sich dann verlegen an seine Begleiterin zu wenden. »Tut mir leid, Fran. Ich will nur schnell nach Hause kommen, und dieser Verkehr geht mir langsam auf die Nerven. Ich frage mich, was Serrin und Rani erreicht haben.«

»Wenn sie so erfolgreich waren wie wir, werden sie ... Geraint, was ist los?«

Es war ein einzelner Schuß, wahrscheinlich panzerbrechend. Der Knall des Einschlags war im allgemeinen Hupen des Verkehrsstaus untergegangen, aber die internen Sicherheitssysteme des Saab wurden aktiv und alarmierten Geraint. Den blinkenden Lichtern der Sicherheitsarmaturen entnahm er, daß die Kugel lediglich die Karosserie durchschlagen und nichts Wichtiges getroffen hatte.

»Erste Sahne, Fran, jemand hat gerade auf uns geschossen!« Sie fuhren unter einer Brücke durch, als der Wagen hinter ihnen plötzlich wie verrückt schlingerte und auf die nächste Spur schleuderte. Ein Blick in den Rückspiegel zeigte Geraint eine zerschmetterte Windschutzscheibe und einen roten Schmierfilm auf dem gesplitterten Plastiglas, bevor dieser Wagen endgültig ausbrach und in den Straßengraben neben der Autobahn fuhr. Er trat das Gaspedal durch und kam mit kreischenden Reifen auf der anderen Seite der Unterführung heraus, wobei er, von einem wütenden Hupkonzert der anderen Fahrer begleitet, ständig von einer Spur auf die andere wechselte.

Die Granate verfehlte sie ganz knapp, und auf die Haube des Rolls hinter ihnen ging ein Hagelschauer aus Asphaltbrocken und Splittern nieder. Die Windschutzscheibe hielt zwar, aber dafür konnte der Fahrer plötzlich nichts mehr sehen.

Während der Saab davonschoß, vollführte der Fahrer des Rolls eine Vollbremsung, was zu einer ziemlich häßlichen Massenkarambolage der dahinter fahrenden Wagen führte. Die Systeme des Saab hatten ihn bereits auf den zweiten Treffer aufmerksam gemacht. Er hielt den Kopf unten und das Gaspedal durchgedrückt. Er nahm die nächste Ausfahrt und gewann zunächst einmal Abstand von der Autobahn.

Sie beschlossen unterzutauchen und nahmen ein Zimmer in einem billigen Motel, wo Geraint Verbindung mit seinem Anrufbeantworter aufnahm und ihn neu programmierte. Auf keinen Fall würde er es riskieren, heute abend noch nach London zurückzukehren. Francesca war gelassener. Heckenschützen auf der Autobahn waren schon fast so etwas wie eine alte kalifornische Tradition. Geraint war eindeutig der Mitgenommenere der beiden. In Britannien geschahen solche Dinge einfach nicht.

»Ich denke, wir sollten Serrin am Flughafen abholen«, sagte er.

Francesca bedachte ihn mit einem scharfen Seitenblick. »Aber wir wissen nicht, wann seine Maschine landet.«

»Das spielt keine Rolle. Wir werden einfach dort sein

DOOG 92

und ihn auflesen, wenn sie landet. Vielleicht lauert man ihm ebenfalls auf. Rani müßte dort, wo sie gerade ist, gut aufgehoben sein.«

Dennoch rief Geraint unter der Nummer an, die sie ihm gegeben hatte. Er bekam einen wütend aussehenden, indischen Ork an den Apparat, der sich weigerte, seine drängenden Fragen zu beantworten, und dann abrupt die Verbindung unterbrach.

»Echt toll. Ich kann sie nicht erreichen. Wir wollen hoffen, daß sie mich wie abgemacht anruft. Dann erhält sie die neue Nachricht. Und jetzt zu Serrin. Wir müssen an alles denken.« Er begann hektisch zu telefonieren.

Als sie schließlich in Heathrow ankamen, durchstöberten bereits die Leute von Risk Minimizers PLC seine Wohnung. Weitere private Sicherheitsmannschaften erwarteten sie und Serrin am Flughafen, aber er fühlte sich immer noch unbehaglich.

Sie stiegen nicht einmal aus dem Wagen aus, sondern blieben darin sitzen und sahen zu, wie eine Phalanx von Leibwächtern den verblüfften Elfenmagier sicher und behutsam zur wartenden Limousine geleitete. Als Geraint und Francesca den Saab verließen, wurden sie von einem anderen Sicherheitstrupp mit derselben Umsicht zur selben Limousine geführt. Während der Saab von einem Sicherheitsteam weggefahren wurde, glitt die Limousine in den späten Abend davon. Serrin, in dessen Miene sich hochgradiges Erstaunen spiegelte, bat um eine Erklärung.

»Keine Sorge«, sagte Geraint glatt. »Es ist nur so, daß jemand beschlossen hat, unsere Autofahrt ein wenig interessanter zu gestalten, indem er einen Heckenschützen und einen Granatwerfer auf uns ansetzt. Wir dachten, daß sie vielleicht auch hinter dir her sind. Ich habe auch schon — erfolglos — versucht, Rani zu erreichen. Sie soll sich aber bei mir zu Hause melden, und ich habe ihr eine Warnung hinterlassen. Im Augenblick durchsucht die Sicherheit meine Wohnung, und wir werden sie erst betreten, wenn sie sie von oben bis unten auf den Kopf gestellt haben.«

Der Adelige war kurz angebunden, reizbar. Normalerweise gehörte es nicht zu seinem Lebensstil, am Steuer seines Wagens beschossen zu werden. Er benutzte das Funktelekom, um sein Telekom zu Hause anzurufen, und war erleichtert, eine Nachricht von Rani zu hören. Sie murmelte ziemlich unzusammenhängend, daß sie unterwegs sei, aber sie sollten sich keine Sorgen machen, sie würde bald zu ihnen stoßen.

»Ihr Geister, worauf seid ihr denn nur gestoßen?« Serrin war beunruhigt, sein Kopf voller Phantasien über ihre Deck-Ausbeute.

»Auf nichts wirklich Weltbewegendes, aber langsam fügen sich alle Teile zusammen. Wir haben etwas über dich und gewisse Angestellte einer gewissen Gesellschaft herausgefunden. Ich glaube, es wird dir gefallen«, sagte Francesca.

»Zum Savoy.« Geraints Stimme war gebieterisch, als er die Interkomverbindung zum Fahrer einschaltete. Er schaltete sofort wieder ab und sagte schlicht: »Der beste Platz ist dort, wo es sehr öffentlich zugeht, glaube ich. Und das Savoy hat in der Tat ein ausgezeichnetes Sicherheitssystem.« Er hatte bereits die Nummer des Savoy gewählt, um Zimmer zu buchen und die Sicherheitsvorkehrungen aufzuzählen, die er verlangte. Zwei Minuten später wurde seine Buchung bestätigt.

»Das ist schon besser«, sagte er zu niemandem im besonderen und entspannte sich ein wenig. »Wir bekommen besseren Schutz als der französische Präsident bei seinem letzten Besuch. Hoffen wir, daß wir ihn nicht auch ebensosehr brauchen wie er.«

Der Anruf kam um acht Uhr am folgenden Morgen, genau wie vereinbart. Um sein Penthouse waren zehn Samurai und zwei Kampfmagier postiert. Die Elektronik war ebenfalls neu konfiguriert worden, und auf der Straße wimmelte es von Sicherheitsbeamten. Die Bewohner von Cheyne Walk würden sich fragen, was in aller Welt in ihrer friedlichen Oase vorging, aber da sie Briten waren, würden sie nicht die Courage aufbringen, sich bei jemandem zu beschweren. Geraint wollte in seine Wohnung, um Geld, Karten, Ausrüstung und Kleidung zu holen, aber er hatte nicht vor, sich dort lange aufzuhalten.

»Wir brauchen einen sicheren Aufenthaltsort. Wenn sie hinter uns her sind, müssen wir irgendwohin, wo sie uns nicht vermuten.« Seine Stimme war spröde.

»Hör mal, Geraint, es können aber doch auch irgendwelche Verrückte gewesen sein. Wir wissen nicht mal, ob sie es speziell auf uns abgesehen hatten.« Francesca versuchte ihn zu beruhigen.

»Zwei Schüsse, beide in die Karosserie. Sie haben uns nur ganz knapp verfehlt. Und eine Granate? Komm schon, Francesca, Granaten fallen nicht so einfach in die Hände von Verrückten. Es gibt nur ganz wenige Lecks bei der Konzernsicherheit, durch die Granaten überhaupt nach draußen auf den Schwarzmarkt sickern. Es muß ein Konzern gewesen sein, der es da auf uns abgesehen hatte. Wahrscheinlich war es dieser verdammte Sukkubus, der es ihnen ermöglicht hat, uns zu verfolgen. Tut mir leid, Freunde.« Er ballte vor Wut die Fäuste. »Paßt auf, wir müssen nicht alle in meine Wohnung fahren. Einer reicht völlig, also nehme ich die Limousine. Es wird kaum länger als eine Stunde dauern, alles zusammenzupacken, was ich brauche. Dann können wir uns überlegen, was wir als nächstes unternehmen.«

Als die Hotelrezeption Geraint benachrichtigte, daß die Limousine eingetroffen war, verließ er das Zimmer in Begleitung der Leibwächter. Serrin wandte sich an Francesca, begierig, endlich zu erfahren, was eigentlich geschehen war.

Sie war gerne zu Diensten. »Nach dem Run haben

wir analysiert, was ich gefunden habe. Wir haben nicht alles bekommen, was wir wollten, und ein Teil der Daten in den Dateien war gelöscht oder verstümmelt. Ich mußte ein Programm laufen lassen, um die Lücken zu füllen, aber alles in allem ist das Ergebnis nicht schlecht. Zum Beispiel haben sie eine Akte über dich, Serrin. Darin steht, daß du von nicht näher bestimmten Mittelsmännern angeworben worden bist, um die Sicherheitseinrichtungen verschiedener Konzerne in Cambridge zu überprüfen. Es steht auch persönlicher Kram über dich drin, aber nichts sonderlich Pikantes.« Sie bedachte ihn mit einem schelmischen Lächeln und reichte ihm den Ausdruck.

Der Elf überflog die Seiten. Es war nicht viel, aber er war doch überrascht, als er entdeckte, daß Transys hinter den Portland-Runs steckte, die er im Jahre 43, nicht lange nach seinem Abschied von Renraku, ausgeführt hatte. Interessant. Das Ziel war als unbedeutende Tochter von Global Technologies gekennzeichnet.

»Ach, übrigens«, fuhr Francesca fort, »sie haben mich tatsächlich für den Fuchi-Run angeheuert. In der Akte über mich steht nichts davon, daß sie einen Spion auf mich angesetzt haben — zum Beispiel dieses Ding, das mich fast umgebracht hätte —, aber es gibt da noch eine komische zerhackte Zeile mit Müll, den ich bis jetzt noch nicht entschlüsseln konnte. Also, wer weiß?

Über Geraint haben sie auch eine Akte. Er hat sie gelesen, mir gesagt, daß sie nichts Wesentliches enthält, und sie dann einbehalten. Ich nehme an, er will mich nicht wissen lassen, was sie über seine finanziellen und politischen Unternehmungen wissen.« Sie lächelte wissend. »Der Größe der Datei nach zu urteilen, haben sie eine ganze Menge über ihn. Da fragt man sich doch, was er so treibt, der kleine Teufel.

Was Melvin Aloysius Smith angeht, der ist ein Konzernschieber. Die Daten über ihn waren ernsthaft verstümmelt, aber es ist klar, daß er und Peter Karl Jones mindestens ein Dutzend Aufträge zusammen übernommen haben. Sie sind als diejenigen ausgewiesen, die dich angeworben und den Fuchi-Überfall in Auftrag gegeben haben, an dem Rani und ihre Leute teilnahmen. Kein offensichtlicher Zusammenhang. Tatsächlich bin ich aber in dieser Beziehung nicht absolut sicher. Das Ziel war im Verzeichnis der Unterdateien nicht näher spezifiziert, und auch diese Daten waren ziemlich verstümmelt. Sagen wir einfach, daß das, was wir haben, sehr gut mit dieser Annahme harmoniert. Sie haben auch noch ein paar andere Leute für andere Runs angeworben, aber nichts, was mit dem in Verbindung steht, das wir haben.«

Serrin nickte, während er den Ausdruck überflog. Nach diesen Unterlagen waren Smith und Jones zwei ganz gewöhnliche Konzernschieber.

»Aber keine Chance, sie aufzuspüren. Es gibt eine Adresse in Brasilien, die wir mit derjenigen vergleichen können, welche sie bei dieser Agentur hinterlassen haben, aber das hat nichts zu bedeuten. Danach kommt irgendwelcher codierter Müll, den wir immer noch nicht entschlüsseln konnten. Die Stelle ist ziemlich verstümmelt, und es wird uns nicht gelingen, alles zu entziffern.«

Sie fuhr mit ihrer Zusammenfassung fort. »Was Einträge über Jack the Ripper betrifft — tja, nichts. Nichts, abgesehen von einer offensichtlich abgestürzten, verstümmelten, leeren Datei. Was dort auch gestanden hat, war bereits verschwunden, als wir die Datei kopiert haben. Trotzdem verrät uns das immerhin, daß sie eine Akte über ihn angelegt haben.«

»Ja, in der Tat, Francesca, ich bin ganz sicher, daß sie das getan haben«, nickte Serrin grimmig. »Ich erzähle es dir später. Mach du erst mal weiter.«

»Okay.« Sie holte tief Luft. Jetzt kam der Knüller. »Über Kuranita haben sie eine Akte, so dick wie ein Walroß. Hey, war ja 'n ziemlich schweres Kaliber als Samurai zu seiner Zeit. Vor seinem kleinen Unfall in Johannesburg hat er laut Info, das wir über ihn haben, für eine ganze Reihe verschiedener Konzerne gearbeitet. Transys war so nett, der Liste Wahrscheinlichkeiten für aktive Auftraggeber beizufügen. In manchen Fällen beträgt sie hundert Prozent, und zwar in denen, wo sie ihn selbst angeworben haben. Es gibt da eine ganz bestimmte Episode von vor zwanzig Jahren, die du dir mal ansehen solltest.«

Sie hatte eine Textstelle auf dem Ausdruck markiert. Seine Hände zitterten, als er den nüchternen Text las. Er nannte Datum, Zeit, Ort, bezahltes Honorar, alle schlichten Tatsachen. Gründe waren keine angegeben. Nur ein paar Phrasen wie »Eliminieren von Abwehrforschungspersonal«, die entmenschlichte Sprache von Verwaltungsbeamten, die per Memorandum töteten.

»Meine Eltern.« Sein Gesicht war leichenblaß. »Sie haben den verdammten Schweinehund angeworben, um meine Eltern zu töten.« Mehr gab es dazu nicht zu sagen. Wenn dieser eine wesentliche Eintrag stimmte, hatte er einen verdammt guten Grund, mit allem gegen Transys vorzugehen, was er aufbringen konnte.

Serrin brauchte ein paar Minuten, um sich wieder zu fassen, bis er Francesca erzählte, was er bei seinem Trip über den Atlantik erfahren hatte. Er behelligte sie nicht mit Einzelheiten über Ihre Ladyschaft, sondern bezeichnete sie lediglich als verdreht, aber zuverlässig.

»Ich hab die Namen: Global Technologies und Hollywood Simsense. Dann hatte ich echtes Glück. Ich kenne einen Johnson in New York, dem ich vor ein paar Jahren mal einen Riesengefallen getan habe. Er schuldet mir was, also habe ich kassiert. Er hat ziemlich geschwitzt, als ich ihn danach gefragt habe, was bedeutet, er wußte bereits Bescheid. Es hat fast einen Tag gedauert, bis er sich wieder bei mir gemeldet hat, aber er hat es getan, und jetzt sind wir quitt.

Global hat eine Kombination von Talentsoft und BTL-Technologie entwickelt und dabei offenbar geplant, sie an das Militär zu verkaufen. Es heißt, ihre Forscher hätten einen ganzen Haufen echt kranker Persönlichkeiten zusammengebraut, komplett mit Fähigkeiten und Erinnerungen, und der Ripper war eine davon. Er gelangte auf die Straße, als der Kerl, dem man den Persönlichkeitschip implantiert hatte, nach einem Scharmützel zwischen Global und Hollywood fliehen konnte. Jedenfalls haben sich die beiden Konzerne buchstäblich ruiniert, und der Ripper verschwand. Niemand weiß genau, was am Ende passiert ist. Die Chancen stehen gut, daß irgendwelche Militärs jetzt im Besitz dieser Technologie sind. Nette Vorstellung, was?«

Francesca schauderte unfreiwillig, als ihr ganz plötzlich sehr kalt wurde.

»Nur noch eine kleine Zugabe«, schloß Serrin. »Als Hollywood Simsense die Chips stahl, hatten sie einen schlafenden finanziellen Partner. Meiner Quelle zufolge hätte dieser Partner durchaus aufwachen und Hollywood zum Frühstück verspeisen können. Du errätst nie, wer dieser Partner war.«

»Nicht zufällig Transys Neuronet?«

»Eine radioaktive Kokosnuß für die Dame! Sie hätten lange genug Zugang zu den Chips haben können, um alles darüber zu erfahren, was es zu erfahren gibt. Transys hätte das Konzept übernehmen und es still und heimlich testen können. Sie hatten über zwei Jahre Zeit dazu. Diesmal konnten sie wirklich sicherstellen, daß sie alles richtig machen.«

Das Telekom auf dem Tisch neben dem Bett klingelte. Fast fürchteten sie sich, an den Apparat zu gehen, und Francesca benutzte den Zerhacker, den Geraint von der Sicherheitsfirma erhalten und ihr gegeben hatte. Der Schirm zeigte Geraint in seiner Wohnung, der am anderen Ende der Leitung breit grinste. Sie konnten außerdem eine ziemlich verängstigt aussehende Rani erkennen, die von zwei stämmigen Sicherheitsbeamten fast eingeklemmt wurde.

»Als ich hier eintraf, wurde unsere junge Freundin gerade von meinen äußerst fähigen Sicherheitsleuten in die Mangel genommen. Glücklicherweise waren ihre Kanonen in erster Linie mit Betäubungsmunition geladen. Zumindest größtenteils. Jedenfalls geht es uns beiden gut, und wir sind vor dem Mittagessen wieder zurück.«

»Wo werden wir bleiben?« Francesca ging langsam der Vorrat an sauberer, schicker Kleidung aus.

»Darüber reden wir, wenn wir zurück sind. Nicht am Telekom«, sagte er in gelinde vorwurfsvollem Tonfall, bevor er sich mit einem affenartigen Grinsen vom Bildschirm verabschiedete.

Es dauerte fast eine Stunde, bis Geraint und Rani in Begleitung zweier stämmiger Sicherheitsbeamter in der Hotelsuite eintrudelten. Sie trugen jeder nur eine Tasche, gewiß weniger, als Francesca erwartet hatte. Sie hatte sich vorgestellt, der Adelige würde mit zahllosen Reisetaschen auftauchen, alle bis zum Platzen mit dem Inhalt seines Wandsafes vollgestopft. Als sich die Sicherheitsleute auf eine diskrete Entfernung zurückgezogen hatten, gab Geraint seine Erklärung ab.

»Das Savoy sähe es nicht gerne, wenn ich hier mit gewissen Dingen einträfe, auch wenn ich eine offizielle Genehmigung dafür habe. Denkt darüber nach: Würdet ihr den Leuten gestatten, schwere Waffen in ein Spitzenhotel mit erstklassigen Sicherheitsvorrichtungen zu bringen, wenn ihr es führen würdet?«

Sie konnte den Sinn darin erkennen. »Wie sieht also dein Plan aus?«

»Nun, Rani muß morgen abend in London sein. Sie muß ein paar Kontakte bestätigen und ein paar Vorschüsse zahlen. Außerdem hat sie ein wenig Familienärger. Also nehmen wir die Limousine, gabeln unterwegs die Taschen auf, die ich in meiner Wohnung gelassen habe, holen, was du brauchst, und nehmen dann ein Flugzeug nach Westen.« Serrin und Francesca wechselten einen überraschten Blick.

»Zeit, die Heimat der Vorfahren zu besuchen, denke ich. Wie es der Zufall will, hat Transys Neuronet so was wie eine Niederlassung ein Stück weit die Straße entlang, aber wenn wir uns in meine nördliche Festung zurückziehen, sollten wir dort mindestens genauso sicher sein wie an jedem beliebigen anderen Ort in diesem Land. Dazu kommt noch, daß Rani, seitdem ich ihr davon erzählt habe, ziemlich erpicht darauf zu sein scheint, dorthin zu gehen. Wißt ihr, sie hat noch nie eine Wiese mit einer Kuh darauf gesehen. Könnt ihr euch das vorstellen?«

30

Cwmbran war eine freundliche südwalisische Stadt, aber sie hatten nicht viel Gelegenheit, etwas davon zu sehen. Die Lear-Cessna setzte die Gruppe in der Nähe des bedrohlich wirkenden, mit einem Graben umgebenen Burgfrieds ab, und im Schutze der Dunkelheit eilten sie gleich hinein.

Geraint hatte sich während des Fluges beständig für den Zustand der Burg entschuldigt: Sein Vater habe japanische und amerikanische Kontakte hergebracht, und denen habe die vorgetäuschte Authentizität gefallen. Ein echter Burgfried wäre selbst nach dem Einbau aller nur denkbaren Installationen noch kalt, feucht und ungemütlich gewesen. Dieser war vor kaum dreißig Jahren mit dem Ziel gebaut worden, so behaglich wie möglich zu sein, Himmelbetten eingeschlossen.

Rani war es egal, wofür sich der Adelige entschuldigte. Ihr kam alles sehr echt vor. Sie schritt langsam und mit staunend geweiteten Augen vorwärts und streckte zögernd die Hände aus, um die Steinmauern anzufassen. Dies war nicht SimSinn, dies war echt. Sie fühlte sich so gut, sie mußte Geraint einfach umarmen.

»Das ist total irre!« rief sie mit uneingeschränktem Vergnügen.

Er grinste breit, legte ihr einen Arm um die Schulter und führte sie in den Speisesaal. An den Wänden des länglichen Raumes reihten sich walische Wappenschilde auf, über dem Kamin hing der ausgestopfte Kopf eines Keilers, und die scheinbar endlos lange Tafel war mit Silber und Kristall gedeckt und von Stühlen aus echtem Holz umgeben. Auf Rani wirkte das alles wie eine Szene aus einem Märchentrid.

Serrin war ebenfalls entzückt. »Tja, Geraint, ich muß schon sagen, das hat Klasse. Du hast nicht zuviel versprochen.«

Sogar die äußerst weltliche und kosmopolitische Francesca war sichtlich beeindruckt. Es war ein Vergnügen für Geraint, das elektrische Licht zu dämpfen und die Kerzen anzuzünden.

»Tut mir leid, Leute. Was den Wein anbelangt, müssen wir heute abend etwas kürzer treten«, entschuldigte sich Geraint später, gerade als ein livrierter Diener erschien, um eine Silberschüssel mit Mulligatawny zu servieren. Rani schlürfte die pfefferige Suppe, erfreut über ihren fast vertrauten Geschmack. Plötzlich befangen, sah sie schuldbewußt auf, wobei sie sich fragte, ob orkische Tischmanieren hier vielleicht fehl am Platze waren.

Geraint, der an der Stirnseite der Tafel saß, lachte laut auf, doch seine Miene war freundlich, und sie wußte, daß er sie nicht auslachte. »Mein Gott, Rani, es ist echt gut, mit jemandem zu essen, der das Essen wirklich genießt und kein affektiertes Getue an den Tag legt. Ich sage euch, das ist eine verdammte Erleichterung. In dieser Schüssel ist mehr, als wir vertilgen können, also haltet euch ran. Aber laßt noch Platz für die Forelle. Pierre bereitet Fisch immer perfekt zu.«

Forelle. Natürlich hatte sie schon welche gegessen, aber sie ging davon aus, daß sich Geraints Forellen um einiges von denjenigen unterscheiden würden, die in den großen, der Entgiftung dienenden Rieselfeldern gezüchtet wurden, die sich um die Londoner Innenstadt ballten. Vielleicht würde dieser Fisch sogar nach irgend etwas schmecken. Ein livrierter Butler schichtete echtes Holz im Kamin auf und zündete es dann an. Du liebe Güte, sie verbrannten hier Holz?

»Im Kamin ist ein Oxidkonverter, meine Damen und Herren, also können wir uns heute abend an einem echten Feuer erfreuen«, erklärte Geraint. »Das ist nicht allzuoft der Fall. Aber, wie ich schon sagte, nicht zuviel Alkohol. Wir haben nach dem Essen noch zu arbeiten und Pläne zu entwerfen. Alles läuft jetzt auf eine Art Kulminationspunkt zu.«

Freitag morgen spazierte Geraint mit Rani über die Wiesen innerhalb des Schloßgrundstücks. Der Überfluß an Natur schien sie dermaßen zu verzaubern, daß er wünschte, es wäre Frühling gewesen, so daß sie die Oster-, Gänse- und Butterblumen hätte sehen, riechen und pflücken können.

Es hatte ein Dutzend Jahre der Entgiftung bedurft, bevor auf diesem Land wieder die ersten Blumen erblüht waren.

Die Kühe hatten ihr zuerst etwas Angst eingejagt. Natürlich hatte sie schon welche im Trid gesehen, aber in natura kamen sie ihr viel größer als erwartet vor, und eine ganze Herde war ziemlich unheimlich. Es hatte schon einer echten Willensanstrengung Ranis bedurft, näher an eine Kuh heranzugehen und sie anzufassen. Bei der zögernden Berührung ihrer Hand muhte die Kuh gutgelaunt. Rani sprang beunruhigt zurück, fing sich jedoch sehr schnell wieder, um zu ihr zurückzugehen und sie zu streicheln, während sie das spärliche Wintergras kaute. Daß etwas so Simples einen Ausdruck derartiger Freude auf ihr Gesicht zaubern konnte, rührte Geraint zutiefst. Du warst zu lange in diesem Penthouse, schalt er sich selbst.

Während sie zum Gutshaus schlenderten, besprach er die in der Nacht gefällten Entscheidungen mit ihr. Er hoffte, er machte keinen herablassenden Eindruck, aber er wollte sichergehen, daß sie alles verstand.

»Also, Rani, wir haben jetzt sechsundfünfzig Mary Kellys, aber wir können siebzehn davon abhaken plus die vier, die du überprüft hast. Es ist zu gefährlich für uns, nach London zurückzugehen, also war es ein ganz vernünftiger Zug, die Wühlarbeit von privaten Ermittlungsfirmen ausführen zu lassen. Heute müßten eigentlich stündlich neue Informationen eintreffen. Auf diese Weise können wir die Anzahl der in Frage kommenden Kandidatinnen einschränken, ohne uns selbst der Gefahr auszusetzen.«

Sie nickte. »Aber was ist mit den anderen, die du in meiner Gegend gefunden hast?«

»Ja, das sind noch drei weitere. Wenn du heute abend zu deinen Kontakten zurückkehren willst, hast du am Samstag Zeit, sie zu überprüfen. Diesmal müssen wir einfach vor den Mördern bei dem Mädchen sein.«

»Und die Schmiere ist echt keine Hilfe?« Tatsächlich wünschte sie sich von Herzen, daß er die Frage verneinte. Wenn er sie bejahte, würde dies ein Antiklimax sein, das Ende dieses ungeheuerlichen Vergnügens. Die Polizei hatte noch nie viel getan, um die Bewohner des East End in ihrem Teil der Straßen von London zu schützen, aber sie hatte immer geglaubt, daß die Reichen und Mächtigen die Vertreter von Recht und Ordnung mit Leichtigkeit kontrollierten.

Geraint seufzte. »Wegen dem, was uns in der Nacht passiert ist, als wir dich getroffen haben, wäre es zu riskant, zur Polizei zu gehen. Trotz all meiner Connections könnten wir auch durchaus selber im Gefängnis landen. Ich habe ihnen den besten anonymen Tip gegeben, der mir unter diesen Umständen möglich war, indem ich einen besonderen ID-Code benutzt habe, der ihnen sagen wird, daß die Informationen aus einer Quelle stammen, die ernstgenommen werden muß — von einem Adeligen, einem Politiker oder einem Kollegen. Aber sie werden nichts deswegen unternehmen. Jedenfalls nicht mehr rechtzeitig. Und sie sind nicht einmal in der Lage, allen Hinweisen nachzugehen. Über Catherine Eddowes haben sie überhaupt nichts, und ohne jeden Beweis werden sie es ablehnen, nur auf der Grundlage eines anonymen Tips zu handeln. Aber zumindest haben wir es versucht.«

Während sie den steinernen Pfad zu den strohgedeckten Scheunen und Ställen entlanggingen, nickte Rani traurig. Das war der Mord, der sie selbst tief im Herzen berührt hatte.

»Smith und Jones, diese beiden Männer, kommen wir an die nicht ran?« Sie wollte sie unbedingt. So, wie sie die Sache sah, waren sie diejenigen, die ihre Verwandten umgebracht hatten.

»Wir haben keine Möglichkeit, ihren Aufenthaltsort herauszubekommen. Es gibt nicht viel, was wir deswegen unternehmen können. Meine Ermittler überprüfen sie zwar, aber es ist sehr unwahrscheinlich, daß sie kurzfristig brauchbare Resultate liefern. Wenn sie es tun, bist du die erste, die es erfährt. Das verspreche ich dir.« Geraint wußte, wieviel ihr das bedeutete.

»Die Leute, die hinter all dem stecken. Diese Gesellschaft, Transys?« Sie war selbst jetzt noch nicht sicher, ob sie den Namen richtig behalten hatte.

»O ja. Wir wissen, daß sie Serrin für irgend etwas völlig Sinnloses angeworben haben, wir wissen, daß sie hinter deiner Anwerbung stehen, und wir wissen, daß sie Francesca angeworben haben. Ob es zwischen diesen Dingen einen Zusammenhang gibt, wissen wir *nicht*. Und das Problem ist, daß wir es nicht rechtzeitig herausfinden können. Ihr Computersystem läßt uns nicht mehr herein.«

Er hielt sich nicht damit auf, alle Einzelheiten des mitternächtlichen Runs zu erklären, den Francesca und er gestern unternommen hatten. Sie hatten praktisch sofort Alarm ausgelöst und keine Chance gehabt, mit dem Ice fertig zu werden; der Konzern hatte ein algorithmisches Knotenumleitungssystem installiert, an dessen Entschlüsselung sie vollständig gescheitert waren. Sie waren sehr, sehr schnell wieder aus dem System ausgestiegen. Keine weiteren Spielereien für einen Barden und eine Priesterin in Edinburgh mehr.

»Wir glauben außerdem, daß sie Hirnchiptechnologie benutzen, um den Ripper neu zu erschaffen. Aber dafür haben wir keinen Beweis. Wir wissen nur, daß sie mal an einem anderen Konzern beteiligt waren, der vor ein paar Jahren etwas ähnliches versucht hat. Wir haben eine Datei zu diesem Thema entdeckt, aber wir sind nicht an die Informationen darin herangekommen.

Wir haben nicht viel Konkretes, aber es gibt trotzdem reichlich Dinge, an denen wir uns festhalten können, insbesondere, nachdem Francesca von diesem Ripper-Konstrukt in der Matrix angegriffen worden ist. Transys muß damit herumspielen. Es gibt jedoch keine eindeutige Verbindung zwischen dem Ripper und dem, was Transys mit uns veranstaltet hat«, schloß er. Das war der wunde Punkt für Geraint. Er sehnte sich geradezu danach, irgendeine Verbindung zu finden, irgendein Bindeglied, das alle losen Enden verknüpfte, aber im Augenblick bot sich einfach nichts an.

»Es überrascht mich, daß die Amerikanerin etwas über den Squeeze weiß«, sagte Rani, als sie den Fuß des Hügels erreichten. Mit der verächtlichen Bezeichnung ›die Amerikanerin‹ war natürlich Francesca gemeint. Es war so offensichtlich, wie Serrins Ohren spitz waren, daß Rani die Schönheit und die herablassende Art der anderen Frau ablehnte.

»Ja, mich auch«, stimmte Geraint ihr zu. »Aber vor einer Weile hat sie für British Industrial gearbeitet. Du weißt doch, die Leute in den Angel Towers.« Die Konzernarkologie, die an den berüchtigten Squeeze, jener von Kämpfen zerrissenen Bezirke Südlondons, angrenzte, war ein nur allzu vertrauter Londoner Orientierungspunkt. Das Leuchten von Peter dem Panda, dem gräßlichen, fünfzehn Meter hohen, violetten Neonkonzernlogo, war weit und breit zu sehen.

»Anscheinend hat sie einen Kontakt bei British Industrial, den sie benutzen kann. Er kennt Leute im Squeeze. British Industrial bezieht seine Arbeiter von dort.«

»Als ob ich das nicht wüßte.« Rani dachte an die Wagenladungen von hoffnungslosen, unterbezahlten Sklavenarbeitern, die der Konzern jeden Tag aufsammelte und die verzweifelt darauf bedacht waren, wenigstens das Existenzminimum zu verdienen. Sie hatte ihre verzweifelten Gesichter hinter dem gepanzerten Plexiglas gesehen. Die Hölle des Squeeze, seine mutierten, armseligen Bewohner, die sich für einen Apfel und ein Ei verkauften. Darüber konnte sie Geschichten erzählen.

»Willst du dir Transys Neuronet mal ansehen?« Er war plötzlich ermutigt. »Der Konzern hat nicht weit entfernt von hier eine Niederlassung. Das Land gehört dem Earl of Cardiff, aber ich kann leicht eine Genehmigung für eine schnelle Besichtigungstour bekommen. Während sich Francesca und Serrin mit dem Computer beschäftigen, werden wir einen Hubschrauber nehmen und dir etwas echt Abgefahrenes zeigen. Ich kann es nicht riskieren, direkt über ihre Köpfe zu fliegen, aber wir gehen nahe genug ran, um einen eingehenden Blick darauf zu werfen. Was hältst du davon?«

Während sie beim Tee zusammensaßen, redete Geraint weiterhin über dies und das, aber Rani hörte nicht richtig zu. Ihr schwirrte der Kopf von der Ansicht Caerleons. Nichts, was er hätte sagen können, würde sie auf den Anblick dieses Ortes vorbereitet haben.

Caerleon, einst eine römische Stadt, war über zweitausend Jahre alt. Die schlammigen, glitzernden Ufer des Usk trennten die Altstadt von der Neustadt, und aus dem Hubschrauber konnte sie das unglaubliche Amphitheater mit seinen konzentrischen Kreisen aus Steinblöcken sehen, welche die Kampfarena einfaßten. Darum herum war ein Komplex glänzender Gebäude mit flachen Dächern angeordnet, die Transys-Anlage, die von einem dreifachen Sicherheitszaun und einer ganzen Armee privater Sicherheitsleute umgeben war.

Doch die Knights of Rage waren es gewesen, die sie wirklich verblüfft hatten. Neger mit langen Dreadlocks in schwarzen, braunen, grünen und goldnen Trachten standen in Gruppen in der Nähe des Zauns herum. Sie hoben alle gleichzeitig ihre krummen Stäbe, um den Hubschrauber zu begrüßen, und die fast simultane Geste rührte sie irgendwie, ließ Tränen in ihr aufsteigen. Sie hatte keine Ahnung, warum sie sich dort aufhielten, keine Ahnung, was dieses bizarre Nebeneinander von Hitech und ursprünglichen Instinkten bedeutete, zumindest nicht bewußt. Irgend etwas hatte an ihre Gefühle appelliert.

Sensibel für ihre Empfindungen, hatte Geraint ihr ein wenig Zeit gelassen, bevor er hinzufügte: »Der Drache ... natürlich werden wir ihn nicht sehen. Das hat buchstäblich noch niemand.«

»Ein Drache?« Ihre Stimme näherte sich einem Quieken. Sie kannte Drachen nur als mythische Bestien. Sie hatte gehört, daß sie nach dem Erwachen tatsächlich existierten, aber sie hatte noch nie einen gesehen, und sie kannte auch niemanden, der von sich behauptete, je einen gesehen zu haben.

»Celedyr. Einer der drei walisischen großen Drachen. Dies ist das Land des Drachen, Rani. Er ist unser nationales Symbol, er ist sogar auf unserer Flagge. Celedyr ist hier, irgendwo unter der Erdoberfläche. Weißt du, manche Leute behaupten, sie können sehen, wie der Boden die Gestalt von Wellen annimmt, wenn er sich bewegt.«

»Also gibt es hier einen Drachen und diesen Konzern und die Knights of Rage aus dem Squeeze. Was führt sie zusammen?«

»Ach, Rani, wenn ich das wüßte, wäre ich wirklich ein Weiser. Der Earl kassiert nur die gesalzene Miete und stellt keine unbequemen Fragen. Mehr kann ich dir nicht sagen.« Und damit waren sie einen sanften Bogen und zurück zum Burgfried geflogen. Während des Rückflugs hatte Rani über alles nachgedacht, was sie gesehen und gehört hatte, und dabei hatte sie sich dem Zustand einer Informationsübersättigung genähert.

Praktisch sofort nach ihrer Rückkehr in die Burg rief Geraint die Gruppe zu einer abschließenden Besprechung zusammen. »Laßt uns noch einmal durchgehen, was wir haben«, sagte er. »An der Ripper-Front glauben wir, daß es Samstag nacht oder Sonntag in den frühen Morgenstunden zu einem fünften und letzten Mord kommen wird. Das ist eine schreckliche Annahme, aber sie folgt der Logik aller vorangegangenen Morde.

Die Informationen, die wir über die Mary Kellys erhalten, haben die Anzahl der in Frage kommenden auf fünfzehn reduziert. Bis zum Wochenende werden weitere Daten eintreffen, wodurch sich die Anzahl weiter verringern wird. Am Ende werden wir mit der wahrscheinlichsten Kandidatin Kontakt aufnehmen und die übrigen von meinen Sicherheitsleuten bewachen lassen. Ich habe Daten über die fünfzehn verbliebenen Mary Kellys in das verbesserte Programm eingespeist, das Francesca unter Benutzung aller Informationen geschrieben hat, die wir über den ursprünglichen Ripper bekommen konnten. Daran müssen wir weiter arbeiten.«

»Und wir sind alle einverstanden, unsere persönlichen Rechnungen mit Transys für den Augenblick zurückzustellen«, warf Serrin ein.

Der Adelige nickte und sah seine Gefährten der Reihe nach an. »Das hat einen ganz simplen Grund. Wir haben später noch Zeit genug, unsere Rechnungen mit Transys zu begleichen, aber wir haben guten Grund zu der Annahme, daß der letzte Ripper-Mord nur noch sechsunddreißig Stunden in der Zukunft liegt. Und der hat fürs erste uneingeschränkt Vorrang. Wir dürfen uns nicht ablenken lassen.«

Auf ein Signal von der Konsole hin drehte Geraint sich um. »Rani, der Hubschrauber ist da. Hast du genug Geld?«

»Darauf kannst du wetten.« Sie hielt den Geldgürtel um ihre Taille fest.

»Gut. Wenn du mehr brauchst, der Kredstab ist mit jeder Zweigstelle von Coutts verbunden, so daß du an den Adressen, die ich aufgelistet habe, Geld einlösen kannst, allerdings nur nach einer Retinaüberprüfung.

Morgen um zehn sind wir wieder in London, aber es wäre prima, wenn du uns heute nacht noch hier anrufen könntest und uns über deine Straßensamurai informierst.« Geraint lächelte angesichts ihrer Miene, die Eifer und Vorfreude verriet. »Und viel Glück, Rani!«

Sie ging aus dem Zimmer, durch die Halle und verließ den Burgfried. Dann stieg sie in den wartenden Hubschrauber, dessen Rotorblätter sich immer noch drehten. Also gut, Mohinder, dachte sie. Dann wollen wir uns mal die Leute ansehen, die du besorgt hast. Dieses Wochenende ist das wirkliche Leben.

31

Mohinder saß mit vier seiner Samurai in dem staubigen, mit Spinnweben verhangenen Zimmer im ersten Stock. Rani war sicher, daß sie ein paar von ihnen schon auf der Straße gesehen hatte, aber bis vor ein paar Minuten waren ihr die Namen gänzlich unbekannt gewesen.

Insbesondere der Einäugige mit der Streitaxt und der Bond and Carrington Elite hatte ein unvergeßliches Gesicht. So, wie ihm sein fehlendes Auge ausgestochen worden war, bot er keinen hübschen Anblick. Er zitterte leicht, was entweder auf einen Hirnschaden oder übermäßigen Drogengenuß schließen ließ, doch er sprach einigermaßen kontrolliert und zusammenhängend.

Dasselbe galt für den kleinen Sizilianer Scirea: Sie hatte ihn mit Sicherheit schon in den Schatten herumhuschen sehen. Cyberaugen, Messerklauen, Reflexbooster, keine Frage. Er hatte sich einen Gurt mit Wurfmessern um die Brust geschlungen, seine Tasche wurde von einer Pistole ausgebeult, und er trug auch einen Körperpanzer. Alles in allem war sie sicher, daß er sein Geld wert war.

Die anderen beiden waren ein riesiger Troll mit knochigem Kopf und ein muskelbepackter Zwerg.

Nach der kurzen Vorstellung kam Mohinder rasch zum Geschäft. »Erzähl uns von dem Deal«, sagte er. Sein wie in Stein gemeißelter Gesichtsausdruck besagte, daß sie nicht seine Zeit verschwenden sollte und sie mit dem Leben bezahlen würde, falls sie ihn reinlegte.

»Ich habe Freunde, die versuchen, einen Mord zu verhindern, der Samstag nacht oder Sonntag morgen stattfinden soll.« Daraufhin staunte die Gruppe erst einmal.

»Klar, Baby. Ich dachte mir schon, daß wir dafür bezahlt werden, jemanden umzulegen.« Der Zwerg kicherte hämisch, während er sich die überlangen Fingernägel mit einem Messer säuberte.

»Nein. Wir müssen den Mörder aufhalten oder erwischen. Am besten beides.«

»Hört sich kinderleicht an«, sagte Scirea. »Wir brauchen nur rumzusitzen und über sie herzufallen, wenn sie aufkreuzen.«

»Ganz so leicht ist es nicht. Wir versuchen immer noch die Frau zu finden, auf die es der Killer abgesehen hat. Daher auch die Regelung mit eurer Bezahlung. Für die ersten Fünfhundert braucht ihr nichts weiter zu tun, als euch für das gesamte Wochenende zur Verfügung zu halten. Vielleicht finden wir die Frau nicht rechtzeitig. In diesem Fall habt ihr euch die Fünfhundert mit Nägelkauen und Pokerspielen verdient. Wenn wir aber die Frau finden, die ihr schützen sollt, werdet ihr für diesen Teil des Runs extra bezahlt. Fünfzehnhundert pro Nase.«

»Fünfzehnhundert Nuyen? Zweitausend insgesamt?« Scirea konnte es nicht glauben.

Da brat mir doch einer 'nen Storch, er kann sogar addieren, dachte Rani, behielt den Spott jedoch für sich. Zwar bestimmte sie, wo es langging, aber das bedeutete nicht, daß sie kein Fingerspitzengefühl benötigte. »Meine Freunde sind ziemlich reich.«

»Warum heuern sie dann nicht einfach Sicherheit an?«

»Haben sie schon. Zumindest haben wir sie in der Hinterhand, wenn die bewußte Person in einer Gegend wie dem West End wohnt. Aber ein Team wie ihr ist für einen Job hier unten viel besser geeignet. Ihr kennt diese Gegend ebensogut wie ich, viel besser als alle angeworbenen Sicherheitspfeifen. Außerdem haben wir noch ein kleines Plus hinsichtlich Waffen und Kontakte, nicht? Hier in dieser Gegend seid ihr die Besten, das weiß jeder.«

Scirea lächelte jetzt, ein Grinsen, das auch einem tollwütigen Werwolf alle Ehre gemacht hätte. Der Deal ergab einen Sinn, und die Bezahlung war gut. Bei diesem Job schien es sich nicht um ein faules Ei zu handeln. Außerdem, wer würde eine häßliche kleine Gopi schicken, um kampferfahrene Killer wie sie reinzulegen?

»Was mich an etwas erinnert, Mohinder«, fuhr Rani fort. »Diese Tasche da sieht gut aus. Hast du was für mich?«

Er zeigte ihr die Uzi, die großkalibrige Imperial-Pistole, die Schachteln mit Munition. Die Armbrust und der andere Kram waren verglichen mit der Feuerkraft der Automatik und der schweren Pistole, nicht viel wert. »Acht.«

»Was?« Rani verlor für einen Augenblick ihre Gelassenheit. Mohinder stellte sein Glück auf die Probe. »Hör auf. Für den Preis könnte ich *zwei* Uzis und einen Elf frei Haus kriegen.« Sie wußte, es würde ein zähes Feilschen geben. In Begleitung von vier seiner Leute würde Mohinder nicht schlecht aussehen wollen, indem er zu billig verkaufte. Um die Sache noch schlimmer zu machen, trafen gerade zwei weitere Männer ein, von denen einer allem Anschein nach sogar einen Granatwerfer hereingeschmuggelt hatte. Rani tröstete sich mit dem Gedanken, daß sie sich zumindest nicht über die Muskeln beklagen konnte, die hier versammelt waren, wenn sie überhöhte Preise für die Hardware zahlen mußte. Mohinder hatte alle Register gezogen.

Nach einer hitzigen Debatte einigten sie sich schließlich auf den Preis von sechstausendfünfhundert Nuyen, weit mehr, als die Ausrüstung wert war, aber letzten Endes waren alle mit dem Deal zufrieden. Rani gab Mohinder einen der zerhackten Telekomcodes, zeigte ihm denjenigen, den sie für sich behielt, und erzählte ihm vom dritten, den Geraint hatte. Als sie hörten, daß ein Adeliger am Ende der dritten Leitung war, betrachtete die ganze Gruppe Rani mit neuerlichem Respekt. Daß sie soeben mehr als zehntausend Nuyen verteilt hatte, brachte ihr noch mehr ein. Sie richtete sich inmitten der riesigen Gestalten um sie herum so hoch auf wie möglich.

»Okay, ihr Burschen bleibt von jetzt an einfach zusammen. Wie ich schon sagte, wir gehen davon aus, daß der Drek morgen anfängt zu dampfen. Und jetzt verschwinde ich von hier. Ich hab noch was anderes zu erledigen.«

Noch zwei weitere Mary Kellys auf der Liste. Vielleicht kam sie heute nacht noch zur ersten, aber es wurde langsam spät, und Rani beschloß, es nicht darauf ankommen zu lassen und um diese Zeit nicht allein auf die Straße zu gehen, nicht einmal mit der schweren Pistole in der Jacke und einer Uzi in ihrem Rucksack. Die beiden Marys mußten bis zum Morgen warten.

Die anderen hatten lange und hart über der Frage gebrütet, wo sie bleiben sollten, wenn sie wieder in London waren. Sie brauchten totale Abgeschiedenheit und Schutz, konnten es aber nicht riskieren, sich mit Sicherheitsleuten zu umgeben, während sie ihr weiteres Vorgehen planten. Trotz des sicheren Wissens, daß ihre Feinde wußten, wo sich Geraints Wohnung befand, schien sie die einzige vernünftige Wahl zu sein. Er entschied sich für die diskrete Sicherheit draußen und das neue kugelsichere Glas und die Sicherheitssysteme drinnen. Nicht viel unterhalb von Sturmgeschützen konnte ihnen jetzt etwas anhaben, und die lizensierten Kampfmagier draußen gewährten ihnen den größtmöglichen Schutz gegen subtilere Infiltrationsmethoden. Obendrein postierte Serrin noch Beobachter rund um das Haus.

Bis zum Mittag waren die Computer überhitzt, die Telekome klingelten, und die Daten wurden verarbeitet.

»Gut. London Security hat den Schutz der weniger wahrscheinlichen, aber immer noch möglichen Ziele übernommen. Wir sind mittlerweile bei elf angelangt, die wir noch aufspüren müssen, und, ah« — Geraint hielt inne, als eine weitere Mitteilung auf seinem Schirm aufblinkte — »es sind nur noch zehn. Mary Christine Kelly aus der Acacia Avenue, Neasden, besucht gegenwärtig ihre alternde Mutter in einer bezaubernden Vorstadtsieche irgendwo im tiefsten, finstersten Kent. Jedenfalls ist sie eine nette Person. Geht einmal die Woche zur Kirche und gehört der Universellen Bruderschaft an. Tjaja. Ich glaube, wir können sie von der Liste streichen.«

»Eine Sieche? Was ist das?« Serrin war nicht bis ins letzte Detail mit den Eigenheiten der britischen Variante des Englischen vertraut.

»Ein Ort, wo alte Leute hingehen, um dort still vor sich hin zu siechen. Ihre mitfühlenden jüngeren Verwandten ziehen es vor, wenn sie aus dem Weg sind.«

»Bei Gott, Geraint, sieh dir dieses Zeug an. Wo bekommst du so detaillierte Informationen über die Leute her? Das ist richtig unheimlich.« Francesca war verblüfft über die Detailgenauigkeit der Daten, die sie erhielt.

»Francesca, Teuerste, ich bin nicht umsonst ein Adeliger mit Freunden in der Regierung und bei den Konzernen, und ich bin auch nicht umsonst vertraut mit öffentlich und halböffentlich zugänglichen Datenbanken und außerdem ein regelmäßiger Arbeitgeber für die Sicherheitsdienste. Eine der fragwürdigen Segnungen des Lebens in unserer übermäßig reglementierten Gesellschaft ist, daß an der einen oder anderen Stelle über fast jeden unglaublich viele Informationen gespeichert sind. Die Regierung verkauft einen Großteil davon an verschiedene kommerzielle Unternehmen, um Geld für die Staatskasse aufzutreiben. Gegen eine Gebühr gestatten eben jene Unternehmen den Zugang zu diesen Informationen. Du wärst überrascht, was alle möglichen Leute über dich wissen. Zum Beispiel habe ich erst heute morgen von der Schönheitsoperation erfahren, der du dich bei Guy's unterzogen hast. Offen gesagt bin ich der Ansicht, daß deine Nase vorher auch ganz niedlich ausgesehen hat.« Er lächelte breit über Francescas halb wütende, halb verblüffte Miene.

Bis zur Teezeit hatten sie die Liste der potentiellen

Ziele auf die wesentlich leichter zu handhabende Anzahl von vier zurechtgestutzt. Drei schienen durchaus in Frage zu kommen: Zwei Frauen mit Vorstrafen wegen Prostitution und eine Wahrsagerin aus Tir Nan Og, deren Akte einen ungewöhnlich hohen Anteil männlicher Kundschaft auswies.

»Aber sie wohnt weit draußen in SX. Ist absolut nicht der richtige Stadtteil. Wißt ihr, abgesehen von Annie haben diese Morde alle mehr oder weniger an den richtigen Orten stattgefunden. Zumindest in den richtigen Stadtteilen. Keine dieser drei erfüllt diese Bedingung, aber sie sind das Beste, was wir haben. Ich werde sie durch das Semantikprogramm jagen. Mal sehen, was das bringt.«

»Was?« Serrin hatte keine Ahnung, was Geraint mit der mittlerweile verblüffenden Vielfalt elektronischer Hardware vorhatte.

»Francesca und ich sind die vier Morde noch einmal durchgegangen und haben ein Schablonensystem benutzt, um alles mit denjenigen Fakten zu vergleichen, die wir über die ursprünglichen Ripper-Morde ausgraben konnten. Tatsächlich hat Fran den größten Teil der Arbeit erledigt, Gott segne sie dafür.« Serrin konnte ihr Lächeln von seinem Platz aus spüren, obwohl ihr Gesicht den Schirmen zugewandt war.

»Wir haben die gesamte bekannte Vergangenheit der Opfer eingegeben, Namen, Orte, alle nebensächlichen Einzelheiten. Dann haben wir das mit anderen Leuten desselben Namens in London verglichen. Die vier Namen wurden im Rahmen der Faktoren, die wir für die Analyse herangezogen haben, als wahrscheinlichste Opfer ausgespuckt. Alle waren Prostituierte, die Stadtteile, in denen sie lebten und in denen sie getötet wurden, stimmten überein, und außerdem haben sich noch ein paar andere Merkwürdigkeiten ergeben. Zum Beispiel wurde die Leiche der ursprünglichen Annie Chapman in der Hanbury Street gefunden, während Frans

Freundin desselben Namens in ihrer Wohnung am Hanbury Court aufgefunden wurde, die wiederum Teil eines Gebäudes mit einem anderen Namen ist. Das ist schon merkwürdig.«

»Es ist so, als würde jemand einen ähnlichen Vergleich anstellen, um die richtigen Opfer auszuwählen.« Serrin grübelte über das nach, was er gerade gehört hatte. »Als ob die Frauen von einem Computer ausgesucht würden.«

»Der Gedanke ist mir auch schon gekommen. Wenn Transys mit diesen Morden einen Persönlichkeitschip testen will, wäre das überhaupt nicht uncharakteristisch. Transys ist für die Akribie bekannt, mit der man dort Tests durchführt. Aber wir haben nach wie vor das Problem der Mary Kellys, die wir überhaupt nie finden werden.«

Francesca war über eine der vielen Computerschirmreihen gebeugt, doch sie hatte zugehört. »Die Daten über den Squeeze sind so, wie sie sind, reine Zeitverschwendung. Es ist praktisch unmöglich, einen Zugriff auf die Leute dort zu bekommen. Es gibt fünf Mary Kellys dort, aber die Daten sind alle als unvollständig gekennzeichnet, größtenteils überholt und mit zu vielen Unbekannten versehen. Wenn sie sich eine von denen vornehmen, werden wir sie nie daran hindern können.«

Serrin richtete sich kerzengerade auf. »Aber würden sie sich überhaupt jemanden als Ziel aussuchen, der im Squeeze wohnt? Denkt mal darüber nach. Selbst wenn man Spione hätte, die dort rumschnüffelten, wäre es unglaublich schwierig, dafür zu sorgen, daß das auserwählte Opfer zur richtigen Zeit am richtigen Ort ist, hab ich recht?«

»Da ist was dran«, räumte Geraint ein. »Für niemanden ist es leicht zu verfolgen, was im Squeeze vorgeht. Nach der Katastrophe mit den genetischen Manipulationen, die die Konzerne ausprobiert haben, als der Squeeze entstanden ist, hassen die Leute dort alle Konzerne. Ein Konzernspion hätte im Squeeze eine ziemlich geringe Lebenserwartung.«

»Als ob ich das nicht wüßte«, seufzte Francesca. »Das ist der Grund, warum die Informationen von meinem Kontakt bei British Industrial so ein Drek sind. Selbst sie haben nur rudimentäre Daten, und dabei sind sie mitten im Geschehen.«

»Also lassen wir es darauf ankommen«, schlug Geraint vor. »Laßt uns davon ausgehen: Die mit dem Squeeze verbundenen Schwierigkeiten bewirken, daß sie sich dort kein Opfer suchen können. Damit bleiben unsere zwei Huren und die Wahrsagerin. Das sind die einzigen realistischen Opfer, die uns nach Ranis Anruf noch bleiben. Die letzten zwei Mary Kellys aus dem East End kommen überhaupt nicht in Frage. Wir nehmen uns das potentielle Opfer mit der höchsten Wahrscheinlichkeit vor, überwachen es rund um die Uhr und überlassen meinen Sicherheitsleuten die anderen beiden.«

»Was ist mit der Polizei?« schlug Serrin vor, doch lediglich als Formalität.

»Zeitverschwendung. Sie werden alles als Phantasterei abtun. Offen gesagt glaube ich, daß London Security die Angelegenheit besser handhaben wird.«

»Wie die Dinge liegen, könnten wir die drei kidnappen. Sie irgendwo unter Bewachung stellen. Sie hierherbringen.« Wiederum suchte Serrin nach Lösungsmöglichkeiten.

»Auf keinen Fall. Wir wollen die Mörder erwischen, und das bedeutet, wir müssen die Opfer als Köder benutzen. Das hört sich ziemlich kalt und abgebrüht an, aber ich denke auch an die vier Frauen, die sie bereits umgebracht haben. Sie haben es verdient, daß ihre Mörder zur Strecke gebracht werden. Bei den Sicherheitsvorkehrungen, die wir treffen, wird die Falle tödlich sein, es sei denn, sie rücken mit einer Wagenladung Trollsamurai und genug Magiern an, um St. Paul's für eine Woche zu erleuchten.«

Bis halb elf hatten sie es geschafft, das wahrscheinlichste Opfer auszusuchen, nachdem alle zusätzlichen Daten in Francescas Programm eingespeist und von diesem analysiert worden waren. Geraint schaltete die Schirme einen nach dem anderen aus.

»Tja, dann ist es also Abbey Wood. Mary Nicola Kelly. Der Telekom-Trick war eine nette Idee, Fran. Gut gemacht.«

»Ich bin überrascht, daß es so leicht war, ihr die Idee zu verkaufen, daß sie in einer Lotterie gewonnen hat.«

»Ja, aber wie du ihr erzählt hast, sie solle Verwandte und Freunde zusammenrufen, war brillant. Sie war offensichtlich hocherfreut, aber sie wird einen ganz anderen Besuch bekommen, als sie erwartet. Ich glaube, wir sollten etwas Champagner mitbringen.«

Das Telekom klingelte und brachte den Anruf, der alles änderte.

Nach der Auszahlung ihres letzten Fenchurch-Kontaktes hatte Rani mehr Glück gehabt, als sie jemals für möglich gehalten hätte. Im Zuge der Aufregung der letzten paar Tage und insbesondere des Besuchs in Wales hatte sie ihn fast vergessen, aber dort war er und bog gerade in die New London Street ein.

Von allen Leuten ausgerechnet Pershinkin.

Sie folgte ihm vorsichtig bis zu dem baufälligen Haus. Kurz darauf kamen zwei grinsende Orks heraus, die sich Geldbündel in die Taschen stopften. Wieder zwei Gimpel? Diesmal, mein Lieber, versprach sie sich selbst, wird es ganz anders kommen.

Er war allein, sie war entschlossen, und er hörte sie erst, als ihm ihr Messer an der Kehle saß. Er kniete, da er gerade dabei war, seine Tasche zu packen, und er hatte die Todsünde begangen, der Eingangstür den Rücken zuzudrehen.

Bei Gott, Mann, übersteigertes Selbstvertrauen ist ein

echter Fehler, dachte Rani grimmig. Und noch dazu einer, für den du teuer bezahlen wirst.

»Hallo, Dreksack«, sagte sie. »Du hast meine *Familie* reingelegt. Meine verdammte Familie, du Wichser.«

Pershinkin erstarrte, als das kalte Metall in seine Haut schnitt, und wagte kaum zu atmen, während seine Blikke in dem Versuch hin und her huschten, das Gesicht der Frau zu erkennen, die Tod in sein rechtes Ohr zischte.

»Der Run nach Cambridge, erinnerst du dich? An den armen Imran? ›Nur ein paar Dumme suchen‹, war es nicht so? Tja, kommt mir so vor, als wärst du jetzt der Dumme. Mach dich zum Sterben bereit, Arschloch.« Rache war süß, doch Rani hatte bereits so lange auf diesen Augenblick gewartet, daß sie zuerst noch erleben wollte, wie er um sein Leben bettelte.

Er tat ihr den Gefallen. »Hör mal, ich hatte keine Ahnung! Ich hatte echt keine Ahnung! Ich kann nichts dafür! Es waren die Leute, die mir den Auftrag gegeben haben. Ich war nur der Mittelsmann«, winselte er. »Du mußt mir glauben.« Er hatte jetzt Angst, große Angst sogar.

»Das nützt dir auch nichts mehr, Rattengesicht. Du wirst sowieso sterben. Besser, du sprichst jetzt dein letztes Gebet.«

»Nein! Warte!« jammerte er. »Hör mal! Die Männer, die mir den Job vermittelt haben — morgen abend treffe ich mich mit ihnen. Ich schwöre es. Es ist wahr, ganz bestimmt! Wenn ich dir den Treffpunkt sage, kannst du statt dessen hingehen. Sie waren es, die deine Familie in den Tod geschickt haben. Was könnte ich gegen dich haben? Warum sollte ich dir was Böses wollen?«

Damit hatte sie gerechnet. »Sag mir wo und wann, du stinkendes Stück Drek. Sofort!«

Er hatte zuviel Angst, um zu verhandeln, war zu panisch, um zu realisieren, daß er es ihr nicht so ohne weiteres verraten durfte. Zwischen keuchenden Schluchzern stammelte er Ort und Zeit des Treffens heraus.

Dann verstärkte Rani ihren Griff um den Schopf strähniger Haare an seinem Hinterkopf und zog die Klinge in einem Bogen von Ohr zu Ohr. Sie ließ sich keine Zeit zu bedauern, was sie tat. Als sie schließlich losließ, kippte die Leiche wie ein schwerer Wäschesack nach vorne auf den schmierigen Fußboden.

Sie würde den anderen nichts davon erzählen. Noch nicht. Das war eine Sache der Familienehre. Sie würde es ihnen sagen, nachdem sie sich um Smith und Jones gekümmert hatte.

Es war weit nach zehn Uhr, als Rani wieder bei den Männern war. Sie hatte ihre Mary Kellys schließlich gefunden, und obendrein waren sie noch reine Zeitverschwendung gewesen.

In dem muffig riechenden Zimmer im ersten Stock angekommen, ließ sie sich auf den leeren Stuhl neben Mohinder fallen. Die Männer wurden langsam unruhig. Ja, sie waren gut bezahlt worden, ob sie an diesem Wochenende noch etwas zu tun bekamen oder nicht, aber das Adrenalin kreiste. Und noch ein paar andere Chemikalien, dachte Rani, als sie die Stimulanzpflaster und leeren Phiolen zwischen den überall im Zimmer verstreuten Pizzaschachteln und Burgertüten sah.

»Du siehst müde aus, kleine Schwester.« Mohinder grinste sie an, während er einer endlosen Reihe von Bechern mit Kaffee einen weiteren folgen ließ. »Iß 'n Burger«, sagte er, ihr einen anbietend. »Ist Regal Burgers bester, mit Chili und Schwarzbohnensauce. Klassefraß.«

Sie lehnte das Angebot schaudernd ab. »Trotzdem vielen Dank.«

»Was hast du getrieben?«

Rani seufzte in offensichtlicher Erschöpfung. »Hinter einer Frau namens Mary Kelly hergejagt. Sie ist die Person, von der wir glauben, daß sie umgebracht wird, 'ne Prostituierte. Ich bin in der Gegend rumgerannt und hab versucht, jemanden zu finden, auf den die Beschreibung paßt.« Sie gab sich lakonisch und müde, da sie nichts von Pershinkin erwähnen wollte. Es war durchaus möglich, daß Mohinder darüber nicht besonders erbaut sein würde.

»Was du nicht sagst.« Mohinders Gesichtsausdruck veränderte sich vollkommen. »Und du konntest sie nicht finden?«

»Wir haben haufenweise Mary Kellys gefunden, aber die bringen uns nicht weiter. Auf keine paßt die Beschreibung.«

Der Samurai drehte sich auf seinem Stuhl und wandte sich an die Männer. »Hey, Scirea! Kennst du Typhus-Mary?«

Scirea grinste. »Klar. So 'ne verrückte Deckerin. Hat was von 'nem Trancer und den Kopf voller Müll von zuviel Drek, den sie sich geschossen hat. Sie hat mal für mich gearbeitet. War gar nicht so übel, als sie noch jünger war. Hat auch schon mal in Naturalien bezahlt.«

Die Männer kicherten unangenehm. Rani wurde klar, daß sie sich über eine der Frauen unterhielten, die für Scirea auf den Strich ging. Rani war angewidert, als sie erneut lachten.

In der Zwischenzeit tippte Mohinder jedoch eine Nummer in sein Telekom. Ein Mädchen mit leerem Gesicht erschien auf dem Schirm. Sie hatte schwarz gefärbtes Haar, Mascara, das so aussah, als habe sie es mit dem Löffel aufgetragen, schwarzen Lipgloss und eine Miene irgendwo zwischen Hoffnungslosigkeit und völliger Verzweiflung.

Ranis Verstand verband mit diesem Gesicht eine Erinnerung: das Toadslab. Nachdem sie Mohinder den Predator verkauft hatte. Sie.

»Ja.« Die Stimme der Frau war roboterhaft.

»Typhus? Was machst du gerade?« Mohinder grinste wie ein Krokodil.

»Mohinder? Hey, danke für die kleine Anleihe. Ich zahl sie dir zurück, sobald ich kann.« Weder ihre Miene noch ihr sinnloses Handwedeln ließen vermuten, daß dies bald der Fall sein würde.

»Typhus, Baby, sag mir mal was ganz Einfaches. Wie ist dein richtiger Name? Ich meine, wir nennen dich alle Typhus-Mary, aber wie heißt du wirklich?«

Sie war mißtrauisch. Pandaaugen verengten sich, unterstützt durch den chemisch bedingten Nebel. »Warum willst du das wissen? Arbeitest du in deiner Freizeit für die Kopfsteuerfahndung?«

»Komm schon, Schätzchen, du müßtest mich eigentlich besser kennen. Ich sag dir was, wir vergessen die paar Nuyen einfach. Verrat einfach nur Mohinder deinen Namen.«

Das überzeugte sie, wie nichts anderes es je vermocht hätte. Sie sprach die Worte langsam aus, wie ein Kind, als erinnere sie sich daran, wie sie in einer trüben und entfernten Vergangenheit genannt worden war, als sich tatsächlich noch jemand um sie gekümmert hatte.

»Kelly«, sagte Typhus-Mary. »Mary Jane Kelly.«

Geraint jauchzte vor Vergnügen. »Mein Gott, sogar der zweite Vorname stimmt. Mary Jane Kelly, eine junge Hure aus Whitechapel. Das ist sie! Verdammt noch mal, das ist sie!« Serrin und Francesca grinsten zurück. Die Anspannung des Tages löste sich auf wie eine Pfütze an einem heißen Sommertag.

»Sie steht in keinem Register wegen der Steuerflucht, und wenn sie eine Deckerin ist, kann sie genug verdienen, um außer Sicht zu bleiben und die Leute zu bezahlen, daß sie für sie lügen. Das muß sie sein. Wir haben keine Zeit mehr, sie durch die Analyseprogramme zu jagen, und uns fehlen auch die dazu notwendigen Daten, aber wir sind bereit. Sie sind bereits unterwegs zu ihr, um sie zu schützen, sagte Rani. Greatorex Street, Whitechapel. Wenn sie sie morgen umbringen wollen, sind wir fast eine Stunde vor ihnen da. Kommt Leute, wir haben sie. Endlich.«

32

Um elf Minuten nach elf bog der Saab mit quietschenden Reifen in die Greatorex Street ein. Sie waren von einer Polizeikontrolle aufgehalten worden, bei der zwei gelangweilte Beamte den Alkoholgehalt von Geraints Atem überprüft hatten. Zu ihrer aller Ärger hatten sie mehr als zehn Minuten hinter einer Reihe von fünf anderen Wagen warten müssen, die aus demselben Grund angehalten worden waren. Das einzig gute an dem Aufenthalt war, daß er ihnen die Zeit gab, die Samurai zu bezahlen.

Endlich in der richtigen Straße, konnten sie zwei Gestalten unter der Straßenlaterne vor dem Haus mit der Adresse stehen sehen, die Rani ihnen gegeben hatte. Geraint erkannte das Indermädchen mit Leichtigkeit. Den anderen kannte er nicht. Serrin hatte die Beifahrertür geöffnet und sprang aus dem Wagen, bevor dieser richtig angehalten hatte.

»Sie ist abgehauen!« rief Rani gerade. »Wir haben ihr gesagt, jemand sei hinter ihr her, und sie solle die Ruhe bewahren, bis wir bei ihr wären. Wir haben gesagt, es würde nur ein paar Minuten dauern, aber sie ist durchgedreht, und jetzt ist sie verdammt noch mal ausgeflogen und verschwunden«, rasselte Rani atemlos herunter.

Serrin fuhr herum und hieb mit der Faust auf das Wagendach.

»Es war mein Fehler«, sagte Mohinder ruhig. »Ich hätte sie nicht warnen sollen. Wir hätten einfach zu ihr fahren sollen, ohne ihr vorher was zu sagen. Aber sie ist so unberechenbar, es ist durchaus möglich, daß sie sowieso noch ausgegangen wäre.« Er grinste den Elf an. »Hallo, Elf. Ich geb dir besser nicht die Hand.« Die einziehbaren Messerklauen blitzten an seinen Fingern.

»Ich habe meine Leute losgeschickt, damit sie nach ihr Ausschau halten, sich umhören und ein paar Anrufe machen«, fuhr Mohinder fort, als Geraint und Francesca sich zur Gruppe der Zuhörer gesellten. »Es gibt 'n paar Plätze, wo sie hingehen könnte, und ein oder zwei Bars, wo wir sie vielleicht finden. Sie hat nicht so viele Plätze, wo sie vor Anker gehen kann. Wir kriegen sie. Darauf könnt ihr wetten.«

»Aber wie lange wird das dauern?« wollte der Adelige wissen.

Serrin ärgerte Geraints Ungeduld. »Hör mal, Geraint, wenn wir sie nicht finden, können das die anderen auch nicht. Und wir haben Einheimische bei uns, was uns einen Vorteil bei der Suche verschafft.«

»Wenn die Killer das Haus nicht selbst schon vorher unter Beobachtung gehalten haben«, murmelte Francesca. In einem Moment gegenseitigen Verständnisses sahen sie und Serrin sich gegenseitig an, dann schaltete der Elf augenblicklich auf astrale Wahrnehmung um und suchte nach einem Magier in dieser Gegend. Er mußte in der Nähe sein. Serrin fand ihn für einen Sekundenbruchteil, bevor die Tarnung wirksam wurde und er ihn wieder verlor. Er hatte einen starken Eindruck von Bewegung, als würde sich der Magier von ihnen entfernen, und das gab ihm einen Anhaltspunkt.

»In südwestlicher Richtung. Er muß in einem Wagen sitzen. Sie fahren mehr nach Westen als nach Süden. Kein Zweifel, das müssen sie sein.«

»Bury Street.« Mohinder war bestimmt. »Sie kennt dort den alten Jen, den Besitzer einer Absteige. Nimmt da manchmal Essen und anderes Zeug zu sich. Ich kann mich erinnern, daß sie mal ganz in der Nähe gearbeitet hat, als sie noch auf die Straße gegangen ist. Wenn sie sich in die Richtung abgesetzt hat, wird sie dort sein. Mit Sicherheit.«

Sie quetschten sich bereits in den Wagen, als Scirea und der Zwerg aus den Schatten angerannt kamen. Mohinder rief seine anderen Samurai über Telekom und sagte ihnen, wo sie sich treffen sollten. Sie hatten keine

Zeit, jetzt in der Gegend herumzufahren und die anderen aufzusammeln.

»Ich wußte gar nicht, daß man sieben Leute in diese Karre kriegt«, brummte Francesca.

»Kriegt man auch nicht, Schätzchen. Komm, setz dich auf meinen Schoß«, schlug Mohinder vor, sich die Lippen leckend.

Sie schnitt eine Grimasse und entschied sich stattdessen für Ranis Schoß.

Die Gruppe der Samurai stürmte aus der Dunkelheit einer Gasse, als der Saab um die Ecke bog. Die Kugeln aus ihren automatischen Waffen schlugen in den Wagen, aber Geraint hatte Stroboskoplampen installiert, welche das Licht der Scheinwerfer verstärkten. Er schaltete die Antistroboskop-Fensterblenden ein, während alle anderen im Saab die Köpfe einzogen, und die rückwärtigen Fenster wurden heruntergelassen. Die Windschutzscheibe konnte gewiß eine ordentliche Salve verkraften.

Dann ließ Geraint den Wagen nach vorne schießen. Wegen der Stroboskoplichter hatte einer der Samurai nicht rechtzeitig ausweichen können, da das Flackern seine Cyberaugen zu stark beeinträchtigte. Dem Aufprall nach zu urteilen, hatte Geraint den Burschen über den Haufen gefahren, aber wahrscheinlich war er nicht endgültig erledigt. Der zweite Samurai wurde von einer Salve aus Ranis Uzi erwischt, während der Wagen auf ihn zu schlingerte, und die klaffenden Löcher in seinem Körperpanzer zeigten, daß die ballistische Panzerung kein ausreichender Schutz gegen den konzentrierten Feuerstoß gewesen war.

Serrin hatte zwar einen Schutzzauber aktiviert, doch die Feuersäule, die er am Ende der Straße lodern sah, verriet ihm, daß er den Zauber nicht würde aufrechterhalten können, weil er seine Konzentration woanders benötigte.

Der dritte Samurai legte gerade einen neuen Munitionsclip in seine Automatik, bereit, die Passagiere auf der Rückbank mit Blei vollzupumpen, wenn diese ausstiegen, aber er bekam gar nicht erst die Chance. Scirea hatte seine Ärmel aufgerollt, als der Wagen in die Straße eingebogen war, und das an seinen Unterarm geschnallte Rohr schoß eine kleine Metallkugel direkt in die Brust des Samurai. Es muß irgendeine Art von Granate sein, dachte Rani, aber sie konnte sich weder vorstellen, welche Art, noch, wie sie abgeschossen wurde. Dessen ungeachtet funktionierte die Demitech fehlerlos. Der Samurai wurde zurückgeschleudert, während klebrige Flammen über Körper und Kleidung leckten. Seine Schreie waren wie Nadelstiche in ihren Ohren.

Sie sprangen aus dem Wagen, die Reflexe auf die eine oder andere Weise maximal aufgepeppt. Andere verließen sich lediglich auf reines, unverstärktes Adrenalin, aber sie brannten alle.

Serrin rannte in den Schatten der Häuserwand, um sich auf den Kampf gegen den tobenden Elementar zu konzentrieren, der sich ihnen rasch näherte. Ist es also wieder so weit, dachte er trübsinnig. Warum verbringe ich nur mein ganzes Leben damit, gegen diese Dinger zu kämpfen? Francesca tauchte neben ihm auf, um ihm mit ihrer Pistole Deckung vor weltlicheren Gefahren zu geben.

Auf der Straßenseite des Hauses, das sie suchten, wich Scirea mit bereitgehaltener Pistole zur Mauer zurück, eine Granate in der linken Hand. Er warf sie ein Stück die Straße herunter, und eine Rauchwolke erhob sich etwa zwanzig Meter entfernt, wo sie landete.

Gute Idee, dachte Geraint grimmig. Wenn sich dort ihr Magier befindet, haben sie vielleicht noch andere Rückendeckung dort. Wahrscheinlich haben sie die Ausrüstung, um trotz des Rauchs sehen zu können, aber vielleicht können das nicht alle. Es gab so viele Möglichkeiten.

Mohinder hatte den verletzten Samurai mit einem raschen Schnitt seiner Messerklauen durch die Kehle erledigt, und jetzt versuchten seine Cyberaugen die Dunkelheit um den Hauseingang zu durchdringen, während er in der einen Hand eine Maschinenpistole und in der anderen den Predator hielt. Geraint war direkt hinter ihm, als Mohinder einen Clip panzerbrechender Munition durch die geschlossene Tür jagte. Vielleicht war es ein Schrei, den sie von drinnen hörten, aber das ließ sich vor dem Hintergrund der Schüsse unmöglich sagen. Aus einem Fenster des zweiten Stocks wurde eine Salve aus einer Automatik abgegeben, und dann brach am anderen Ende der Straße die Hölle los. Ein Kugelhagel kam von jenseits des Rauchs, und jedermann war dankbar für die ballistischen Körperpanzer, die sie zum Schutz trugen. Querschläger prallten vom Straßenbelag ab.

»Ins Haus!« schrie Geraint, aber das würden nicht alle schaffen. Francesca und der Zwerg erwiderten das Feuer auf die Fenster des Hauses, wobei der Zwerg seine Aufmerksamkeit vom Nordende der Straße abwandte, das er unter Beobachtung gehalten hatte, um sie gegen einen Überraschungsangriff von hinten abzusichern. Er schien sich nur mühsam bewegen zu können, und Francesca sah, daß seine Panzerung von Kugeln zerfetzt war.

Er ist getroffen, realisierte sie, während eine Woge der Übelkeit durch ihren Körper schoß. Dann sah sie die Andeutung einer Gestalt hinter dem Mündungsblitz der Automatik, und sie zielte besonders sorgfältig. Wenn der Wichser auf den Zwerg schoß, gab ihr das einen kleinen Vorteil. Sie hatte Glück: Drei schnelle Schüsse mit dem Colt reichten, um das Knattern der Waffe des anderen Mannes zum Schweigen zu bringen.

Der Zwerg klatschte sich hektisch Medpflaster auf die Seite, doch Francesca schrie ihn an, in Deckung zu gehen. Es war mutig von ihm zu versuchen, zu ihr zu gelangen, um sie zu schützen, aber er konnte kaum gehen, und ihr war klar, daß er ernstlich verwundet war. Zwei Männer mit Pistolen, von denen einer noch dazu eine lächerlich aussehende Axt schwang, rannten vom anderen Ende der Straße auf sie zu. Francesca zielte schon wieder mit ihrem Colt, aber der Zwerg krächzte »Freunde«, und sie hielt inne. Dem Himmel sei Dank, die Kavallerie ist da, dachte sie.

Der Elementar kam brüllend durch die Rauchwolke, gerade als Mohinder die Tür weit genug für Scirea aufbrach, so daß dieser eine Granate hindurchwerfen konnte. Der Italiener taumelte zurück, als er von mehreren Schüssen in der Brust getroffen wurde, um dann leblos zu Boden zu stürzen wie eine Marionette, dessen Schnüre plötzlich durchschnitten worden waren. Mohinder bedeutete Geraint und Rani zurückzubleiben, als die Granate in dem Raum hinter der Tür explodierte und es für einen Augenblick Glas- und Holzsplitter hagelte. Es war ein kleines Wunder, daß keiner von Geraints Team von dem Lichtblitz geblendet wurde, aber irgendwie schafften sie es alle, sich rechtzeitig abzuwenden. Mohinder stürmte als erster hinein, nachdem ein Feuerstoß von Rani erledigt hatte, was sich dort noch am Leben befunden haben mochte.

Serrin kämpfte verzweifelt. Er hielt einen Spruchfokus umklammert und verbiß sich in seine Aufgabe, die Macht des Elementars zu neutralisieren, ihn niederzuringen und anschließend zu bannen.

Das beste hoffend, leerte Francesca ihre Pistole in die Rauchwolke. Sie hatte das schreckliche Gefühl, daß sich ein paar amorphe Gestalten anschickten, hinter dem blendenden Leuchten der Flammensäule hervorzustürmen. Gerade in diesem Augenblick fiel der Axtschwinger, der zu ihrer Verstärkung gekommen war, auf die Knie, vollführte noch einen komisch wirkenden Armschwung und kippte dann nach hinten. Leute stürmten aus der Rauchwolke, doch die von dem knienden Mann geworfene Granate machte aus den vordersten Hackfleisch. Zum Henker, dachte sie, während sich ihr Magen zusammenkrampfte, das ist vielleicht ein höllischer Job.

Automatisches Feuer zerfetzte Plastiholz-Fußbodendielen, als die Samurai durch die Decke feuerten. Geraint schrie sie an, sie sollten aufhören, sie versuchten schließlich zu verhindern, daß Mary Kelly getötet wurde.

»Dafür ist es zu spät, Kumpel«, brüllte Mohinder zurück, während er einen neuen Clip in seine Maschinenpistole rammte. Rani gab ihm Feuerschutz, als er die Treppe zum ersten Absatz hinaufstürmte. Sie schienen gut zusammenzuarbeiten und gaben einander genau im richtigen Moment Deckung. Ein auf dem Treppenabsatz zusammengebrochener Troll spielte toter Mann, aber das rettete ihn auch nicht. Um ganz sicherzugehen, leerte Mohinder den Rest des Clips seines Predators in den reglos daliegenden Körper. Der Troll hustete eine Blutfontäne hoch, während er im Todeskrampf zuckte.

Als er das Ende der Treppe erreicht hatte, trat Mohinder die letzte Tür im obersten Stock ein. Rani sprang aus ihrer Deckung und leerte ihr letztes Magazin in den Elf am Fenster, bevor dieser seinen Zauberspruch vollenden konnte. Damit blieben noch zwei übrig, die über der schrecklich verstümmelten Leiche standen und die drei Personen in der Tür anstarrten. Für einen winzigen Augenblick waren sie alle erstarrt wie auf einer alten Fotografie: Eine blutüberströmte Leiche zwischen ihnen auf der schmutzigen Matratze, ein Elf neben ihnen mit einem Ausdruck tödlicher Überraschung auf dem Gesicht und einem halben Dutzend Löchern in der Brust.

Der Mann in dem Mantel war mittleren Alters, hatte ein teigiges Gesicht und trug einen buschigen, eindeutig viktorianischen Schnurrbart über vollen, fleischigen Lippen. Seine Hände zuckten immer noch, Finger und Messerklauen waren blutbedeckt. Die schwarze Tasche, die neben seinen Füßen auf der Seite lag, hatte ihre

Sammlung chirurgischer Skalpelle, Scheren, Sägen und Wundhaken über den Fußboden verstreut. Jetzt waren sie abstrakte, glänzende Metallsplitter, die zwischen Pfützen tiefroten Blutes glitzerten.

Der Samurai neben ihm war eine Überraschung: Er trug einen geschmackvollen Anzug und war ansonsten schwer vercybert. Und doch stand er still, während die Andeutung eines Lächelns um seine Lippen spielte, bis der Feuerstoß aus Geraints schwerer Pistole seine Jacke zerfetzte. Etwas Fleisch blieb noch übrig, aber nicht viel. Seine Beine gaben unter ihm nach, und er sackte sehr langsam zu Boden, wobei die Pistole aus seiner leblosen Hand glitt.

Die drei Angreifer gingen vorsichtig auf das Monster neben der Matratze zu.

»Erwischt, du verfluchter Bastard«, schrie Geraint in der Ekstase des Sieges, während der Mann zur Wand zurückwich. Sein Gesicht war ausdruckslos, bereits tot. Seine Zähne schlugen zusammen, und er stürzte leblos zu Boden.

»Drek! Ein verdammtes Selbstmordimplantat«, brüllte Mohinder.

Alle drei machten sich am Medkit zu schaffen, aber es war zu spät.

»Mohinder, geh wieder raus und hilf den anderen«, befahl Geraint. »Hier können wir nichts mehr tun.« Er durchsuchte die Leichen hektisch nach irgendwelchen Ausweispapieren. Dem Ripper konnte jetzt kein Medkit mehr helfen.

Doch Mohinder schickte Rani nach draußen. Als er die Leichen genauer betrachtete, sah er, daß etwas Bizarres mit dem Körper des Rippers vorging: Er zersetzte sich vor ihren Augen, und zwar mit einer unglaublichen Geschwindigkeit. Das Fleisch verlor Gestalt und Form und zerfloß zu einem Gewebehaufen. Geraint war völlig verblüfft und wich ein paar Schritte von der sich auf schreckliche Weise selbst verzehrenden Leiche zurück.

Einen Augenblick lang übersah er sogar, daß der Scanner, den er mitgebracht hatte, anzeigte, daß dieses Monster keine Headware-Chips trug.

»O Gott«, stöhnte er leise. »Wie sollen wir je beweisen, was hier passiert ist?« Seine Gedanken überschlugen sich. »Die Polizei ...«

Mohinder zuckte zusammen. »Auf keinen Fall, Kumpel. Keine Bullen. Sie würden im Nu hier sein, aber von meinen Leuten wird keiner warten, um sie zu begrüßen.«

Geraint nickte wie betäubt. An den Worten des Samurai war etwas dran. Es würde schwierig, wenn nicht gar unmöglich sein, seine Anwesenheit bei diesem blutigen Vorfall zu erklären. Es wurde Zeit, die Beweise einzusammeln und zu verschwinden.

Als sie nach draußen kamen, stellten sie fest, daß drei von ihnen tot waren. Der Troll aus Mohinders Gruppe war nie eingetroffen, und von Scirea wußten sie bereits, aber den Zwerg hatte es erwischt, als er eine letzte Salve auf den Samurai abgab, der hinter dem Rauch hervorgekommen war. Rani war gerade noch rechtzeitig aus dem Haus gekommen, um den letzten niederzumähen. Von den beiden Samurai, die später gekommen waren, hatte der Axtschwinger seinen letzten Atemzug getan, und der Granatenexperte war in die Nacht verschwunden, sobald das Schießen aufgehört hatte.

Ich kann ihm keinen Vorwurf machen, dachte Francesca. Er hat seine Arbeit getan. Und er hat mir das Leben gerettet. Geh nach Hause, Mann. Du hast es verdient.

Serrin war infolge der mit der Vertreibung des Elementars verbundenen Anstrengung bewußtlos. Francesca hatte eine Schußwunde im Oberschenkel, aber auf Geraints besorgte Anfrage lächelte sie matt. »Ich glaube, jetzt ist die Reihe an mir, deinen Arzt aufzusuchen.« Sie war sich außerdem bewußt, daß der größte Teil der ballistischen Panzerung, die ihren Unterkörper schütz-

DOOG '92

te, in Fetzen an ihr herunterhing. Sie hatte Glück gehabt, daß sie mit einer Beinwunde davongekommen war, und das wußte sie auch — aber das änderte nichts daran, daß sie höllisch schmerzte.

Mohinder und Geraint rannten wieder ins Haus, um hektisch den Samurai zu durchsuchen, während die erschöpfte Rani Serrin und Francesca auf den Rücksitz des Saab verfrachtete. Um ihre Gegner brauchten sie sich keine Sorgen mehr zu machen, aber in der Ferne jaulten bereits die Polizeisirenen.

Als sie wieder auf der Straße standen, dachte Geraint, daß die Gegend um das Haus wie eine Szene aus einem Kriegsfilm aussah: Sechs Tote lagen auf der blutverschmierten Straße, noch ein paar mehr ein Stück weit entfernt, und das Haus war gleichfalls voller Leichen.

Nein, dachte Geraint, ich glaube nicht, daß wir noch hier sein wollen, wenn die Polizei eintrifft.

»Er wird es überleben«, versicherte ihnen Francesca. Serrins Atmung war flach, aber regelmäßig, und es war offensichtlich, daß er irgendwann wieder zu sich kommen würde. Ihre eigene Wunde blutete auch noch nach dem Auftragen eines Traumapflasters, aber die zusätzlichen Hämostatika schienen langsam ihre Arbeit zu tun. In Geraints Wagen würde jedoch ein häßlicher Fleck zurückbleiben.

Ach Gott, wird sowieso Zeit für einen neuen, dachte Geraint, eine Grimasse schneidend. Und in der Zwischenzeit würde dieser eine neue Lackierung benötigen. Er war sicher, daß die automatischen Gewehre dem Saab einigen Schaden zugefügt hatten, Schaden, der sich irgendwie nicht so leicht erklären ließ.

»Wir haben einiges, mit dem wir die Kerle identifizieren können«, sagte er unterwegs zu den anderen. »Es könnte reichen. Die Pistolen werden offiziell registriert sein, und damit müßte es schon gelaufen sein. Die Gewebeproben, die ich dem Samurai und dem Magier oben entnommen habe, dürften wohl auch ganz nützlich sein, aber es ist ziemlich ärgerlich, daß sie mir meine tragbare Kamera zerschossen haben. Ich habe es nicht einmal bemerkt. Wenn ich vom Ripper und seinem Opfer ein paar Bilder hätte machen können, wären wir aus dem Schneider gewesen.«

Mohinder wandte sich an ihn und lächelte sein Reptiliengrinsen. »Null Problemo«, sagte er, während seine Augen listig blinzelten.

»Was ist denn?« fragte Geraint.

Der Samurai musterte Geraint mit seinen starren Cyberaugen. »Ich hab 'ne Videoverbindung, Mann. Ist alles hier drin«, sagte er, sich an den Schädel tippend. »Ungefähr eine Minute. Wir brauchen es nur zu überspielen, und schon hast du es auf deinem Schirm, Kumpel.«

Geraint lehnte sich entspannt in den Fahrersitz zurück und grinste breit. »Mohinder, du hast dir gerade einen saftigen Bonus verdient. Das ist genug. Mehr als genug.

Wir haben sie.«

33

Um vier Uhr morgens hatten sie sich weitestgehend verarztet. Sie waren immer noch vom Kampf ausgepumpt, aber Francescas Oberschenkelwunde hatte sehr gut auf das Medpflaster reagiert, das Geraint aus seinem Safe geholt hatte.

Serrin war immer noch groggy, als er schließlich wieder zu sich kam, doch dermaßen ausgehungert, daß er zwei riesige Sandwiches mit Eiern und Schinken verschlang. Danach fühlte er sich viel besser, was ihn selbst am meisten überraschte. Wenn er seine Kräfte überbeansprucht hatte, waren die Folgen normalerweise anders. Meistens fühlte er sich danach mindestens einen oder zwei Tage lang wie eine Leiche auf Urlaub.

»Wir müßten die Ergebnisse der Gewebeuntersuchungen bis um sechs haben«, sagte Geraint. »Der Magier wird auf jeden Fall offiziell zugelassen sein, und wir kriegen einen Vergleich mit dem offiziellen Archiv für Gewebeproben. Das kann ich arrangieren. Ja, Francesca, noch ein alter Bekannter aus Cambridge. Die alten Universitätsverbindungen sind wirklich eine wunderbare Sache.« Er lächelte breit, der Knoten der Anspannung in ihm löste sich bei jedem Schritt mehr, den sie zur endgültigen Lösung dieser traurigen Angelegenheit unternahmen.

»Hinzu kommt noch, daß es uns möglich sein wird, die Waffenscheine über einen Kontakt im Innenministerium zu überprüfen. Dadurch müßte sich ebenfalls etwas ergeben. Sie haben zwar die internen Chip-IDs gelöscht, doch die Registriernummer in einem Pistolenlauf übersehen. Das war auf jeden Fall äußerst nachlässig. Mit dem Magier und der Kanone haben wir Transys meiner Ansicht nach jetzt am Haken. Und wenn man alles andere bedenkt, was noch hinzukommt, kann man mit Fug und Recht behaupten, daß Transys erledigt ist. Wir haben es geschafft.«

»Haben wir genug für die Polizei?« fragte Francesca.

»Zum Teufel mit der Polizei«, murmelte er fast zu sich selbst. »Nein, darüber habe ich gründlich nachgedacht. Es gibt da eine junge Dame bei OzNet... Jedenfalls werden wir ihr die Story geben. OzNet ist zwar nur ein kleiner Trideosender, aber wenn sie mit der Story herauskommen, werden die anderen Medien aufhorchen und Notiz davon nehmen.« Er tippte bereits ihre Telekomnummer ein.

»Dann geben wir der Polizei Kopien aller Daten. Sie werden den Elf mit seiner DNS-Probe festnageln können — das heißt, wenn sie auf die Idee kommen, daß er ein Magier war. Wir haben seine Spruchfokusse mitgenommen, also dürfte das nicht ganz so offensichtlich sein. Aber die Polizei wird bei ihren Ermittlungen so langsam sein, daß — oh, hallo? Christine? Hi, hier ist Geraint. Ja, der Waliser — ja, Cambridge, genau. Ich weiß, daß ich zu einer unchristlichen Zeit anrufe, aber ich habe eine gigantische Story für Sie. Exklusiv, ja. Das Beweismaterial dürfte bis sechs Uhr vollständig sein. Wenn Sie sich einen Namen machen wollen, kommen sie kurz nach sechs her. Für diese Geschichte ist Ihnen eine Beförderung sicher.«

Er gab ihr seine Adresse und legte dann auf. »Es wird Zeit, alles nett und sauber auf die Reihe zu bringen«, sagte er. »Dieser Chip muß echt seltsam gewesen sein. Der Scanner hat jedenfalls nichts registriert. Es ist wirklich schade, aber ich glaube, wir hatten wirklich keine Zeit, den Kopf abzuschneiden und mitzunehmen.«

»Geraint, bitte!« Francesca war entsetzt.

»Tut mir leid, ich wollte nicht ... Ach, was soll's, wir haben eine ganze Straße voll blutiger Leichen zurückgelassen, und jetzt machen wir uns Gedanken über die Nettigkeit der Sprache? Pah.«

Mohinder hatte seine Videoaufzeichnung überspielt, lange bevor die Laborergebnisse eintrafen. Er nahm seinen üppigen Bonus in Empfang und stopfte sich die zwanzigtausend Nuyen breit grinsend in die Tasche. Dann sagte er Geraint, wo er ihn finden könne, sollte er jemals wieder Hilfe brauchen. Auf dem Weg nach draußen verbeugte er sich sogar vor Rani.

»Ich zieh den Hut vor dir, Mädchen«, sagte Mohinder. »Du wirst es zu was bringen in der Welt. Schätze, wir werden uns 'ne ganze Weile nicht sehen, oder?« Er fragte sich, wo sie wohl hinging, wenn dies alles vorbei war.

»Oh, ich werde schon in der Gegend bleiben, Mohinder. Die heutige Nacht vergesse ich ganz bestimmt nicht.« Sie umarmten sich als Freunde, vielleicht sogar als Gleichgestellte.

»Hey«, konnte er sich eine letzte spitze Bemerkung nicht verkneifen, »war das nicht so viel Spaß, wie man angezogen überhaupt haben kann?« Rani kicherte. Sie hatte diese Trideoshow ebenfalls gesehen. Mohinder schloß behutsam die Tür hinter sich.

Das Telekom klingelte um viertel vor sechs. Es war Geraints Kontakt in den Genetiklabors des Imperial College.

»Morgen, Geraint. Vielen Dank für die wohltätige Spende. Wir stecken das Geld in das Metagen-Forschungsprojekt. Du bist sehr großzügig.«

»Gern geschehen, Richard. Und jetzt sag mir, was du herausgefunden hast.«

»Im Moment ist schon ein Kurier mit der offiziellen Bestätigung der Daten und Proben zu dir unterwegs, aber ich gebe dir schon mal einen Überblick. Der Metamensch war ein Magier, dessen Lizenz an einen Konzern gebunden ist. Sag mal, ist diese Leitung eigentlich sicher?«

»Du kannst ganz offen reden. Ich habe hier mehr Vorsichtsmaßnahmen gegen Wanzen getroffen, als du dir vorstellen kannst. Retroaktive Phasenzerhacker. Und noch mehr«, säuselte Geraint.

»Gut. Sein Name ist Pieren Featherbrook, Alter dreißig Jahre, wohnt in ...«

»Ja, ja.« Geraint war ungeduldig. »Das wird alles in dem Bericht stehen, den du mir schickst. Für wen hat er gearbeitet?«

»Transys Neuronet.« Es war ein Augenblick absoluter, außergewöhnlicher Schönheit.

Geraint war hocherfreut. »Danke, Richard. Damit ist wohl alles geregelt.« Er hielt für einen Augenblick inne, in dem er seine überschäumende Freude ein wenig auskostete. Oh, Junge, jetzt haben wir sie wirklich.

»Der andere, tja, der war ein Problem. Und *sehr* merkwürdig. Das Gewebe hat sich fast vollständig zersetzt, und zwar infolge eines mycotoxischen Wirkstoffes, aber wir hatten gerade noch genug. Über unsere Verbindungen zu den Behörden, für deren Hilfe ich mich ausdrücklich bedanken muß, konnten wir ihn nicht identifizieren, aber die ganze Sache hat noch einen anderen, ziemlich verdrehten Aspekt.«

»Und welchen?«

»Es besteht die neunundneunzigkommaneunneunsiebenprozentige Chance, daß dieser Bursche ein Mitglied der Königlichen Familie ist.«

»*Was?*« platzte es aus Geraint heraus. Er traute seinen Ohren nicht. Das war absolut unglaublich.

»Ja, wirklich. Ich weiß, es klingt bizarr, aber es paßt alles zusammen. Er hat die GA2-Gene, die seit Generationen ein echtes Indiz sind, und die E52-A3-Gamma-Verbindungen am Chromosom 16 weisen ebenfalls eindeutig in diese Richtung. Es gibt noch andere Indikatoren, aber das steht alles in dem Bericht. Ich persönlich habe keinerlei Zweifel. Er ist ein Mitglied der Königsfamilie.« Der Akademiker hielt kurz inne, um dann zu fragen: »Wie bist du eigentlich an die Probe gekommen? Ich weiß, du hast einen Adelstitel und alles, aber mir war nicht klar, daß du Freunde an höchster Stelle hast.«

»Tja, du weißt ja, wie das ist«, sagte Geraint bescheiden, während er noch versuchte, diese neue Enthüllung zu verdauen. »Richard, ich glaube, wir sollten uns sehr bald zum Essen treffen, und zwar irgendwo, wo es ekelhaft teuer ist. Auf meine Rechnung.«

Francesca hatte sich bereits an der Konsole an die Arbeit gemacht. Sie hatte viele der Geschichten über den ursprünglichen Ripper ausgegraben und wußte, wo sich das Archiv befand. Auf dem linken Schirm war das Gesicht des Rippers von 2054 zu sehen, von Mohinders Videoaufzeichnung eingescannt. Nachdem sie sich durch das Fotoarchiv der optischen Speicherbank gehackt hatte, benutzte sie das Vergleichsprogramm, um die 1888er Version des Rippers zu Tage zu fördern. Das Bild erschien auf dem rechten Schirm. Eine perfekte Übereinstimmung. Das Vergleichsprogramm registrierte eine Wahrscheinlichkeit nahe an einhundert Prozent, daß zwischen den beiden keine Unterschiede existierten. Sie alle starrten auf den Beweis, der elektronisch vor ihren Augen flimmerte.

»Prinz Albert Victor Christian Edward Windsor, der Duke of Clarence. Bei Gott.« Geraint konnte kaum sprechen. Im Hintergrund ertönte das Geräusch einer Türklingel. »Kein Wunder, daß mein Scanner keinen Chip finden konnte. Es war ein verdammter *Klon!*«

OzNet hatte die wesentlichen Fakten überprüft und brachte um sieben Uhr dreißig die erste Sondersendung. Bis neun Uhr hatten sie einen Zeugen für die Beseitung der Leiche von Catherine Eddowes gefunden und Leute an der Arbeit, die den Fluß mit Schleppnetzen absuchten. Alle Fernsehstationen im Lande rissen sich um die Story.

»Die Serie der Ripper-Morde, die wir dokumentiert haben, wurde von einem Klon des ursprünglichen Rippers, dem Duke of Clarence, begangen. Die polizeilichen Nachforschungen sollen auf eine Grabschändung hinweisen, bei der Knochenproben entwendet wurden, und wir erwarten in Kürze neue Informationen zu diesem Thema. Wenn wir sie bekommen, hören Sie sie hier auf OzNet, dem Sender, der Ihnen *alle* großen Nachrichten zuerst ins Haus bringt.« Die Nachrichtenblondine konnte ihre Freude nicht verheimlichen, daß sie zur Abwechslung auch einmal eine Sensation vorlesen durfte.

»Die Beweise, die den britischen Konzern Transys Neuronet belasten, sind jetzt erdrückend. Am Tatort des heutigen fünften Mordes wurde die Leiche eines lizensierten Transys-Magiers gefunden.« Mohinders körnige Cyberaugen-Aufnahme zeigte das Zimmer mit dem Elf, dem Samurai und dem Ripper, dann schnitt die Regie auf eine Profilaufnahme des Elfs um. »Pieren Featherbrook war seit 2046 eingetragener Angestellter der hermetischen Sicherheitsabteilung von Transys. Eine Identifikation der vom Sicherheitspersonal am Tatort getragenen Waffen hat erwiesen, daß sie auf Transys Neuronet zugelassen sind, und OzNet-Ermittler haben noch weitere Verbindungen aufgedeckt.«

In Geraints Apartment beugten sich alle gespannt vor. Diese letzte Mitteilung hatte sie alle völlig überrascht. Als nächstes zeigte der Schirm Fotos zweier toter Samurai neben älteren Aufnahmen derselben Männer.

»Wie sind sie an die Aufnahmen von diesen Burschen gekommen, die wir umgelegt haben?« flüsterte Francesca. Serrin forderte sie zur Ruhe auf, als die Nachrichtensprecherin fortfuhr.

»... wurden als Transys-Angestellte im Bereich der Konzernsicherheit identifiziert, wie diese Archivbilder von Transys zeigen. Die Aussagen der Besitzer des Hauses, in dem Catherine Eddowes ermordet wurde, enthüllen, daß sie Schweigegelder von derzeitigen Transys-Angestellten erhalten haben, wenngleich diese Zeugen zur Zeit immer noch von der Polizei vernommen werden.«

Meine Güte, dachte Geraint, und das haben sie alles

in drei Stunden ausgegraben. Das ist echt beeindrukkend. Ich muß dafür sorgen, daß diese Burschen beim nächstenmal, wenn ein Sendegesetz vor das Parlament kommt, entsprechend berücksichtigt werden. Wir hätten diesen Drek niemals ans Tageslicht gebracht.

Doch es sollten noch weitere Hammerschläge folgen.

»Die Klon-Technologie bei dieser grausigen Nachstellung der Ripper-Morde soll angeblich mit erfolgreichen Forschungsexperimenten im Transys-Laboratorium von Longstanton in der Nähe von Cambridge im Zusammenhang stehen. Aufgrund der von OzNet, *der* Station für Nachrichten und Ausblicke, gelieferten Informationen drangen vor weniger als einer Stunde offizielle Vertreter des Lordprotektoramts in die Anlage ein. Eine ganze Reihe von Patentanträgen im Bereich der Biotechnik mag als Beweis für das zunehmende Gewicht dienen, das die Klon-Forschungen in Longstanton genossen.« Ein aus großer Entfernung gedrehter Archivfilm, der mürrisch aussehendes Sicherheitspersonal innerhalb des Komplexes zeigte, peppte die nackten Fakten ein wenig auf.

»Das hat die Druidin also gemeint«, warf Serrin ein. »Sie sagte, sie würden dort die Schöpfung lästern.«

Der Bericht endete mit dem Versprechen der Wiederholung eines historischen Dokumentarfilms über den viktorianischen Ripper; dem folgten etliche ›Kein Kommentar‹-Stellungnahmen von Sprechern des Königshauses und Transys Neuronets. Serrin schaltete das Trideo aus.

»Oh.« Sie alle stießen einen langen, langen Seufzer aus. Sie hatten die ganze Nacht nicht geschlafen, und ihre Körper waren steif wie Eisenstangen.

»Wir haben sie, Serrin«, sagte Francesca. »Die Burschen, die versucht haben, dich zu benutzen, haben viel mehr bekommen als das, wofür sie bezahlt haben. Außerdem hast du den Konzern ausgelöscht, der deine Eltern getötet hat. Nach dieser Geschichte wird der Laden untergehen, ohne auch nur eine Spur zu hinterlassen.«

»Kuranita haben wir aber nicht erwischt.«

»Tja, ich schätze, du kannst nicht alles haben. Aber Rache ist süß. Rani, du hast es gerade den Leuten heimgezahlt, die drei von deinen Familienangehörigen in eine tödliche Falle gelockt haben. Du hast ebenfalls erreicht, was du wolltest.« Das Indermädchen nickte schweigend und behielt ihre Meinung für sich. Sie mußte immer noch Smith und Jones erledigen.

»Und ich, tja, ich habe denjenigen erwischt, der Annie ermordet hat und verdammt nah dran war, auch mich zu ermorden. Dieses Ripper-Konstrukt in der Matrix muß Teil ihrer Experimente im Bereich der Persönlichkeitsentschlüsselung gewesen sein. Spielt keine Rolle. Zum Teufel mit den Einzelheiten. Wir haben die Bastarde. Vielleicht habe ich jetzt sogar die Alpträume hinter mir. Alles, worum ich mir jetzt noch Sorgen machen muß, ist mein Bein.«

Geraint lächelte wieder. »Kein Problem. Wir bringen dich heute nachmittag nach Oxford, nachdem du etwas geschlafen hast. Du hast ja gesehen, wie gut mein Arzt ist.«

»Ja, klar, solange er nur mein Bein anfaßt. Jedenfalls würde ich mich in seiner Klinik ganz entschieden gegen mehr als eine örtliche Betäubung wehren.« Sie lachte und ließ sich dann wieder in die Kühle der Analgetika zurücksinken, die Geraint ihr verabreicht hatte.

»Und was hast du von alledem, Geraint?« Serrin war darauf erpicht zu erfahren, warum der Adelige all das getan hatte. Es hatte ihn eine Menge Geld gekostet, und er hatte eine Menge ausstehender Gefallen einkassiert und sogar sein Leben riskiert.

»Was ich davon habe? Sagen wir einfach, die Befriedigung, einen Job sehr gut erledigt zu haben. Das Leben gelebt zu haben. Unrecht wiedergutgemacht zu haben.« Er wechselte das Thema. »Meine Damen und Herren, ich schlage vor, wir führen uns jetzt etwas Kaltes, Prickelndes zu Gemüte und holen dann dringend notwendigen Schlaf nach. Wir haben gewonnen. Laßt uns feiern.«

Sie schliefen bis weit in den Nachmittag. Als sie schließlich aufwachten, brach Francesca zu einem Übernachtungsaufenthalt nach Oxford auf, da die Wunde so schlimm war, daß sie die Nacht über im Radcliffe bleiben mußte. Rani sagte, sie müsse sich noch um etwas Geschäftliches im East End kümmern. Da bin ich ganz sicher, dachte Geraint, jetzt, wo wieder ein paar von ihren Samurai dran glauben mußten.

»Ich möchte aber, daß du wieder hierher zurückkommst. Nach allem, was du erzählt hast, hat dich deine Familie verstoßen, so daß du eigentlich keinen richtigen Platz mehr hast, wo du hingehen kannst.« Sie zuckte die Schultern, aber er konnte erkennen, daß sie enttäuscht war, die Aufregung zu verlieren, die damit verbunden war, bei ihnen zu sein. Er wollte nicht, daß es damit endete. »Paß mal auf, ich weiß nicht, ob du interessiert bist, aber hat dir Wales gefallen? Ich hatte jedenfalls den Eindruck.«

Die Erinnerung zauberte ein mattes Lächeln auf ihr Gesicht. Es war eine ganz andere Welt gewesen, genau wie das Leben dieses Adeligen.

»Wir können dort immer ein paar Sicherheitsleute brauchen. Du müßtest nicht dort bleiben, wenn es dir nicht gefällt oder wenn du Heimweh bekommst. Versuch es, vielleicht für ein paar Monate? Bis dahin hast du etwas Geld, und vielleicht hat sich deine Familie ein wenig beruhigt. Würde dir das gefal ...«

Ihre spontane, erdrückende Umarmung verriet ihm, daß dies der Fall war. Doch die Umarmung eines Orks, der in seinem Körperpanzer dreißig Stunden oder so geschwitzt hatte, ohne sich zu waschen, war für ihn beim besten Willen nicht unbedingt angenehm. Er war irgendwie froh, als sie ihn losließ.

»Wenn du alles erledigt hast, komm wieder hierher zurück. Dann kümmern wir uns um die Einzelheiten. Paß auf dich auf, Himmelskönigin.«

Serrin ging als letzter. Geraint hatte damit gerechnet, daß er sich auf einen ruhigen, gemütlichen Abend freute und noch bleiben würde, aber der Elf hatte noch etwas anderes vor.

»Ich verlasse England Dienstag abend«, sagte er traurig. »Aber vorher muß ich noch mal zurück und diese Druidin finden. Ich will sie wissen lassen, daß die Transys-Niederlassung geschlossen wird. Ach, zum Teufel, ich will sie einfach wiedersehen.«

Geraint musterte den Elf. Die dunklen Ringe unter seinen Augen verrieten, daß Serrin immer noch erschöpft war, doch Geraint bestand nicht darauf, daß er bis morgen blieb. Vielleicht hatte Serrin etwas gefunden, das ihm mehr Frieden schenken würde, als das Herumfaulenzen in einem Chelsea-Penthouse.

»Bist du sicher, daß du sie wiederfindest?«

»Warum habe ich mich wohl auf Entdeckung spezialisiert? Aber keine Sorge, ich nehme ein Funktelekom mit und bleibe in Kontakt. Ich werde dich wissen lassen, daß alles in Ordnung ist. Und Dienstag morgen bin ich sowieso wieder zurück. Diesmal werden wir uns nicht wieder aus den Augen verlieren.«

Geraint war überrascht, wie zerbrechlich sich sein Freund anfühlte, als sie sich zum Abschied umarmten. Er brauchte Erholung, und vielleicht brauchte er sie bei jemandem, der nichts mit diesen Wochen blutiger Morde und Metzeleien zu tun hatte. Eine Flucht vor alledem.

Also war Geraint am Abend allein. Er hatte keine Lust auf Champagner oder Essen und kaum Appetit auf Kaffee. Er schaltete ziellos von einem Kanal zum anderen und stellte dabei fest, daß der Ripper-Geschichte auf allen Sendern die Schlagzeilen gehörten. Doch er hörte gar nicht wirklich zu, und als die Nacht um ihn hereinbrach, versank er in einen Zustand müder Nachdenklichkeit.

Es war ungefähr neun, als ihn das beharrliche, sanfte Drängen seines Zweiten Gesichts zu den Tarotkarten greifen ließ. Er brauchte zwei Karten: Eine für jene, die er besiegt hatte, die andere für sich selbst.

Zehn der Schwerter.

Untergang. Ah, ja, das Ende für Transys Neuronet. Und jetzt eine für sich selbst. Vielleicht der Sieg der Sieben der Stäbe oder die Vollendung der Zehn? Das Gericht? Gerechtigkeit? Doch es war nichts von alledem. Mit äußerstem Entsetzen starrte er auf die Karte, die er umgedreht hatte. Das Telekom fing an zu klingeln, beeinträchtigte seine Konzentration.

Der Mond.

Illusion, falsche Wahrnehmung. Die schakalköpfigen Wächter starrten ihn höhnisch an, die vierbeinigen Diener zu ihren Füßen lächelten in die Dunkelheit. Die Gestalten hielten ihre Henkelkreuze in den Händen, als wollten sie sagen, du siehst nichts. Dies sind unsere Einsichten. Sie stehen dir nicht zu.

Fünf Jahre war es her, daß Geraint den Mond auf diese Weise gesehen hatte. Damals hatte er einem Freund vertraut, der ihn um fast eine halbe Million betrogen hatte.

Das beharrliche Klingeln des Telekoms riß ihn aus seinen verwirrten Grübeleien.

Es war Rani, die von einem Ohr zum anderen grinste. »Geraint, ich habe den Fall gerade endgültig abgeschlossen«, keuchte sie ein wenig außer Atem. »Du weißt doch noch, was ich dir von diesem Pershinkin erzählt habe?«

Es dauerte ein paar Sekunden, bis er sich erinnerte. »Ja, äh, Pershinkin. Ja, der Mann, der deine Familie angeworben hat.«

»Ich habe ihn umgebracht. Ich habe euch nichts davon erzählt, und manchmal kommt es mir so vor, als sei es nur ein Traum gewesen, aber ich habe es tatsächlich getan. Doch bevor er starb, hat er mir noch verraten, daß er ein Treffen mit Smith und Jones vereinbart hatte. Er nannte mir auch Ort und Zeit. Also bin ich hingegangen.«

In seinem Magen breitete sich ein Gefühl des Unbehagens aus, als befinde er sich in einem Fahrstuhl, der sich gerade nach unten in Bewegung setzte. »Was ist passiert? Hast du sie erledigt?«

Sie wirkte zufrieden, aber auch ein wenig niedergeschlagen. »Tja, äh, nein. Sie sind zwar zur vereinbarten Zeit dort aufgetaucht, aber dann ist plötzlich ein ganzer Haufen Samurai aus dem Nichts erschienen und hat sie abgeknallt. Sie haben die Leichen in eine Limousine gezerrt und sind mit einem Affenzahn losgebraust.

Aber die beiden sind genauso tot wie die Dreksäcke, die wir letzte Nacht erledigt haben. Ich hab sie zwar nicht mit eigenen Händen umgebracht, aber sie haben gekriegt, was sie verdienen. Und ich habe meiner Ehre genüge getan, indem ich Pershinkin getötet habe. Na, wie ist das? Jedenfalls sehen wir uns morgen. Ich muß ein paar Freunde besuchen, und ich glaube, mich erwarten auch ein paar Feten. Ich ruf dich später noch mal an, wenn sie richtig gut werden. Wenn du Lust hast, könntest du dann ja auch noch dazukommen! Bis dann!« Der Schirm wurde dunkel, und ihr lächelndes Gesicht verschwand.

O nein, nein, nein.

Er ging es wieder und wieder im Kopf durch. Smith und Jones waren Transys-Männer durch und durch. Der Konzern würde sie nicht umgebracht haben, weil sie vielleicht plauderten. Jetzt nicht mehr. Sie konnten ohnehin nichts mehr vertuschen. Einen ganzen Trupp Samurai zu schicken, um sie zu töten, ergab keinen Sinn, es sei denn, es sei denn ... Er konnte es einfach nicht erkennen.

Es war fast so wie automatisches Schreiben, als er die

Analyseprogramme abrief und den Börsenmarkt zu untersuchen begann. Transys war ins Bodenlose gefallen. Ja, natürlich. Aber es gab Käufer. Eine ganze Reihe sogar, über die ganze Welt verteilt. Jeder kaufte winzige Mengen. Kleine Piranhas, die jeder einen Bissen von der Leiche eines gerade gestorbenen Hais nahmen.

Es dauerte eine Weile, das globale Programm zu aktivieren. Sein ganzes Erwachsenenleben hatte er die Bestie immer wieder auf den neusten Stand gebracht, verbessert, neue Querverbindungen einprogrammiert und eine ganze Reihe von Wahrscheinlichkeits- und Schätzungsfunktionen eingebaut. Er gab die Resultate der letzten Woche ein, da er bislang noch keine Zeit dazu gehabt hatte.

Transys hätte seine eigenen Leute nicht umgebracht, es sei denn, sie waren gar nicht seine Leute.

Und jetzt war Transys gar nicht mehr imstande, irgend jemanden umzubringen. Der Prozeß der Entscheidungsfindung würde vollständig eingefroren sein. Der gesamte Aufsichtsrat von Transys war zurückgetreten.

Jemand anders hat Smith und Jones umgebracht.

Jemand anders, der jetzt auf seinen Schirmen langsam sichtbar wurde. Er konnte die Schatten hinter dem erkennen, was er für die Wirklichkeit gehalten hatte. Er konnte sehen, wer sich hinter diesen kleinen Fischen verbarg. Er konnte den uralten Räuber sehen, der im Wasser lauerte. Er sah ihn auf dem Grund des Mondes, am Fuße der Karte, gepanzert und mit Klauen bewehrt.

»Mein Gott«, dachte Geraint, »wir haben uns fürchterlich, entsetzlich geirrt.«

Und das war der Augenblick, als sie an seine Tür klopften.

34

Der Rolls-Royce Phaeton schnurrte gemütlich über die M825, die große Ringautobahn, welche die Londoner Innenstadt umgab. Geraint blieb keine große Wahl bei der Frage, ob er einsteigen sollte oder nicht. Die ernsten Herren mit Pistolen hatten für ihn entschieden. Einmal eingestiegen, sah er sich im riesigen Fond der Limousine zwei Männern mittleren Alters in geschniegelten Anzügen gegenüber.

Die zwei sahen sich mit ihrer Winterbräune, den geraden weißen Zähnen, dem graphitschwarzen Haar und den massiven Sonnenbrillen sehr ähnlich. Als erstes sagten sie ihm, daß sie ihn nicht töten würden. Aus unerklärlichen Gründen glaubte er ihnen. Er glaubte ihnen sogar gerne.

»Offen gesagt, würden wir sie lieber beseitigen«, sagte einer der beiden, während der Wagen nordwärts die Edgware Road entlang und in Richtung Ringautobahn fuhr. »Aber wenn Sie verschwänden, könnten ein paar Leute anfangen, unangenehme Fragen zu stellen. Ihre kleine Freundin bei OzNet war ziemlich indiskret, wie wir zu unserem Leidwesen feststellen mußten. Jetzt wissen zu viele Leute über Sie Bescheid, und, tja, Sie sind wohl im Augenblick so etwas wie eine Berühmtheit. Der Mann, der den Ripper erlegte. Machen Sie sich morgen lieber auf einen Haufen Journalisten gefaßt, Mylord.« Der Titel wurde mit einem höhnischen Unterton ausgesprochen. »Ganz zu schweigen von der Polizei.«

»Möchten Sie?« Der Kollege des Sprechers öffnete ein papierdünnes Etui mit Reihen kleiner grauer Chips.

»Nein, vielen Dank«, sagte Geraint. »Meine Mutter hat mich immer davor gewarnt, von Mördern Drogen anzunehmen.«

»Wie Sie wollen.« Das Vergnügen war dem Mann deutlich anzusehen, als der Chip auf sein Nervensystem zu wirken begann. Er lehnte sich entspannt zurück. »Nachdem wir feststellten, daß Sie die Transaktionen näher unter die Lupe nahmen, war uns klar, daß Sie ziemlich schnell auf die richtige Antwort stoßen würden. Natürlich wären Sie früher oder später sowieso dahintergekommen, aber bis dahin wäre die ganze Geschichte Schnee von gestern gewesen. Daher die Notwendigkeit für unser kleines Gespräch jetzt.

Und falls Sie jetzt zwei und zwei zusammenzählen — wir werden alle Überwachungsgeräte von unseren Leuten aus Ihrer Wohnung entfernen lassen, wann immer es Ihnen paßt. Wissen Sie, wir werden Sie tatsächlich nicht umbringen.«

»Alle was? Aber ich hatte die Wohnung doch ...«

»Ja, natürlich hatten Sie das, mein Lieber, natürlich hatten Sie. Ich muß gestehen, daß Risk Minimizers ein sehr guter Klient von uns ist. Wir bitten sie nur ganz selten um einen Gefallen. In dieser Angelegenheit haben wir jedoch genau das getan.«

Geraint war sprachlos. Gab es überhaupt noch jemanden auf der ganzen Welt, dem man vertrauen konnte?

»Möchten Sie zuerst den Gesamtzusammenhang oder die Einzelheiten hören? Ich glaube, es wird leichter, wenn wir Sie zunächst ganz allgemein ins Bild setzen. Danach können Sie uns Fragen stellen, wenn Sie wollen.« Der Mann benahm sich wie ein Lehrer, der einem beharrlich dämlichen Kind etwas sehr Simples erklärt.

Während sie durch Wood Green rollten, erfuhr Geraint von den Versuchen, Transys aufzukaufen. Der Konzern wurde straff geführt, war verschwiegen und diskret, also eine harte Nuß.

»Offensichtlich gehörten ein paar von ihren Leuten zu uns. Unzufriedene, die nicht glücklich mit der Richtung waren, welche der Konzern einschlug, kluge Köpfe, die sahen, daß Forschungsmöglichkeiten nicht genutzt wurden. Und wir hatten natürlich den einen oder anderen Schläfer bei Transys.«

»Zum Beispiel Smith und Jones?« Geraints Stimme war wenig mehr als ein Krächzen.

»Ach, die beiden. Ja, die gehörten zu uns. Schade um sie, wirklich, aber wir mußten die losen Enden verknüpfen.«

Das ist also Mord, dachte Geraint. Das Verknüpfen loser Enden. Ich sitze im Fond der teuersten Limousine der Welt, und das mit zwei totalen Psychopathen.

»Wir hatten gehofft, den Konzern letztes Jahr übernehmen zu können, nachdem sie bei der Edinburgh-Sache ihren verrückten Star-Decker verloren hatten. Quecksilber, nicht wahr? Unglücklicherweise war der neue Aufsichtsratsvorsitzende ein zäher Bursche, der uns nicht die Kontrolle ausüben ließ, wie sie uns vorschwebte. Also kamen wir zu dem Schluß, es sei Zeit für Plan B. War es Plan B?« fragte er den anderen Pinkel gleichgültig.

»Hmm. Plan C, glaube ich.« Sein Begleiter gab keine weitere Erklärung ab.

»Nun, da hören Sie's. Es war Plan C. Die gute alte Masche, eine Firma zu diskreditieren, ihre Aktien dadurch in den Keller zu treiben und sie dann für einen Apfel und ein Butterbrot zu kaufen. Das Problem war nur, daß sich das bei Transys als sehr schwierig erwies. Für einen Megakonzern sind sie geradezu aufreizend moralisch. Der Drek, den sie am Stecken haben, tja, alles nur kleine Fische wie das Absetzen von Medikamenten mit abgelaufenem Verfallsdatum in der Dritten Welt. Sie kennen sich wahrscheinlich damit aus. Heikle Experimente mit Kindern im ehemaligen Bangladesh, diese Art Herumgealber. Das Problem ist nur, kein Mensch in der zivilisierten Welt schert sich einen Drek darum, ganz ehrlich nicht.«

Die zivilisierte Welt, o ja, dachte Geraint grimmig. Das ist die Welt, zu der ihr gehört, richtig?

»Das wäre kein allzu großer Skandal für die Medien gewesen. Es mußte etwas sein, das näher an der Heimat lag. Also mußten wir es selbst konstruieren. Glücklicherweise kam eine der weniger mit Skrupeln behafteten brasilianischen Tochtergesellschaften von Transys mit der Klon-Technologie voran. Ein abtrünniger ausgewanderter Wissenschaftler hat wirklich hervorragende Arbeit geleistet. Das Klonen aus fötalem Zellgewebe ist nicht besonders schwierig, aber versuchen Sie mal, aus den DNS-Proben eines Erwachsenen zu klonen, dabei handelt es sich nämlich um ganz andere Enzyme. Der verrückte Wissenschaftler, wie unsere wunderbare freie Presse ihn ganz gewiß titulieren wird, hat jedenfalls ganz erstaunliche Fortschritte in dieser Hinsicht gemacht.«

»Das, was wir gehört haben, klang nach einem echten Mengele«, warf der andere Mann lakonisch ein, bevor er wieder in Schweigen versank.

Der erste Mann schaltete die Interkomverbindung zum Ork-Chauffeur ein. »Fahren Sie die Ringautobahn entlang, mein Guter. Danke sehr.« Er schaltete ab. »Verdammter Trog.« Die beiden Männer tauschten ein Grinsen, das offenbarte, wieviel sie der kosmetischen Zahnchirurgie verdankten.

Das Hauptsprachrohr setzte seine Erklärung fort, während Geraint geduldig zuhörte. »Nach einer Weile drehte der Knabe aber ziemlich durch und wurde zu einem Sicherheitsrisiko, also haben wir ihn terminiert und die Daten ein wenig verändert. Als die Leute von Transys darauf stießen, sah alles nach einem totalen Fehlschlag aus. Dann mußten wir ein paar Jahre abwarten, bevor wir in aller Stille die Filiale in Cambridge eröffnen konnten. Rein experimentelle Biotech, kein Druck, kein Herumschnüffeln der hohen Tiere von Transys, als der Drek wegen der Quecksilber-Geschichte am dampfen war.

Bis dahin hatten unsere Leute das Klonen zu einer hohen Kunst entwickelt — mit Ausnahme eines klitzekleinen Problems. Aus DNS-Proben von Erwachsenen entwickelte Klons haben sich als geistig hoffnungslos instabil erwiesen. Anscheinend läuft bei der Morphologie des Gehirns in der Entwicklung irgend etwas falsch. Das erzwungene Wachstum und die Entwicklung eines vollständigen Klons belastet die empfindlichen neuronalen Schaltkreise wohl zu sehr. Ist das nicht eine Schande? Das Gute daran ist: Die alten Daten belegen, daß Transys schon eine ganze Weile mit der Klontechnik herumgespielt hat. Wir haben es so eingerichtet, daß die ganze Geschichte heute um fünf in den Medien veröffentlicht wird. Und das ist der letzte Sargnagel für Transys.«

Er zündete sich eine Zigarette an. »Möchten Sie auch eine? Ein sehr beruhigender Gamma-Johimbin-Extrakt. Entspannt den Körper, schleift die scharfen Kanten ab.«

Geraint akzeptierte die Zigarette. Warum auch nicht? Er trug zu dieser Unterhaltung ohnehin nicht viel bei.

»Aber wir glauben immer, daß ein Problem als Gelegenheit betrachtet werden sollte. Das ist unser Motto, wissen Sie. Also dachten wir uns: Warum klonen wir nicht jemanden, der ein totaler Irrer ist? Und dann, wenn er total durchdreht, können wir ihn Transys ans Bein binden. Der freundliche Konzern von nebenan, der Verrückte klont. Das würde die Sache für uns regeln.« Er blies einen perfekten Rauchring.

»Der gute alte Jack war genau richtig. Jeder hat schon von Jack the Ripper gehört. Garantiert erstklassiger Nachrichtenwert, und Transys wäre gründlich und sauber erledigt. Danach ging es nur noch um Einzelheiten. Ein zusätzlicher Vorteil ergab sich daraus, daß Transys in die Global-Hollywood-Geschichte mit dieser erbärmlichen Ripper-Chip-Affäre verwickelt war. Wir waren hocherfreut, als der Elf diese Sache herausbekam, obwohl wir damit überhaupt nicht gerechnet hatten. Sein Trip nach Manhattan kam uns entgegen, aber wir hätten Ihnen diese Information ohnehin zugespielt. Jedenfalls brauchten wir eine Enthüllung dieser schauerlichen

Geschichte, dieses schrecklichen neuen Rippers, der wieder durch die Londoner Straßen schlich, und zwar von wahrhaft unabhängiger Seite. Also suchten wir uns die richtigen Leute aus.«

»Uns vier.« Geraint hatte Fragen, aber er wollte seine Feinde zunächst zu Ende anhören.

»Guter Gott, nein. Nicht dieses Trogmädchen.« Er spie die beleidigende Bezeichnung für einen Ork aus, als sei sie Gift. »Das war reiner Zufall. Die Chancen, daß Sie ihr wiederbegegneten, nachdem Smith und Jones sie mit dem Fuchi-Job reingelegt hatten, standen eins zu einer Million. Hätte auch keinen Unterschied gemacht, wenn Sie ihr nicht wiederbegegnet wären. Auch für diesen Fall hatten wir vorgesorgt. Wir hatten noch ein oder zwei Leute im Ärmel, die wir am Ende gar nicht ins Spiel bringen mußten.«

»Also haben Sie angefangen mit — wem?«

»Tja, wir hatten eine so dicke Akte über Sie, daß Sie sich einen Monat lang den Arsch mit den Seiten abwischen könnten und immer noch saubere Hände hätten. Wir wußten von Ihren Verbindungen zu Shamandar und der Young. Sie drei waren ziemlich beschlagen und besaßen eine Menge Kontakte. Sie sind erfinderisch und gerissen. Sie waren eine gute Wahl. Sie haben sich hervorragend bewährt.«

»Wie hat alles angefangen?« Geraint war nicht sicher, ob er noch viel mehr davon ertragen konnte.

»Die Kuranita-Sache sollte Sie nur ins Grübeln bringen. Wir dachten, der Magier würde sich früher oder später fragen, was eigentlich los war. Es war so verdammt offensichtlich, daß Transys nicht auf seiner Liste stand, aber er schien es nicht zu bemerken. Also änderten wir seine Anweisungen dergestalt, daß er an einem Ort bleiben sollte, wo Kuranita ihm über den Weg laufen würde. Wenn er ihn wider Erwarten nicht zu Gesicht bekommen hätte, würden wir irgendwie dafür gesorgt haben, daß er von seiner Anwesenheit erfuhr. Wir wußten, er würde etwas unternehmen, und wir wußten, daß Sie ihm helfen würden.

Wir spielten Ihnen die Information über Kuranitas Besuch der Fuchi-Anlage zu. Wir heuerten diese indischen Idioten als Ablenkung an und warnten Fuchi gleichzeitig, so daß man sie bereits erwartete. Fuchi ist ein guter Klient von uns. Der echte Kuranita war natürlich überhaupt nicht in Longstanton. Aber wir wollten, daß Sie im Zuge der Verwirrung entkamen, also unterrichteten wir Fuchi über den zu erwartenden Angriff der anderen Gruppe. Wir hatten den Indern taktische Anweisungen gegeben. Wir wußten, daß Sie auf keinen Fall so dumm sein würden, einen Frontalangriff zu starten. All diese Dinge sollten Sie lediglich wachrütteln, wie ich schon sagte, weil der Elf an dieser Stelle nicht die richtigen Fragen stellte. Und nebenbei brachte uns der Tip noch einen Loyalitätsbonus bei Fuchi ein. Sie wissen ja, wie das ist: Lassen Sie niemals eine Gelegenheit zum Geldverdienen aus.«

»Die Morde?«

»Ja, den ersten würde natürlich niemand zur Kenntnis nehmen. Den zweiten ließen wir direkt vor Ihrer Türschwelle stattfinden. War das nicht bequem? Das war natürlich mit ein Grund dafür, warum wir Sie ausgewählt haben. Wenn wir eine Annie Chapman gehabt hätten, die einem anderen Ihrer Freunde nähergestanden hätte, hätten wir ihn irgendwie in die Sache verwikkelt. Wir hatten für alle Eventualitäten Vorsorge getroffen.«

Daran zweifle ich nicht, dachte Geraint.

Als lese er seine Gedanken, beugte sich der Mann ein wenig vor, um mit mehr Nachdruck zu sprechen. »Das hat uns einiges gekostet. Wir mußten Elizabeth Stride sogar dafür bezahlen, daß sie vor einem Jahr ihren Namen ändern ließ, um in die Serie zu passen. Zuvor war sie die bescheidene Jane Dews. Aber vielleicht wissen Sie das bereits.«

Das ist eine Sache, die ich nicht überprüft habe, dachte Geraint. Namensänderungen. Verdammt, daran hätte ich denken müssen.

»Nach dem zweiten Mord wußten wir, daß Sie angebissen hatten. Wir bezahlten Miss Young, um die Fuchi-Runs zu machen, und unser Experimentalkonstrukt hat hervorragend funktioniert.«

Geraint unterbrach ihn. »Aber ich dachte, Fuchi sei ein guter Kunde von Ihnen.«

»Das ist Fuchi auch, aber das sind alle möglichen Leute. Geschäft ist Geschäft.« Er zuckte fast unschuldig die Achseln. »Jedenfalls, das Londoner Transys-System ist ziemlich lasch, weil sich alles auf ihr schottisches Hauptquartier konzentriert. Es war ziemlich leicht, unser kleines Ripper-Konstrukt in dieses Subsystem einzuschleusen. Tatsächlich bestand unsere Absicht lediglich darin, Young den IC-Komplex sehen zu lassen. Es war keineswegs geplant, daß sie dabei zu Schaden kam. Der Mord an Annie Chapman hätte gereicht, um sie in die Geschichte zu verwickeln, so wie dem Elf der Anblick Kuranitas reichte. Bei ihrer Vergangenheit mußte er einfach reichen. Wir bekamen ihre psychiatrischen Gutachten direkt nach dieser Geschichte in San Francisco.

Da nun also der Magier und die Deckerin dabei waren, mußten Sie es ebenfalls sein. Sie sind alte Freunde, und unsere Akte besagt, daß Sie und Miss Young sich in der Vergangenheit nicht gerade gleichgültig gegenübergestanden haben.« Er grinste schmierig.

»Aber woher wußten Sie das von Catherine Eddowes? Woher wußten Sie, daß ich ...«

»Darüber werden Sie später noch ein wenig mehr erfahren. Jedenfalls hat es geholfen, Sie noch tiefer hineinzuziehen, nicht wahr? Wir hatten gar nicht damit gerechnet, daß Sie dort eintrafen, jedenfalls nicht so schnell. Daher waren unsere Sicherheitsvorkehrungen bei dieser Geschichte unzureichend. Und da wurde uns klar, daß Sie besser waren, als wir gedacht hatten.

Also zogen wir Mary Kelly für eine Weile aus dem Verkehr. Hier ist etwas, das Ihnen gefallen wird: Sie war die Hauptdeckerin, die für uns an dem Ripper-Konstrukt gearbeitet hat. Ist das nicht entzückend? Natürlich wußte sie nicht, daß es ein Ripper war. Wir haben sie mit hypnokonditionierenden und neuroaktiven Drogen vollgepumpt, und sie hat einfach ihre Alpträume konfiguriert. Danach totale Amnesie. Sie war wie Wachs in unseren Händen. Dämliche Nutte.«

Geraint lehnte sich müde zurück. Das alles hätte er sich niemals träumen lassen. Er war erschöpft, deprimiert, geschlagen. Dennoch stürzten die Erklärungen weiterhin auf ihn ein.

»Die Tatsache, daß es haufenweise Mary Kellys gab, die Sie überprüfen mußten, war für uns sowohl gut als auch schlecht. Gut, weil Sie die ganze verdammte Woche beschäftigt waren, schlecht, weil es dadurch schwieriger für uns wurde, Sie mit der Nase auf die richtige zu stoßen. Wir haben eine ganze Weile gebraucht, bis wir das Problem gelöst hatten, das kann ich Ihnen sagen. In der Zwischenzeit haben wir alle Daten über unsere kleine Typhus-Mary unterdrückt, sie verschwinden lassen und Sie eine Woche — oder den größten Teil davon — mit den anderen verschwenden lassen, und dann presto! Da war sie dann. Und Sie wußten auch ganz sicher, daß sie die richtige sein mußte, weil die anderen ziemlich hoffnungslos aussahen, da brauchen wir uns nichts vorzumachen.«

»Aber sie war gar nicht verschwunden. Rani hat erzählt ...«

»Ach ja. Hat sie in dieser ekelhaften Trog-Futterkrippe gesehen. Ein unglücklicher Zufall. Unser Mann hätte sie nicht nach draußen lassen dürfen. Sie war bis in die Haarspitzen mit Drogen vollgepumpt und wurde bis zur letzten Minute unter Beobachtung gehalten. Mohinder hat das alles ziemlich gut arrangiert.«

»Mohinder?« Eine weitere Niederlage. Eine weitere

Schlange. Eine weitere Sache, die er einfach nicht gesehen hatte.

»Toller Bursche, was? Und noch dazu ein ausgesprochener Moralist. Hat sich schlichtweg geweigert, einen von ihnen nach dem Run umzulegen. Wollte niemanden töten, der ihm in gutem Glauben Geld bezahlt, wie finden Sie das? Also haben wir seine Moralvorstellungen nicht kompromittiert. Wissen Sie, ich glaube, in Wirklichkeit wollte er nur dieses stinkende Indermädchen durchziehen. Lieber er als ich, muß ich sagen.

Er hatte eine ziemliche Schlüsselrolle inne. Er wußte, wo sich die Sicherheit in Kellys Versteck befand, und er hatte die Videoverbindung, um dafür zu sorgen, daß sie alle nötigen Beweise bekamen. Unnötig zu sagen, aber ich fürchte, Mr. Mohinder liegt mittlerweile auf dem Grund der Themse. Wir konnten es einfach nicht riskieren, ihn am Leben zu lassen. Ich bin sicher, daß ihn niemand vermissen wird. Offensichtlich wußte er nicht genau, für wen er arbeitete, aber wir konnten es wirklich nicht darauf ankommen lassen.«

»Mit den Muskeln und Kanonen, die Sie bei diesem letzten Kampf hatten, hätten Sie uns alle umbringen können«, sagte Geraint.

»Nein, eigentlich nicht. Mohinder wußte, auf welche Gegenwehr er stoßen würde. Sie waren gut auf den Job vorbereitet. Aber um Sie in ein kleines Geheimnis einzuweihen, wir haben ein paar nette kleine Fehler in die Waffen unserer Leute eingebaut. Wir haben einfach die Zielvorrichtungen völlig ruiniert. Ein ziemlich simples Telemetrie-Spielzeug. Funktioniert so glatt wie nur irgendwas. Mit einer derart behandelten Kanone könnten Sie nicht mal Ihre alte Großmutter von einer zehn Meter entfernten Kommode schießen. Also machten unsere Leute zwar einen gefährlichen Eindruck, aber in Wirklichkeit waren sie harmlose Pussykätzchen. Echt. Der Magier mit dem Elementar hat von einem Heckenschützen von uns, den wir als zusätzliche Sicherung dort postiert hatten, eine Kugel in den Kopf bekommen. Wir wollten eine gute Show und kein blaublütiges Hackfleisch.« Er kicherte.

»Bei dem Rest handelt es sich größtenteils um unwichtige Einzelheiten. Offensichtlich hatten wir die Polizei unter Kontrolle. Wir hatten gewisse Kontakte, die dafür gesorgt haben, daß Swanson panische Botschaften von Annie Chapmans adeligen Klienten erhielt. Ich glaube, da haben Sie was übersehen. Der Mord kam nicht an die Öffentlichkeit, wie kamen diese Leute also so schnell mit der Polizei in Kontakt? Aber Swansons Tochter ist selbst ein ziemlich ungezogenes Mädchen. Wir haben Fotos, die das beweisen. Das arme Schwein würde durchdrehen, wenn es herauskäme. Also ist er die ganze Sache nur allzu bereitwillig mit gebremstem Schaum angegangen.«

»Aber die Medien. Woher wußten Sie, daß wir uns nicht an die Medien wenden?« Die beiden Männer wechselten einen Blick hinter ihren Sonnenbrillen.

»Ja, in diesem Fall muß ich Ihnen recht geben, Mylord. Das war das kalkulierte Risiko, das wir eingegangen sind, das einzige. Wir kamen zu dem Schluß, daß Sie das mit an Sicherheit grenzender Wahrscheinlichkeit nicht tun würden, weil das Ausmaß Ihrer persönlichen Verwicklung rasch anstieg und Ihre Neugier sie dazu bringen würde, auf eigene Faust Nachforschungen anzustellen. Sobald Sie sich an die Medien wandten, stand Ihnen diese Möglichkeit nicht mehr zur Verfügung. Das war auch einer der Gründe, warum wir Kuranita in die Schlacht geworfen haben, wie ich es ausgedrückt habe. Dadurch hatte der Magier sehr persönliche Gründe für eine direkte Beteiligung. Dasselbe gilt für Miss Young und ihre tote Freundin, von dem Ripperkonstrukt in der Matrix ganz zu schweigen. Das alles hatte außerdem den Zweck, Sie zu verwirren. Es gab so vieles, das keinen Zusammenhang zu haben schien, nicht?«

Geraint mußte zustimmend nicken.

»Und Sie, Sie sind ihrer ganzen Natur nach eher konservativ. Also brauchten Sie Zeit, um sich alles zusammenzureimen. Unser Toppsychologe sagte, sie würden erst dann an die Öffentlichkeit treten, wenn Sie einen hohen Grad persönlicher Befriedigung aus Ihrer Beteiligung geschöpft hätten, Sie alle, und er hat recht gehabt. Ich glaube, wir sollten ihm dafür einen kleinen Bonus zukommen lassen. Als Sie sich dann schließlich tatsächlich an die Medien wandten, konnte uns das kaum gelegener kommen.

Vielen Dank, Lord Llanfrechfa.«

Unterzeichnet, versiegelt und befördert. Die Logik war unerbittlich. Abgesehen von einigen abschließenden Fragen, blieb fast nichts mehr zu sagen.

»Aber warum ausgerechnet einen Ripper? Warum, zum Teufel, sollte irgend jemand glauben, daß Transys einen Ripper anstatt zum Beispiel einen ihrer Execs klonen will?«

»Weil Transys ein Megakonzern ist und unsere prachtvolle britische Öffentlichkeit weiß, daß alle Megakonzerne Verbrecher sind. Und alle Wissenschaftler sind wahnsinnig, hab ich recht? Oh, es gibt auch theoretische Gründe. Es ist zum Beispiel wichtig zu wissen, daß man auch eine alte, nicht mehr fehlerfreie DNS-Probe erfolgreich klonen kann. Das herauszufinden, ist am einfachsten, wenn man versucht, jemanden mit bekannten und extremen Verhaltensmustern zu klonen, nicht wahr? Man kann die Stichhaltigkeit eines Experiments um so besser beurteilen, je besser man das Ergebnis einschätzen kann. Hinzu kommt, daß der brasilianische Wissenschaftler von Serienmördern besessen war. Ein kranker Mann. Also hat er genau das getan, was er tun wollte, und dann hat Transys das Experiment übernommen. All das haben wir in den Informationen verankert, die wir den Medien zugespielt haben.«

»Der Duke of Clarence? War er wirklich der echte Ripper?«

Die Pinkel brachen in amüsiertes Gelächter aus.

»Meine Güte, mit Sicherheit nicht! Niemand hat irgendeine Ahnung, wer der echte Ripper war, jedenfalls nicht wirklich. Wir haben ihn nur geklont, weil wir das Königshaus in die Sache verwickeln wollten. Auch darüber werden Sie später noch mehr herausfinden. Er war der einzige, der in Frage kam. Der Klon war einfach so konditioniert, ein Ripper zu werden. Ein ganzes Jahr mit Traumkonditionierung, Psychodramen, subliminalen Suggestionen, Neuroaktiva, sadistischen Surrogaten, was Sie wollen. Wir haben ihn bis zur Halskrause damit vollgepumpt. Wir haben seine angeborene Psychose gefördert, oder vielmehr haben das unsere Leute in Cambridge getan. Sie haben ihn mit den Originalszenen, Geschichten und Gerüchten vollgestopft. Junge, hatte der Bursche einen Haß auf Huren, als wir mit ihm fertig waren.« Die Männer schüttelten den Kopf und seufzten leise.

»Tja, wir werden Sie jetzt nach Hause bringen. Sehr bald wird es vor ihrer Haustür ein ziemliches Gedränge der Medienreptilien geben. Ich wäre nicht überrascht, wenn sie damit anfingen, Ihre Sicherheit zu bestechen, und sich allerlei Dummheiten einfallen ließen, um eine Story zu bekommen. Morgen werden Sie ihnen den ganzen Sermon erzählen müssen, wie Sie den Ripper erwischt haben.

Im übrigen brauche ich Sie ja wohl kaum darauf aufmerksam zu machen, daß Sie nichts gegen uns in der Hand haben. Wir haben siebzehn Millionen Nuyen und fast drei Jahre in diese Sache investiert, und Sie werden nichts finden. Sie sind clever genug, um den Ankauf der Transys-Aktien bis zu uns zurückverfolgt zu haben, aber das deutet lediglich auf Insiderwissen hin. Damit ließe sich lediglich beweisen, daß wir jemanden bei Transys haben. Es gibt nichts mehr, womit Sie beweisen könnten, daß dieses Projekt je existiert hat. Das können Sie mir getrost glauben.«

Seine Miene war grimmig, und Geraint wußte, daß es stimmte. Leute, die so gründlich planten, würden tatsächlich nichts dem Zufall überlassen haben.

»Und, Mylord, Sie wollen doch auch Ihren Freunden nicht weh tun. Mr. Shamandar glaubt, seine Eltern gerächt zu haben, nicht wahr? Es wäre doch gewiß tragisch für ihn, wenn er erführe, daß die Datei, die Sie sich beschafft haben, ein wenig, äh, modifiziert war. Das Wissen, daß er Transys soeben dem Konzern in die Hände gespielt hat, der *tatsächlich* für den Tod seiner Eltern bezahlt hat, würde ihm gewiß sehr zusetzen.

Wie ich schon sagte, Fuchi ist ein sehr guter Klient von uns. Als Kuranita nicht mehr in der Lage war, seine Arbeit als Samurai fortzusetzen, waren wir nur allzu bereit, ihn weiterzugeben. Die meisten Leute glauben, er sei freischaffend gewesen. Wir wissen es besser.« Er lächelte warm. »Nervenimplantate können ja so eine unverbrüchliche Loyalität kaufen. Man verrät eben keinen Konzern, der einem das Hirn in fünf Sekunden in feuchten Matsch verwandeln kann. Diese Mycotoxine sind wirklich niedliche Wirkstoffe, finden Sie nicht auch?« Der zweite Mann grinste zustimmend.

»Andererseits glaubt Miss Young, ihre Freundin Annie Chapman gerächt zu haben. Würde es sie nicht völlig aus der Bahn werfen, wenn sie erführe, daß sie in Wirklichkeit nichts dergleichen getan hat? Daß sie statt dessen den Leuten, die Annie Chapman wirklich auf dem Gewissen haben, einen Milliarden-Nuyen-Konzern auf dem Silbertablett präsentiert hat? Nach allem, was ich in ihren psychiatrischen Unterlagen gelesen habe, könnte sie einen dauerhaften Zusammenbruch erleiden, wenn sie das erführe. Ich kann mir nicht vorstellen, daß Sie das bei Ihrer Ex-Geliebten riskieren wollen, echt nicht.

Ich gebe zu, daß unsere Unterlagen über die Gopi ein wenig dünn sind, aber sie würde dasselbe hinsichtlich ihrer Familie empfinden wie der Elf, darüber gibt es keinen Zweifel. Trifft sich das nicht großartig, daß überall diese toten Familien herumliegen? Die Menschen sind so sentimental in bezug auf ihre Angehörigen. Was für eine schreckliche Schwäche. Und ich glaube, bei den Trogs spielt Ehre eine ganz wichtige Rolle. Bedenken Sie, wie sie sich fühlen würde, wenn sie die Wahrheit erführe. Und sie ist auch noch so jung, gerade mal achtzehn, glaube ich.«

Ihr Schweine, dachte Geraint. Das ist tatsächlich der wahre Grund. Ich kann das den anderen nicht antun. Ich kann ihnen nicht die Wahrheit sagen, ich kann es einfach nicht. Ich muß damit leben, mein ganzes Leben lang. Er musterte die beiden mit ihrem selbstzufriedenen Lächeln. »Warum, zum Teufel, erzählen Sie mir das alles?«

»Warum?« Das Sprachrohr schien ein wenig verblüfft. »Ich dachte, das wäre offensichtlich. Jetzt wissen Sie, welche Grenzen Sie nicht übertreten, welche Steine Sie nicht umdrehen dürfen. Sie können sich nicht mehr hinter Unwissenheit verschanzen. Sie wissen jetzt zuviel.«

»Macht mich das nicht zu einer Bedrohung?«

»In gewisser Weise, aber Ihre eigene Mittäterschaft garantiert Ihr Schweigen. Das und die Komplizenschaft Ihrer Freunde. Reden Sie darüber, und nicht nur Sie werden direkt mit den Vorfällen in Verbindung gebracht, sondern auch Ihre Freunde.«

Geraint ließ sich das durch den Kopf gehen, doch als er aus dem Wagen stieg, schüttelte er dem Mann die Hand. Irgendwie hatte er das Gefühl, seine Niederlage auf diese Weise akzeptieren zu müssen.

»Ach, übrigens, dürfte ich wissen, mit wem ich gesprochen habe?«

Zu seiner Überraschung war es der Mann, der praktisch die ganze Zeit über stumm geblieben war, der sich jetzt vorbeugte und ihm die Hand schüttelte. Das Sprachrohr hatte zwar das Reden übernommen, aber der andere Mann war der wahre Drahtzieher.

»Paul Bernal der Dritte, Mylord. Wir sehen uns.«

Die Limousine rauschte davon. Paul Bernal III., dachte Geraint. Der neue stellvertretende Vorsitzende von Hildebrandt-Kleinfort-Bernal, dem rücksichtslosesten Finanzimperium im Herzen Londons. Der Schatten, der in einem Meer kleiner Fische lauerte. Das große Raubtier.

König der Schwerter.

Geraint war gerade mit Hilfe einer Posse der nervösen Sicherheitsleute von Cheyne Walk in seine Wohnung geschmuggelt worden, als es an der Tür klingelte. Er ignorierte das Läuten eine Weile, aber es klingelte einfach weiter, also schlurfte er zur Tür, um dem hartnäckigen Besucher zu sagen, er solle sich wegscheren. Jetzt schon ein Reptil. Heute abend konnte er sich einfach nicht mehr mit den Medien abgeben.

Aber es waren nicht die Medien, noch hätte er jemals mit diesem Besucher gerechnet.

»Ich muß mit Ihnen sprechen, alter Junge. Eine politische Krise. Es ist sehr wichtig.« Der schwülstige Earl of Manchester ignorierte Geraints Bitten, ihn in Ruhe zu lassen, und drängte sich in die Wohnung, wobei er seine ausladende Gestalt in einem Armsessel parkte. Müde schloß Geraint die Tür und schenkte zwei große Brandys ein.

»Bitte machen Sie schnell. Ich fühle mich nicht sehr wohl heute abend«, sagte Geraint, während er ihm das Glas reichte. Der Earl musterte ihn abschätzig.

»Tja, alter Junge, diese Ripper-Geschichte von Ihnen hat einen ziemlichen Wirbel veranstaltet, kann man sagen. Der Duke of Clarence ist mit der Gordon-Windsor-Seite der Königlichen Familie verwandt.«

Also mit dem Thronfolger. Nach der Spaltung der Königsfamilie im Jahre 2025 hatte es einen langen Thronfolgekrieg zwischen den Windsor-Hanoveranern der Gruppe um George VIII. und der rivalisierenden Gordon-Windsor-Blutlinie gegeben. Das Auftauchen des Rippers würde dem Rivalen um die Thronfolge einen Pfahl durchs Herz treiben. Oder ihn zumindest ein ganzes Stück zurückwerfen. Völlig idiotisch und unlogisch, aber ein Makel war ein Makel. Geraint nahm einen großen Schluck Brandy, schmeckte ihn aber nicht.

»Tja, auf eine Art ist das alles ganz gut und schön für den König. Sein Rivale ein ordinärer Kerl und ein Stromer, dessen Hände mit Blut besudelt sind, dieses ganze Zeug eben. Aber, alter Bursche, die Geschichte weckt in der Öffentlichkeit Zweifel am Königtum im allgemeinen. Alles, was die Familie schwächt, schwächt auch den König.«

Und jetzt sah Geraint den Plan in seiner ganzen Pracht.

Er wußte, daß Hildebrandt-Kleinfort-Bernal einer der Konzerne hinter König George VIII. war. Mit dem Ripper hatten sie einen perfekten Doppelschlag gelandet. Auf der einen Seite versetzte der Skandal dem Rivalen ihres Mannes vermutlich den Todesstoß. Auf der anderen Seite schwächte er den König selbst, wenn auch nur leicht, und machte ihn von seiner politischen und finanziellen Rückendeckung abhängiger denn je. Welchen Gewinn hatte HKB mit den siebzehn Millionen erwirtschaftet, die der Konzern investiert hatte!

»Jetzt müssen alle guten Männer König und Vaterland zu Hilfe kommen, alter Junge. Ich kann Ihnen verraten, daß für Sie dabei einiges herausspringen dürfte. Und ich wollte Ihnen auch noch meinen persönlichen Dank aussprechen.«

Geraint erlebte einen flüchtigen Augenblick von etwas, das einer Entpersonalisierung gleichkam. Er wußte, er würde sich Worte anhören müssen, die er lieber nicht gehört hätte, aber im Augenblick hatte er das Gefühl, als sei er an den Geschehnissen völlig unbeteiligt.

»Ich möchte Ihnen dafür danken, daß Sie Lawrence's Namen aus der Geschichte mit dieser Eddowes herausgehalten haben. Ich weiß, was Sie da getan haben, alter Junge. Verdammt anständig von Ihnen. *Ich kann Ihnen gar nicht sagen, wie froh ich bin, daß Sie in dieser Sache Stillschweigen bewahren.«*

Es war wie ein Donnerschlag, die bedächtige Betonung des letzten Satzes. Was er bedeutete, war ganz simpel: Halt den Mund.

Er erinnerte sich an die Worte des Mannes im Fond der Limousine: *Darüber werden Sie später noch ein wenig mehr erfahren.* Eine Sekunde lang fragte sich Geraint, ob Lawrence möglicherweise zu der Frau geschickt worden und der ganze Vorfall arrangiert worden war, damit er dorthin kam. Das konnte durchaus zum Plan gehört haben, weil dadurch die Chancen erhöht wurden, daß Geraint in die Ripper-Morde verwickelt wurde, wenn er eines der Opfer kannte. Das würde wiederum bedeuten, daß der Earl mit HKB unter einer Decke steckte. Geraint machte sich einen geistigen Vermerk, Manchesters Aktienanteil an HKB zu überprüfen.

»Tja, mein Junge, ich muß Ihnen sagen, daß der Premierminister morgen nachmittag ein paar kleinere Änderungen im Kabinett vornehmen wird. Der allgemeine Meinungskonsens lautet, daß Farquahar sich im Außenministerium nicht allzugut macht. Ich bin hocherfreut, Ihnen mitteilen zu können, daß Sie damit rechnen können, morgen nachmittag um fünf zum Staatssekretär für das Auswärtige Amt ernannt zu werden. Wie gefällt Ihnen das? Wir brauchen einen Mann, dem wir vertrauen können und der den Außenminister im Auge behält. Wir brauchen einen von uns. Das heißt, falls Sie nicht eine weniger beschwerliche Aufgabe im Finanzministerium vorziehen.«

Geraint wußte kaum, was er da murmelte, aber der Earl faßte es als Zustimmung zu dem Außenministeriumsangebot auf und empfahl sich kurz darauf. Als er leeren Blickes durch das Zimmer starrte, fiel ihm das Pergament mit der roten Banderole auf dem Tisch auf. Müde erhob er sich, um nachzusehen, was es war, wenngleich er genau wußte, was er dort finden würde. Als er die Aufschrift las, stellte er fest, daß er seit drei Monaten Besitzer von zehntausend HKB-Aktien war. Er hatte wenig Zweifel, daß alle offiziellen Einträge über seine finanziellen Transaktionen entsprechend geändert worden waren und genau zeigten, wann und wie er sie gekauft hatte.

Wie hatte es der Earl ausgedrückt?

Wir brauchen einen von uns.

Die Telekombotschaften sammelten sich bis weit nach Mitternacht. Es waren Journalisten, Trideostars, Medienagenturen, die ihre Vermittlerdienste anboten, Imageberater, ein paar Verrückte, sogar Gesichter, die er erkannt hätte, wenn er ihnen einen Blick gegönnt hätte.

Francesca rief zweimal aus Oxford an, um ihm mitzuteilen, daß sie sich erholte, und um ihn für den nächsten Tag zum Abendessen einzuladen.

Serrin rief zweimal aus Cambridge an und sagte, er habe gefunden, was er dort zu finden gehofft habe, und wünschte Geraint Erfolg und angenehme Träume. Er würde ihn am Dienstag sehen.

Rani rief ebenfalls ein paarmal an, betrunken und aufgeregt, und sagte, sie könne Mohinder nicht finden, aber ansonsten sei alles großartig, und sie liebe Wales, und Geraint sei das Beste, was ihr in ihrem ganzen Leben passiert sei, und sie würde morgen in der Gegend sein und wo er sei?

Der Mann saß an seinem Schreibtisch im elektronischen Zwielicht. Schirme flackerten um ihn. Während das Telekom seinen endlosen Strom von Anrufen und Botschaften ausspie, saß er mit seinen Karten da und drehte sie wieder und wieder um.

Glossar

Arcologie — Abkürzung für ›**Arc**hitectural Ec**ology**‹. In Seattle ist sie der Turm des Renraku-Konzerns, ein Bauwerk von gigantischen Ausmaßen. Mit ihren Privatwohnungen, Geschäften, Büros, Parks, Promenaden und einem eigenen Vergnügungsviertel gleicht sie im Prinzip einer selbständigen, kompletten Stadt.

Aztechnology-Pyramide — Niederlassung des multinationalen Konzerns Aztechnology, die den Pyramiden der Azteken des alten Mexikos nachempfunden ist. Obwohl sie sich in ihren Ausmaßen nicht mit der Renraku-Arcologie messen kann, bietet die Pyramide mit ihrer grellen Neonbeleuchtung einen atemberaubenden Anblick.

BTL-Chips — Abkürzung für ›Better Than Life‹ — besser als die Wirklichkeit. Spezielle Form der SimSinn-Chips, die dem User (Benutzer) einen extrem hohen Grad an Erlebnisdichte und Realität direkt ins Gehirn vermitteln. BTL-Chips sind hochgradig suchterzeugend und haben chemische Drogen weitgehend verdrängt.

Chiphead, Chippie, Chipper — Umgangssprachliche Bezeichnung für einen BTL-Chip-Süchtigen.

chippen — umgangssprachlich für: einen (BTL-)Chip reinschieben, auf BTL-Trip sein usw.

Chummer — Umgangssprachlich für Kumpel, Partner, Alter usw.

Cyberdeck — Tragbares Computerterminal, das wenig größer ist als eine Tastatur, aber in Rechengeschwindigkeit, Datenverarbeitung jeder Ansammlung von Großrechnern des 20. Jahrhunderts überlegen ist. Ein Cyberdeck hat darüber hinaus ein SimSinn-Interface, das dem User das Erlebnis der Matrix in voller sinnlicher Pracht ermöglicht. Das derzeitige Spitzenmodell, das *Fairlight Excalibur,* kostet 990 000 Nuyen, während das Billigmodell *Radio Shack PCD-100* schon für 6200 Nuyen zu haben ist. Die Leistungsunterschiede entsprechen durchaus dem Preisunterschied.

Cyberware — Im Jahr 2050 kann man einen Menschen im Prinzip komplett neu bauen, und da die cybernetischen Ersatzteile die ›Leistung‹ eines Menschen zum Teil beträchtlich erhöhen, machen sehr viele Menschen, insbesondere die Straßensamurai, Gebrauch davon. Andererseits hat die Cyberware ihren Preis, und das nicht nur in Nuyen: Der künstliche Bio-Ersatz zehrt an der Essenz des Menschlichen. Zuviel Cyberware kann zu Verzweiflung, Melancholie, Depression und Tod führen.

Grundsätzlich gibt es zwei verschiedene Arten von Cyberware, die **Headware** und die **Bodyware.**

Beispiele für Headware sind **Chipbuchsen,** die eine unerläßliche Voraussetzung für die Nutzung von **Talentsofts** (und auch BTL-Chips) sind. **Talentsofts** sind Chips, die dem User die Nutzung der auf den Chips enthaltenen Programme ermöglicht, als wären die Fähigkeiten seine eigenen. Ein Beispiel für ein gebräuchliches Talentsoft ist ein Sprachchip, der dem User die Fähigkeit verleiht, eine Fremdsprache so zu benutzen, als sei sie seine Muttersprache.

Eine **Datenbuchse** ist eine universellere Form der Chipbuchse und ermöglicht nicht nur Input, sondern auch Output. Ohne implantierte Datenbuchse ist der Zugang zur Matrix unmöglich.

Zur gebräuchlichsten Headware zählen die **Cyberaugen.** Die äußere Erscheinung der Implantate kann so ausgelegt werden, daß sie rein optisch nicht von biologischen Augen zu unterscheiden sind. Möglich sind aber auch absonderliche Effekte durch Gold- oder Neon-Iris. Cyberaugen können mit allen möglichen Extras wie Kamera, Lichtverstärker und Infrarotsicht ausgestattet werden.

Bodyware ist der Sammelbegriff für alle körperlichen Verbesserungen. Ein Beispiel für Bodyware ist die **Dermalpanzerung,** Panzerplatten aus Hartplastik und Metallfasern, die chemisch mit der Haut verbunden werden. Die **Smartgunverbindung** ist eine Feedback-Schaltschleife, die nötig ist, um vollen Nutzen aus einer Smartgun zu ziehen. Die zur Zielerfassung gehörenden Informationen werden auf die Netzhaut des Trägers oder in ein Cyberauge eingeblendet. Im Blickfeldzentrum erscheint ein blitzendes Fadenkreuz, das stabil wird, sobald das System die Hand des Trägers so ausgerichtet hat, daß die Waffe auf diesen Punkt zielt. Ein typisches System dieser Art verwendet ein subdermales **Induktionspolster** in der Handfläche des Trägers, um die Verbindung mit der Smartgun herzustellen.

Jeder Straßensamurai, der etwas auf sich hält, ist mit **Nagelmessern** und/oder **Spornen** ausgerüstet, Klingen, die im Hand- oder Fingerknochen verankert werden und in der Regel einziehbar sind.

Die sogenannten Reflexbooster sind Nervenverstärker und Adrenalin-Stimulatoren, die die Reaktion ihres Trägers beträchtlich beschleunigen.

decken — Das Eindringen in die Matrix vermittels eines Cyberdecks.

Decker — Im Grunde jeder User eines Cyberdecks.

DocWagon — Das DocWagon-Unternehmen ist eine private Lebensrettungsgesellschaft, eine Art Kombination von Krankenversicherung und ärztlichem Notfalldienst, die nach Anruf in kürzester Zeit ein Rettungsteam am Tat- oder Unfallort hat und den Anrufer behandelt. Will man die Dienste des Unternehmens in Anspruch nehmen, benötigt man eine Mitgliedskarte, die es in drei Ausführungen gibt: Normal, Gold und Platin. Je besser die Karte, desto umfangreicher die Leistungen (von ärztlicher Notversorgung bis zu vollständigem Organersatz). Das Doc-Wagon-Unternehmen hat sich den Slogan eines im 20. Jahrhundert relativ bekannten Kreditkartenunternehmens zu eigen gemacht, an dem, wie jeder Shadowrunner weiß, tatsächlich etwas dran ist: Never leave home without it.

Drek, Drekhead — Gebräuchlicher Fluch; abfällige Bezeichnung, jemand der nur Dreck im Kopf hat.

ECM — Abkürzung für ›**E**lectronic **C**ounter**m**easures‹; elektronische Abwehrsysteme in Flugzeugen, Panzern usw.

einstöpseln — Bezeichnet ähnlich wie **einklinken** den Vorgang, wenn über Datenbuchse ein Interface hergestellt wird, eine direkte Verbindung zwischen menschlichem Gehirn und elektronischem System. Das Einstöpseln ist die notwendige Voraussetzung für das Decken.

Exec — Hochrangiger Konzernmanager mit weitreichenden Kompetenzen.

Fee — Abwertende, beleidigende Bezeichnung für einen Elf. (Die Beleidigung besteht darin, daß amer. mit ›Fee‹ auch Homosexuelle, insbesondere Transvestiten bezeichnet werden).

geeken — Umgangssprachlich für ›töten‹, ›umbringen‹.

Goblinisierung — Gebräuchlicher Ausdruck für die sogenannte **U**ngeklärte **G**enetische **E**xpression (UGE). UGE ist eine Bezeichnung für das zu Beginn des 21. Jahrhunderts erstmals aufgetretene Phänomen der Verwandlung ›normaler‹ Menschen in **Metamenschen.**

Hauer — Abwertende Bezeichnung für Trolle und Orks, die auf ihre vergrößerten Eckzähne anspielt.

ICE — Abkürzung für ›**I**ntrusion **C**ountermeasure **E**quipment‹, im Deckerslang auch Ice (Eis) genannt. Grundsätzlich sind ICE Schutzmaßnahmen gegen unbefugtes Decken. Man unterscheidet drei Klassen von Eis: **Weißes Eis** leistet lediglich passiven Widerstand mit dem Ziel, einem Decker das Eindringen so schwer wie möglich zu machen. **Graues Eis** greift Eindringlinge aktiv an oder spüren ihren Eintrittspunkt in die Matrix auf. **Schwarzes Eis** (auch Killer-Eis genannt) versucht, den eingedrungenen Decker zu töten, indem es ihm das Gehirn ausbrennt.

Jackhead — Umgangssprachliche Bezeichnung für alle Personen mit Buchsenimplantaten. Darunter fallen zum Beispiel Decker und Rigger.

Knoten — Konstruktionselemente der Matrix, die aus Milliarden von Knoten besteht, die untereinander durch Datenleitungen verbunden sind. Sämtliche Vorgänge in der Matrix finden in den Knoten statt. Knoten sind zum Beispiel: I/O-Ports, Datenspeicher, Subprozessoren und **Sklavenknoten,** die irgendeinen physikalischen Vorgang oder ein entsprechendes Gerät kontrollieren.

Lone Star Security Services — Die Polizeieinheit Seattles. Im Jahre 2050 sind sämtliche Datenleistungsunternehmen, auch die sogenannten ›öffentlichen‹ privatisiert. Die Stadt schließt Verträge mit unabhängigen Gesellschaften, die dann die wesentlichen öffentlichen Aufgaben wahrnehmen. Renraku Computer Systems ist zum Beispiel für die öffentliche Datenbank zuständig.

Matrix — Die Matrix — auch Gitter genannt — ist ein Netz aus Computersystemen, die durch das globale Telekommunikationsnetz miteinander verbunden sind. Sobald ein Computer mit irgendeinem Teil des Gitters verbunden ist, kann man von jedem anderen Teil des Gitters aus dorthin gelangen.

In der Welt des Jahres 2050 ist der direkte physische Zugang zur Matrix möglich, und zwar vermittels eines ›Matrix-Metaphorischen Cybernetischen Interface‹, kurz Cyberdeck genannt. Die sogenannte **Matrix-Metaphorik** ist das optische Erscheinungsbild der

Matrix wie sie sich dem Betrachter (User) von innen darbietet. Diese Matrix-Metaphorik ist erstaunlicherweise für alle Matrixbesucher gleich, ein Phänomen, das mit dem Begriff **Konsensuelle Halluzination** bezeichnet wird.
Die Matrix ist, kurz gesagt, eine informations-elektronische Analogwelt.

Messerklaue — Umgangssprachliche Bezeichnung für einen Straßensamurai.

Metamenschen — Sammelbezeichnung für alle ›Opfer‹ der UGE. Die Gruppe der Metamenschen zerfällt in vier Untergruppen:
a) **Elfen:** Bei einer Durchschnittsgröße von 190 cm und einem durchschnittlichen Gewicht von 68 kg wirken Elfen extrem schlank. Die Hautfarbe ist blaßrosa bis weiß oder ebenholzfarben. Die Augen sind mandelförmig, und die Ohren enden in einer deutlichen Spitze. Elfen sind Nachtwesen, die nicht nur im Dunkeln wesentlich besser sehen können als normale Menschen. Ihre Lebenserwartung ist unbekannt.
b) **Orks:** Orks sind im Mittel 190 cm groß, 73 kg schwer und äußerst robust gebaut. Die Hautfarbe variiert zwischen rosa und schwarz. Die Körperbehaarung ist in der Regel stark entwickelt. Die Ohren weisen deutliche Spitzen auf, die unteren Eckzähne sind stark vergrößert. Das Sehvermögen der Orks ist auch bei schwachem Licht sehr gut. Die durchschnittliche Lebenserwartung liegt zwischen 35 und 40 Jahren.
c) **Trolle:** Typische Trolle sind 280 cm groß und wiegen 120 kg. Die Hautfarbe variiert zwischen rötlichweiß und mahagonibraun. Die Arme sind proportional länger als beim normalen Menschen. Trolle haben einen massigen Körperbau und zeigen gelegentlich eine dermale Knochenbildung, die sich in Stacheln und rauher Oberflächenbeschaffenheit äußert. Die Ohren weisen deutliche Spitzen auf. Der schräg gebaute Schädel hat 34 Zähne mit vergrößerten unteren

Eckzähnen. Trollaugen sind für den Infrarotbereich empfindlich und können daher nachts unbeschränkt aktiv sein. Ihre durchschnittliche Lebenserwartung beträgt etwa 50 Jahre.

d) **Zwerge:** Der durchschnittliche Zwerg ist 120 cm groß und wiegt 72 kg. Seine Hautfarbe ist normalerweise rötlich weiß oder hellbraun, seltener dunkelbraun. Zwerge haben unproportional kurze Beine. Der Rumpf ist gedrungen und breitschultrig. Die Behaarung ist ausgeprägt, bei männlichen Zwergen ist auch die Gesichtsbehaarung üppig. Die Augen sind für infrarotes Licht empfindlich. Zwerge zeigen eine erhöhte Resistenz gegenüber Krankheitserregern. Ihre Lebensspanne ist nicht bekannt, aber Vorhersagen belaufen sich auf über 100 Jahre.

Darüber hinaus sind auch Verwandlungen von Menschen oder Metamenschen in Paraspezies wie **Sasquatchs** bekannt.

Metroplex — Ein Großstadtkomplex.

Mr. Johnson — Die übliche Bezeichnung für einen beliebigen anonymen Auftraggeber oder Konzernagenten.

Norm — Umgangssprachliche, insbesondere bei Metamenschen gebräuchliche Bezeichnung für ›normale‹ Menschen.

Nuyen — Weltstandardwährung (New Yen, Neue Yen).

Paraspezies — Paraspezies sind ›erwachte‹ Wesen mit angeborenen magischen Fähigkeiten, und es gibt eine Vielzahl verschiedener Varianten, darunter auch folgende:

a) **Barghest:** Die hundeähnliche Kreatur hat eine Schulterhöhe von knapp einem Meter bei einem Gewicht von etwa 80 kg. Ihr Heulen ruft beim Menschen und vielen anderen Tieren eine Angstreaktion hervor, die das Opfer lähmt.

b) **Sasquatch:** Der Sasquatch erreicht eine Größe von knapp drei Metern und wiegt etwa 110 kg. Er geht aufrecht und kann praktisch alle Laute imitieren. Man vermutet, daß Sasquatche aktive Magier sind. Der Sasquatch wurde 2041 trotz des Fehlens einer materiellen Kultur und der Unfähigkeit der Wissenschaftler, seine Sprache zu entschlüsseln, von den Vereinten Nationen als intelligentes Lebewesen anerkannt.

c) **Schreckhahn:** Er ist eine vogelähnliche Kreatur von vorwiegend gelber Farbe. Kopf und Rumpf des Schreckhahns messen zusammen 2 Meter. Der Schwanz ist 120 cm lang. Der Kopf hat einen hellroten Kamm und einen scharfen Schnabel. Der ausgewachsene Schreckhahn verfügt über die Fähigkeit, Opfer mit einer Schwanzberührung zu lähmen.

d) **Dracoformen:** Im wesentlichen wird zwischen drei Spezies unterschieden, die alle magisch aktiv sind: Gefiederte Schlange, Östlicher Drache und Westlicher Drache. Zusätzlich gibt es noch die Großen Drachen, die einfach extrem große Vertreter ihres Typs (oft bis zu 50 % größer) sind.

Die Gefiederten Schlangen sind von Kopf bis Schwanz in der Regel 20 m lang, haben eine Flügelspannweite von 15 m und wiegen etwa 6 Tonnen. Das Gebiß weist 60 Zähne auf.

Kopf und Rumpf des Östlichen Drachen messen 15 m, wozu weitere 15 m Schwanz kommen. Die Schulterhöhe beträgt 2 m, das Gewicht 7,5 Tonnen. Der Östliche Drache hat keine Flügel. Sein Gebiß weist 40 Zähne auf.

Kopf und Rumpf des Westlichen Drachen sind 20 m lang, wozu 17 m Schwanz kommen. Die Schulterhöhe beträgt 3 m, die Flügelspannweite 30 m und das Gewicht etwa 20 Tonnen. Sein Gebiß weist 40 Zähne auf.

Zu den bekannten Großen Drachen zählt auch der Westliche Drache *Lofwyr,* der mit Gold aus seinem Hort einen maßgeblichen Anteil an Saeder-Krupp Heavy Industries erwarb. Das war aber nur der Auftakt einer ganzen Reihe von Anteilskäufen, so daß seine diversen Aktienpakete inzwischen eine beträchtliche Wirtschaftsmacht verkörpern. Der volle Umfang seines Finanzimperiums ist jedoch unbekannt!

Persona-Icon — Das Persona-Icon ist die Matrix-Metaphorik für das Persona-Programm, ohne das der Zugang zur Matrix nicht möglich ist.

Pinkel — Umgangssprachliche Bezeichnung für einen Normalbürger.

Rigger — Person, die Riggerkontrollen bedienen kann. Riggerkontrollen ermöglichen ein Interface von Mensch und Maschine, wobei es sich bei den Maschinen um Fahr- oder Flugzeuge handelt. Der Rigger steuert das Gefährt nicht mehr manuell, sondern gedanklich durch eine direkte Verbindung seines Gehirns mit dem Bordcomputer.

Sararimann — Japanische Verballhornung des englischen ›Salaryman‹ (Lohnsklave). Ein Konzernangestellter.

SimSinn — Abkürzung für **Sim**ulierte **Sinn**esempfindungen, d. h. über Chipbuchsen direkt ins Gehirn gespielte Sendungen. Elektronische Halluzinogene. Eine Sonderform des SimSinns sind die BTL-Chips.

SIN — Abkürzung für **S**ystem**i**dentifikations**n**ummer, die jedem Angehörigen der Gesellschaft zugewiesen wird.

So ka — Japanisch für: Ich verstehe, aha, interessant, alles klar.

Soykaf — Kaffeesurrogat aus Sojabohnen.

STOL — Senkrecht startendes und landendes Flugzeug.

Straßensamurai — So bezeichnen sich die Muskelhelden der Straßen selbst gerne.

Trid(eo) — Dreidimensionaler Video-Nachfolger.

Trog, Troggy — Beleidigende Bezeichnung für einen Ork oder Troll.

Verchippt, verdrahtet — Mit Cyberware ausgestattet, durch Cyberware verstärkt, hochgerüstet.

UCAS — Abkürzung für ›United Canadian & American States‹; die Reste der ehemaligen USA und Kanada.

Wetwork — Mord auf Bestellung.

Yakuza — Japanische Mafia.